高职高专"十一五"精品规划教材

大学生综合素质拓展系列丛书——法律类

婚姻家庭继承法
理论与实务

Theory and Practice of Marriage Law,
Family Law and Inheritance Law

主　编　李科蕾　路焕新

天津大学出版社

TIANJIN UNIVERSITY PRESS

内容简介

本书共分婚姻法、家庭法、继承法三编。其中第一编婚姻法分为四章,分别为婚姻法概述、结婚、夫妻关系和离婚;第二编家庭法分为三章,分别为亲属、收养和监护;第三编继承法分为四章,分别为继承概述、法定继承、遗嘱继承和遗赠与遗赠扶养协议;末尾附有相关法律条文,便于读者学习时参考使用。

本书简单易懂、注重实用。每章分为案例回放、理论要点、课后练习、案例思考、扩展阅读、习题答案和案例思考答案几部分。书中穿插大量案例,便于读者理解抽象的法律规定。课后练习、案例思考及答案能帮助读者巩固学习效果。扩展阅读在帮助读者扩充知识的同时,也增加了学习的趣味性。

本书可作为高职高专法律及相关专业婚姻家庭继承法课程教材使用,亦可作为大学法律普及课程或选修课程教材使用,同时本书是法律爱好者自学的良好读物。

图书在版编目(CIP)数据

婚姻家庭继承法理论与实务/李科蕾,路焕新主编. —天津:天津大学出版社,2010.8
ISBN 978-7-5618-3610-1

Ⅰ.①婚… Ⅱ.①李…②路 Ⅲ.①婚姻法–基本知识–中国 ②继承法–基本知识–中国 Ⅳ.①D923.05

中国版本图书馆 CIP 数据核字(2010)第 139232 号

出版发行	天津大学出版社
出 版 人	杨欢
地　　址	天津市卫津路 92 号天津大学内(邮编:300072)
电　　话	发行部:022-27403647　邮购部:022-27402742
网　　址	www.tjup.com
印　　刷	肃宁县科发印刷厂
经　　销	全国各地新华书店
开　　本	185mm×260mm
印　　张	14.25
字　　数	356 千
版　　次	2010 年 8 月第 1 版
印　　次	2010 年 8 月第 1 次
印　　数	1－3 000
定　　价	32.00 元

前　言

家庭是人类社会最基本的细胞。婚姻是家庭产生的基础,婚姻、继承的发生、变化,都意味着家庭关系的变化。随着社会的发展,在家庭关系中有关婚姻关系、家庭关系、继承关系的纠纷层出不穷。人们越来越觉得,增强法律意识是保护自己合法权益不受侵害的有力武器。婚姻家庭继承法关系到每个人的切身利益,不得不学。在高职高专法律专业及相关专业的课程设置中,婚姻家庭继承法是必修的课程之一。而在一般大学的普法教育课程中,婚姻家庭继承法也是必然要涉及的内容。基于此,我们编写了这本书。

本书坚持素质本位和能力本位,广泛吸收最新的研究成果,紧跟时代的步伐,积极创新。在内容上本书将理论与实务有机结合,克服了一般教材重理论介绍轻实务应用的不足,是专门为提高学生运用法律解决实际问题能力而编写的。参与编写的人员是长期工作在教学一线的法学教师,多数作者同时又是兼职律师,具有深厚的法学理论功底和较高的业务水平。

本书坚持"实用"和"够用"原则,力求突出实用性。围绕实用性,以"能用"、"够用"为组织内容的两个维度,对抽象的法学理论、法律条文结合实际案例进行深入浅出的介绍,即使社会普通读者也能够通过本书的阅读解决自己生活中涉及婚姻家庭继承法的法律问题。同时本书在编写体例上突出新颖性,每个章节内容设计"案例回放"、"理论要点"、"课后练习"、"案例思考"、"扩展阅读"等几个模块,"案例回放"、"理论要点"将真实的案例融入每个章节,使读者对枯燥的法律规定更有直观感受。"课后练习"、"案例思考"及"答案"能帮助读者巩固学习效果。而"扩展阅读"部分则在帮助读者扩充知识的同时,也增加了学习的趣味性。本书的素材还具有实践性的特点。本书的大部分案例素材来源于最近的法律实践,内容更丰满、生动、具体,分析更有针对性。附录中还有相关的法律规范文件,便于读者学习时参考使用。

本书由重庆城市管理职业学院李科蕾、路焕新老师主编并拟订写作提纲,负责最后统稿。参与编写人员有重庆城市管理职业学院的赵震宇、康树元、孙玉中、路焕新、李科蕾和李思逸老师以及西南政法大学的孙灿老师。具体分工如下(以姓氏笔画为序)。

孙灿:第二编第二章;孙玉中:第一编第四章、第三编第三章;李思逸:第三编第一章、第二章;李科蕾:第一编第二章、第三编第四章;赵震宇:第二编第三章;康树元:第一编第一章、第二编第一章;路焕新:第一编第三章。

编写过程中,参考和借鉴了有关书籍,吸收了同行专家的研究成果,并得到了作者所在院校和兄弟院校以及天津大学出版社领导的大力支持和帮助,在此,一并向他们表示衷心的感谢。由于编者水平有限,本书的不足之处在所难免,希望同行专家和广大读者批评指正。

编者

2009 年 11 月

目 录

第一编　婚姻法

第一章　婚姻法概述 ………………………………………………………（2）

【案例回放】 …………………………………………………………………（2）

【理论要点】 …………………………………………………………………（2）

第一节　婚姻制度概述 ………………………………………………………（2）

第二节　婚姻法的基本原则 …………………………………………………（8）

【课后练习】 ………………………………………………………………（14）

【案例思考】 ………………………………………………………………（15）

【扩展阅读】 ………………………………………………………………（15）

【习题答案】 ………………………………………………………………（19）

【案例思考答案】 …………………………………………………………（20）

第二章　结婚 ……………………………………………………………（21）

【案例回放】 ………………………………………………………………（21）

【理论要点】 ………………………………………………………………（21）

第一节　结婚的条件 ………………………………………………………（22）

第二节　无效婚姻、可撤销婚姻 …………………………………………（26）

第三节　婚约、事实婚姻和同居关系 ……………………………………（30）

【课后练习】 ………………………………………………………………（35）

【案例思考】 ………………………………………………………………（38）

【扩展阅读】 ………………………………………………………………（39）

【习题答案】 ………………………………………………………………（43）

【案例思考答案】 …………………………………………………………（46）

第三章　夫妻关系 ………………………………………………………（48）

【案例回放】 ………………………………………………………………（48）

【理论要点】 ………………………………………………………………（48）

第一节　夫妻人身关系 ……………………………………………………（49）

第二节　夫妻财产关系 ……………………………………………………（51）

【课后练习】 ………………………………………………………………（56）

【案例思考】 ………………………………………………………………（58）

【扩展阅读】 ………………………………………………………………（58）

【习题答案】 ………………………………………………………………（59）

【案例思考答案】 …………………………………………………………（60）

第四章 离婚 ·· (61)

【案例回放】 ·· (61)

【理论要点】 ·· (61)

第一节 离婚制度概述 ·· (61)

第二节 离婚的程序 ·· (64)

第三节 离婚的法律效力 ······································ (66)

【课后练习】 ·· (70)

【案例思考】 ·· (72)

【扩展阅读】 ·· (73)

【习题答案】 ·· (78)

【案例思考答案】 ·· (79)

第二编 家庭法

第一章 亲属 ·· (84)

【案例回放】 ·· (84)

【理论要点】 ·· (85)

第一节 亲属概述 ·· (85)

第二节 亲系、亲等 ·· (89)

第三节 亲子关系 ·· (91)

第四节 祖孙和兄弟姐妹关系 ·································· (93)

第五节 亲属关系的法律效力 ·································· (93)

【课后练习】 ·· (94)

【案例思考】 ·· (96)

【扩展阅读】 ·· (96)

【习题答案】 ·· (98)

【案例思考答案】 ·· (99)

第二章 收养 ·· (101)

【案例回放】 ·· (101)

【理论要点】 ·· (101)

第一节 收养概述 ·· (101)

第二节 收养成立的条件 ······································ (103)

第三节 收养的法律效力 ······································ (107)

第四节 收养的无效与解除 ···································· (107)

第五节 特殊收养行为 ·· (110)

【课后练习】 ·· (111)

【案例思考】 ·· (112)

【扩展阅读】 ·· (113)

【习题答案】 ·· (113)

【案例思考答案】 ·· (114)

第三章 监护 ·· (116)

【案例回放】 ··· (116)

【理论要点】 ··· (117)

第一节 监护制度概述 ··· (117)

第二节 监护人的设定 ··· (118)

第三节 监护人的职责 ··· (120)

第四节 监护人的变更和终止 ·································· (121)

【课后练习】 ··· (122)

【案例思考】 ··· (124)

【扩展阅读】 ··· (125)

【习题答案】 ··· (126)

【案例思考答案】 ·· (127)

第三编　继承法

第一章 继承概述 ··· (130)

【案例回放】 ··· (130)

【理论要点】 ··· (130)

第一节 继承权 ·· (130)

第二节 遗产的处理 ··· (133)

【课后练习】 ··· (136)

【案例思考】 ··· (137)

【扩展阅读】 ··· (139)

【习题答案】 ··· (140)

【案例思考答案】 ·· (141)

第二章 法定继承 ··· (144)

【案例回放】 ··· (144)

【理论要点】 ··· (144)

第一节 法定继承范围 ··· (144)

第二节 法定继承方式中的遗产分配 ························ (146)

第三节 代位继承、转继承 ···································· (147)

【课后练习】 ··· (149)

【案例思考】 ··· (151)

【扩展阅读】 ··· (152)

【习题答案】 ··· (157)

【案例思考答案】 ·· (158)

第三章 遗嘱继承 ··· (161)

【案例回放】 ··· (161)

【理论要点】 ……………………………………………………… (161)

第一节　遗嘱继承概述 ………………………………………… (161)

第二节　遗嘱及其执行 ………………………………………… (163)

【课后练习】 …………………………………………………… (167)

【案例思考】 …………………………………………………… (168)

【扩展阅读】 …………………………………………………… (169)

【习题答案】 …………………………………………………… (174)

【案例思考答案】 ……………………………………………… (177)

第四章　遗赠与遗赠扶养协议 …………………………………… (179)

【案例回放】 …………………………………………………… (179)

【理论要点】 …………………………………………………… (180)

第一节　遗赠 …………………………………………………… (180)

第二节　遗赠扶养协议 ………………………………………… (182)

【课后练习】 …………………………………………………… (183)

【案例思考】 …………………………………………………… (184)

【扩展阅读】 …………………………………………………… (185)

【习题答案】 …………………………………………………… (186)

【案例思考答案】 ……………………………………………… (187)

附录Ⅰ ……………………………………………………………… (189)

附录Ⅱ ……………………………………………………………… (194)

附录Ⅲ ……………………………………………………………… (197)

附录Ⅳ ……………………………………………………………… (201)

附录Ⅴ ……………………………………………………………… (204)

附录Ⅵ ……………………………………………………………… (207)

附录Ⅶ ……………………………………………………………… (209)

附录Ⅷ ……………………………………………………………… (213)

第一编 婚姻法

第一章　婚姻法概述

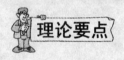
案例回放

　　李某和张某是中学同学,2006年3月两人订婚。不久,张某外出打工。张某打工期间两人常有书信往来,感情一直很好。2007年6月,李某的父亲因欠同村杨某赌债,同意将女儿李某嫁给杨某抵债。在父亲的威逼哀求下,李某不得已于同年10月与杨某举行了结婚仪式,宴请亲朋。张某闻讯,于同年11月回村后向当地婚姻登记机关申请宣布李某与杨某的婚姻无效,并确认自己与李某的婚姻关系。

　　【问题】

　　(1)杨某与李某之间的婚姻关系是否成立?

　　(2)婚姻登记机关能否确认李某与张某之间的婚姻关系?

　　【评析】

　　(1)杨某与李某之间的婚姻关系不成立。本案中,李某和杨某并未履行结婚登记,不符合结婚条件,因此,两人的婚姻关系不成立。

　　(2)不能。婚约是男女双方以将来结婚为目的所作的事先约定。按照我国现行政策和法律精神,婚约不具备法律约束力;订婚不等于结婚,男女双方缔结婚约并不等于确立了婚姻关系。要确立婚姻关系,双方当事人还必须履行法定的结婚登记手续。

理论要点

第一节　婚姻制度概述

一、婚姻的概念

婚姻是男女两性的结合,这种结合形成当时社会制度所确认的夫妻关系。

婚姻,在古时又称"昏姻"或"昏因"。我国古代男方通常在黄昏时到女家迎亲,而女方随着男方出门。

正因"男以昏时迎女,女因男而来",所以谓之"昏因"。婚姻即指嫁娶之礼或男娶女嫁的过程。作为婚姻法调整对象、婚姻法学研究对象的"婚姻",必须有一个明确的法学概念。在法律上,婚姻是指男女双方以共同生活为目的而缔结的,具有为当时社会所认可、为法律所确认的两性结合。所以综合起来,婚姻有如下四层含义。

(一)婚姻是男女两性的结合

这是婚姻的自然属性,区别于婚姻的社会属性。婚姻家庭关系之所以不同于其他社会关系,也正是因为它具有自然属性。男性与女性在生理上的差别是天然所成,而人的性本能则是自然所使。这些便成为婚姻赖以形成的自然因素。我国古代的阴阳学说认为,"男为阳,女为阴",阴阳相合便是自然规律。

纵观整个婚姻发展史,婚姻都是以男女两性的结合为内涵。无论是从蒙昧时代、野蛮时代的群婚制、对偶婚制下的婚姻,还是与文明时代相适应的一夫一妻制,从名称本身就说明了它是男女两性之间的结合。婚姻必然由异性相结合是自然规律的要求。

(二)婚姻是当时社会制度所认可的两性结合

这是婚姻的社会层次的属性。任何社会无不通过各种规范形式,对两性结合加以引导、确认和调整,从而形成一个制度化的婚姻模式。符合这种社会规范,才能上升为得到社会认可的婚姻。所以,婚姻是两性的自然结合与社会形式两大要素的有机统一体。也就是说,社会制度对于两性关系的正式确认,即是婚姻。

(三)婚姻是法律确认的两性结合

这是婚姻的法律层次的属性。社会对男女两性结合的认可,往往通过法律形式表现出来,也就是说,婚姻必须是男女两性的合法结合。凡不具备法律所确认的婚姻成立的实质要件和形式要件的两性结合,则不发生婚姻的法律效力,如通奸、姘居等。这以上两点,有的书上概括为"婚姻具有夫妻身份的公示性"。

案例　1-1

杨刚与李红系表兄妹,从小关系亲密。长大后,两人更是情投意合。虽然双方父母均强烈反对,但他们一个非对方不娶,一个非对方不嫁。2004年7月,杨刚大学毕业去南方某地工作,2004年10月,李红去该地,双方办理结婚登记。他们向婚姻登记机关隐瞒了真实的亲属关系,领取了结婚证。2005年春节,杨、李两人双双回到老家向亲属朋友宣布,他们已登记结婚。杨、李的父母认为后果严重,都很着急,尤其是李红的母亲,情急之中,找到张律师咨询。张律师劝李红的母亲不必着急,她可以依法申请宣告李红与杨刚的婚姻无效。

【问题】

张律师的看法是否正确?

【评析】

张律师的看法是正确的。无效婚姻是欠缺婚姻成立要件的违法婚姻。我国《婚姻法》明确规定,三代以内的旁系血亲禁止结婚。本案当事人系表兄妹,属于禁婚亲。修正后的婚姻法规定,有禁止结婚的亲属关系的,婚姻无效。依照有关司法解释,已经办理结婚登记的婚姻申请宣告婚姻无效的主体,包括婚姻当事人及利害关系人。以有禁止结婚的亲属关系为由申请宣告婚姻无效的利害关系人,为当事人的近亲属。因此,本案中李红的母亲可以申请宣告该婚姻无效。

(四)婚姻是男女两性以共同生活为目的的自愿结合

这既是婚姻对当事人主观心理状态的要求,也是一直为人们所追求的婚姻在理想层次的含义。

婚姻的目的是什么? 不同的国家,不同的历史时期,有不同的表述。我国古代一直以"上以事宗庙,下以继后世"为婚姻的目的;基督教婚姻,目的在于子女的生养教育以及夫妻间的互相扶养和性要求的慰藉。近现代各国的法律也对婚姻的目的作了种种规定。这些"目的"虽然纷繁复杂,但透过这些表面的目的,我们可以发现它们有一点是共同的,那就是它们都强调结为婚姻的男女双方必须"共同生活"。

所谓"共同生活",是指居住在一起,成为同一个家庭的成员,处在同一个生活消费共同体中。一般情况下,还包括夫妻之间的性生活和夫妻间的互敬互爱。"共同生活"一般包括"精神的共同生活(互相亲爱、精神的结合)、性的共同生活(肉体的结合)及经济的共同生活(家计共有)",这是对"共同生活"全部内容的概括。也可以说,是否以共同生活为目的,是婚姻与通奸在主观上的本质区别。掌握了婚姻在法律上的定义,准确把握这三层含义,才能将婚姻与婚前性行为、纳妾、姘居、非婚同居等现象区分开来。

案例 1-2

王强右腿残疾,担心刘英不同意结婚,央求孪生兄弟王钢替自己同刘英见面,并以王强的名字同往乡政府领取结婚证。回家后,王强和刘英同居。第二天,刘英发现王强不是王钢,十分悔恨,当面告诉王钢:"我是认定你,同意和你结婚的。"王钢也表示爱慕刘英,愿与刘英结为夫妻。

【问题】

(1)根据事实和法律,刘英和王强是否存在合法的婚姻关系?

(2)刘英和王钢是否存在合法的婚姻关系?

【评析】

(1)不存在。《婚姻法》第五条规定:结婚必须男女双方完全自愿。男女双方完全自愿是婚姻成立的重要条件,如果欠缺该条件,其婚姻无效。本案中,因王强的欺诈行为,刘英将王钢误认为王强,因此欠缺与王钢结婚的合意。该结婚登记违背了刘英的真实意志,故刘英和王强不存在合法的婚姻关系。

(2)不存在。该结婚登记的当事人是刘英与王强,因此刘英和王钢如果愿意结婚,必须重新进行结婚登记。办理结婚登记是结婚成立的法定程序,无此,不成立合法的婚姻关系。

婚姻从不同角度,有多种分类。例如,依婚姻史,分为乱婚、群婚、对偶婚和一夫一妻制婚;依结婚是否为要式行为,分为法律婚、宗教婚和事实婚;依结婚是否出于当事人的意愿,分为自主婚和买卖婚、包办婚、胁迫婚、抢夺婚,指腹婚、交换婚多为包办婚;依男娶女嫁还是男到女家,分为聘娶婚和赘婚;依婚姻当事人之间有无亲属关系,分为中表婚、远亲婚和非亲婚;依当事人结婚时的年龄,分为童婚、早婚和晚婚;依结婚的次数,分为初婚和再婚;依当事人是否同时具有数个婚姻关系,分为单婚和重婚;依婚姻是否具有法律效力,分为有效婚和无效婚;依婚姻是否为男女异性间的行为,分为两性婚和同性婚。此外,还有顺缘婚和逆缘婚:姐死娶妹,妹死娶姐,为顺缘婚;兄亡收嫂,弟亡收弟媳,称逆缘婚。

在人们的习俗中,依婚姻的年限,有许多美好的称谓:结婚1周年为纸婚,5周年为木婚,10周年为锡婚,25周年为银婚,50周年为金婚,75周年为钻石婚。

在我国,婚姻因男女双方办理结婚登记手续而成立。

婚姻关系终止的原因有三:一是配偶一方死亡,二是离婚,三是宣告婚姻被撤销。

二、婚姻的历史类型

原始时代的婚姻,具有种群居高等生命的本能属性,自然法则会用异性相吸的力量,使哺乳类生命繁衍生息。人类的婚姻存在形式以及结合方式,受人类社会环境的影响。不同时代和地区的社会环境,造就了多样的婚姻模式以及结合方式。从科学的意义上看,如果没有婚姻,很多血统就会出现混乱,不利于人类的优良繁衍。

原始人类并不需要婚姻,这跟今天的灵长动物是一样的,不必细说。后来有了氏族社会,采用的是集体群婚制,即一个氏族的男性或女性集体嫁到另一个氏族。这也是在进化过程中为了族群繁衍和防止乱伦导致族群退化而形成的一个习俗。再后来进入了私有制社会,才有了一对一或一对数的固定的夫妻关系,于是就产生了婚姻制度。

值得指出的是,由于婚姻产生于私有制,所以它一直与人的财产关系密切相关。由于男子是私有制社会的主体,所以女子一直被看做男子的财产,于是多数古代社会是一夫多妻制。而且抢婚、买卖妻妾等现象也源于此。由于私有制的财产由血缘关系中的男性继承,为了保证血缘的纯净,就有了"处女情结"和对女子性行为的严格约束。

当出现了部落和国家等社会组织之后,婚姻又成了一种政治筹码。从部族的通婚,到国家统治者之间的"联姻",都是试图通过婚姻来达到政治目的。直到今天,婚姻仍被富豪家庭用于结盟和理顺财产继承关系。

在自然小农经济社会中,婚姻则是一种劳动的分工组合,即所谓"男耕女织"、"男主外女主内"。而在现代社会中的老百姓,婚姻则是为了组成一个家庭,在满足人的正常生活需要的同时,承担为家族和社会养育后代的责任和义务,也是人的一种归宿。

综合看来,婚姻是自然的法则,违背这一法则的人,会给自己带来一些烦恼。人类的婚姻发展史大约经历了这样几个阶段:杂婚(杂乱性交时期)、群婚(血缘群婚、族外群婚)、对偶婚、一夫一妻制。

(一)杂婚

杂乱性交时期人群杂居,采集植物,食用鱼虾和动物。父母兄弟姐妹杂处性交,毫无现代人的"乱伦"观念。在中国神话中,伏羲和女娲乃是兄妹相交合;在古希腊神话中,宙斯和赫拉也是兄妹为夫妇,这些都是原始的杂乱性交的记忆。

杂乱性交是为了繁衍后代,最终必定形成只知其母不知有父的以母亲为主的社会关系。正如蚂蚁和蜜蜂的世界,是"母后"的统治。中国古代神话中,圣人的出身,往往是母亲踩了神迹、吞了大星或者与神物交合而生,不知有父。但是以母亲为主的社会关系,与生产力的发展形成矛盾。当社会进入更高的阶段,狩猎和捕鱼业日渐发达,男人在生产劳动中力量的优势不断体现,这就伴随着对地位的需求,而不再满足于以母亲为主的社会关系。

(二)群婚

群婚指一群男子与一群女子互为配偶的婚姻形态,它是从原始社会毫无限制的两性关系中逐渐演变出来的。男人的力量优势开始挑战母亲的权威,同时也挑战父亲的权威,这必定在性的分配上有了冲突,而大冲突,争夺性伴侣,甚至会导致群体灭亡。人类学家发现十几万年前,欧洲有一个被称为尼德特人的种族,根据骨骼化石表明,其身材高大,体魄强健,后却神秘消失。他们是否就是在这样的内部争斗中相互残杀而亡的呢?一方面是生存的本能和性的本能促使力量强大者要获得权力和地位,从而瓦解现有的族群;一方面则是人类的发展要求维持稳定的群体。怎么办？苏联史学家谢苗诺夫《婚姻和家庭的起源》认为，原始人依靠"性禁忌"来维持相对时间的稳定。"性禁忌"要求在狩猎时期或者捕鱼时期，禁止任何的性交活动，甚至禁止接触与女人有关的东西，否则就被认为是触犯神明，乃是死罪。因为狩猎和捕鱼的活动，关系族群的生存，这时候如出现因为性的争夺引发的内乱，势必导致族群的覆亡。

但是，随着狩猎和捕鱼时期不断延长，"性禁忌"也越来越频繁，这不能解决问题，必须有新的限制。人类最古老的家庭形式是群婚，群婚制又分为血缘群婚制和亚血缘群婚制两种。血缘群婚制，即仅仅排斥祖先和子孙之间、双亲和子女之间互为夫妻，其他兄弟姐妹皆可。亚血缘群婚制，即同胞（母方的）姐妹和兄弟间，不可性交。亚血缘群婚制又称普那路亚家庭，或伙婚制，是群婚制的高级阶段。

（三）对偶婚

对偶婚是从群婚制向一夫一妻制的过渡形式。对偶婚，即一个男子以一群女子为妻子，其中有个主妻；反之，一个女子也有一群男子为夫，其中有主夫。现代中国云南摩梭人在正常的一夫一妻制下，还维持"走婚"的形式，其实就是对偶婚的残留形态。

对偶婚的配偶范围比群婚制小，关系相对稳定；但与一夫一妻制相比，男女结合得很脆弱，容易解除。因此，它既有群婚的特点，又是一夫一妻的雏形。

群婚制和对偶婚制都是原始社会的婚姻形态，所以又有许多相同的特点，例如两者都是建立在原始社会公有制基础上；两种婚姻制度发展变化反映了原始社会生产力的发展变化等等。

（四）一夫一妻制

一夫一妻制指一男一女结为配偶的婚姻形态。它是在原始社会与阶级社会之交开始出现的，一夫一妻制的形成是私有制确立的必然结果。父权的确立，财产的私有化，为了保证后代子系能够继承父亲的财产，要求子系血脉的纯洁性，同时孩子须确认父亲的身份。这就意味着对偶婚将以一夫多妻的形式保存下来，也对女子的贞洁性提出了要求。而血脉的正统性要求，即便是一夫多妻制，也需有个主妻。而一夫一妻制的家庭，是这种要求的最终结果。

所以恩格斯说，一夫一妻制是不以自然条件为基础，而以经济条件为基础的，是私有制对原始公有制的胜利。家庭就是一个经济结合体，女人是男人的从属物，是财产。因而，不存在婚姻的离异性。但是，现代的婚姻家庭，要求以爱情为基础，而男女的独立，尤其是经济的独立，消解了经济结合体是必需的形式，女性从此也不再从属于男性。

三、婚姻法的概念

婚姻法是调整一定社会婚姻关系的法律规范的总和，是一定社会的婚姻制度在法律上的集中表现。其内容主要包括关于婚姻的成立和解除，婚姻的效力，特别是夫妻间的权利和义务等。从调整对象的性质看，婚姻法既包括因婚姻而引起的人身关系，又包括由此而产生的夫妻财产关系。

婚姻法的内容多数为强行性规范，概念上有广义和狭义的区别，广义的婚姻法的调整对象除婚姻外，还包括家庭关系，其名称是在扩大意义上使用的。如1950年和1980年的《中华人民共和国婚姻法》中既有结婚、夫妻关系和离婚的规定，又有关于父母子女和其他家族成员间权利义务的规定。其内容较亲属法窄，但较狭义的婚姻法宽，它既调整婚姻关系，又调整家庭关系，实际上是婚姻家庭法。我国婚姻法，按其调整对象的范围看，就属于广义婚姻法。狭义的婚姻法的调整对象仅限于婚姻关系，其名称是在严格意义上使用的，如《南斯拉夫塞尔维亚社会主义共和国婚姻法》规定，"婚姻和婚姻中的法律关系由本法规定"，不涉及其他事项。

四、婚姻法的特点

(一)普遍性

婚姻法是适用范围极广的法律，是适用于一切公民的普通法。婚姻家庭关系是一种最广泛、最普遍的社会关系，与每个人、每个家庭的利益休戚相关。任何人只要在社会上生存，都会毫无例外地受到婚姻家庭法的规范，享受婚姻家庭法赋予的权利，承担婚姻家庭法规定的义务。婚姻家庭法是有关一切男女利益的、普遍性仅次于宪法的国家基本大法之一。

(二)伦理性

婚姻关系是男女两性关系，家庭关系是血亲关系。它不仅由社会经济基础所决定，而且还要受政治、道德、文化、风俗、习惯等因素影响，具有强烈的伦理性。婚姻法所规定的当事人之间的权利义务，就是以这个社会中的伦理道德为基础的。

(三)强制性

强制性是一切法律的共同特点，在婚姻法上表现得更为明显。婚姻法中的大部分规范是强制性规定。当事人必须依照法律规定作为或不作为，不得自行或协议变更。只要一定法律事实发生，必然产生相应的法律后果，这些后果是法律预先指明、严格规定的，条文中常以"应当"、"禁止"等词语表述，当事人若有违反必须依法承担法律责任。

五、婚姻法的地位

婚姻法在各个时代、各个国家的法律体系中处于不同的地位，其编制方法也不尽相同。古代法律多采取诸法合体的形式，不论中国、外国，都没有独立的婚姻法。有关婚姻家庭的规定，一般都包括在内容庞杂的统一法典内。在以前很长时期中，婚姻立法不够完备，因此，伦理规范和宗教教义在调整婚姻关系方面起着重要作用。

在资本主义各国法律体系中，婚姻法也不是一个独立的法律部门。而是作为亲属法的组成部分，附属于民法的。在立法形式上，大陆法系各国一般都把亲属法编入民法典。英美法系各国的亲属法，一般是由多数的单行法规构成的，如婚姻法、家庭法、已婚妇女财产法、离婚法等，名称不一，但它们都是该国家民法的组成部分。因为，在资本主义私有制的基础上，婚姻家庭关系实际上是从属于财产关系的。

在社会主义制度下，婚姻家庭关系摆脱了私有财产的支配，它主要是一种存在于特定成员间的人身关系，其中的财产关系只不过是上述人身关系引起的法律后果。我国的《婚姻法》从属于民法，虽然条文不多，内容也较简要，但它是全面规定婚姻家庭制度的法律。

六、我国婚姻家庭立法及其完善

(一)1950 年婚姻法

1950 年 5 月 1 日，公布了《中华人民共和国婚姻法》，这是新中国成立后的第一部重要法律。1950 年婚姻法主要内容共八章二十七条，规定了婚姻自由、一夫一妻、男女平等的原则，结婚的条件和程序，夫妻间的权利义务，父母子女关系及离婚后的子女抚养和教育、财产分割和生活等。

(二)1980 年婚姻法

1980 年《婚姻法》是标志我国婚姻家庭制度改革的重要阶段。它主要有以下三方面的重要作用：一是健全法制，巩固和发展社会主义的婚姻家庭制度；二是调整婚姻家庭关系，维护公民的合法权益；三是提高道德水平，建设社会主义两个文明。

1980 年《婚姻法》是 1950 年《婚姻法》的继续和发展。所谓继续，是指它继承了前者行之有效的部分，发展是指在前者的基础上所作的修改和补充，表现为：①完善了婚姻法的基本原则；②修改了结婚条件，提高了法定婚龄，禁止了三代以内旁系血亲的通婚；③扩大了家庭关系的调整；④规定了离婚的法定条件。

(三)2001 年婚姻法

《九届全国人大常委会关于修改〈婚姻法〉的决定》，内容共有 33 项。可将其立法重点归纳为五个方面，分别体现在总则、结婚章、家庭关系章、离婚章、救助措施和法律责任章。总则中的立法重点是增设了禁止有配偶者与他人同居，禁止家庭暴力的规定，同时还对夫妻和家庭成员的共同责任作了原则性的规定。结婚章中的立法重点是增设了婚姻无效、婚姻撤销和补办结婚登记等制度。家庭关系章中的立法重点是改进法定夫妻财产制，规范夫妻财产约定。此外，对亲子间(包括父母和非婚生子女)、祖孙间、兄弟姐妹间权利和义务的规定，也作了若干修改。离婚章中的立法重点是将原来关于离婚法定理由的原则性、概括性的规定，改为原则性、概括性和列举性、例示性相结合的规定。在离婚后的子女、财产问题上增设了有关探望权、经济补偿等规定。救助措施和法律责任章的立法重点是对各种违反婚姻家庭法的行为，分别规定了救助措施以及行政责任、民事责任和刑事责任。

七、我国婚姻法的渊源

我国《婚姻法》的渊源主要有如下几条。①宪法和法律。宪法作为我国的根本大法是全部婚姻家庭立法的根据和必须遵循的原则。其他法律是指由全国人民代表大会及其常委会制定的规范性文件，主要包括：民法通则、婚姻法、继承法、妇女权益保护法、未成年人保护法、老年人权益保障法等。②行政法规和规章。主要包括民政部经国务院批准颁布实施的婚姻登记管理条例、中国公民办理收养登记的若干规定。③地方性法规和民族自治地方的有关规定。④最高人民法院的司法解释。⑤我国缔结或者参加的国际条约。

第二节　婚姻法的基本原则

婚姻家庭法的基本原则，是我国社会主义婚姻家庭制度的基本特征在法律上的集中体现，是我国婚姻家庭立法的主要精神和执法的指导思想。

我国《婚姻法》第二条规定："实行婚姻自由、一夫一妻、男女平等的婚姻制度。保护妇女、儿童和老人的合法权益。实行计划生育。"我国《婚姻法》第三条规定："禁止包办、买卖婚姻和其他干涉婚姻自由的行为。禁止借婚姻索取财物。禁止重婚。禁止有配偶者与他人同居。禁止家庭暴力。禁止家庭成员间的虐待和遗弃。"五个实行和六个禁止是统一不可分割的有机整体，共同构建了我国婚姻家庭法的基本原则。

一、婚姻自由

(一)婚姻自由的概念

婚姻自由是指婚姻当事人按照法律的规定,决定自己的婚姻大事的自由,任何人不得强制或干涉。它包含如下两点特征。

(1)婚姻自由是法律赋予人们的一种权利,任何人不能强制或干涉。自由表示爱情的权利受法律保护。

(2)婚姻自由的行使必须符合法律的规定。不得滥用权力损害他人的合法权益。

婚姻自由既与包办、买卖婚姻相对立,又与轻率地对待婚事毫无共同之处。实行婚姻自由,并不是一个人在自己的婚姻问题上可以随心所欲,放任自流,想"结"就"结",想"离"就"离",而是必须依照法律的规定处理婚姻大事。坚持婚姻自由,更与在两性关系上任意放荡、违法乱纪、道德败坏的行为水火不相容。每一公民都应当在法律规定的范畴内正确行使婚姻自由的权利。

(二)婚姻自由的内容

婚姻自由包括结婚自由和离婚自由。

(1)结婚自由。这是指建立婚姻关系的自由,即是否结婚,和谁结婚,当事人有权做主。

案例 2-1

程某与徐某同在一个工厂工作,经人介绍谈起了恋爱。接触了3年后,徐某觉得程某很虚伪,待人不真,于是提出分手。程某虽表面上同意,内心十分不情愿,仍隔几天一周的去找徐某。徐某向程某一再表示两人无共同语言,不要再纠缠。徐某后来与温某相识,经过一段时间了解后准备结婚。程某得知后告诉徐某不能跟温某结婚,只能跟自己结婚,否则,要找他们的麻烦。徐某将这一情况反映给厂有关部门,厂领导严肃地指出了程某的错误,程某经过领导的帮助教育,认识到自己无权干涉徐某的结婚自由,也就不再纠缠徐某了。2007年10月,徐某与温某高高兴兴领取了结婚证,幸福地生活在一起。

【评析】

本案中,程某尽管与徐某谈恋爱3年,但徐某觉得程某不适合自己,提出分手,自愿与温某恋爱结婚。程某欲阻止并找麻烦,这是错误的。幸好,徐某及时将此情况告诉了厂领导,厂领导又及时开导了程某,使程某及时改正了错误,尊重了徐某的结婚自由,这是十分明智的。现实生活中,一些人恋爱不成,不准对方与别人结婚,这种行为属于干涉别人的结婚自由,是婚姻法不允许的。

(2)离婚自由。这是指解除婚姻关系的自由。若当夫妻感情已经破裂,依法解除痛苦的婚姻就十分必要。要注意既要保障离婚自由,又要反对轻率离婚。

结婚自由与离婚自由的关系是:二者相互补充,构成婚姻自由的完整内容。结婚自由是婚姻自由的主要方面,离婚自由是结婚自由的重要补充。在我国,婚姻自由是有条件的、相对的,结婚、离婚都必须严格按照婚姻法规定的法定程序办理。为了保障婚姻自由原则,婚姻法第三条规定:"禁止包办、买卖婚姻和其他干涉婚姻自由的行为。禁止借婚姻索取财物。"

(三)婚姻自由原则的贯彻

1. 禁止包办买卖婚姻和其他干涉婚姻自由的行为

包办婚姻是指第三者(包括父母)违背婚姻自由的原则,包办他人婚姻的行为。买卖婚姻是第三者(包括父母)以索取大量财物为目的,包办强迫他人婚姻的行为。二者既有区别又有联系。

其他干涉婚姻自由的行为包括:干涉儿女婚事,干涉父母再婚,干涉他人离婚自由等。

2. 禁止借婚姻索取财物

借婚姻索取财物,是指除买卖婚姻以外的其他借婚姻索取财物的行为。其婚姻基本上是自愿的,但女方向男方索取财物作为结婚的先决条件,是对婚姻自由权利的滥用。

当然,也要划清借婚姻索取财物和男女双方之间自愿馈赠以及一方对他方父母正当赠与的界限。不是一方为成婚而索要的代价,与结婚不发生直接的联系,自觉自愿不附加条件的,这样条件下赠送一定礼物的行为是完全正当的,也不受到法律的禁止。

二、一夫一妻

(一)概念

1. 一夫一妻制的概念

一夫一妻制,是指一男一女结为夫妻,任何人不得同时拥有两个或两个以上配偶的婚姻制度。此又称个体婚制。

2. 基本含义

一夫一妻制的基本含义包括以下几条。

(1)任何人都不能同时有两个以上配偶。

(2)已婚的在配偶死亡或离婚之前,不得再行结婚。

(3)一切公开或隐蔽的一夫多妻或一妻多夫都是非法的,应予以处理和制裁。一夫一妻制是指一男一女结为夫妻的婚姻制度。

这就是说,无论公开的或隐蔽的一夫多妻或一妻多夫的两性关系都是非法的。我国婚姻法确立的一夫一妻制不同于私有制下的一夫一妻制,私有制的一夫一妻制是虚假的、片面的,并以通奸和卖淫为补充。

(二)一夫一妻制的贯彻

1. 禁止重婚

重婚是指有配偶者再行结婚的行为。一种是前婚未解除,又与他人办理了结婚登记。另一种是前婚未解除,又与他人以夫妻名义共同生活,但未办理结婚登记手续。

重婚与通奸、姘居的区别:通奸是一种秘密、临时的两性关系,不共同生活;姘居不以夫妻名义同居。

重婚者主观上故意的,构成犯罪。

2. 禁止其他破坏一夫一妻制的行为

如有配偶者与他人同居、通奸、姘居,这些虽不是犯罪,但是违法行为,应受到谴责和行政处理。

一夫一妻制是社会主义婚姻制度的基本原则,是在婚姻关系上实现男女平等的必要条件,也是男女真心相爱、建立美满婚姻的要求。

案例 2-2

魏兰于2000年在外地做工期间,与一起工作的男青年陈怀轩相识,双方互有好感,经恋爱魏与陈定下了婚约。不久,魏兰的哥哥魏志荣考虑黄春家经济富裕,未经其妹妹魏兰本人同意,擅自将胞妹许配给黄春为妻,并收受了黄春作为定亲的部分聘礼。2006年春节前夕,魏兰从外地回家过年,得知胞兄将她许配给黄春为妻时,马上表示反对。几天后,黄春得知魏兰已回家,就选定日子,请人送来聘礼,要与魏兰成亲。魏兰不从,魏志荣就威逼道:"你不去成亲,一家人过不好年,还是去死掉算了。"在胞兄及家人的逼迫下,魏兰无奈只得委曲求全,到镇里办了结婚登记,到黄家成亲。

同居一年多后,2008年正月,魏兰趁黄春外出做工之机离家出走,回到原先做工的地方,又找到陈怀轩,没告知陈自己已被迫与黄春结婚的经过。为了履行婚约,魏兰自愿与陈怀轩同居一年多,并生下一子,取名陈宏强。2009年6月,黄春向当地法院控告陈怀轩强占民妻魏兰与他人重婚,要求追究他们的刑事责任。法院经过调查认定魏兰的行为已构成重婚罪,判处其有期徒刑一年,缓刑一年,陈怀轩无罪。

【评析】

本案中,魏兰从一个干涉婚姻自由的受害人成为一个重婚的罪犯,令人十分惋惜。对于前面的逼婚,她完全可以拿起法律的武器维护自己婚姻自由的权利,就是被逼结婚,确无感情,还可依法解除婚姻后,再与陈怀轩结婚。这也是她不懂得我国《婚姻法》和《刑法》禁止重婚规定的结果。

三、男女平等

(一)含义

男女平等是指男女双方在婚姻家庭方面享有平等的权利,履行平等的义务。这一原则具有十分广泛的内容,包括男女在经济方面、政治方面、文化方面和婚姻家庭方面的平等,既表现为权利上的平等,又表现为义务上的平等。

(二)内容

1. 婚姻问题上的平等

男女在结婚和离婚上有平等的权利和义务。

2. 家庭地位上的平等

男女双方拥有独立的姓名权、人身自由权、抚养教育子女的权利和义务、计划生育的义务、平等的财产权利。

3. 不同性别家庭成员间的平等

夫妻间、其他家庭成员间的平等关系,是我国男女两性法律地位平等在婚姻家庭领域中的体现,它是建立美满的婚姻关系和发展和睦的家庭生活的重要保障。

新修订的《婚姻法》还特别增加了"夫妻应当相互忠实、互相尊重"的规定,专门强调了夫妻间的相互义务。实现婚姻自由和一夫一妻制首先要求实现男女平等,没有男女平等就没有真正的婚姻自由和一夫一妻制。实现男女平等,必须坚决反对夫权思想和男尊女卑的旧观念,禁止迫害、虐待和歧视妇女的行为,真正实现男女从法律到实际生活中的完全平等。

四、保护妇女、儿童和老人的合法权益

(一)切实保护妇女的合法权益

这是对男女平等原则的必要补充。我国婚姻法对妇女的合法权益加以特殊保护,如女方在怀孕期间和分娩后 1 年内或中止妊娠后 6 个月内,男方不得提出离婚;离婚时分割共同财产要照顾女方权益;离婚时一方有困难,另一方应给予适当的经济帮助等。

为什么《婚姻法》中规定了男女平等原则,又要规定保护妇女合法权益呢?理由有以下两点。第一,是为了改变妇女不平等历史地位所造成的合法权益受到侵害的现象。历史上中国妇女遭受压迫的时间太长了,而女人又天性软弱,自身还不能抵制各种侵权侵害行为,所以,需要借助法律的力量予以保护。第二,是基于妇女具有不同于男性的特殊生理机能的需要。恩格斯曾指出:"劳动妇女,由于她们的特殊生理机能,需要特别的保护。"列宁在谈到男女平等的意义时指出:"这里不是指要使妇女的劳动生产率、劳动量、劳动时间和劳动条件等都要同男子相等,而是使妇女不再因经济地位与男子不同而受到压迫。"妇女承担着人类生产与再生产的任务,对妇女之特殊保护,也是推进人类发展和社会文明之标志。

(二)切实保护儿童的合法权益

在旧中国,儿童被当做父母、家长的私产,子女的权利和权益完全是被漠视的。中国历代封建法律以"不孝"为"十恶"之一,但是都不规定父母对子女承担什么样的义务和责任。他们是没有独立人格的,人身和财产权益得不到保护。新中国下生长的儿童,其法律地位和权益都受到了保护,并且有详尽的规定。

我国《婚姻法》规定,父母对子女有抚养教育的义务;对未成年子女有管教和保护的权利和义务;禁止溺婴、弃婴和其他残害婴儿的行为;子女有继承父母遗产的权利;父母对子女的义务不因父母离婚而消除;非婚生子女、养子女享有与婚生子女同等权利等。收养法中禁止借收养名义拐骗、买卖儿童。民法通则为未成年人设立监护制度。这些都是对儿童的法律保护。

抚育子女,是父母不可推诿的责任。父母要关心子女的身心健康,履行抚养职责,使子女在德智体美劳诸方面全面发展。

(三)切实保护老人的合法权益

老年人生活的社会保障已经成为世界性的社会问题。老年人在人口构成中所占比重增加的问题在许多国家都存在着。

我国《婚姻法》规定,子女对父母有赡养扶助的义务;父母有继承子女遗产的权利;养父母、符合规定的继父母的权利和生父母相同;有负担能力的孙子女、外孙子女,对于子女已经死亡的祖父母、外祖父母有赡养的义务;禁止家庭成员对老人的虐待和遗弃等。

特别保护老人的权益,是社会主义家庭的重要任务。赡养老人,是我国人民的美德。父母为了子女的健康成长,长期付出了辛勤的劳动,尽了自己的职责。当他们年老多病,丧失劳动能力或生活发生困难的时候,子女就要承担起赡养的义务。社会主义社会的赡养与封建的孝道,有着本质的不同。在社会主义制度下,对老人的生活照顾,首先是国家、集体承担的,但国家、集体的物质帮助不能取代家庭成员对老人的赡养责任。作为子女要自觉履行赡养义务,尊老养老,使老人安然度过晚年。

五、计划生育

(一)含义

计划生育是指有计划地调节人口生产。

(二)实行计划生育是我国的一项基本国策

我国的计划生育是以降低人口增长速度、提高人口素质为目标的,基本要求是少生、优生、晚生、优育。主要措施是推行"奖励一胎,严格控制二胎,杜绝、惩罚三胎"。家庭担负着人口再生产的职能,因此,我国《婚姻法》明确规定夫妻双方都有实行计划生育的义务。

这项基本国策,利国利民,应当进行广泛、深入地宣传教育,破除"多子多福"、"重男轻女"和"传宗接代"的陈腐观念,树立以计划生育为荣,生男生女都一样的社会新风尚。

推行计划生育是我国的一项基本国策,也是婚姻家庭制度的又一原则。夫妻应当履行计划生育的义务。收养子女,也要符合计划生育的原则。实行计划生育,是社会主义制度下有计划地调节人口再生产的客观要求。我国现有 13 亿人口,只有有计划地控制人口繁衍,使人口增长同社会经济发展相适应,与生态环境的保护相协调,才能使国民经济得到大的发展,人民生活得到明显改善,全民族的科学文化水平和健康水平得到更大的提高。全国人大常委会目前正在审议有关人口与计划生育方面的法律草案,具体如何开展计划生育,可适用有关法律。

案例 2-3

张强是某工厂技术员,2005 年,他与某学校老师刘敏恋爱结婚。2006 年 11 月,刘生下一子。由于难产,刘敏的身体变得很不好。后来,在体检时,医生说刘敏的身体状况已不适合节育,建议其丈夫做节育手术。张强一听火冒三丈,认为节育历来都是妇女的事情,哪有男子汉做节育手术的,故坚决不做。无奈之下,刘敏来到妇联请求帮助。

【问题】

张强有没有承担计划生育的义务?

【评析】

有。《婚姻法》第十六条规定:夫妻双方都有实行计划生育的义务。对于此规定,有以下几点须注意:①计划生育是夫妻的一项法定义务,违背有关计划生育的规定,要承担一定的法律责任;②计划生育义务的承担者是夫妻双方,不允许将这项义务片面地推给女方,而使男方免除应尽的责任;③公民有依法生育子女的权利,也有不生育的自由。本案中,刘敏因身体状况不好,根本不适合做节育手术,因而张强有承担计划生育的义务。

六、夫妻间相互忠实、家庭成员间敬老爱幼互相帮助原则

我国《婚姻法》第四条规定,"夫妻应当相互忠实,相互尊重;家庭成员间应当敬老爱幼,互相帮助,维护平等、和睦、文明的婚姻家庭关系"。这既是社会公认的道德准则,也成为婚姻家庭法律规范,成为法律原则性、倡扬性的规定。家庭是人类最基本的生活共同体,家庭关系是社会关系的重要组成部分,家庭成员朝夕相处,既有感情、伦理和思想上的联系,又有法律上的权利义务关系。法律的功能既在于向公众展示家庭成员之间的权利义务关系以及合法与违法的界限,也在于通过规范婚姻家庭主体的行为,向公民提供一种价值导向。

为维护一夫一妻制,我国《婚姻法》不仅在总则中规定了夫妻相互忠实原则,在离婚制度中还明确规定了如果一方违反忠实义务,受害方可采取如下救济措施。第一,请求离婚。根据我国《婚姻法》第三十二条的规定,配偶一方重婚或与他人同居,是法院裁判准予离婚的法定理由,受害方可请求离婚。第二,离婚时请求损害赔偿。根据我国《婚姻法》第四十六条的规定,因配偶一方重婚或与他人同居而导致离婚的,无过错方有权请求损害赔偿。可见,对于夫妻相互忠实的规定,应从两个方面理解:一方面,我国《婚姻法》第四条明确规定夫妻互相忠实,这是一个肯定的、明确的规定;另一方面,也只是一条原则性规定、倡扬性的规定,如果当事人仅依此条款单独提起诉讼的,人民法院将不予受理。

此外,修改后的《婚姻法》还规定:"禁止家庭暴力。禁止家庭成员间的虐待和遗弃。"对实施家庭暴力构成犯罪的,依法追究刑事责任。实施家庭暴力导致离婚的,无过错方有权请求损害赔偿。

课后练习

一、填空题

1. 婚姻自由包括_____和_____两个方面。

2. 我国《婚姻法》的基本原则有_____原则、_____原则、_____原则、_____原则和_____原则。

3. 男女平等原则,其含义是指男女两性在婚姻和家庭关系的一切方面_____和_____的平等。

二、判断题

1. 我国《婚姻法》对妇女的合法权益加以特殊保护,如女方在怀孕期间和分娩后1年内或中止妊娠后6个月内,男方不得提出离婚;离婚时分割共同财产要照顾女方权益等等,所以《婚姻法》中男女是不平等的。( )

2. 如果父母对子女没有尽抚养义务,那么子女对父母就没有赡养扶助的义务。( )

3. 父母有继承子女遗产的权利。( )

4. 养父母、符合规定的继父母的权利和生父母相同。( )

5. 有负担能力的孙子女、外孙子女,对于子女已经死亡的祖父母、外祖父母有赡养的义务。( )

三、单项选择题

1. 重婚违背了《婚姻法》中的哪个原则?( )

A. 婚姻自由   B. 一夫一妻

C. 男女平等   D. 保护妇女、儿童和老人的合法权益

E. 计划生育

2. 虐待妇女、对妇女采取家庭暴力,严重违背了《婚姻法》中的哪个原则?( )

A. 婚姻自由   B. 一夫一妻

C. 保护妇女、儿童和老人的合法权益   D. 计划生育

四、多项选择题

1. 婚姻法的基本原则是( )。

A. 婚姻自由   B. 男女平等

C. 一夫一妻   D. 保护妇女、儿童和老人的合法权益

E. 计划生育

2. 下列哪些行为是破坏一夫一妻制的行为?( )

A. 通奸   B. 姘居   C. 重婚   D. 虐待

五、名词解释

1. 买卖婚姻

2. 结婚自由

六、问答题

1. 简述男女平等原则的内容。

2. 什么叫婚姻自由原则?

案例思考

【案例】李燕的丈夫魏民是现役军人,常年驻守边疆;李燕见别人小夫妻双进双出,非常羡慕。2006年6月起,李燕与本单位离婚的王兵经常发生两性关系。鉴于李燕住单位房屋,双方来往不方便,2008年5月,李燕将住房换成混居房。李燕让王兵穿上魏民的军服,两人照了合影挂在房内,对邻居说王兵为其丈夫。2009年元旦,魏民回家探亲,李又将其与王兵的合影换为他们夫妻的合影,暂时不与王兵来往。不料,尽管邻居间交往少,细心的邻居还是发现,魏民与王兵不是一个人,于是事情败露。

【问题】

(1)2008年5月之后,李燕与王兵的行为符合《婚姻法》的规定吗?

(2)魏民可以向法院控告王兵犯"破坏军婚罪"吗?

扩展阅读

(一)婚姻的个人需求

1. 婚姻生活满足个人需求

个人需求是人们行为的基础与推动力,这些需求必须获得满足。下列的需求在婚姻家庭生活中尤其重要。

(1)爱——在婚姻中最重要,最先满足的应是爱情的渴求,婚姻中的爱也应包含着诚实、责任心、给予的态度及柔和的适应能力。

(2)安全感——女人比男人更需要。换句话说,她更依赖男人,道德操守与经济能力也是安全感的一部分。

(3)自信——每个人都需要别人的认可、赞美或平等待遇,夫妻间更有此需要。婚姻生活中彼此鼓励,增加对方自信,才是正路。

(4)生育——正常的婚姻也满足彼此性欲的需求,生儿育女更是自然的发展,完全拒绝生育定会导致婚姻生活的裂痕。

(5)家庭权威——家庭中权威职责分明。儿童在家庭中学会接受权威,才能长大后在社会上尊重法律及权威。

2.细心灌溉婚姻的花圃

(1)对于破坏夫妻关系的事,应保持警觉,避免刺伤对方的误言或无谓的争吵。

(2)平时多结交对家庭生活有帮助的朋友,多交换对家庭生活的各种意见。

(3)夫妻两人也需不时地检讨婚姻生活,寻求改善。

(4)冲突、吵架、冷战是无法避免的,因为每个人都有感情冲动,要紧的是把每次冲突化为成长经验,学着开放个人的心胸,面对现实。唯有爱和为对方着想,才能化解一切。

婚姻家庭就是爱情的花圃,花圃要有足够的空间来成长,有计划地栽种,有时要翻土,有时要施肥,有时要移植,有时要铲除。种花要看季节,季节不同,开的花也不同,婚姻生活也有四季的变化,每个季节有不同的困难与危险,而危险的意思,不正说明"危机中的机会"吗? 所以对爱情小花要细心呵护,如果让它同野草一起长,必会被捣乱至死,任它受风吹日晒,不会长好,唯有努力地灌溉,充分地准备,耐心地等待,劳苦最终才会有成果。

3.四个婚姻危险期

(1)第一个危险期:孩子出生时。夫妻两人的压力骤然加大,原来的嬉戏和娱乐大大减少,性生活质量下降。孩子到来所产生的"三角"关系,改变了原来的"两人世界",夫妻对婚姻同时感到紧张、困惑、茫然。

(2)第二个危险期:婚后第四~五年。这段时期夫妻容易觉得生活平淡乏味。丈夫工作了多年,却见不到什么光明前途,更加懒于做家务;妻子既要工作又要照顾孩子,忙得不可开交,夫妻都没有闲情卿卿我我,这时候他们有可能另觅知音。有位社会学家调查了70位与有妇之夫有染的女性,发现这些婚外情多半始于单纯的友谊。当丈夫或妻子把本应说给对方听的知心话向别人倾诉时,夫妻双方都难辞其咎。

(3)第三个危险期:婚后第七年左右。社会学家的调查发现,夫妻在婚后第六~十年之间,对婚姻的满足程度降至最低点。而实际上,离婚发生率也在婚后第七~十年形成高峰。这时候,夫妻双方应以最大的忍耐、最多的关怀来帮助对方,以保证婚姻的质量。

(4)第四个危险期:婚后第二十年左右。这时候,男女双方身体状况逐渐发生变化。妻子进入更年期往往烦躁不安,担心自己魅力全失,丈夫则为日渐衰老而忧心忡忡———精力不再充沛,才思不再敏捷,打篮球打不过儿子,提升全然无望。此时他正需要理解和安慰,而妻子也恰恰有同样要求。如果夫妻不能彼此给予,那他(她)就可能到其他异性那里去寻觅。

(二)婚姻中最缺的七样东西

托尔斯泰说过:"幸福的家庭都是一样的,不幸的家庭却各有各的不幸。"在中国,幸福的家庭的共性就是以下这些东西。

幸福是送人玫瑰手有余香。

(1)童心:其实只有童心未眠,才会永驻,才可历久弥新,所以最好能多保留一点天真,多拥有一点爱好、好奇心。在外面尽管当"正人君子",可回到家,大门一关就最好当个大孩子。

幸福是重温听潮的时刻,幸福是那一日的夕阳。

(2)浪漫:不少中国家庭太注重实际而缺少浪漫。不要以为浪漫无边就是献花、跳舞,不要以为没有时间、没有钱就不能浪漫。要知道,浪漫的形式是丰富多彩、多种多样的。

幸福是婴儿的笑脸。

(3)幽默:说话幽默能化解、缓冲矛盾和纠纷,消除尴尬和隔阂,增加情趣,让一家人其乐融融。

幸福是平静的馨香,幸福是开满鲜花的原野。

(4)亲昵:许多夫妻经常视亲昵为黏黏糊糊,解释"当众亲昵"是轻浮的表现。但专家研究发现,亲昵对提高家庭质量有着妙不可言的作用,而长期缺少拥抱、亲吻的人容易产生"肌肤饥饿",进而产生饥饿。

幸福是一杯浓浓的咖啡,幸福是知识的起航。

(5)情话:心理学家认为,配偶之间每天至少得向对方说三句以上充满温情的话语,如"我爱你"、"我的某某"。然而,不少国人太过注意含蓄,很少把爱挂在嘴边,以为这样是浅薄、令人肉麻。不少中国夫妻更是希望配偶把爱体现在细致、体贴的关心上。这固然没错,但是如果只有行动,没有情话,会不会给人以"只有主菜,没有佐料"的缺陷感呢?

幸福是轻柔的抚摸。

(6)沟通:不少中国夫妻把意见、不快压抑在心底,不挑明,还美其名曰"脾气好,有涵养"。其实,相互闭锁,只能导致误会加深,长期压抑等于积累恶性能量,一旦爆发,破坏性更大。正常的做法应该是加强沟通,有意见、不快应该诚恳、温和、讲究策略地说出来,并经常主动地了解对方的想法。吵架也不一定是坏事,毕竟它也是一种沟通的手段,只是应该就事论事,别进行人身攻击。

幸福是远离尘嚣的净土,幸福是置身事外的安闲。

(7)欣赏:人们经常用欣赏的眼光看自己的孩子,所以总觉得"孩子是自己的最好";又因为常用挑剔的眼光看配偶,所以总认为妻子(丈夫)是别人的好。用不同的眼光去评价同一件事,结论会大相径庭。如果你不假思索就能数出配偶的许多缺点,那么你多半缺少欣赏的眼光。如果你当面、背后都只说配偶的优点,那么,你就等于学会了爱,并能收获到爱。

(本文引自 http://baike.baidu.com/view/8496.html)

(三)未来中国婚姻十大变化趋势

1. 家庭结构小型化

理念:每家 3~4 人。

婚姻的期望随着小康生活的来临而变化,比如对收入的多少,对家务的投入,是否生育不再受到格外重视。双方更注重的是:保持亲热,遵守婚姻协议,互相谅解,创造舒坦、静逸的安乐窝。

2. 晚婚晚育人数增加

理念:单身不婚者增加,自愿不育者有上升趋势。传统"男主外,女主内"的观念,要套用在现代人身上其实很难,甚至已经被完全推翻。现代女性因为受教育程度提高,工作经验丰富,加上信息大量吸收以及媒体的两性议题报道,让女性有"女人也能有自己的天地"的观念,所以对爱情的自主权提高之后,择偶以及结婚要考虑的事情就愈多。

有首打油诗是这么说的,男人在 30 岁左右看女人,是看学历;男人在 30 岁以后看女人,是看经历;男人在 40 岁以后看女人,是看病历。其实这样的男人女人都很可悲,一个只是会"看",一个也只是"被看",最后都不会有什么结果。

所以,建议年纪大的男人,不要要求太多,因为最后还是只能娶一个太太,停下脚步,多给自己一点机会,并且同女性多相处,不要只是"看",要身体力行去追寻自己的幸福。年纪大的女性,曾经错过没关系,当下还是为时不晚的。就算那些男人都比较喜欢年纪轻的女生,我们还是要努力追求自己的幸福。如果可以不结婚,能够在其他方面找到寄托,其实做个"单身女郎"也是不错的。

3. 性教育更科学普遍

理念:年轻人因好奇心导致的轻率性体验减少,对婚前性行为更加慎重。

4. 择偶重情趣轻经济

理念:择偶更注重情趣相投,经济条件重要性降低。男女青年更希望对方与自己同属一个社会阶层。

女青年心目中的理想伴侣,是富有幽默感,懂得尊重人,生活充满乐趣,而经济条件、家庭背景的影响将淡化。

5. 追求婚姻质量

理念:婚姻质量成为人们追求的目标。

多数家庭不再凑合,婚姻调适能力的提高将使家庭生活更丰富、新鲜、幸福。婚姻中男女更加平等,家庭暴力减少,丈夫与妻子共同承担家庭义务。

有人这样评价婚姻中激情和平静的关系——每一段爱情的能量都是注定的,爱得愈激烈,消耗的能量也愈快,如同焰火,漫天绚烂之后,片刻就成为灰烬。而恬淡从容竟能维系一生。也许越是平淡的婚姻,爱情的质量越高。

6. 理财向 AA 制过渡

理念:家庭理财方式将由一人为主向 AA 制过渡。婚前财产公证,婚后夫妇双方在银行开设账户,独立进行经济核算。按婚姻协议,夫妻各自承担自己在家庭生活中的经济义务。所谓夫妻 AA 制,是指一种新的家庭经济承担模式。它大致有两种形式:一种是每月各交一部分钱作为"家庭公款",以支付房租、水电费等共同家庭支出,其余各自料理;另一种是请客、购物、打车等费用都自理,只在买房、投资之类的大项目上夫妻俩平均负担。近来,不少年轻夫妇将 AA 制引入到家庭生活中——"亲爱的,让我们 AA 制",渐成一句流行语。

7. 家务矛盾减少

理念:家务劳动强度降低,夫妻因家务劳动导致的矛盾减少,家用电器的普及缩短了家务劳动的时间。

8. 理智离婚增多

理念:协议离婚、试离婚成为理智分手的首选方式,但离婚率仍会呈上升态势。

知识、文化水平越高的人,情感丰富的人,对爱情要求就越高越多。但离婚者所承受的社会压力将会相应减少。

试离婚的好处在于可以让双方不会在冲动的情况下作出后悔的决定,在现实面前,两个人都会客观主动地重新检查自己,体味对方的长处,检讨自己的不足,最后的抉择是理性的。假如试离婚过程当中,真的发现自己的婚姻已经无爱、无性、无益,并且状况不能被改善,那么试离婚也是给自己的缓冲期,当你告别这段婚姻时,你也会让自己有一个平和的心态,适时放弃,给自己一个重新选择的机会。

9.理性对待婚外恋

理念:社会对婚外恋继续保持理性态度。

人们对婚姻的责任感更多的来自于自我认识、自我约束、自我修正,而不是迫于外在压力。人们要求婚姻的质量和情感,要求夫妻之间的权利和享受,有了更多选择的自由和自主意识。

我们要学会以我们的冷静和成熟的心理去承受,去面对。要知道,婚外恋,是挡不住的诱惑,但家却是避风的港湾。

10.婚姻自由度增加

理念:婚姻不再是从众行为,结婚与否是个人经过深思熟虑的选择,单身不婚、"丁克家庭"等生活方式可能成为多样化选择的内容。

"丁克"一词为英文 Double Income and No Kids 的缩写 DINK 的音译,意即双收入、无子女的家庭结构。如今丁克家庭如雨后春笋般成倍增长,尤其是北京、上海这种超级都市里。

(本文引自 http://life.pckids.com.cn/hunyin/0810/333261.html)

习题答案

一、填空题

1.结婚自由 离婚自由

2.婚姻自由 一夫一妻 男女平等 保护妇女、儿童和老人的合法权益 计划生育

3.权利 义务

二、判断题

1.错 2.错 3.对 4.对 5.对

三、单项选择题

1.B 2.C

四、多项选择题

1.ABCDE 2.ABC

五、名词解释

1.买卖婚姻。买卖婚姻是第三者(包括父母),以索取大量财物为目的,包办强迫他人婚姻的行为。

2.结婚自由。结婚自由是指建立婚姻关系的自由,即是否结婚,和谁结婚,当事人有权做主。

六、问答题

1.男女平等是指男女双方在婚姻家庭方面享有平等的权利,履行平等的义务。

这一原则具有十分广泛的内容,包括男女在经济方面、政治方面、文化方面和婚姻家庭方面的平等。既表现为权利上的平等,又表现为义务上的平等。具体来讲包括如下几点。一是婚姻问题上的平等。男女在结婚和离婚上的权利和义务平等。二是家庭地位上的平等。拥有

独立的姓名权、人身自由权、抚养教育子女的权利和义务、计划生育的义务、平等的财产权利。三是不同性别家庭成员间的平等。夫妻间、其他家庭成员间的平等关系,是我国男女两性法律地位平等在婚姻家庭领域中的体现,它是建立美满的婚姻关系和发展和睦的家庭生活的重要保障。

新修订的《婚姻法》还特别增加了"夫妻应当相互忠实、互相尊重"的规定,专门强调了夫妻间的相互义务。实现婚姻自由和一夫一妻制首先要求实现男女平等,没有男女平等就没有真正的婚姻自由和一夫一妻制。实现男女平等,必须坚决反对夫权思想和男尊女卑的旧观念,禁止迫害、虐待和歧视妇女的行为,真正实现男女从法律到实际生活中的完全平等。

2. 婚姻自由是指婚姻当事人按照法律的规定,决定自己的婚姻大事的自由,任何人不得强制或干涉。婚姻自由包括结婚自由和离婚自由。结婚自由是指建立婚姻关系的自由,即是否结婚,和谁结婚,当事人有权做主。离婚自由是指解除婚姻关系的自由。当夫妻感情已经破裂,依法解除痛苦的婚姻就十分必要。要注意既要保障离婚自由,又要反对轻率离婚。

案例思考答案

(1)不符合。《婚姻法》第三条第二款规定:"禁止重婚。禁止有配偶者与他人同居。"
(2)可以。破坏军人婚姻罪,是指明知是现役军人的配偶,而与之结婚或同居的行为。本案中,王兵的行为符合破坏军人婚姻罪的条件。

第二章　结婚

1999年5月,女青年王某在一饭店打工期间,与比她大4岁的印刷厂职工初某相识并相恋。在经过一段时间的深入了解后,王某认为两人性格不合,遂提出终止恋爱关系。初某对此坚决反对,并多次扬言:王某如不与他结婚,就杀死她一家。慑于初某的淫威,2001年12月,王某违心与初某办理了结婚登记手续。在共同生活期间,初某常因生活琐事对王某大打出手。

随着矛盾的加剧,王某决定通过法律手段解除这一痛苦的婚姻关系,并于次年6月诉至法院,请求依法撤销与初某的婚姻关系。法院经调查认为,王某与初某结婚前,初某确实存在威胁、恐吓等言行。根据婚姻法有关规定,法院判决王某与初某的婚姻属可撤销婚姻,予以撤销。

【评析】

可撤销婚姻,是指婚姻双方当事人一方采取暴力、威胁、恐吓等手段,以给对方或对方的亲友的人身自由、健康、荣誉、名誉、财产等造成损害为要挟,迫使对方违背自己的真实意愿作出虚假的意思表示而与之结婚的行为。当事人因意思表示不真实而成立的婚姻,在结婚的要件上有欠缺。通过有撤销权的当事人行使撤销权,使已经发生法律效力的婚姻关系失去法律效力。本案中,初某采用威胁的手段与王某结婚,王某在法定期限内提出撤销婚姻的申请,完全符合上述法律规定,法院依法撤销这一婚姻的判决是正确的。

应当指出的是,当事人自登记结婚之日起一年内,或者被非法限制人身自由的当事人自恢复人身自由之日起一年内未请求撤销婚姻的,就不能以胁迫为由请求撤销婚姻,而只能按离婚诉讼程序处理。

法律适用《中华人民共和国婚姻法》第十一条规定:因胁迫结婚的,受胁迫的一方可以向婚姻登记机关或人民法院请求撤销该婚姻。受胁迫的一方撤销婚姻的请求,应当自结婚登记之日起一年内提出。被非法限制人身自由的当事人请求撤销婚姻的,应当自恢复人身自由之日起一年内提出。

(材料来源:婚姻法律师网,《受胁迫婚姻可申请撤销》,2007-08-25)

结婚,又称婚姻的成立,或婚姻的缔结,是男女双方依法定的条件和程序确立夫妻关系的行为。我国婚姻法采用狭义的结婚概念,不承认订婚的效力。

结婚行为有如下特征:一是,结婚的行为主体须为男女异性,同性之间不能结婚;二是,结婚的行为严格依法定的条件和程序规范,要符合立法所规定的实质要件与形式要件;三是,结婚行为的法律后果是建立夫妻关系。

第一节 结婚的条件

一、结婚的实质性条件

(一)男女双方完全自愿

男女双方完全自愿即是说,必须是男女双方自愿,不允许任何一方对他方强迫或第三者干涉。自愿包括以下几方面的含义。一是要求双方自愿非只是单方面有意向。这就禁止一方对另一方用强迫的手段达到结婚的目的。二是要求当事人完全自愿,而非由于受胁迫而勉强同意。三是要求是基于当事人本人的自愿,而非任何第三人的意愿。例如,这种自愿并非基于父母亲友等的意愿,即禁止任何第三人干涉,但并不意味着不允许父母亲友提意见和建议。

(二)达到法定结婚年龄

法定结婚年龄,即法律上规定男女结婚必须达到的最低年龄。这是基于自然因素和社会因素的考虑。

从自然因素来看,达到法定婚龄的男女双方,生理已发育成熟,有利于双方当事人的身体健康,适宜繁衍后代的需要。另一方面,达到法定婚龄的男女双方大多心理上也较为成熟,有利于夫妻关系的和谐和婚姻关系的稳定。

从社会因素来看,法定婚龄适宜我国的风俗人情,与伦理道德相适应。同时,法定婚龄也是由我国的政治、经济等社会因素综合决定的。

我国《婚姻法》规定,结婚年龄男方不得早于 22 周岁,女方不得早于 20 周岁。婚姻不得低于法定年龄。对于未到法定年龄结婚的,应当在法定婚龄届至前提出或宣告无效。如果向有关机关提出婚姻无效时,已满法定婚龄,不得宣告该婚姻无效。

对于"男方满 22 周岁,女方满 20 周岁"规定的是最低婚龄,而不是说到了法定婚龄就一定要结婚。国家提倡和鼓励适当晚婚晚育。

案例 1-1

黄某,男 18 岁,汉族。乐某,女,17 岁,汉族。1993 年黄与乐两人经他人介绍认识,双方父母都想早点抱孙子,在父母的催促下,1994 年 12 月到民政部门登记结婚,经审查,两个人都不足法定结婚年龄,未准予登记。然而,双方不顾《婚姻法》的规定,于 1995 年元旦在家中举行了婚礼,黄与乐两个人结成"夫妻"。请思考,这种情况下,黄乐二人的婚姻关系成立吗?

【评析】

我国《婚姻法》第六条规定:"结婚年龄男不得早于 22 周岁,女不得早于 20 周岁。"黄某当时仅满 18 岁,乐某只有 17 岁,不符合婚姻法有关结婚年龄的规定,民政部门不予登记是正确的。黄、乐二人的父母不顾法律规定及民政部门的劝告,擅自为二人举行了婚礼,让二人结成夫妻关系是不具有法律效力的。黄乐二人的婚姻关系根本就不成立。

(三)结婚必须符合一夫一妻制

男女双方必须均无配偶,无配偶包括三种情形:一是未婚,二是离婚,三是丧偶。这一实质性条件在《婚姻法》结婚一章中没有具体规定,而是在总则中规定实行一夫一妻制。当事人如果违背一夫一妻制,即构成重婚。

重婚,即有配偶的人又与他人结婚或以夫妻名义共同生活的行为,或明知他人有配偶而与之结婚或者与之以夫妻名义共同生活的行为。

重婚的形式主要包括两种。一是法律重婚,是指前婚未解除,又与他人办理结婚登记。只要双方办理了结婚登记,不论是否同居,重婚即已构成。二是事实重婚,指前婚未解除,又与他人以夫妻名义共同生活,但未办理结婚登记手续。只要双方公开以夫妻名义共同生活,虽未办理结婚登记,也已构成重婚。

重婚产生的法律后果主要包括民事和刑事两个方面。

民事方面的法律后果有三项:①重婚不具有婚姻的法律效力,在《婚姻法》规定的婚姻无效制度中,重婚是无效的原因之一;②重婚是认定夫妻感情确已破裂,法院准予离婚的情形之一;③在离婚时,重婚是无过错方要求损害赔偿的理由之一。

重婚的刑事责任规定如下。《刑法》第二百五十八条规定:"有配偶而重婚的,或者明知他人有配偶而与之结婚的,处二年以下有期徒刑或者拘役。"即有配偶而重婚或明知对方有配偶而故意重婚者,应承担重婚罪的刑事责任。不知对方已有配偶而与之结婚的,不构成重婚罪,仅承担重婚的民事责任。基于军人保家卫国,长期无法兼顾家庭的情况,为了保护军婚,《刑法》第二百五十九条规定:"明知是现役军人的配偶而与之同居或者结婚的,处3年以下有期徒刑或者拘役。"可见,破坏军婚行为的表现形式,不仅包括了法律重婚、事实重婚还包括了明知是现役军人的配偶而与之同居的情形。

案例 1-2

李某,女,21岁,汉族。刘某,男,24岁,汉族。1994年李某为了从本单位分得住房,与刘某办理了结婚登记手续,但两个人并未同居。1995年两个人因为"感情不和"分手。李某又与王某恋爱,并打算在1996年元旦与王某结婚。刘某得知此事后,找到李某说:"咱们是夫妻,你与王结婚是违法的。"李某说:"我们又没有上床同居,不算是夫妻,我和王结婚你无权干涉。"刘某为此向人民法院起诉,状告李某犯有重婚罪。请思考,登记但未同居,一方又准备再婚,构成重婚罪吗?

【评析】

依我国《婚姻法》的规定,经过结婚登记,领取了结婚证,始建立婚姻关系。是否同居,并不影响婚姻关系的成立。李刘虽未同居,但二人经婚姻机关登记,领取了结婚证,婚姻关系已经建立。我国实行的是一夫一妻制,李某在未与刘某解除婚姻关系以前不能与王某结婚,否则就构成重婚。

(四)有一定血缘关系的,禁止结婚

禁止一定范围内血亲结婚的根据是优生学和伦理学。自然选择规律和科学研究证明,近亲属结婚,极容易将一方或双方生理上、精神上的弱点和缺陷毫无保留地暴露出来,累积起来遗传给后代。据统计,人类隐性遗传性疾病有1 000多种,如父母为近亲,其带来隐性基因发病率高出非近亲结婚150倍,出生婴儿的死亡率也高出3倍多。禁止近亲结婚,对提高中华民族的整体素质,促进民族的繁荣昌盛具有重要意义。同时,社会伦理道德也禁止有一定血缘关系的亲属结婚。

我国《婚姻法》第七条规定,直系血亲和三代以内的旁系血亲禁止结婚。直系血亲是指与自己有直接血缘关系的亲属,即生育自己和自己所生育的上下各代亲属,不受代数的限制。而且此处的血亲应包括自然血亲与拟制血亲,后者包括有扶养关系的继父母与子女之间以及养父母与子女之间等。三代以内的旁系血亲,包括兄弟姐妹、表(堂)兄弟姐妹、父母的兄弟姐妹与己身。但超出三代以外的旁系血亲可结婚,例如,甥(女)、表侄(女)与己身则可以结婚。代数的计算方法是按罗马法的方法来计算,即找出二者共同血缘的源处,以代数最高者为旁系血亲的代数。如己身与姑表亲的共同血源处在己身的祖父母,己身与祖父母为三代,姑表亲与己身的祖父母也是三代,则己身与姑表亲为三代旁系血亲。再如己身与姑表亲之女(表侄女),其共同血缘之源处亦在己身的祖父母,而己身的表侄女与己身的祖父母为四代直系血亲,则己身与表侄女为四代旁系血亲,不在禁止结婚之列。

案例 1-3

蒋某与表哥的女儿在同一乡镇企业中工作,互相帮助,互相学习,产生了感情,准备结婚。法律是否允许?

【评析】

是可以的。《婚姻法》第七条第一款规定:"有下列情形之一的,禁止结婚:一、直系血亲和三代以内的旁系血亲。"我国《婚姻法》代数的计算方法是按罗马法,即以己身为一代向上数至同源处。只要有一方超过三代则可以结婚。蒋某与表哥的女儿分别以己身为一代向上数,直至同源处,蒋某为第三代,表哥的女儿为第四代,超出了三代旁系血亲的范围,不属于法律禁止结婚的情形。

(五)患一定疾病的,禁止结婚

《婚姻法》第七条规定,患有医学上认为不应当结婚的疾病的,禁止结婚。修订前的《婚姻法》曾规定患麻风病未经治愈者,禁止结婚。过去人们认为麻风病是一种恶性传染病,但是随着医学的发展,对麻风病已有较好的治疗方案,可以预防也可以把病彻底治好,并不可怕,我国近年来已经基本消灭了麻风病。因而,新《婚姻法》不再把患麻风病未经治愈者列入禁止结婚之列。但由于其传染性,实践中还是要慎重掌握。随着时代的发展,人们已经发现而且还会继续发现某些不宜结婚的遗传病或传染病。因此,法律不必对此问题作出具体的规定,而是通过婚前检查,依据医学上的鉴定来决定。这对保护当事人的利益和民族健康都是非常必要的。

在司法实践中,不宜结婚的疾病主要有以下几类:①患性病未治愈的;②重症精神病(包括精神分裂症、躁狂抑郁症和其他精神病发病期间);③先天痴呆症(包括重症智力低下者);④非常严重的遗传性疾病。

二、结婚的程序性条件

(一)结婚的程序

1.结婚登记是建立婚姻关系的法定程序

我国《婚姻法》规定,要求结婚的男女双方必须亲自到婚姻登记机关进行结婚登记。符合《婚姻法》规定的结婚实质性条件的,予以登记,发给结婚证。

男女双方一经办理结婚登记手续,领取结婚证,始确立夫妻关系,不论是否举行结婚仪式,也不论是否同居。

办理结婚不得代理。

2.结婚登记机关

结婚登记机关,在城市是街道办事处或市辖区、不设区的市人民政府的民政部门,在农村是乡、民族乡、镇的人民政府。

男女双方应当共同到一方当事人常住户口所在地的婚姻登记机关办理结婚登记。

3.结婚登记的程序

婚姻登记机关办理结婚登记的程序分为受理申请、审查询问、结婚登记声明、颁发结婚证。

(1)受理申请。要求结婚当事人双方共同到婚姻登记机关进行办理并提供完整齐全的结婚登记所需的证件和材料,即户口本和身份证。在《婚姻登记条例》实施以前,申请结婚的当事人还需要到指定的医疗保健机构进行婚前健康检查,向婚姻登记机关提交婚前健康检查证明。但是,从2003年10月1日起,随着《婚姻登记条例》实施,提供婚检证明的要求已经被取消。婚姻登记机关对不符合结婚登记条件的,应说明理由,并出具"不予办理结婚登记通知单"。

(2)审查询问。婚姻登记员对结婚双方当事人提供的证件及内容进行审查。首先,审查证件是否齐全;其次,审查证件的内容。对于身份证、户口本要审查其姓名、性别、出生日期、照片等是否与本人情况相符,本人提供的证件内容是否一致,当事人户口所在地的情况,并确认双方当事人年龄是否符合结婚登记的条件,即男方满22周岁,女方满20周岁。另外,婚姻登记员还应对当事人进行询问,包括询问当事人结婚登记是否为双方完全自愿。还可以作必要的调查以便查明当事人是否符合结婚的条件。

(3)结婚登记声明。提供"申请结婚登记声明书",并请当事人填写"申请结婚登记声明书",核对填写内容无误后,请双方当事人分别在"声明人"一栏亲笔签名或按指印;请男方当事人宣读本人的声明书;请女方当事人宣读本人的声明书;婚姻登记员在双方"申请结婚登记声明书"上"监誓人"一栏分别签上自己的名字;打印"结婚登记审查处理表"和结婚证。双方当事人在登记处当场拍照。

(4)颁发结婚证。经对当事人双方提供的证件材料审查及相关情况的询问,对符合《婚姻法》规定的结婚条件的,婚姻登记员为其办理结婚登记手续。对不符合条件的,不予登记,并向当事人说明理由。

案例 1-4

张某与新婚妻子春节前领取了结婚证,没有举行结婚仪式,他们就回广西老家探亲去了。请思考,结婚不举行仪式是不是合法?

【评析】

我国《婚姻法》明确规定,要求结婚的男女双方必须亲自到婚姻登记机关进行登记,取得结婚证,即确立夫妻关系。至于婚姻仪式,不是结婚的必经程序或必要条件。举行不举行结婚仪式纯属个人自由,他人无权干涉。

第二节　无效婚姻、可撤销婚姻

一、无效婚姻

（一）无效婚姻的情形

符合法定条件，履行了婚姻登记手续的合法婚姻关系受到法律保护，不符合法定条件的婚姻无效。修订后的《婚姻法》增加了无效婚姻的规定，第十条规定："有下列情形之一的，婚姻无效：（一）重婚的；（二）有禁止结婚的亲属关系的；（三）婚前患有医学上认为不应当结婚的疾病，婚后尚未治愈的；（四）未达法定婚龄的。"即无效婚姻有以下几种情形：一是重婚的，即一方或双方有配偶的；二是直系血亲或三代以内旁系血亲的，即违反《婚姻法》第七条第一项规定的；三是婚前患有医学上认为不应当结婚的疾病，婚后尚未治愈的，即违反《婚姻法》第七条第二项规定的；四是未达到法定婚龄的，即违反《婚姻法》第六条规定的。

（二）无效婚姻的法律后果

《婚姻法》第十二条规定："无效或被撤销的婚姻自始无效。当事人不具有夫妻的权利和义务，同居期间所得的财产，由当事人协议处理，协议不成的，由人民法院根据照顾无过错方的原则判决。对重婚导致的婚姻无效的财产处理，不得侵害合法婚姻当事人的财产权益。当事人所生的子女，适用本法有关父母子女的规定。"

依据上述法律规定，无效婚姻的法律后果分为以下几个方面。

（1）在当事人关系认定上，婚姻依法被宣告无效。婚姻关系自始无效，当事人不具有夫妻间的权利和义务，只能认为是具有同居关系。

（2）在与子女的有关问题上，无效婚姻当事人所生的子女，适用本法有关父母子女的规定。在法律上，无效婚姻当事人所生的子女应被认定为非婚生子女。但依据法律规定，非婚生子女、婚生子女与父母之间的权利义务是一样的，即：父母对非婚生子女也有抚养的义务，非婚生子女成年后也对父母有赡养的义务。同时，非婚生子女在继承父母财产权上与婚生子女也没有什么不同。

（3）在财产处理问题上，同居期间所得的财产，原则上按共同共有处理，有证据证明为一方所有的，归其所有。在同居期间所得的财产处理上，也充分考虑了意思自治原则，即由无效婚姻当事人协议处理。如果协议不成的，才由人民法院依法判决，只是在判决过程中要充分照顾无过错方的利益。此外，对重婚导致的婚姻无效的财产处理，无论是协议解决还是人民法院判决，一律不得侵害合法婚姻当事人的财产权益。

（4）无效婚姻当事人之间没有继承权。因为无效婚姻当事人之间的关系不是夫妻关系而是同居关系，所以当事人之间不具有夫妻间的权利和义务，当然也没有继承的权利。但是可以根据具体情况，成为适当分得遗产人。《继承法》第十四条规定："对继承人以外的依靠被继承人抚养的缺乏劳动能力又没有生活来源的人，或者继承人以外的对被继承人抚养较多的人，可以分给他们适当的遗产。"所以，同居生活期间一方死亡的，如果另一方对该方抚养较多或被该方抚养又缺乏劳动能力且没有生活来源的，可适当分得该方遗产。

案例　2-1

某私营企业老板秦大贵1981年在天津与胡小敏登记结婚。婚后二人感情尚好,生有一子。1989年,秦大贵开始南下深圳经商,其后结识打工妹汪苹苹。秦大贵对汪苹苹自称未婚,因为出手阔绰、财大气粗,很快就赢得汪苹苹芳心,两人开始同居。1991年,汪苹苹提出与秦大贵结婚。秦大贵本想离婚后再与汪苹苹结婚,但转念一想,既怕已婚事实败露,影响汪苹苹对自己的感情,又怕胡小敏不愿离婚,离婚之事会久拖不决。于是,他让自己的企业有关部门为自己出具婚姻状况证明,谎称未婚,与汪苹苹1991年元旦在深圳登记结婚。婚后,两人生有一女。几年间,秦大贵以生意为由,北来南往,两边都不知情,这种状况一直维持着。1997年,秦大贵在一次意外事故中死亡,留下大笔遗产。胡小敏到深圳去清理秦大贵遗产时,才发现秦大贵又与他人结婚了;而汪苹苹也在此时才知道秦大贵原是有妇之夫。双方发生了激烈的争执,胡小敏遂起诉至法院,要求确认自己和儿子才是秦大贵遗产的合法继承人,并追究汪苹苹的重婚罪。请思考:本案应该如何处理?

【评析】

第一,汪苹苹与秦大贵之间的婚姻属于无效婚姻。我国实行一夫一妻制,《婚姻法》第十条规定:"有下列情形之一的,婚姻无效:(一)重婚的;(二)有禁止结婚的亲属关系的;(三)婚前患有医学上认为不应当结婚的疾病,婚后尚未治愈的;(四)未达法定婚龄的。"从本案来看,秦大贵和胡小敏结婚在先,其后秦大贵隐瞒已婚事实再与汪苹苹结婚。秦大贵与汪苹苹之间的婚姻应属无效婚姻,且自始无效。秦大贵与汪苹苹之间没有夫妻间的权利义务,自然也没有夫妻之间的继承权。同时,汪苹苹也不属于适当分得遗产人,因为《继承法》第十四条规定:"对继承人以外的依靠被继承人抚养的缺乏劳动能力又没有生活来源的人,或者继承人以外的对被继承人抚养较多的人,可以分给他们适当的遗产。"汪苹苹不属于这种情况。所以汪苹苹无权要求分得秦大贵的遗产。

第二,汪苹苹与秦大贵二人所生之女有权继承其父亲秦大贵的遗产。虽然汪苹苹与秦大贵二人的婚姻关系无效,二人所生之女属于非婚生子女。但是非婚生子女、婚生子女在与父母的权利义务上并无不同,都有平等的继承权。所以胡小敏、胡小敏与秦大贵之子、汪苹苹与秦大贵之女三人都是秦大贵的第一顺序法定继承人,都有权继承秦大贵的遗产。

第三,汪苹苹不构成重婚。重婚是指有配偶的人又与他人结婚或以夫妻名义共同生活的行为,或明知他人有配偶而与之结婚或者与之以夫妻名义共同生活的行为。秦大贵在已有配偶的情况下又与汪苹苹结婚,是典型的重婚行为。因为秦大贵已死亡,其行为产生的刑事方面的后果已无从追究。而汪苹苹并没有构成重婚罪。因为汪苹苹对秦大贵已婚的事实并不知情,不属于明知他人有配偶而与之结婚,所以胡小敏诉汪苹苹重婚罪不能成立。

(三) 申请宣告人

对于无效婚姻,当事人以及利害关系人可以向人民法院提出该婚姻无效。人民法院应当宣告该婚姻无效。

根据最高人民法院《关于适用〈中华人民共和国婚姻法〉若干问题的解释(一)》第七条规定:"有权依据《婚姻法》第十条规定向人民法院就已办理结婚登记的婚姻申请宣告婚姻无效的主体,包括婚姻当事人及利害关系人。利害关系人包括:

（1）以重婚为由宣告婚姻无效的，为当事人的近亲属及基层组织；

（2）以未到法定婚龄为由宣告婚姻无效的，为未达法定婚龄者的近亲属；

（3）以有禁止结婚的亲属关系为由申请宣告婚姻无效的，为当事人的近亲属；

（4）以婚前患有医学上认为不应当结婚的疾病，婚后尚未治愈为由申请宣告婚姻无效的，为与患者共同生活的近亲属。"

（四）受理机关

对于无效婚姻，当事人以及利害关系人可以向人民法院提出该婚姻无效。人民法院应当宣告该婚姻无效。对未到法定婚龄结婚的，应当在法定婚龄届至前提出或宣告该婚姻无效。最高人民法院在《关于适用〈中华人民共和国婚姻法〉若干问题的解释（一）》第八条规定，在向有关机关提出婚姻无效时，对无效事由已消除的，不得宣告该婚姻无效。

（五）法院对无效婚姻的受理

依《婚姻法》解释的规定，对当事人提起的无效婚姻之诉，应分别作如下处理。第一，当事人仅以一方违反夫妻忠实义务等而提起诉讼的，人民法院不予受理；已经受理的，裁定驳回起诉。第二，当事人依《婚姻法》第十条向法院申请宣告婚姻无效的，申请时法定的无效婚姻情形已消失的，应不予支持。第三，夫妻一方或双方死亡后一年内，生存一方或利害关系人依《婚姻法》第十条申请宣告婚姻无效的，人民法院应予受理。利害关系人为申请人的无效婚姻之诉，婚姻当事人双方均为被申请人；夫妻一方死亡的，生存一方为被申请人；夫妻双方均死亡的，不列被申请人。第四，无效婚姻与离婚之诉的关系：法院受理离婚案件后，审查中发现属无效婚姻的，应作出宣告婚姻无效的判决；法院就同一婚姻关系分别受理了离婚与无效婚姻宣告申请案件的，应先就后者作出判决后再进行审理离婚案件；一旦婚姻被宣告无效，应当继续审理涉及财产分割与子女抚养的问题。

（六）无效婚姻的审理与判决

第一，申请宣告婚姻无效案件一经受理，经审查确属无效婚姻，人民法院应作出无效的判决；原告申请撤诉的，不予准许，以维护婚姻严肃性。第二，审理无效婚姻案件，涉及财产分割与子女抚养的，应就婚姻效力的认定与其他纠纷的处理分别制作裁判文书。第三，审理中，对婚姻效力的审理不适用调解。第四，有关婚姻效力的判决一经作出，即生效。第五，涉及财产分割和子女抚养的，可以调解；达成调解协议的，在婚姻效力判决之外，另行制作调解书。第六，对财产分割和子女抚养问题的判决不服的，可上诉。

二、可撤销婚姻

（一）可撤销婚姻的概念

可撤销的婚姻是指当事人因意思表示不真实而成立的婚姻，法律赋予一定的当事人以撤销婚姻的请求权，该当事人可以通过行使撤销婚姻的请求权，而使该婚姻为无效婚姻。通过有撤销权的当事人行使撤销权，使已经发生法律效力的婚姻关系失去法律效力。

根据我国《婚姻法》的规定，婚姻可以撤销的原因为胁迫。胁迫，是指行为人以给婚姻一方当事人或其近亲属的生命、身体健康、名誉、财产等方面造成损害为要挟，迫使该方违背真实意愿而缔结婚姻。

胁迫的主体是婚姻关系中的一方当事人或者婚姻关系之外的第三人。胁迫方损害的对象可以是婚姻关系中的一方当事人，也可以是一方当事人在意的第三人。胁迫造成损害的范围包括生命、身体、财产、名誉、自由、健康等方面。胁迫的手段有两种类型：一种是非法使他人产生损害相威胁，而使某人产生恐惧；另一种是直接对他人实施不法行为，给某人造成损害，而迫使婚姻一方当事人结婚。

（二）提出撤销婚姻效力申请的有关规定

因胁迫结婚的，受胁迫的一方可以向婚姻登记机关或人民法院请求撤销该婚姻。受胁迫的一方撤销婚姻的请求，应当自结婚登记之日起一年内提出。被非法限制人身自由的当事人请求撤销婚姻的，应当自恢复人身自由之日起一年内提出。这一规定，对提出请求撤销婚姻效力的申请作了如下规定。

1. 提出撤销婚姻效力的请求权人

有权提出撤销婚姻效力的申请人只能是因胁迫结婚的被胁迫人，而胁迫婚姻的另一方当事人无权提出，这是基于婚姻自由的基本原则而规定的。受胁迫方是因为自己或第三方的生命、身体、财产、名誉、自由、健康等方面受到威胁而缔结的婚姻。而胁迫婚姻的另一方当事人在缔结婚姻关系时，并没有违背自己真实的婚姻意思，所以该方无权请求撤销婚姻。

同时，受胁迫一方还可以在是否行使撤销权上有选择的权利。考虑到被胁迫的一方，在结婚时，虽然是违背了自己的意愿与他人缔结了婚姻关系，但有可能在和他人结婚后，组建了家庭，经过一段时间生活，与对方建立了一定的感情，婚姻关系还不错，特别是在有了孩子的情况下，与对方、与孩子更有一种难以割舍的关系。在这种情况下，法律明确规定胁迫婚姻为无效婚姻，不一定适当。经过反复研究，《婚姻法》将因胁迫而缔结的婚姻，规定为可撤销婚姻，把是否否认其婚姻效力的申请请求权交给受胁迫方。如果受胁迫方不想维持因胁迫而缔结的婚姻，可以向婚姻登记机关或向人民法院请求撤销该婚姻，经有关部门审查核实，宣告该婚姻没有法律效力。如果最初受胁迫，但后来愿意共同生活，则可以放弃申请撤销婚姻效力的请求权，婚姻登记机关或人民法院不能主动撤销当事人的婚姻关系。

2. 提出撤销婚姻效力申请的时间

因胁迫而结婚的，受胁迫方虽然具有撤销该婚姻效力的请求权，但是这一请求权的行使不是没有任何限制的。受胁迫的一方撤销婚姻的请求，应当自结婚登记之日起一年内提出。被非法限制人身自由的当事人请求撤销婚姻的，应当自恢复人身自由之日起一年内提出。这个规定表明，受胁迫方必须在法律规定的时间内使行撤销其婚姻效力的请求权，否则，该请求权消灭。这是因为，因胁迫而缔结的婚姻在形式上或程序上符合了结婚的要求，是以有效婚姻的形式存在，如果不行使撤销权，就一直有效下去，但一旦行使撤销权就自始归于无效。规定申请时限，是有一定理由的。如果不规定申请时限，受胁迫方长期不行使这个权利，不主张撤销婚姻的效力，就会使得这一婚姻关系长期处于一种不稳定的状态，不利于保护婚姻双方当事人的合法权益，特别是双方当事人所生子女的利益，也不利于家庭、社会的稳定。同时还可能使婚姻登记机关或者人民法院在判断是否撤销当事人婚姻效力时，由于时间太长而无法作出准确判断。所以法律为该请求权规定了一年的时限。如果超过了法律规定的期限还不行使，受胁迫方就失去了请求撤销婚姻效力的权利，其所缔结的婚姻为合法有效的婚姻。

那么，这一年的期限从何时起算呢？本条规定的这一年期限的起算时间有两种情形。第一，自受胁迫方结婚登记之日起算，即受胁迫方应当在结婚登记之日起一年内决定是否申请有关部门撤销其婚姻的效力。第二，自受胁迫方恢复人身自由之日起算，即受胁迫方自恢复人身自由之日起一年内决定是否申请有关部门撤销其婚姻的效力。这种情况主要考虑到在胁迫的婚姻中,有的受胁迫方是被非法限制人身自由的,如绑架、拐卖的妇女被迫与他人缔结婚姻关系,这些妇女在被他人限制人身自由,有关部门未解救前,是无法提出撤销婚姻效力的申请的,故被非法限制人身自由的受胁迫方提出撤销婚姻效力的申请时间必须待其恢复人身自由之日起算。

3.有权撤销婚姻关系的机构

根据规定,有权撤销婚姻关系的机构为婚姻登记机关或人民法院。

(三)撤销婚姻的后果

我国《婚姻法》第十二条规定:"无效或被撤销的婚姻,自始无效。当事人不具有夫妻的权利和义务。同居期间所得的财产,由当事人协议处理;协议不成时,由人民法院根据照顾无过错方的原则判决。对重婚导致的婚姻无效的财产处理,不得侵害合法婚姻当事人的财产权益。当事人所生的子女,适用本法有关父母子女的规定。"

(四)欺诈不是撤销婚姻的理由

在修改《婚姻法》的过程中,有些人提出应当规定欺诈的婚姻为可撤销婚姻。他们举了一些事例,如谎称自己家境显赫、富有,如伪造自己的学历、经历、职业、职务,如欺骗对方,说自己很有钱,能带其出国,隐瞒自己的前科,如隐瞒自己的疾病,隐瞒自己有子女,隐瞒自己与他人发生过性关系,隐瞒自己的已婚史等等。《婚姻法》没有采纳这个意见。上述事例虽属欺诈,但却不能因此请求撤销婚姻关系。因为欺诈的情形非常复杂,有的欺诈,如隐瞒未到法定婚龄、禁止结婚的疾病、已婚的欺骗未婚的,《婚姻法》第十条已规定为无效婚姻,其他因欺诈导致夫妻感情破裂的,可以通过离婚解除婚姻关系。

第三节　婚约、事实婚姻和同居关系

一、婚约

婚约亦称订婚,是男女双方以将来结婚为目的而作的事先约定。我国法律规定,予以登记,发给结婚证的,始确立婚姻关系。可见,婚约不是成立婚姻关系的必经程序,不具有法律效力,不受法律保护。我国法律对于婚约的态度是不支持,不反对,当事人自主的原则。一方要求解除,通知对方即可。

案例　3-1

肖某是某县某村的女孩,聪明能干,人也长得漂亮,正当谈婚论嫁的年纪,但是却为一桩事情而苦恼。在肖某小时候,其父母与村里的程某(男)父母交好,双方父母"指腹为婚"与程某订婚约,并收取了对方的聘礼。但是肖某却对程某并不中意,程某平时好吃懒做,游手好闲。现在连肖某的父母也后悔这门亲事,但聘礼已收。请思考,约定的婚约是否可以不遵守?订婚收取的聘礼怎么办?

【评析】

婚约不具有约束力。依据我国《婚姻法》规定,只有经过结婚登记,领取了结婚证,才建立了婚姻关系。订婚不具有法律效力。肖程双方父母"指腹为婚"的做法是受了封建思想残余的影响。另外,结婚是凭男女双方当事人的自愿,而非父母的意愿,所以肖某可以自行宣布解除婚约,不必经过法律程序。

至于聘礼返还问题,最高人民法院发布的关于适用《中华人民共和国婚姻法》若干问题的解释中有规定,在下面三种情况下,当事人可请求返还彩礼:一、双方没有办理结婚登记手续的;二、双方办理结婚登记手续但未共同生活的;三、婚前给付并导致给付人生活困难的。所以,肖某家应返还聘礼。

二、事实婚姻

我国《婚姻法》关于事实婚姻效力经历了四个阶段的演变:承认事实婚姻的效力——限制承认事实婚姻的效力——不承认事实婚姻的效力——相对承认事实婚姻的效力。这里仅仅介绍第四个阶段,即2001年《婚姻法》颁布之后的规定。

(一)概念

事实婚姻是指没有配偶的男女,未办理结婚登记手续即以夫妻名义同居生活,群众也认为是夫妻关系的结合。

事实婚姻是相对于合法登记的婚姻而言的,事实婚姻未经依法登记,本质上属于违法婚姻,但考虑到我国的现实国情,为了维持一定范围内的,特别是广大农村人口婚姻关系的稳定,国家对未办理结婚登记而以夫妻名义同居生活的男女双方之间的关系有条件地予以认可,这就产生了事实婚姻这一概念。

(二)特征

事实婚姻有如下特征。

(1)事实婚姻的男女应无配偶。有配偶则成为事实重婚。事实婚姻不同于事实重婚。重婚包括两种形式,一是法律重婚,二是事实重婚。事实重婚是指前婚未解除,又与他人以夫妻名义共同生活,但未办理结婚登记手续。只要双方公开以夫妻名义共同生活,虽未办理结婚登记,也已构成重婚。

(2)事实婚姻的当事人具有婚姻的目的和共同生活的形式。男女双方是否互以配偶相待是事实婚姻与其他非婚两性关系在内容上的重要区别。因为,一切不合法的性行为,不具有婚姻的目的和共同生活的形式。

(3)事实婚姻的男女双方具有公开的夫妻身份。这不同于同居,事实婚姻以夫妻名义同居生活,又为周围的群众所公认。也就是说,不仅内在具有夫妻生活的全部内容,在外部形式上还应有为社会所承认的夫妻身份。这是事实婚姻与其他非婚两性关系在形式上的重要区别。一切违法的两性关系和行为,均不具有夫妻的名义,群众也不会承认其为夫妻。

(4)事实婚姻的当事人未履行结婚登记手续。不具有法定的结婚登记要件,这是事实婚姻与登记婚姻区别的主要标志。但是,在效力上事实婚姻的效力与登记婚姻相同,法律是认可的。

(三)构成事实婚姻的要件

事实婚姻必须具备以下要件:

(1)男女双方在一起持续、稳定的共同居住的行为始于1994年2月1日以前;

(2)同居是以夫妻名义进行的;

(3)同居双方1994年以前同居时已经具备结婚的实质要件。

（四）事实婚姻的处理

1. 身份关系的认定

2001年12月27日最高人民法院《关于适用〈中华人民共和国婚姻法〉若干问题的解释（一）》第五条规定："未按《婚姻法》第八条规定办理结婚登记而以夫妻名义共同生活的男女，起诉到人民法院要求离婚的，应当区别对待：1994年2月1日民政部《婚姻登记管理条例》公布实施以前，男女双方已经符合结婚实质要件的，按事实婚姻处理；1994年2月1日民政部《婚姻登记管理条例》公布实施以后，男女双方符合结婚实质要件的人民法院应当告知其在案件受理前补办结婚登记，未补办结婚登记的，按解除同居关系处理。"

2. 财产关系的处理

对于被认定为事实婚姻关系的，同居期间的财产适用《婚姻法》对夫妻财产的规定，没有约定者，适用夫妻共同财产制。被认定为同居关系的，同居期间共同劳动所得的收入和购置的财产，为一般共同财产，该期间双方各自继承或受赠的财产为双方个人财产，为共同生产、生活形成的债权、债务，按共同债权、债务处理。无论是哪一种关系，在同居生活前，一方自愿赠与对方的财物，按赠与关系处理。一方向另一方索取的财物，应根据双方同居生活时间的长短、对方的过错程度以及双方经济状况等实际情况酌情返还。

3. 子女关系的处理

事实婚姻关系的双方在同居生活期间所生子女为婚生子女，同居关系的双方所生子女为非婚生子女。根据我国法律规定，非婚生子女享有与婚生子女同等的权利，任何人不得加以危害和歧视，无论是事实婚姻关系，还是同居关系，双方离异时，其子女抚养问题均依照《婚姻法》的这一规定办理。

4. 事实婚姻的解除

关于事实婚姻的解除，目前尚没有统一的标准，我们认为既然事实婚姻与登记婚姻具有同等效力，就应同等对待，即事实婚姻的解除也需要通过法定方式，即行政手段或诉讼手段。但在实践操作中，民政部门往往不会受理事实婚姻的协议离婚请求，所以解除事实婚姻关系最好是到法院，即向法院提起离婚诉讼。

案例 3-2

张某在大学期间与同班的女同学刘某相爱，毕业前，两个人在刘某家同居，并商定毕业后结婚。1987年5月，刘被分配在重庆市工作，两个人开始鸿雁传书、海誓山盟、情意绵绵。但半年后，张给刘的信越来越少，渐渐不再给刘写信。因为张在群艺馆认识了女演员樊某，并于1988年元旦结婚，刘因为较长时间收不到张的信，1988年2月到溶县看望张，得知张已结婚后，她非常气愤，以自己已和张同居，并商定了结婚日期为理由，以构成事实婚姻向法院申诉张和樊结婚犯有重婚罪。请求制裁张某。请思考，订婚同居构成事实婚姻吗？订婚后男方与他人结婚，男方构成重婚吗？为什么？

【评析】

订婚不构成事实婚姻。男女双方于1994年2月1日以前，以夫妻名义同居，且已具备结婚的实质性条件的，按事实婚姻论。事实婚姻，不仅内在具有夫妻生活的全部内容，在外在形式上也有社会所承认的夫妻身份。订婚不具有法律的效力。张刘二人同居，但并未结婚，关系不受法律保护。另外一方面,张樊二人的婚姻满足了结婚的实质性条件,是受法律保护的婚姻关系。所以张樊二人并不构成重婚。

三、同居关系

(一)概念

同居关系是指男女双方基于共同生活、居住而形成的,不完全具备合法婚姻的构成要件,而在某些方面又与婚姻关系有些相似的两性结合。同居跟结婚不一样,结婚是获得了法律的承认的,是不可以随便解除关系,解除婚姻关系必须要通过一定的法律程序;而同居是不被法律承认的一种行为,可以随时出于当事人的意愿而终止关系,对双方都具有很大的自由度。

(二)同居关系的构成要件

1. 男女双方的两性结合

同居关系与婚姻关系一样,也是男女双方的两性结合,而且也是长期在一起共同生活。

2. 不一定具备结婚的实质要件

同居关系比起结婚来限制条件较少,男女双方结合在一起共同生活即可,至于是否满足结婚的实质要件,在所不论。

3. 未办理结婚登记就同居生活

这是同居关系与婚姻关系在形式上的最大区别。

案例 3-3

原告陈某某(男)与被告朱某(女)原系表兄妹关系,后双方于1989年4月未经结婚登记,以夫妻名义同居生活。同居期间生育一女。2008年6月,原告以与被告系三代以内的旁系血亲为由,向法院提起诉讼,请求解除与被告的"婚姻"关系,并要求对子女抚养及双方的共同财产进行分割。

【评析】

在审理过程中,对本案原、被告之间的"婚姻"关系应如何定性,有如下三种不同意见。

第一种意见认为,原、被告虽未经结婚登记,但在一起以夫妻名义同居生活已近20年,且生育子女,应认定双方的"婚姻"关系为事实婚姻。

第二种意见认为,根据《婚姻法》第十条规定:"有下列情形之一的,婚姻无效:(一)重婚的;(二)有禁止结婚的亲属关系的;……"本案中,原、被告系三代以内的旁系血亲,属法律规定禁止结婚之列,因此,应认定双方的"婚姻"关系为无效婚姻。

第三种意见认为,原、被告之间的"婚姻"关系不具备《婚姻法》规定的实质要件和形式要件,应认定双方的"婚姻"关系为同居关系。

笔者同意第三种意见。其理由如下。

首先,原、被告之间的"婚姻"关系并不构成事实婚姻。事实婚姻是指符合婚姻成立实质要件的男女双方未经登记,以夫妻关系长久、持续地同居生活的一种婚姻形式。而本案原、被告系三代以内的旁系血亲,属法律规定禁止结婚之列,并不具备婚姻成立的实质要件,因而,双方虽在一起以夫妻名义同居生活已近20年,但仍不构成事实婚姻。

其次,原、被告之间的"婚姻"关系也不构成无效婚姻。无效婚姻是指已办理结婚登记尚欠缺婚姻成立的法定条件而不发生法律效力的违法婚姻,也就是法律不予承认和保护的婚姻。

无效婚姻成立的前提条件是已办理结婚登记，而本案原、被告并未进行结婚登记，故不构成无效婚姻。

综上，由于原、被告之间的"婚姻"关系既不构成事实婚姻，也不构成无效婚姻，因而，对原、被告之间这种既不具备《婚姻法》规定的实质要件，又不具备《婚姻法》规定的形式要件的"婚姻"关系，应认定为同居关系。

（材料来源：婚姻法律师网，《本案原、被告之间的"婚姻"关系应如何定性？》，2009－07－05）

（三）同居关系与事实婚姻的区别

同居关系与事实婚姻的区别，主要表现在以下几个方面。

第一，事实婚姻的构成要件要比同居关系的构成要件要求更严格。同居关系的构成要件是：男女双方的两性结合；不一定具备结婚的实质要件；未办理结婚登记就同居生活。事实婚姻的构成要件是：男女双方在一起持续、稳定的共同居住的行为始于 1994 年 2 月 1 日以前；同居是以夫妻名义进行的；同居双方 1994 年以前同居时已经具备结婚的实质要件。显而易见，事实婚姻的构成要件要比同居关系的构成要件要求要严格得多。

第二，办理婚姻登记是否为受法律保护的必要条件。同居关系不受保护，当事人要想将同居关系变为婚姻关系，必须办理结婚登记。而事实婚姻是受法律保护的婚姻关系，是合法、有效的婚姻关系。当事人即使不去补办结婚登记，人民法院对其婚姻关系的合法性也必须予以认可。

第三，解除同居关系与解除事实婚姻适用的程序不同。对于同居关系，人民法院受理这类纠纷后，不能进行调解，一律予以解除。而对于事实婚姻关系案件，人民法院受理后，依法要先进行调解，调解和好或者撤诉的，确认该婚姻关系有效，发给调解书或者裁定书；经调解不能和好的，根据个案情况不同，即可以调解离婚或者判决准予离婚。

第四，二者的法律后果不同。同居关系本身不受法律保护，同居期间共同劳动所得的收入和购置的财产，为一般共同财产，该期间双方各自继承或受赠的财产为双方个人财产，为共同生产、生活形成的债权、债务，按共同债权、债务处理。所生子女为非婚生子女，不能以配偶的身份享有继承权，对财产分割及子女抚养问题，按一般普通民事案件审理即可。而事实婚姻则不同，一旦被认定为事实婚姻，人民法院具体处理时与合法的经登记缔结的婚姻关系同样对待，即共同生活期间所得的财产为夫妻共同财产，所生子女为婚生子女，能以配偶的身份享有继承权。

案例　3-4

刘女士今年刚好 40 岁，4 年前离异，一直与儿子相依为命。2005 年，刘女士认识了张某并谈起了恋爱。谈婚论嫁的时候，双方决定由男方到女方家入赘。2007 年农历十一月的一天，按照当地习俗，两人举行了婚礼，但没有去办理结婚登记。因为在农村里看来，结婚登记无非是领个本子，是个形式。

刘女士和张某结婚后，15 岁的儿子也改姓了张，三口之家从此过起了幸福生活。然而，意外却在 2008 年 7 月 11 日突然降临，张某在一个沙场为施工作业的装载机驾驶员送水时，被装载机撞伤，经抢救无效死亡。

事故发生的第二天，当地政府、安全生产监督管理局、相关当事人等和刘女士、张某的亲属就死亡赔偿问题进行了协商,并达成了协议:肇事驾驶员、装载机机主及沙场合伙人共同赔偿死者亲属25.5万元。协议还约定,死亡赔偿金由刘女士和当地乡镇政府代为保管。

赔偿款拿到不久,归属问题却再次引发了争议。张某的母亲翁某认为刘女士虽然和儿子办了喜酒,但没和儿子办理结婚手续就不算结婚,而刘女士与前夫生育的儿子也不是自己的孙子,所以刘女士母子都不算死者的亲属,没有死亡赔偿金分配份额。协商不成,翁某起诉到了龙泉法院,要求刘女士和乡政府返还儿子的死亡赔偿金。

法院受理案子后,刘女士请了律师。在法庭上,她的律师提出,刘女士与张某虽然未办理结婚登记手续,但双方已形成事实上的夫妻关系;张某与刘的儿子则是继父子关系。刘女士也说,自己和张某办了喜酒,村里人都知道他们已经结婚。为此她认为,张某死亡后的人身损害赔偿金他们母子也有份。

法院审理后认为,死亡赔偿金是基于死者死亡而对死者近亲属所支付的赔偿。第三人刘某虽然与死者张某已按农村习俗举行婚礼,但未办理结婚登记手续,他们的关系不符合法律上的夫妻关系;刘的儿子与死者张某之间也没有形成法律上的继子、继父关系。

由此,法院判决翁某作为死者的母亲才是这笔赔偿金的唯一合法得主,她有权要求返还赔偿金。

【评析】

"事实婚姻"与"同居关系"是两种不同的关系,不能混淆。根据最高人民法院《关于适用〈中华人民共和国婚姻法〉若干问题的解释〈二〉》的规定,男女双方必须是在1994年2月1日民政部婚姻登记条例公布实施以前就已具备了结婚的实质要件的,才能构成事实婚姻。而该条例公布实施以后,男女双方虽具备结婚实质要件但未进行结婚登记的,则应按同居关系处理。因此,本案中刘女士与张某不是法律上认可的事实婚姻,只能是同居关系。同居关系是不受法律保护的。夫妻之间的权利义务在同居关系当事人之间是没有的,包括夫妻之间的相互继承权。所以,刘某母子无权继承张某的死亡赔偿金。由此可见,虽说婚姻登记只是一张纸,但法律意义却不可小觑。

(材料来源:宿迁妇女网,《事实婚姻与同居关系相区别案例》,2009-04-15)

课后练习

一、填空题

1.事实婚姻是指_____的男女,未履行_____手续而以_____共同生活,而周围的群众也认为是夫妻的一种_____行为。

2.男女双方自愿结婚的,必须_____到_____的婚姻登记机关申请结婚登记。

3.结婚登记机关,在城市是_____,在农村是_____。

4.结婚必须是男女双方_____,不许任何一方对他方_____或任何第三者_____。

5.在我国,婚约_____法律效力。

6.结婚年龄,男不得早于_____,女不得早于_____。

7. 根据我国《婚姻法》的规定,有权提出撤销婚姻的申请人限于_____。

8. 当事人依据《婚姻法》第十条规定向人民法院申请宣告婚姻无效的,申请时,法定的无效婚姻情形已经消失的,人民法院_____。

9. 只有依法履行了_____,取得了_____,婚姻才能成立,婚姻关系才_____。

10. 有_____和_____关系的,禁止结婚。

11. 结婚需要提交的证件及材料有_____和_____。

二、判断题

1. 当事人未达到晚婚年龄,婚姻登记机关应一律不予登记。( )

2. 纳妾虽属于违法,但不是娶妻,所以在处理上应与重婚有所区别。( )

3. 1994年2月1日以后形成的事实婚姻关系,法律都不再承认。( )

4. 申请撤销婚姻的申请人只能是婚姻当事人。( )

5. 申请宣告婚姻无效的申请人只能是婚姻当事人。( )

6. 我国法律虽然不禁止订婚,但订立了婚约就应受其约束。( )

7. 根据我国《婚姻法》的规定,无效或撤销的婚姻,自始无效。( )

8. 禁止近亲结婚的原因主要是考虑到传统习俗和道德伦理的要求。( )

9. 对于订婚,法律既不禁止,也不加以保护。( )

10. 患麻风病的人禁止结婚。( )

11. 我国禁止结婚的血亲包括直系血亲和旁系血亲。( )

12. 包办婚姻是违背婚姻自由原则的。( )

13. 任何人,不论其地位高低,财产多少,都不能有两个配偶。( )

14. 婚姻自由是公民的一项基本权利,这种权利是绝对的。( )

15. 明知是现役军人配偶而与之同居的不构成重婚。( )

16. 重婚只会产生刑事责任,不会有民事方面的后果。( )

17. 结婚可以由他人代理。( )

18. 表兄妹之间可以结婚。( )

三、单项选择题

1. 区别狭义的同居关系与重婚的关键是( )。

A. 一方或双方是否有配偶　　　　　B. 是否共同生活

C. 是否以夫妻名义共同生活　　　　D. 共同生活的时间的长短

2. 下列情形属于可撤销婚姻的有:( )

A. 甲男和乙女未到法定婚龄而结婚的

B. 甲男婚前患有医学上认为不应当结婚的疾病,婚后未治愈的

C. 甲男和乙女是表兄妹而结婚

D. 乙女因受家庭强迫与甲男结婚

3. 小朱的父亲是小齐的舅舅。小朱和小齐要求登记结婚。婚姻登记机关认为( )。

A. 他们是两代以内的旁系血亲,不能结婚

B. 他们是三代以内的旁系血亲,不能结婚

C.他们是四代以内的旁系血亲,能结婚

D.他们没有任何血缘关系,可以结婚

4.甲与乙原来是同一外祖父的表兄妹,后来甲被他人收养,甲与乙( )。

A.不能结婚　　　　　　　　　　B.可以结婚

C.根据习惯决定能否结婚　　　　D.以上说法均不正确

5.结婚登记时,一方隐瞒其未达到法定婚龄的事实,应依法( )。

A.由人民法院宣布该项婚姻可撤销　　B.由人民法院判决离婚

C.由人民法院宣布该婚姻无效　　　　D.由当事人自行处理

6.甲与乙未履行婚姻登记手续,以夫妻名义共同生活10个月,后因性格不合,双方争吵而不再同居,但仍有来往。半年后,乙发现甲与丙同居生活,诉至法院,要依重婚论处。人民法院认为,甲的上述行为( )。

A.构成重婚　　　　　　　　　　B.不构成重婚

C.属于事实婚姻而不构成重婚　　D.以上答案均不正确

7.女方需满( ),才能结婚。

A.22周岁　　　　　B.20周岁　　　　　C.25周岁　　　　　D.18周岁

四、多项选择题

1.我国《婚姻法》仅规定了一种情形可以认定婚姻可撤销,即受胁迫而结婚的。下列情形有哪些可以请求撤销婚姻( )。

A.受暴力干涉结婚的　　　　　　B.买卖婚姻

C.包办婚姻　　　　　　　　　　D.借婚姻索取财物的

E.非法同居的

2.有下列情形之一的,婚姻无效:( )。

A.重婚的

B.有禁止结婚的亲属关系的

C.婚前患有医学上认为不应当结婚的疾病,婚后尚未治愈的

D.未到法定婚龄的

3.申请结婚登记的当事人有下列情形之一的,婚姻登记管理机关不予登记:( )。

A.非自愿的　　　　　　　　　　B.未达到晚婚年龄的

C.已有配偶的　　　　　　　　　D.属于直系血亲或者三代之内旁系血亲的

4.公民张某、李某二人到婚姻登记管理机关申请登记结婚,但婚姻登记管理机关却不予登记,使得两人不能登记的原因可能是( )。

A.一方或双方未达到法定结婚年龄

B.表兄妹

C.男方已有妻子,其妻月前因意外事故死亡,公安机关认为其有谋杀嫌疑,正在立案侦查

D.有人向男方所在单位告发张某、李某在张某妻子死亡前两人长期同居

5.结婚的实质性条件是( )。

A.必须男女双方完全自愿　　　　B.必须男女双方单位同意

C.必须达到法定婚龄　　　　　　D.必须符合一夫一妻制

6、下列属于重婚的有( )。

A. 明知是军属的配偶而与之结婚的　　B. 明知是军人的配偶而与之同居的

C. 明知是他人的配偶而与之结婚的　　D. 明知他人离异而与之结婚的

7、以重婚为由宣告婚姻无效的,申请主体可以是( )。

A. 婚姻当事人　　　　　　　　　　B. 婚姻当事人的近亲属

C. 基层组织　　　　　　　　　　　D. 公安机关

五、名词解释

1. 无效婚姻

2. 可撤销婚姻

3. 结婚

4. 事实重婚

5. 事实婚姻

6. 婚约

7. 法定婚龄

8. 同居关系

六、问答题

1. 我国《婚姻法》规定结婚的实质性条件有哪些?

2. 无效婚姻与可撤销婚姻的区别是什么?

3. 什么叫重婚?重婚的后果是什么?

4. 结婚登记的程序和效力是什么?

5. 同居关系与事实婚姻的区别?

七、论述题

1. 试述我国《婚姻法》规定的结婚条件。

2. 试论无效婚姻的法律后果。

案例思考

思考1　辈分不同的男女要求结婚可以吗?

【案例】周某与女友是远亲,相爱好几年了,但双方的家人都反对这桩婚事,认为是周某与女友是亲戚而且辈分相差得远。请问,辈分不同的男女要求结婚可以吗?

思考2　姐姐死后,妹妹可否嫁姐夫?

【案例】在我国农村,时有姐姐死后,妹妹就嫁了姐夫,哥哥故去后,弟弟与嫂子成婚的情况。请问,上述情况是不是我国《婚姻法》所禁止的?

思考3　有生理缺陷的人可以结婚吗?

【案例】黄佳是一名未婚女青年,与盲人医生刘某相识,他医术高明,心地善良,对患者服务热情周到。黄佳爱慕他,并对他表示了爱情。但当黄佳征求亲属意见时,他们反对说,生理缺陷的人是不能结婚的。请思考:像黄佳这种情况,可以结婚吗?

思考4　姑表亲可以结婚吗?

【案例】胡某是某县的一名普通农民。1987 年,胡某的姑表哥唐某,从部队复员回乡。唐某在部队表现好,工作积极,曾记过三等功两次,受到表彰,表兄妹两人从小一起长大,互相了解。胡某对唐某产生了爱慕之情。胡某的母亲认为,亲上加亲好,也十分支持,撮合二人结成连理。胡某便向唐某流露了自己的爱慕之情。请思考,胡唐二人可否结婚?

思考 5　他人代为登记结婚可以吗?

【案例】汪某,女,20 岁,农民。汪某家住在山区,家庭十分贫穷,哥哥 38 岁还未娶媳妇成家。于是父母做主把她嫁给本村的于某,并以于某的妹妹嫁给她哥哥作为交换条件,互不给彩礼。汪某坚决不从,不去乡上登记结婚,结果母亲就让于某的妹妹代替汪某去乡政府登记领回了结婚证。请问,他人代为登记结婚可以吗? 这种婚姻效力如何?

思考 6　男方通过关系单方骗取结婚证,强行结婚是否合法?

【案例】农村姑娘刘某想进入县城工作,干部曲某一直对刘某有好感,于是以把农村姑娘刘某调入城市工作为条件与刘确立了恋爱关系。在接触过程中,刘发现曲品质不好,坚持要与其分手,态度坚决。然而曲通过关系单方领取了结婚证,并强行与刘结为夫妻关系。

思考 7　不同民族的男女是否可以结婚?

【案例】王某的女友是朝鲜族人,在工作中双方建立了深厚的感情,在准备结婚时,女方父母不同意,说是朝鲜族的姑娘不能与汉族人结婚。请问,不同民族的男女就不能结婚吗?

思考 8　男女之间是否因是"亲戚"就不能结婚?

【案例】胡某,男,年幼丧父,其母带其改嫁。23 年后,胡某至某小学任数学老师,与该校女教师甄某(21 周岁)相识相恋。次年,甄某应邀至胡某家作客,与胡母交谈,方知胡的母亲与甄的祖母是同胞姐妹,甄的父亲与胡的生父是亲姨表兄弟,胡与甄乃表叔与表侄女关系。双方父母获悉,认为辈分不同,结婚不妥。但胡甄二人感情甚笃,甄某明知胡某无生育能力的情况下,仍同意和胡某结婚,俩人还到结婚登记机关领取了结婚证。甄某的父亲对此十分生气,认为胡某和甄某属于"亲戚",胡某没有生育能力,因此两人不能结婚。

(1)胡某和甄某是否因是"亲戚"不能结婚?

(2)胡某没有生育能力能否结婚?

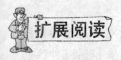扩展阅读

(一)关于"医学上认为不宜结婚的疾病"的讨论

禁止患有医学上认为不应当结婚的疾病的人结婚。我国 1980 年《婚姻法》规定"患麻风病未经治愈或患其他在医学上认为不应当结婚的疾病"禁止结婚。修订《婚姻法》时,卫生部门的同志提出,新中国成立初期,我国患麻风病的较多,现在我国已经基本消灭。麻风病不遗传、传染性小、发病率低,即使将病毒注入健康的人体内,也不一定发病,90% 的人对麻风病有天然抵抗力。随着科学技术的发展,治愈麻风病已不存在问题。1999 年世界卫生组织大会明确提出建立无麻风病的世界,标准是一万人不超过一人患麻风病,并取消了对麻风病隔离治疗的措施,像对其他传染病一样对待。我国提出的基本消灭麻风病的标准远远高于世界卫生组织的标准。因此,应当取消麻风病未治愈不宜结婚的规定。立法采纳了这一意见。

什么是医学上认为不应当结婚的疾病，《婚姻法》没有规定。《母婴保健法》规定，男女在结婚登记时，应当持有婚前医学检查证明或医学鉴定证明。婚前医学检查包括严重遗传性疾病、指定传染病、有关精神病三类疾病的检查。经婚前医学检查，对患指定传染病在传染期间内或者有关精神病在发病期内的，医师应当向男女双方说明情况，提出医学意见；经男女双方同意采取长效避孕措施或者施行结扎手术后不生育的，可以结婚。有人提出，《母婴保健法》虽然说明了婚检项目和暂缓结婚的情形，但并未确定禁婚疾病，再加上医生一般也不在婚检报告中明确婚检对象是否可以结婚，为结婚登记工作带来了困难。为此，修订《婚姻法》应当明确什么是禁止结婚的疾病。立法部门就此问题专门听取卫生部门和著名医学专家、教授意见。大部分人认为随着科学技术的发展，将会发现许多新的不宜结婚的病种，《婚姻法》不要明确患哪种病不宜结婚，可以规定为"医学上认为不宜结婚的疾病"，具体由行政法规或有关部门规定。有人提出，遗传病种类很多，遗传基因不同，遗传的情况不同，患严重遗传疾病婚后生育的孩子不一定患遗传疾病。比如侏儒的遗传率为50%。如果结婚和生育分开，特别是随着科学技术的发展，有些遗传病是可以治愈的，《婚姻法》应当允许患遗传疾病的人结婚，但不宜生育。关于性病、艾滋病可否结婚，有不同看法。一种意见认为，艾滋病病毒感染者生育遗传比例是20%～30%，如用药可控制在4%以内。禁止艾滋病人结婚，是对艾滋病病毒感染者的歧视，与国家对艾滋病病毒感染者保密和保护的政策不符，不利于对艾滋病感染源的控制，实践中也难以操作。因现多数地方婚检项目不包括艾滋病检查，婚姻登记部门很难掌握谁是艾滋病病毒感染者。除古巴外，国外绝大多数国家不禁止艾滋病病毒感染者结婚。另一种意见认为，艾滋病传染性大、致死率高，对社会、家庭影响很大，不宜结婚。与会专家、教授的倾向性意见是，法律明确规定禁止结婚的疾病很困难，对于患有某种传染病、遗传病的人，医生可以建议他们暂缓结婚，但对于可否结婚无决定权。如果一定要明确禁婚疾病，那么最好由卫生行政部门规定以下两种人不宜结婚：一是处于发病期的躁狂、抑郁型精神分裂症者；二是重度智力低下，生活不能自理者。这两种人无行为能力，不可能履行婚姻的权利义务，而且所患疾病极有可能遗传给后代，影响子女的身体健康。考虑上述意见，《婚姻法》对禁婚情形作了原则规定，即"医学上认为不应当结婚的疾病"。实践中，可依《母婴保健法》的规定确定禁止结婚或暂缓结婚的情形，也可由有关部门根据《婚姻法》原则制定具体规定。

1995年6月1日施行的《母婴保健法》第八条规定，婚前医学检查包括对严重遗传疾病、指定传染病及有关精神病的检查。可见，医学上认为不应当结婚的疾病主要包括三种疾病。该法第三十八条对这三种疾病的含义分别作了解释。

指定传染病，是指《中华人民共和国传染病防治法》（1989年9月1日起施行）中规定的艾滋病、淋病、梅毒、麻风病等以及医学上认为影响结婚和生育的其他传染病。《母婴保健法》第九条规定：经婚前医学检查，对患指定传染病在传染期内或者有关精神病在发病期内的，医师应当指出医学意见；准备结婚的男女双方应当暂缓结婚。

严重遗传性病例，是指由于遗传因素先天形成，患者全部或者部分丧失自主生活能力，后代再现风险高，医学上认为不宜生育的遗传性疾病。《母婴保健法》第十条规定：结婚前医学检查，对诊断患医学上认为不宜生育的严重遗传性疾病的，医师应向男女双方说明情况，提出医学意见；经男女双方同意，采取长效避孕措施或者施行结扎手术后不生育的，可以结婚。但《婚姻法》规定禁止结婚的除外。

有关精神病,是指精神分裂症、躁狂抑郁型精神病以及其他重型精神病。

另外,根据最高人民法院 1989 年 12 月 13 日公布的《关于人民法院审理离婚案件如何认定夫妻感情已破裂的若干具体意见》第一条"一方患有禁止结婚病症的,或一方有生理缺陷,或其他原因不能发生性行为,且难以治愈的"之规定推定可知,一方有严重的生殖器疾患,以致不能发生性行为的,亦应属于医学上认为不应当结婚的疾病。

（材料来源:中华法律网,《医学上认为不应当结婚的疾病是什么》,2009－04－24）

（二）婚前检查

所谓婚检,准确地说应为婚前医学检查,包括婚前医学检查、婚前卫生指导和婚前卫生咨询三个方面。而婚前医学检查重点是检查严重的遗传性疾病、指定传染病、有关精神病以及其他与结婚生育有关的疾病。

根据全国出生缺陷监测报告,我国平均出生缺陷率为 13‰左右,特别是神经管畸形儿的发生率极高,每年有 8～10 万例患儿出生,为美国的 10 倍,是世界上神经管畸形的高发国家。调查显示,造成出生缺陷的因素中,环境因素约占 10%,遗传因素占 25%～35%,遗传和环境因素共同起作用者占 65%～70%,也就是说共有 90%左右与遗传有关。从对某市近 10 年的婚检疾病检出率的情况来看,形势也不容乐观。以梅毒为例,1988 年仅 9 例,1997 年之后几乎以每年 50%的速度迅速攀升,到 2002 年婚检中查出的高达 816 例。由于这些梅毒尚处于潜伏期,因此基本无明显症状,如果不是进行婚检及时诊断发现的话,不但会影响患者自身的健康,而且还会传播给配偶及胎儿。

统计显示,在每年 17 万左右的婚检人次中,每 1 万人中约有 66 人在"医学意见"一栏中出现"建议暂缓结婚"、"建议不宜生育"或是"限定性别"等字样。相关的随访也证实,被"建议不宜生育"而冒险生育的人群中,其出生的婴儿中先天性缺陷率高达 59.7%,高出一般人群近 8 倍。为此,专家指出,婚姻是人的终身大事,婚后男女双方不但要共同生活,而且还要生儿育女、繁衍后代。爱情基础的稳固程度固然是婚姻成败的首要条件,但健康状况的保证也是实现美满婚姻的关键,促进后代优生的前提。为了提高人口素质,降低出生缺陷,目前采取婚检、产前诊断、新生儿疾病筛查三级预防措施。显而易见,婚检是幸福人生的第一关。

婚前保健技术服务工作和一般的医疗工作不同,它有着自己鲜明的特征。首先是服务对象不同于一般病人,绝大多数是年轻力壮的育龄男女,一般自我保健意识较为薄弱;其次,检查重点不同于一般体检,婚检重点是影响婚育的疾病,包括严重的遗传性疾病、指定传染病、有关精神病、重要脏器疾病和生殖器疾病等。另外,婚检服务性质不同于一般治病,婚检充分体现了以预防为主,以保健为中心的特点。同时,婚检服务过程也不同于一般的医疗行为。

婚检的个性特征,对医生提出了更高的要求,因此婚检并非什么医生都能胜任。而且,一旦婚检查出问题,医师要向当事人提出医学意见,指导其矫正的方法和途径。这一过程有时是在当事人和婚配对方毫无思想准备的情况下进行的,可能涉及双方是否会因此改变原定的婚育计划,因此医师应善于运用人际交流技巧,耐心进行双向交谈。此外,婚检内容有些涉及个人隐私,从事婚检工作的人必须具有良好的职业操守,充分尊重当事人的意愿,为其保密。根据规定,从事婚前医学检查的各级医师,必须取得对口各科"注册职业医师证书",主检的医师还必须具有主治医师及以上技术职称,并且还要在参加过卫生行政部门认可的岗前培训,考核合格取得"母婴保健技术考核合格证书"后才能上岗。同时,对于婚检机构的场所等硬件设置也有明确规定。

婚检不再强制实行了,使婚检的定点机构面临挑战。在加强宣传,让人们意识到婚检重要性,使更多的人加入到自愿接受婚检队伍的同时,婚检服务的个性化被提上了议事日程。据悉,根据不同人的不同需求定制个性化的"菜单式"婚检,已经出现在一些婚检门诊,接受婚检者可以根据自己的情况要求在婚检中加入一些项目。例如,有人希望加入血型检查;有人家里养宠物,结婚后又计划立即生育,就可以增加相应的弓形虫检查等。除此之外,与婚前保健咨询相类似的孕前保健咨询也已出现,对于那些结婚后即准备生育的婚检者来说,可以婚前保健、孕前保健一起进行,省时又省力。在检查中如果发现什么问题,主检医生会给出一些医学指导意见供当事人参考。指导和咨询主要是介绍性保健、生育保健、新婚节育保健知识以及生殖健康的目标和重要性,并且还回答婚检者提出的各种问题。

为了下一代,要自觉接受婚检。对于婚检,有一部分人存在这样一种想法:自己的身体健康状况很好,完全可以结婚,因而没有必要进行婚检,这种想法是要不得的。婚检的主要对象为年轻的健康人群,疾病检出率本就应该低一点,这不足为奇。但事实上,婚检的疾病检出率却不如想象中低,在每年接受婚检的十七八万人次中,各类疾病的检出率均维持在10%左右,近年来还有增长的势头。特别是梅毒的检出率近年来有明显的上升。类似的传染病,通过婚检可以很及时地发现并进行治疗,这不仅是对自己负责,更是对对方负责。

此外,如一些遗传性疾病,虽然出现的几率比较小,但如果通过婚检检查出来,医生可以通过推算下一代再发风险程度,提出医学指导意见并制定出合适的婚育决策,来减少遗传病的延续。这才是真正地对下一代负责。

婚检现已不强制实行,而遵循自愿原则。对于这一点,专家认为,取消了强制婚检是对公民权的一种尊重,但如果结婚当事人从双方健康的角度考虑,还是应该自觉到医院检查身体,这是对婚姻的一种慎重、负责的态度,当然这一切都应建立在以自愿为原则的基础上。婚检不仅可以对个人的健康状况有一个了解,还对家庭幸福以及下一代的成长非常有帮助,是对个人和社会都有利的一件事。

对于那些不愿意接受婚检的人来说,有的认为婚检在一定程度上侵犯了自己的隐私权,所以从心底里排斥婚检。而实际上,目前婚检实行的都是"一对一",即一个主检对一个当事人,其他人是不能介入的。而且按照规定,医生有义务不泄漏病人的个人隐私,除了一些非常严重的病之外,医生不会将这些信息透露给当事人的配偶,更不用说告诉别人了。因此,侵犯个人隐私的担心是完全没有必要的。

然而,婚检的作用固然很大,但它并非是万能的,不是什么病都能够查得出来的。婚检是有侧重的检查,不是全身检查,因此一般有两种情况会特别容易出现遗漏。一种是超出检查范围之外的病,有些病通过日常的观察无法发现病症,查不出来是正常的。另一种是遗传性疾病。到目前为止,还没有什么有效的方法可以用来检查遗传疾病和血亲关系,对于这种病的检查一般依靠医生的观察力和对病史的询问,而病史完全只能依赖当事人自己的讲述,若当事人想刻意隐瞒病情,医生是无从知晓的。

(本文引自 http://zhidao.baidu.com/question/9326267.html? si＝2)

习题答案

一、填空题

1. 没有配偶　结婚登记　夫妻名义　夫妻关系

2. 双方亲自　一方户口所在地

3. 街道办事处或市辖区、不设区的市人民政府的民政部门　乡、民族乡、镇的人民政府

4. 完全自愿　加以强迫　加以干涉

5. 不具有

6. 22 周岁　20 周岁

7. 受胁迫的一方

8. 不予支持

9. 登记手续　结婚证　发生法律效力

10. 直系血亲　三代以内旁系血亲

11. 户口本　身份证

二、判断题

1. 错　2. 错　3. 对　4. 错　5. 错　6. 错　7. 对　8. 错　9. 对　10. 错　11. 错　12. 对
13. 对　14. 错　15. 错　16. 错　17. 错　18. 错

三、单项选择题

1. A　2. D　3. B　4. A　5. C　6. B　7. B

四、多项选择题

1. ABC　2. ABCD　3. ACD　4. AB　5. ACD　6. ABC　7. ABC

五、名词解释

1. 无效婚姻:无效婚姻是指欠缺结婚实质要件,法律规定其自始无效的婚姻。

2. 可撤销婚姻:可撤销婚姻是指当事人因意思表示不真实而成立的婚姻,或者当事人成立的婚姻在结婚的要件上有欠缺,法律赋予一定的当事人以撤销婚姻的请求权,该当事人可以通过行使撤销婚姻的请求权,而使该婚姻无效的婚姻。

3. 结婚:结婚,又称婚姻的成立,或婚姻的缔结,是男女双方依法定的条件和程序确立夫妻关系的行为。我国《婚姻法》采用狭义的结婚概念,不承认订婚的效力。

4. 事实重婚:重婚,即有配偶的人又与他人结婚或以夫妻名义共同生活的行为,或明知他人有配偶而与之结婚或者与之以夫妻名义共同生活的行为。重婚的形式主要包括两种:法律重婚和事实重婚。事实重婚即指前婚未解除,又与他人以夫妻名义共同生活,但未办理结婚登记手续。只要双方公开以夫妻名义共同生活,虽未办理结婚登记,也已构成重婚。

5. 事实婚姻:事实婚姻是指没有配偶的男女,未办理结婚登记手续即以夫妻名义同居生活,群众也认为是夫妻关系的结合。

6. 婚约:婚约亦称订婚,是男女双方以将来结婚为目的而作的事先约定。

7. 法定婚龄:法定婚龄是法律规定的结婚的最低年龄。

8. 同居关系:同居关系是指男女双方基于共同生活、居住而形成的,不完全具备合法婚姻

的构成要件,而在某些方面又与婚姻关系有些相似的两性结合。同居关系有以下构成要件:第一,同居关系是男女双方的两性结合。同居关系与婚姻关系一样,也是男女双方的两性结合,而且也是长期在一起共同生活。第二,同居关系不一定具备结婚的实质要件。同居关系比起结婚来限制条件较少,男女双方结合在一起共同生活即可。至于是否满足结婚的实质要件,并没有要求。第三,未办理结婚登记就同居生活。这是同居关系与婚姻关系在形式上的最大区别。

六、问答题

1. 男女双方完全自愿,达到法定结婚年龄,结婚必须符合一夫一妻制,不是直系血亲和三代以内旁系血亲,没有患医学上认为不应当结婚的疾病。

2. (1)构成的条件不同。无效婚姻是出于社会公共利益和公序良俗的需要,《婚姻法》对结婚的实质要件作出了强制性规定,并且《婚姻法》第十条明确规定了违反上述强制性规定的法律后果。第十条规定:"有下列情形之一的,婚姻无效:(一)重婚的;(二)有禁止结婚的亲属关系的;(三)婚前患有医学上认为不应当结婚的疾病,婚后尚未治愈的;(四)未到法定婚龄的。"可撤销婚姻是依据《婚姻法》第十一条规定:"因胁迫结婚的,受胁迫的一方可以向婚姻登记机关或人民法院请求撤销该婚姻。无效或被撤销的婚姻,自始无效。"

(2)实质不同。无效婚姻是指欠缺结婚实质要件的婚姻。可撤销婚姻违反的是结婚的程序性要件,是指违反婚姻自由原则非自愿的婚姻关系。

(3)提出申请的机关不同。无效婚姻只能向人民法院申请,而可撤销婚姻既可向人民法院又可以向婚姻登记机关申请。

3. 重婚,是指有配偶者又与他人结婚的行为,有时亦指因上述行为而形成的违法婚姻,即有配偶的人又与他人结婚或以夫妻名义共同生活的行为,或明知他人有配偶而与之结婚或者与之以夫妻名义共同生活的行为。重婚不仅是违《婚姻法》一夫一妻制原则的行为,而且也是触犯刑律的犯罪行为。重婚产生的法律后果主要包括民事和刑事两个方面。民事方面的法律后果有三项:①重婚不具有婚姻的法律效力,在《婚姻法》规定的婚姻无效制度中,重婚罪是无效的原因之一;②重婚是认定夫妻感情确已破裂,法院准予离婚的情形之一;③在离婚时,重婚是无过错方要求损害赔偿的理由之一。重婚的刑事责任则规定如下。《刑法》第二百五十八条规定:"有配偶而重婚的,或者明知他人有配偶而与之结婚的,处 2 年以下有期徒刑或者拘役。"即有配偶而重婚或明知对方有配偶而故意重婚者,应承担重婚罪的刑事责任。不知对方已有配偶而与之结婚的,不构成重婚罪,仅承担重婚的民事责任。《刑法》第二百五十九条规定:"明知是现役军人的配偶而与之同居或者结婚的,处 3 年以下有期徒刑或者拘役。"

4. 婚姻登记机关办理结婚登记的程序分为受理申请、审查询问、结婚登记声明、颁发结婚证。效力:一经结婚登记,当事人之间就建立了合法的婚姻关系,未经一定的法律程序,这种婚姻关系不能解除。

5. 同居关系与事实婚姻的区别,主要表现在以下几个方面。第一,事实婚姻的构成要件要比同居关系的构成要件要求更严格。同居关系的构成要件是:男女双方的两性结合;不一定具备结婚的实质要件;未办理结婚登记就同居生活。事实婚姻的构成要件是:男女双方在一起持续、稳定的共同居住的行为始于 1994 年 2 月 1 日以前;同居是以夫妻名义进行的;同居双方1994 年以前同居时已经具备结婚的实质要件。显而易见,事实婚姻的构成要件要比同居关系的构成要件要求要严格得多。第二,办理婚姻登记是否为受法律保护的必要条件。同居关系不受保护,当事人要想将同居关系变为婚姻关系,必须办理结婚登记。而事实婚姻是受法律保护的婚姻关系,是合法、有效的婚姻关系。当事人即使不去补办结婚登记,人民法院对其婚姻关系的合法性也必须予以认可。第三,解除同居关系与解除事实婚姻适用的程序不同。对于同居关系,人民法院受理这类纠纷后,不能进行调解,一律予以解除。而对于事实婚姻关系案件,人民法院受理后,依法要先进行调解,调解和好或者撤诉的,确认该婚姻关系有效,发给调解书或者裁定书。经调解不能和好的,根据个案情况不同,即可以调解离婚或者判决准予离婚。第四,二者的法律后果不同。同居关系本身将不受法律保护,同居期间共同劳动所得的收入和购置的财产,为一般共同财产,该期间双方各自继承或受赠的财产为双方个人财产,为共同生产、生活形成的债权、债务,按共同债权、债务处理。所生子女为非婚生子女,不能以配偶的身份享有继承权,对财产分割及子女抚养问题,按一般普通民事案件审理即可。而事实婚姻则不同,一旦被认定为事实婚姻,人民法院具体处理时与合法的经登记缔结的婚姻关系同样对待,即共同生活期间所得的财产为夫妻共同财产,所生子女为婚生子女,能以配偶的身份享有继承权。

七、论述题

1. 实质性条件有如下几条。①必须男女双方完全自愿。我国《婚姻法》第五条规定:"结婚必须男女双方完全自愿,不许任何一方对他方加以强迫或任何第三者加以干涉。"②必须达到法定婚龄。我国《婚姻法》第六条规定:"结婚年龄,男不得早于22周岁,女不得早于20周岁。晚婚晚育应予鼓励。"③必须符合一夫一妻制。④有一定血亲关系的,禁止结婚。我国《婚姻法》第七条规定:"直系血亲和三代以内旁系血亲禁止结婚。"⑤患一定疾病的禁止结婚。我国《婚姻法》第七条规定,"患医学上认为不应该结婚的疾病的"人,禁止结婚。程序性条件则为结婚登记。

2. 对于无效婚姻的法律后果,依据《婚姻法》第十二条的规定,无效婚姻的法律后果分为以下几个方面。第一,在当事人关系认定上,婚姻依法被宣告无效。婚姻关系自始无效,当事人不具有夫妻间的权利和义务,只能认为是具有同居关系。第二,与子女的有关问题。无效婚姻当事人所生的子女,适用本法有关父母子女的规定。在法律上,无效婚姻当事人所生的子女应被认定为是非婚生子女。但依据法律规定,非婚生子女、婚生子女与父母之间的权利义务是一样的,即:父母对非婚生子女也有抚养的义务,非婚生子女成年后也对父母有赡养的义务。同时,非婚生子女在继承父母财产权上与婚生子女也没有什么不同。第三,财产处理问题。同居期间所得的财产,原则上按共同共有处理,有证据证明为一方所有的,归其所有。在同居期间所得的财产处理上,也充分考虑了意思自治原则,即由无效婚姻当事人协议处理。如果协议不成的,才由人民法院依法判决,只是在判决过程中要充分照顾无过错方的利益。此外,对重婚导致的婚姻无效的财产处理,无论是协议解决还是人民法院判决,一律不得侵害合法婚姻当事人的财产权益。第四,无效婚姻当事人之间没有继承权。因为无效婚姻当事人之间的关系不是夫妻关系而是同居关系,所以当事人之间不具有夫妻间的权利和义务。当然也没有继承的权利。但是可以根据具体情况,成为适当分得遗产人。《继承法》第十四条规定:"对继承人以外的依靠被继承人抚养的缺乏劳动能力又没有生活来源的人,或者继承人以外的对被继承人抚养较多的人,可以分给他们适当的遗产。"所以,同居生活期间一方死亡的,如果另一方对该方扶养较多或被该方扶养又缺乏劳动能力且没有生活来源的,可适当分得该方遗产。

案例思考答案

【思考1】男女双方为亲戚不一定不能结婚,关键看是否为直系血亲或三代以内旁系血亲。只要不是,又满足结婚的其他要件,是可以结婚的。但从现代医学的角度来看,血缘越近的,所生后代患遗传病的几率越高,所以选择血缘关系较远或根本没有血缘关系的为最好。如果双方感情很深,坚持结婚,只要不是直系血亲或三代以内旁系血亲,又满足结婚的其他条件的,可以允许结婚。辈分是否相同不是《婚姻法》实质条件的要求。

【思考2】可以。我国《婚姻法》规定,结婚的实质性要件包括男女双方自愿,达到法定结婚年龄,必须符合一夫一妻制,不是直系血亲或三代以内旁系血亲,未患有医学上认为不应当结婚的疾病。只要满足这些条件就可以结婚。至于以前是不是妹妹与姐夫的关系或弟弟与嫂子的关系,可以不问。因为法律并未规定不可。

【思考3】可以。身体有缺陷或残疾的人也有结婚的权利。按照我国《婚姻法》的规定,结婚的实质性条件有男女双方自愿,达到法定结婚年龄,必须符合一夫一妻制,不是直系血亲或三代以内旁系血亲,未患有医学上认为不应当结婚的疾病。只要符合这些条件就可以结婚。刘某眼盲,但并非属于医学上认为不应当结婚的疾病,是可以结婚的。

【思考4】不可以。我国《婚姻法》第七条第一项规定:"直系血亲和三代以内的旁系血亲禁止结婚。"代数的计算方法是以己身为一代向上数至同源。本案例中的胡某与唐某是姑表兄妹,他们属于三代以内旁系血亲,根据我国《婚姻法》的规定,是禁止他们结婚的。现代医学证明,近亲结婚所生的后代患遗传病的几率要比远缘结婚高 150 倍,而婴儿死亡率高 3 倍多。所以,法律禁止近亲之间结婚是优生的需要,也是伦理的要求。

【思考5】不可以。《婚姻法》第八条规定:"要求结婚的男女双方必须亲自到婚姻登记机关进行结婚登记。"婚姻关系的成立,必须男女双方亲自到婚姻登记机关登记。让于某的妹妹代替汪某去乡政府登记领回结婚证的做法是不符合法律规定的。同时,结婚也必须男女双方自愿,汪某父母违背汪某意愿,把她嫁给于某的做法也是违法的。因此,汪某与于某的婚姻是无效的。

【思考6】不合法。《婚姻法》第五条规定:"结婚必须男女双方完全自愿,不许任何一方对他方加以强迫或者第三者加以干涉。"曲某单方登记领取结婚证的行为是不符合结婚程序的。所办的结婚证不具有法律约束力。同时,曲某违背刘某的意愿,此结婚行为不能体现男女双方自愿,这是违反法律的。所以曲、刘二人不存在合法夫妻关系。

【思考7】关于不同民族的男女之间是否可以结婚的问题,不仅仅是一个法律问题,而且还是关系到贯彻执行我国民族政策的大问题。我国《婚姻法》对不同民族的男女之间是否可以结婚未作具体规定。但是,我国是一个统一的多民族国家,由于各个民族之间的婚姻风俗习惯各不相同,在某些少数民族地区,目前仍较严格地遵守本民族的风俗习惯。其中某些少数民族的地方婚姻法规限制本民族的男女与外民族男女通婚。男女双方当事人就要遵守当地法规,尊重当地的民族习惯,不得进行通婚。如果没有限制通婚的规定,依据相关法规可以结婚,那么就可以通婚。

【思考8】本案涉及的是结婚的条件。我国《婚姻法》第七条规定:"有下列情形之一的,禁止结婚:(一)直系血亲和三代以内的旁系血亲;(二)患有医学上认为不应当结婚的疾病。"因此,我国《婚姻法》规定的禁止结婚的条件有以下两条。

(1)直系血亲和三代以内的旁系血亲。这条规定除了是基于伦理的考虑,也是基于遗传学的考虑。现代医学证明,近亲结婚繁衍的后代先天疾病率和死亡率都较远缘结婚的高,所以为了后代的优生优育,法律禁止近亲结婚。本案中,胡某与甄某是表叔与表侄女关系,属于第四代旁系血亲,不在《婚姻法》第七条第一项的禁止范围内,所以,甄某父亲认为胡某与甄某两人是"亲戚",不能结婚的理由是不成立的。

(2)患有禁止结婚的疾病。患有医学上认为不应结婚的疾病,这是一项原则性规定,现实生活中常见的不应结婚的疾病有:患麻风病未经治愈的、精神病、花柳病未经治愈的、痴呆病。这些均是遗传性或传染性疾病,不利于对方或子女健康。至于胡某无生育能力的生理缺陷无传染性,对对方健康并无影响。甄某在婚前已知胡某无生育能力,仍然自愿与其结为夫妻,他们的结婚完全符合双方自愿原则,因而是合法婚姻,甄某父亲认为胡某无生育能力就不能结婚是错误的。

第三章 夫妻关系

2000 年,刚刚大学毕业的苏彩云(女)应聘到一家跨国公司工作,因为工作的关系认识了王仲棠(男),两人随即陷入了热恋。2001 年底两人登记结婚。作为新时代的青年,对新生事物比较容易接受,同时未雨绸缪,为了避免将来两人万一离婚,也减少争议,苏彩云和王仲棠两人决定婚后财产分别所有,各花各的。因此,婚后二人签订了"协议书"和"财产公证书"各 1 份,约定"夫妻财产双方原则上实行 AA 制,各自收益归个人所有,个人的物品归个人使用。用于共同生活中的物品共同支出,双方各半承担","夫妇无共同债权债务,各自发生的债权债务分别由各自承担","自签字之日起双方无其他经济纠葛"。因此,婚后家庭开支大多是相互分摊,个人开销基本上是各花各的。因为都是独生子女,双方个性都比较强,不能相互体谅。结婚后一年,夫妻间因琐事经常争吵,夫妻关系逐渐恶化。苏彩云不愿意继续这种争吵的生活,多次向王仲棠提出离婚,均被王仲棠拒绝,夫妻关系进一步恶化。苏彩云无奈之下,于 2006 年向法院起诉要求离婚。在离婚后的财产分割问题上,苏彩云认为,双方自愿签订"协议书"和"财产公证书",对家庭日常生活的经济模式和婚前婚后的财产约定是合法有效的。所以,现在双方离婚无经济纠葛。王仲棠则称,"协议书"和"财产公证书"是他在受胁迫的情况下所签,且此约定并非是现在离婚时财产分割的约定。故请求重新认定并分割夫妻共同财产,同时提出原告在银行的存款、证券公司的股票以及集资款共计 10 多万元,也应作为夫妻共同财产平均分割。

法院经审理后认为,根据我国《婚姻法》规定,夫妻可以约定婚姻关系存续期间所得的财产以及婚前财产归各自所有、共同共有或部分各自所有、部分共同共有。原、被告签订了"协议书"和"财产公证书",该约定内容是明确的,是对各自的收益、家庭支出、债权债务的承担以及房屋的产权归属等所作的约定。所以,该约定合法有效。一旦夫妻离婚,双方在财产分割中均应按此约定履行。被告称该约定不是其真实意思,是在被胁迫的情况下所签,但未提供相应证据予以证明,因此,被告主张上述约定无效的理由不能成立。故判决按照"协议书"和"财产公证书"中约定的方式分割财产。

(本文引自 http://hi.baidu.com/jiayishuai/blog/item/ab4be5644a9e60f9f63654e4.html)

夫妻关系是指由合法婚姻而产生的男女之间在人身和财产方面的权利义务关系。夫妻关系是家庭产生的前提,是家庭关系的基础和核心。

夫妻关系包括夫妻人身关系和夫妻财产关系两个方面的内容。

第一节　夫妻人身关系

夫妻人身关系是指没有直接财产内容、夫妻在身份上的权利义务关系。具体包括如下几点。

一、夫妻姓名权

所谓姓名，是姓与名的合称。姓，又称为姓氏，是表示家族的字；名，又称为名字，是代表一个人的语言符号。姓名具有独特性的特征，是一个人的社会代号。

在我国封建社会，姓名权是社会地位的体现。女子婚前多从父姓，婚后加入夫宗，没有独立的姓氏，可见女子在当时的社会地位是非常低下的。

1950 年和 1980 年两部《婚姻法》均规定："夫妻双方都有各用自己姓名的权利。"主要是保护已婚妇女的姓名权和男到女家落户的婚姻中的男方的姓名权。这体现了男女平等原则。当然，夫妻双方还可就姓名问题另作约定。只要夫妻双方自愿达成一致的协议，无论是夫妻各用自己的姓氏、妻随夫姓或夫随妻姓，或相互冠姓，法律都是允许的。

夫妻享有平等的姓名权对子女姓氏的确定有重要意义。在我国奴隶社会和封建社会，子女一般从父姓。1930 年国民党政府《民法·亲属编》也以子女从父姓，赘夫之子女从母姓为一般原则。我国《婚姻法》第二十二条规定，子女可以随父姓，也可随母姓。子女的姓氏，应当由父母双方协商确定。这体现了夫妻法律地位平等的精神。

二、夫妻人身自由权

这是夫妻家庭地位平等的重要标志。在旧中国，妇女受封建礼教的束缚，一般不抛头露面，讲究男女有别，未嫁从父，既嫁从夫，夫死从子，没有独立自主的权利，更谈不上人身自由；只能从事家务，伺候丈夫和公婆，受"男主外，女主内"的礼教束缚；没有参加工作和社会活动的权利，完全丧失了人身自由，成为家庭奴隶。

1950 年《婚姻法》规定，夫妻双方均有选择职业，参加工作和参加社会活动的自由。1980 年《婚姻法》进一步规定，夫妻双方都有参加生产、工作、学习和社会活动的自由，一方不得对他方加以限制或干涉。就其针对性而言，主要是为了保障已婚妇女享有参加生产、工作、学习和社会活动的自由权利，禁止丈夫限制或干涉妻子的人身自由。

夫妻双方都必须正当行使上述人身自由权，不得滥用权利损害他方和家庭的利益。任何一方在行使该项权利时，都必须同时履行法律规定的自己对婚姻家庭承担的义务。同时，如果夫妻任何一方不当行使该项权利，对方有权提出意见，进行必要的劝阻。

三、夫妻婚姻住所决定权

婚姻住所，是指夫妻婚后共同居住和生活的场所。婚姻住所决定权，是指选择、决定夫妻婚后共同生活住所的权利。

1930 年国民党政府《民法·亲属编》规定，妻以夫之住所为住所，赘夫以妻之住所为住所。对此，不允许夫妻另有约定，显然违背男女平等原则的。

1980 年《婚姻法》规定，登记结婚后，根据男女双方约定，女方可以成为男方家庭的成员，男方也可以成为女方家庭的成员。2001 年修正后的《婚姻法》第九条在原法的基础上作了一处重要的文字修改,将"男方也可以成为女方家庭的成员"中的"也"字删去,更彻底地体现了男女平等的精神。即现有《婚姻法》规定,女方可以成为男方家庭成员,男方可以成为女方家庭成员,双方也可以不成为对方家庭成员。

四、夫妻计划生育义务

计划生育是我国的一项基本国策,也是社会主义家庭功能的一项重要内容。《婚姻法》第十六条规定:"夫妻双方都有实行计划生育的义务。"其基本精神有如下三点。

(1)实行计划生育是夫妻的法定义务。计划生育是必须履行的义务,否则须承担法律责任。育龄夫妻应当按照国家有关计划生育的政策和法律规定生育子女,不得计划外生育。

(2)实行计划生育是夫妻双方的法定义务。计划生育不是一方的义务。夫妻任何一方都不得拒绝履行该项义务,更不得将计划生育仅视为女方的义务。

(3)实行计划生育也是夫妻双方的法定权利。计划生育不仅是义务而且还是权利,受国家法律的保护,任何人不得侵犯。夫妻有不生育的自由,任何人不得强迫或干涉。

案例 1-1

刘某与赵某是大学同学,相恋多年,2000年5月,二人到民政局登记结婚并在街道办事处计划生育办公室办理了准予生育的证明。婚后二人感情很好,夫妻互敬互爱。2002年9月,刘某发现自己怀孕了,便将消息告诉丈夫赵某,赵某知道后异常兴奋,很快就将此事告诉了住在农村的父母。赵某是家中独子,父母都希望早点抱上孙子,为此已经催赵某夫妇好几次了。妻子刘某不想这么早要孩子,她认为两人刚毕业不久,两人的事业刚刚有起色,况且他们刚刚贷款买了房子,付完首付家里已经没钱了,没有能力抚养孩子。刘某劝了赵某好几次,说再等几年再要孩子,可一提到这个话题,两人就吵架,为此也影响了夫妻的感情。现在刘某怀孕了,赵某对她百依百顺,夫妻之间的感情又回到了从前,刘某本想将孩子打掉,看到赵某这么高兴,也不忍心泼冷水。

2002年12月,因刘某在工作中表现突出,单位决定派其出国培训。刘某认为这是一个好机会,不想放弃,于是想把胎儿打掉,赵某知道后非常生气,坚决不许刘某将胎儿打掉,为此两人又大吵了一架。眼看出国的日期越来越近,而丈夫赵某又如此倔强,刘某一狠心,在没有告诉赵某的情况下到医院做了引产手术,终止了已经5个月的胎儿的生命。赵某在得知刘某引产的消息后,便一纸诉状将刘某告到法院。

赵某认为,生育孩子是夫妻两人共同的事情,刘某不应擅自到医院做引产手术,刘某的行为带给自己的伤害,是自己无法忍受的。故要求人民法院依法追究刘某侵犯其生育权并赔偿精神损害费10 000元。

人民法院经审慎研究作出判决:刘某作为妻子,其自行引产及引产意图是不道德的,其行为给赵某造成了一定的精神创伤。但鉴于刘某的行为并不具有违法性,对赵某要求精神损失赔偿不予支持。

【评析】

本案是一起关于生育权纠纷案件。《妇女权益保障法》规定:妇女有按照国家有关规定生育子女的权利,也有不生育的自由。

生育权是妇女人身权利的一项重要内容,妇女按照国家规定有生育子女的权利,也有按照自己的意愿不生育子女的权利。本案中,刘某怀孕后到医院终止妊娠,是在行使自己的权利,其本身并没有违反法律规定。生育权实施的主体是夫妻,法律将生育的权利赋予了每一位符合条件的公民,其间没有性别的差异。在生育权实施的形式上为夫妻之间必须协商一致、共同履行。在生育权的实施上,夫妻彼此还是相对独立的生育权主体。由于生理上的自然差异,男子的性权利和生育意愿必须通过女性主体才能实现,一旦受孕,受精卵至胚胎都将成为女性身体的组成部分,除女性自己外几乎无人能控制,从孕期的培育、生产过程到母乳的喂养更无法由男人替代,这些都将由女性独自承担。同男子在整个孕期中所承受的身体和精神等方面的压力相比,女性的付出更多。依照权利和义务相一致的原则,女性在生育过程中的"权利份额"似乎应较男方大一些。夫妻一方在行使自己的生育权的同时,有必要尊重对方的生育权,接受一定的限制,承担一定的义务,因此法律在生育权利、义务的行使时要求生育权的行使应当是夫妻双方意思表示一致的结果,赵某以刘某未经其同意擅自终止妊娠侵犯其生育权为由诉至法院,没有得到法院的支持。

(材料来源:法律知识网,《生育权纠纷案例》,2009 - 08 - 22)

五、夫妻扶养义务

《婚姻法》第二十条规定,夫妻有互相扶养的义务。一方不履行扶养义务时,需要扶养的一方,有要求对方付给扶养费的权利。理解时应当注意如下几点。

第一,夫妻之间的扶养权利和义务是平等的,任何一方不得只强调自己应享有接受扶养的权利而拒绝承担扶养对方的义务。

第二,夫妻之间接受扶养的权利和履行扶养对方的义务以夫妻合法身份关系的存在为前提条件。无论婚姻的质量如何,无论当事人的感情好坏,这种扶养权利和义务始于婚姻缔结之日,消灭于婚姻终止之时。

第三,夫妻之间的扶养义务的内容广泛。其内容包括夫妻之间相互为对方提供经济上的供养和生活上的扶助,以此维系婚姻家庭日常生活的正常进行。

第四,夫妻之间的扶养义务,属于民法上的强行性义务。夫妻之间不得以约定形式改变此种法定义务。

此外,法律还规定夫妻互负忠实义务,这是其他非法性关系中不具备的。

第二节　夫妻财产关系

我国现行《婚姻法》中规定的财产制是夫妻共同财产制、夫妻约定财产制与夫妻个人特有财产制相结合的形式。

一、夫妻法定共同财产制

(一)概念

夫妻法定共同财产制是指在婚姻关系存续期间,夫妻双方或一方所得的财产,除另有约定或法定夫妻个人特有财产外,均为夫妻共同所有,夫妻对共同所有的财产,平等地享有占有、使用、收益和处分的权利的财产制度。

(二)夫妻法定共同财产的特征

夫妻法定共同财产,是指夫妻双方或一方在婚姻关系存续期间所得的,除另有约定或法定夫妻个人特有财产以外的共有财产。它具有以下特征。

第一,其所有权的主体,只能是具有婚姻关系的夫妻双方。夫妻任何一方不能单独成为夫妻共同财产的所有权人,没有合法婚姻关系的男女双方也不能作为夫妻共同财产的所有权人。

第二,其所有权的取得时间,是婚姻关系存续期间。即从缔结合法婚姻时起至婚姻关系终止为止。即使是夫妻分居或离婚判决未生效的期间,仍为婚姻关系存续期间。恋爱、同居或订婚期间,不属婚姻关系存续期间。

第三,其来源,包括夫妻双方或一方所得的财产,但另有约定或法律另有规定属于个人特有财产的除外。"所得",是指对财产所有权的取得,而非对财产必须实际占有。如果婚前已取得某财产所有权,在婚后才实际占有,该财产仍不属夫妻共同财产。相反,婚后取得某财产权利,即使婚姻关系终止前未实际占有,该财产也属夫妻法定共同财产。

以上三个特征同时具备,才是夫妻法定共同财产。

(三)范围

依据我国《婚姻法》第十七条的规定,在婚姻关系存续期间所得的下列财产属于共同财产。

(1)工资、奖金。

(2)生产、经营的收益。

(3)知识产权的收益。即在婚姻关系存续期间,实际取得或已经明确可以取得的财产性收益。但值得注意的是,婚后一方取得的但尚未实际获得经济利益的或尚未明确能够获得经济利益的知识产权,属于个人所有。

(4)因继承或赠与所得的财产。根据2003年12月25日最高人民法院司法解释,以下两点值得注意。一是,遗嘱、遗赠或赠与合同中确定只归夫或妻一方的财产,应为夫或妻个人财产,即充分尊重遗嘱人、遗赠人或赠与人的意志。二是,婚前父母为双方购置房屋出资的,该出资是对自己子女的个人赠与,除非父母明确表示赠与双方;婚后父母为双方购置房屋出资的,该出资是对夫妻双方的赠与,除非父母明确表示赠与一方的。

(5)一方以个人财产投资所得的收益,也归夫妻共同所有。

(6)男女双方实际取得或者应当取得的住房补贴、住房公积金、养老保险金、破产安置补偿费。

(7)由一方婚前承租、婚后用共同财产购买的房屋,房屋权属证书登记在一方名下的,应当认定为夫妻共同财产。

(四)夫妻法定共同财产权的行使

夫妻共同财产的性质是共同共有,因而夫妻对全部共同财产,应不分份额平等地享受权利和承担义务。不能根据夫妻双方收入的有无或高低,来确定其享有共有财产所有权的有无或多少。夫妻双方对于共同财产享有平等的占有、使用、收益、处分的权利。

我国《婚姻法》特别规定,夫妻对共同财产有平等的处理权。关于这一条的理解应注意三点:一是,因日常生活需要而处理夫妻共同财产的,任何一方均有权决定;二是,非因日常生活需要对夫妻共同财产作重要处理决定的,双方应平等协商,取得一致意见;三是,前项决定,他人有理由认为其为夫妻双方共同意思表示的,另一方不得以不同意或不知道为由对抗善意第三人。

在清偿债务方面,依据我国法律规定:一方婚前所负个人债务的,债权人不得向其配偶主张权利,除非能够证明所负债务用于婚后家庭共同生活。婚姻存续期间夫或妻一方以个人名义所负债务,原则上应按夫妻共同债务处理;但另一方能证明债权人与债务人明确约定个人债务的除外;能够证明夫妻约定分别所有财产制,且第三人知道该约定的,亦除外。夫或妻一方就共同债务承担连带清偿责任后,可基于合法依据向另一方追偿。夫或妻一方死亡的,生存一方应对婚姻关系存续期间的共同债务承担连带责任。

（五）夫妻共同财产制的终止

夫妻共同财产制因夫妻一方死亡而终止,也可因离婚或其他原因,致使夫妻共同财产关系消灭,从而发生夫妻共同财产的分割。因一方死亡而终止夫妻共同财产制时,夫妻共同财产的分割,按我国《继承法》的规定,夫妻在婚姻关系存续期间所得的共同所有的财产,除有约定的以外,如果分割遗产,应当先将共同所有的财产的一半分出为配偶所有,其余的为被继承人的遗产。因离婚而终止夫妻财产制时,夫妻财产的分割,有约定的从约定;如果没有约定的,则按法定夫妻共同财产来进行分割。

二、夫妻约定财产制

（一）概念

夫妻约定财产制是指法律允许夫妻用约定的方式,对结婚前后所得财产确定归属的制度。

（二）夫妻约定财产的条件

一是,约定财产归属的夫妻双方都具有相应的民事行为能力;二是,夫妻双方均为自愿,不存在欺诈、胁迫或乘人之危;三是,约定的内容合法,内容不能损害国家、集体、第三人的利益,而且用途要合法。

（三）基本内容

对婚前财产可约定归双方共有或部分共有;对婚后取得的财产可约定全部或部分归个人所有。

（四）形式

约定应采用书面形式,否则,适用法定财产制。

（五）效力

1. 对内效力

对夫妻双方具有拘束力,排除法定财产制。

2. 对外效力

第三人知道该约定的,夫或妻一方的对外债务由个人清偿,由另一方举证第三人知道。第三人不知道该约定的,夫或妻一方对外所负的债务,由夫妻承担连带责任,但对另一方享有求偿权。

三、夫妻个人特有财产制

（一）概念

夫妻一方财产也叫夫妻特有财产,是指夫妻在婚后实行共同财产制时,依据法律的规定或夫妻双方的约定,夫妻保有个人财产所有权的财产。

夫妻法定的夫妻特有财产是指夫妻一方婚前个人享有所有权的财产和在婚姻关系存续期

间取得的并依法应当归夫妻一方所有的财产。

（二）法定夫妻特有财产的范围

依据我国《婚姻法》第十八条的规定，夫妻特有财产主要有如下几种。

（1）夫妻一方所有的婚前财产。是指结婚以前夫妻一方就已经享有所有权的财产。既包括夫妻单独享有所有权的财产，也包括夫妻一方与他人共同享有所有权的财产；既包括婚前个人劳动所得的财产，也包括通过继承、受赠和其他合法渠道而获得的财产；既包括现金、有价证券，也包括购置的物品等。原为夫妻一方的婚前个人财产，在婚姻关系存续期间虽然已经投入婚姻家庭生活之用，但该财产的原物形态仍保持，并未毁损、消耗、灭失的，仍为夫妻一方的个人财产。夫妻一方将婚前个人财产投入婚姻家庭生活之用，并已被消耗完或毁损、灭失的，该方不得主张用夫妻共同财产加以补偿或抵偿。值得注意的是，《婚姻法》第十八条规定为夫妻一方所有的财产，不因婚姻关系的延续或共同使用、管理而转化为夫妻共同财产。但当事人另有约定的除外。

（2）因一方身体受到伤害而获得的医疗费、残疾人生活补助费等费用。2003年12月26日最高人民法院司法解释明确规定，军人的伤亡保险金、伤残补助金、医药生活补助费属于个人财产。

（3）遗嘱或赠与合同中指明归一方的财产。根据2003年12月26日最高人民法院司法解释，当事人结婚前，父母为双方购置房屋出资的，该出资应当认定为对自己子女的个人赠与，但父母明确表示赠与双方的除外。

（4）一方专用的生活用品。指婚后以夫妻共同财产购置的供夫或妻个人使用的生活消费品，不是夫妻双方通用或者共用的生活用品。但值得注意的是，婚后购置的贵重首饰，价值较大的图书资料以及摩托车、拖拉机、汽车等生活、生产资料，虽属个人使用，也应视为夫妻共同财产。

（5）其他应当归一方所有的财产。是指依照其他有关法律规定而归属于特定行为人本人享有所有权的财产。例如，夫妻一方因参与体育竞赛活动取得优胜而荣获奖杯、奖牌，这类物品记载着优胜者的荣誉权，其财产所有权应当归享有该项荣誉权的夫妻一方。

案例 2-1

刘福娣（女）是一个残疾人，经人介绍认识了郑达（男）。郑达觉得刘福娣虽然是个残疾人，但是身残志坚，性格温柔。刘福娣则觉得郑达心地善良，没有因为她是残疾人就嫌弃她。互有好感的两个人迅速坠入了爱河，恋爱一年后，两人携手步入了婚姻的殿堂。结婚后一段时间，两人感情尚可，并生有一子取名郑小洋。刘福娣原是运动员，结婚后也没有放弃锻炼，曾多次在国际、国内的残疾人运动会上获得奖牌。与此同时，郑达的事业就逊色得多，作为单位的业务员，工作成绩不大。在刘福娣取得的荣誉面前，郑达的心理逐渐发生扭曲，对刘福娣参加一些社会必要活动、残疾身体的治疗横加干涉，甚至粗暴地干涉刘福娣参加比赛。加之双方性格、志趣各不相同，在处理一些家庭事务上互不协商，常因一些琐事吵架，致使夫妻感情逐渐破裂。在孩子两岁的时候，刘福娣和郑达就分居了。分居后，双方发生口角，在厮打中郑达将刘福娣左眼打伤住院治疗，双方关系进一步恶化。刘福娣出院后，以夫妻感情破裂为由，向法院提起离婚诉讼。法院经多次调解无效，刘福娣坚持离婚，郑达不同意离婚，婚生子小洋，现年4

岁,表示愿随母亲刘福娣生活。法院经审理查明:双方现住二室一厅楼房为单位所有,财产包括金戒指1枚、金项链1条,各式轮椅(车)3辆,自行车1辆,洗衣机、电冰箱、彩电、游戏机、录音机、录放机各1台,组合家具、角式沙发、三人沙发各1套,单人及双人床各1张,写字台1张,地毯2块,此外,刘福娣参加历次国际、国内残疾人运动会获奖牌17块(其中金牌16块、铜牌1块),获奖金59 012元,奖金用于制作假肢一副22 000元,另治病、旅游等项费用38 612.83元。

法院认为,原告刘福娣、被告郑达虽结婚多年,并生有一子,但是在共同生活中不能互谅互让,分居达一年之久,夫妻感情确已破裂,且无和好可能,应准予离婚。婚生子郑小洋表示愿随母亲刘福娣生活,应尊重子女的意愿。承租的楼房为某单位自管房屋,应由产权单位依照《中华人民共和国妇女权益保障法》第四十四条第三款的规定,按照"照顾女方和子女权益的原则"进行调整。奖牌系刘福娣个人取得的荣誉象征,不应作为夫妻共同财产分割。已查实的奖金59 012元,已用于刘福娣做假肢、治病、旅游等,现已无存款。郑达所诉刘福娣有奖金29万元,查无实据,不予认定。最终法院判决如下。一、准予原告刘福娣与被告郑达离婚。二、婚生子郑小洋由刘福娣抚养,郑达每月承担抚养费60元,至郑小洋独立生活为止。三、共同财产:金戒指、金项链、轮椅、洗衣机、吸尘器等物品归刘福娣所有,自行车、组合家具、电冰箱、彩电、录音机等物品归郑达所有。原、被告个人衣物归个人所有。四、奖牌17块归刘福娣所有。

一审宣判后,被告郑达以要求平分婚姻关系存续期间原告刘福娣所获得的奖牌和奖金等为由,向二审法院提出上诉。

二审法院审理认为,上诉人郑达与被上诉人刘福娣夫妻感情确已破裂,经原审法院多次调解无效,判决刘福娣与郑达离婚,郑小洋由刘福娣抚养是正确的,共同财产分割是合理的。关于刘福娣参加国际、国内残疾人体育比赛所获奖牌、奖金问题,经向国家体委、中国残联调查证实,刘福娣共获奖牌17块、奖金59 012元,以上奖牌和奖金,虽然是在夫妻关系存续期间所得,但奖牌系刘福娣作为残疾人运动员的一种荣誉象征,有特定的人身性,不应作为夫妻共同财产予以分割;所得奖金,因已用于支付刘福娣制作假肢、治病等费用,系家庭的共同支出,已无财产可分,郑达要求平分,于法无据。综上,一审法院判决事实清楚,适用法律正确,上诉人郑达上诉理由不充分,本院不予支持。据此,二审法院判决驳回上诉人郑达的上诉,维持原判。

【评析】

此案涉及一方参加比赛所获得的奖牌和奖金的分割。夫妻一方因其对社会的某种特殊贡献而获得的奖章、奖牌、奖杯、带有明显纪念意义的奖品,代表社会对取得优异成绩的个人的一种评价。对获奖者来说,记载着优胜者的荣誉,在法律上即表现为其享有的荣誉权。而荣誉权是属人身权的范围,是与特定的人身分不开的。在民法上,人身权只能由特定的人独立享有,不能与他人分享。人身权的这种属性,决定了获奖者所获奖牌的个人所有的属性,它是不能与他人分享的。因此案例中的奖牌是一方所获得的荣誉的象征,具有人身专属性,是一方专有的财产,在离婚时应归一方所有。但是,需要注意的是,荣誉获得者因其特殊贡献所获得的奖金或其他物质奖励,如果发生在婚姻关系存续期间,当事人之间又没有约定实行分别财产制的,应依法认定为夫妻共同财产,应按照共同财产的分割原则进行分割。

(本文引自 http://hi. baidu. com/jiayishuai/blog/item/ab4be5644a9e60f9f63654e4. html)

(三)夫妻对特有财产的权利义务

夫妻特有财产是夫妻婚后依法或依约定保留的个人所有财产。夫妻一方的特有财产由该方独立占有、使用、收益和处理,完全依据自己的意愿,不需征得他人同意。

课后练习

一、填空题

1. 夫妻关系是指由合法婚姻而产生的男女之间在_____和_____方面的权利义务关系。

2. 我国夫妻财产制是以_____、_____、_____相结合的制度。

3. 婚姻法规定:夫妻在_____期间所得财产,归_____所有,_____除外。夫妻对_____,有平等的处理权。

4. 夫妻关系包括_____和_____两个方面的内容。

二、判断题

1. 现行《婚姻法》规定,即使在婚姻关系存续期间,夫妻一方由继承而得的财产也属于其个人财产。( )

2. 个人特有财产制是以共同财产制为前提的。( )

3. 婚前父母为双方购置房屋出资的,除非父母明确表示赠与双方,该出资是对自己子女的个人赠与。( )

4. 婚后父母为双方购置房屋出资的,除非父母明确表示赠与一方的,该出资是对夫妻双方的赠与。( )

5. 子女一律从父姓。( )

6. 计划生育是夫妻双方的法定义务,不是法定权利。( )

7. 夫妻一方对外借贷,一律用共同财产清偿。( )

三、名词解释

1. 法定共同财产

2. 夫妻个人特有财产

四、单项选择题

1. 按照我国法定夫妻财产制,下列财产中哪一项不属于夫妻共同财产?( )

A. 夫妻分居两地分别管理、使用的婚后所得财产

B. 一方在婚前接受继承而于婚后实际取得的财产

C. 婚后一方接受亲友馈赠的财物

D. 婚后一方所得的奖金

2. 某男婚后一年其父病故。他和母亲及三个弟弟继承父亲的遗产。为了使母亲晚年能生活得更好,他想把继承遗产送给母亲,他应该( )。

A. 自行将继承的遗产赠与其母　　　　B. 征得妻子的同意

C. 征得儿女及妻子的同意　　　　　　D. 征得三个弟弟的同意

3. 张某与李某二人是夫妻,以下哪项不属于夫妻共同财产?( )

A. 在婚姻关系存续期间,张某所得的工资

B. 李某在婚姻关系存续期间继承的其父亲的财产

C. 李某在婚姻关系存续期间出版一本著作,所得稿费 4 000 元

D. 李某在结婚前,其朋友送的单反相机一台

五、多项选择题

1. 按照我国法定夫妻财产制,夫妻共同财产的范围包括婚姻关系存续期间(　　)。

A. 一方或双方劳动所得的收入和购置的财产

B. 一方或双方由知识产权取得的经济利益

C. 一方或双方继承、受赠的财产或取得的债权

D. 从事承包、租赁等生产经营活动的收入

E. 一方或双方的其他合法收入

2. 依照有关司法解释,下列财产中属于夫妻个人财产的有(　　)。

A. 复员军人从部队带回的医药补助费和伤残补助费

B. 一方用婚后自己的工资买彩票中的 500 万元大奖

C. 夫妻分居两地分别管理、使用的婚后所得财产

D. 一方婚前个人所有的财产,婚后由双方共同使用、经营、管理的贵重生活资料

3. 甲与乙于 2003 年 5 月结婚,2005 年 7 月二人因感情不和协议离婚。下列各项中,属于夫妻共同财产,应当平均分配的有(　　)。

A. 甲在 2005 年 1 月出版一本专著,2005 年 8 月甲拿到一笔 2 万元的稿费

B. 乙所在单位拖欠乙从 2004 年 6 月至 2005 年 6 月的工资,2005 年 9 月,乙拿到拖欠的工资,共计 2 万元

C. 2002 年 3 月,乙的伯父死亡,其遗嘱指明将财产遗赠给乙一人所有,价值 4 万余元

D. 乙 2001 年 6 月购买的用于参加重要会议的一套贵重铂金首饰

4. 我国《婚姻法》规定,夫妻在人身关系方面的权利义务有(　　)。

A. 夫妻人身自由权

B. 夫妻双方都有参加生产、工作、学习和社会活动的自由

C. 夫妻有相互继承遗产的权利

D. 夫妻各有独立的姓名权

E. 夫妻双方都有实行计划生育的义务

5. 以下说法哪些是正确的?(　　)

A. 在婚姻关系存续期间一方的住房补贴是夫妻共同财产

B. 由一方婚前承租、婚后用共同财产购买的房屋,房屋权属证书登记在一方名下的,是该方的个人财产

C. 夫妻一方所有的财产,一律不因婚姻关系的延续或共同使用、管理而转化为夫妻共同财产

D. 婚后购置的贵重首饰,价值较大的图书资料以及摩托车、拖拉机、汽车等生活、生产资料,虽属个人使用,也应视为夫妻共同财产

六、问答题

1. 简述法定夫妻特有财产的范围。
2. 简述夫妻法定共同财产的范围。

思考1　这串项链属于共同财产吗？

【案例】小杨与女青年柳某于2000年5月登记结婚,领取了结婚证,同年8月举行婚礼时,小杨的母亲送给柳某一串金项链。现在因感情破裂,双方自愿离婚,但对如何处理这串金项链,发生了争执。小杨认为这串项链属于共有财产,应予以分割。柳某认为,这串项链只有妇女才能使用,又是小杨母亲在他们举行婚礼时赠给她的,是她的个人财产。请问,这串项链的所有权到底归谁?

思考2　法律保护夫妻对财产的约定吗？

【案例】印度尼西亚华侨郭某(男)与国内某音乐学院女教师何某于2001年恋爱结婚。婚后夫妻俩用共同的工资收入买了20 000多元的钢琴,并书面约定,此琴归何某个人所有,但郭某可以使用。2004年郭某因飞机失事不幸身亡,郭某之父要求继承包括钢琴在内的儿子的遗产,何某向老人解释她和丈夫的约定,但郭某之父却说:"你俩的约定法律不承认。"对此,两人互不相让,最后告到法院。

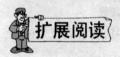

婚前"按揭"房离婚后归谁?

唐先生与张女士于2006年4月8日登记结婚。婚前,唐先生购买了一套商品房。该房合同价为120万元,由唐先生以个人名义签订购房合同,并缴纳36万元首付款,其余房款由唐先生向银行按揭贷款30年,每月还贷7 000元左右。2007年4月,由于双方婚后感情不和,均同意离婚,但对房屋是否为夫妻共同财产存在分歧。唐先生认为该房为其个人财产,理由是该房是他与张女士结婚之前所购买的,且首付款都是他个人的婚前财产;张女士则认为该房屋是夫妻共同财产,理由是产权证是房屋产权取得的法定凭证,该房子的产权证是在他们结婚后取得的,该房为夫妻共同财产。

【律师分析】唐先生与房产公司签订购房合同时,即取得了要求房产公司交付房屋以及产权过户的权益。而房地产管理部门发放的产权证,实际上是唐先生婚前债权变成物权的实证。在这种情况下,一般是以合同签订的时间作为购房时间,并以婚姻登记时间的先后来确定产权归属。根据相关法律,此争议房屋应属唐先生的婚前个人财产。不过,对于婚后共同还贷款的资金,其中属于张女士清偿部分的,应当返还给张女士。

目前,通过银行贷款支付房款,是大多数购房人的首选。购房之后贷款人都承担着每个月向银行还贷的义务。根据《婚姻法》的规定,一般夫妻婚后所得均属于夫妻共同财产,所以,婚后的还贷几乎都是以夫妻共同财产来承担的。在这种情况下,通常大部分人认为,房屋是以夫妻共同财产还贷的,非产权人一方也应当享有部分产权。

其实,这里涉及民法理论中物权和债权的关系。夫妻一方婚前以个人财产、个人名义购买房产之后即成为产权人,对于其所购房屋依法享有所有权权益。其用于支付房款的银行按揭贷款,实际上是与银行之间形成的债权债务关系。虽然从表面看,婚后另一方参与还贷的行为也为房屋产权的取得在作贡献,但从法律层面来分析,婚后双方共同还贷仅仅是在偿还银行的债务,与房屋产权的归属是两个不同的法律关系,并不改变房产作为个人财产的性质。因此在离婚分割财产时,该房屋为个人财产,剩余未偿还的贷款属于其个人债务,对于已归还的贷款中属于配偶一方清偿的部分,应当予以返还。

(材料来源:临沂在线房产网,《婚前"按揭"房离婚后归谁?》,2009 – 03 – 12)

习题答案

一、填空题

1. 人身　财产

2. 法定共同财产制　约定财产制　个人财产制

3. 婚姻关系存续　夫妻共同　双方另有约定或法定夫妻个人特有财产　共同财产

4. 人身关系　财产关系

二、判断题

1. 错　2. 对　3. 对　4. 对　5. 错　6. 错　7. 错

三、名词解释

1. 法定共同财产:夫妻法定共同财产,是指夫妻双方或一方在婚姻关系存续期间所得的,除另有约定或法定夫妻个人特有财产以外的共有财产。

2. 夫妻个人特有财产:夫妻个人特有财产是指夫妻一方婚前个人享有所有权的财产和在婚姻关系存续期间取得的并依法应当归夫妻一方所有的财产。

四、单项选择题

1. B　2. B　3. D

五、多项选择题

1. ABCDE　2. AD　3. AB　4. ABDE　5. AD

六、问答题

1. 法定夫妻特有财产:①一方的婚前财产;②一方因身体受到伤害获得的医疗费、残疾人生活补助费等费用;③遗嘱或赠与合同中确定只归夫或妻一方的财产;④一方专用的生活用品;⑤其他应当归一方的财产。

2. 依据《婚姻法》第十七条的规定,在婚姻关系存续期间所得的下列财产属于共同财产:①工资、奖金;②生产、经营的收益;③知识产权的收益,即在婚姻关系存续期间,实际取得或已经明确可以取得的财产性收益;④因继承或赠与所得的财产;⑤一方以个人财产投资所得的收益,也归夫妻共同所有;⑥男女双方实际取得或者应当取得的住房补贴、住房公积金、养老保险金、破产安置补偿费;⑦由一方婚前承租、婚后用共同财产购买的房屋,房屋权属证书登记在一方名下的,应当认定为夫妻共同财产。

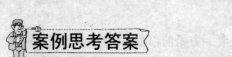

案例思考答案

【思考1】这串项链为夫妻共同财产。依照我国《婚姻法》的规定,夫妻在婚姻关系存续期间所得的财产属夫妻共同所有,双方另有约定的除外。婚姻关系存续期间,是指从取得结婚证书起,到婚姻关系终止时为止。在此期间双方任何一方的劳动收入及继承、接受赠与等合法途径取得的财产,除另有约定外,都属于夫妻共有财产。这串金项链是小杨的母亲在他们取得结婚证三个月后才赠与柳某的。这个时候属于夫妻婚姻关系存续期间,所以这串项链是夫妻共同财产,在离婚时应予以平均分割。

【思考2】依照我国《婚姻法》的规定,夫妻在婚姻关系存续期间所得的财产归夫妻共同所有,双方另有约定的除外。即法律允许夫妻约定婚后财产的归属。郭某与何某二人约定,琴归何某所有,且立有书面协议,就应当尊重双方意愿,钢琴为何某的个人财产。郭某之父要求分割钢琴的做法,是没有法律依据的。

第四章　离婚

　　原、被告于1998年11月经人介绍后相识恋爱,1999年7月19日登记结婚,1999年12月14日生育女儿仇某某。婚后不久,被告经常参与赌博,且屡教不改,致夫妻关系失和。原告黄某某诉称,婚后10年被告在外参与赌博,无家庭责任心和事业心,原告好言相劝,被告亦承诺对家庭负责,但并无悔改之意。近来,被告与其他女子有不正当关系,其行为严重伤害了夫妻感情,故诉请要求与被告离婚,婚生女儿随原告共同生活,被告每月承担女儿生活费人民币400元;财产依法分割。被告仇某某辩称,原告所称其参与赌博是事实,但没有与其他女子发生不正当关系。今后不再参与赌博,改正缺点,积极工作,希望夫妻和好,故不同意离婚。审理中,被告表明不再参赌并要求夫妻和好,而原告则坚决要求离婚,双方各持己见,致调解未果。

　　经法院审理认为,原、被告系自主婚姻,婚姻基础较好,婚后由于被告参与赌博等错误,致双方关系失睦,现被告表示愿意改正自己的缺点,要求夫妻和好,原告应给予被告一次机会。因此,只要被告履行自己的承诺,相互信任、多加沟通,相信夫妻关系可以改善,鉴于原、被告夫妻感情尚未彻底破裂,依照《中华人民共和国婚姻法》第三十二条之规定,判决如下:原告黄某某与被告仇某某离婚之诉讼请求不予支持。

(材料来源:法律界,《黄某某诉仇某某离婚纠纷案》,2009 - 07 - 23)

理论要点

　　离婚,指夫妻双方通过协议或诉讼的方式解除婚姻关系,终止夫妻间权利和义务的法律行为。

　　按照我国《婚姻法》的规定,如感情确已破裂,调解无效,应准予离婚。离婚有两条途径,法院诉讼离婚和到民政部门婚姻登记机关办理协议离婚两种。

　　离婚的法律特征:离婚的主体只能是夫妻双方,在离婚行为中必须体现当事人本人的意思;离婚是解除婚姻关系的行为,其前提条件是双方当事人须存在婚姻关系;离婚必须遵守法定的条件和程序。

第一节　离婚制度概述

一、离婚制度

(一)婚姻的终止

婚姻终止是指合法有效的夫妻关系因发生一定的法律事实而归于消灭。婚姻终止只能基于两种法律事实为发生原因。

1. 婚姻因配偶死亡的法律事件而终止

(1)因配偶自然死亡而终止婚姻关系。自然死亡,婚姻关系的主体之一已不复存在,必定引起夫妻关系的终止或消灭,并且发生遗产继承等法律后果,这是因为,婚姻是男女双方共同生活的综合体,夫妻关系则是一种特殊的人身关系,以配偶双方的生命存在为前提。

(2)因配偶一方被宣告死亡而终止婚姻关系。我国法律规定被宣告死亡人与其配偶的婚姻关系,自宣告死亡之日起消灭。被宣告死亡的人重新出现,或者以后确知失踪人并未死亡时,须经本人或利害关系人申请,由法院撤销原宣告死亡的判决。如果被宣告死亡人的配偶未再婚的,夫妻关系从撤销死亡宣告之日起自行恢复;如果其配偶已与他人登记结婚,后一婚姻关系具有法律效力,其原来的婚姻关系不再恢复。如果其配偶再婚后又离婚或再婚后配偶又死亡的,则不得认定原夫妻关系自行恢复。

(3)配偶一方被宣告失踪只能经判决离婚而终止婚姻关系。婚姻问题上,被宣告失踪人与其配偶并不因宣告失踪而终止婚姻关系,宣告失踪期间双方均不得再婚。

2. 婚姻因离婚的法律行为而终止

离婚也称婚姻关系的解除、离异,是夫妻双方生存期间依照法定的条件和程序解除婚姻关系的民事法律行为,也即在法律上终止合法有效的婚姻关系。

离婚不仅直接涉及夫妻双方的人身关系,而且关系到子女和财产问题,对家庭和社会也会产生一定的影响。所以离婚不仅影响当事人的法律地位,同时还要涉及财产分割、对子女的监护以及对不能独立生活的家庭成员的扶养等问题,在婚姻家庭法中占有相当重要的地位。

离婚的基本特点为以下五个方面:①从主体看,离婚是具有合法夫妻身份的男女双方本人所为的法律行为,任何人都无权代替,更不能对他人的婚姻关系提出离婚请求;②从时间看,只有夫妻双方生存期间才能办理离婚,如一方死亡或被宣告死亡,婚姻关系自然终止,无须依离婚程序解除婚姻关系;③从程序看,离婚和结婚一样,要具备一定的法律条件,履行一定的法律程序,得到国家法律认可,才能发生法律效力;④从条件看,离婚必须以合法婚姻关系的存在为前提;⑤从内容看,离婚是具有重要法律意义的行为,它导致夫妻关系的解除,从而会引起一系列的法律后果,如夫妻人身关系、财产关系的消灭,子女抚养关系的变更,债务的清偿等。

(二)离婚的分类

离婚根据不同标准可以有不同的分类:按照当事人对离婚的态度,可分为双方自愿离婚和一方要求离婚;从办理离婚的法定程序来分,可分为依行政程序离婚和依诉讼程序离婚;按照解决婚姻关系的方式来分,可分协议离婚和判决离婚。

(三)我国现行法中处理离婚问题的指导思想

社会主义婚姻家庭制度要求公民在对待离婚问题和司法实践中处理离婚纠纷时,必须采取严肃慎重的态度,遵循下列两个指导思想。

1. 保障离婚自由

离婚自由是婚姻自由的重要内容,保障离婚自由符合婚姻关系的本质,也是促进社会安宁的重要方面。没有离婚自由,就没有真正的婚姻自由。如果强行维持夫妻双方已没有感情的名存实亡的婚姻关系,不仅仅会给双方带来无尽痛苦,对于子女、家庭和社会也是无益的。实行离婚自由,就可以通过法定程序解除那些已经失去存在意义的婚姻关系,使当事人从精神痛苦中解脱出来,重建幸福美满的家庭。保障离婚自由,是我们反对包办买卖婚姻,克服离婚问题上的旧思想旧观念的重要指导思想。

2. 反对轻率离婚

轻率离婚是指婚姻关系并未破灭,随意提出的离婚请求。保障离婚自由,并不意味着可以轻率离婚。在我国,离婚自由是相对的、有条件的、受法律规定限制的自由。只有在夫妻感情完全破裂又无和好可能时,才允许用离婚这种迫不得已的办法来解决。因为离婚不仅会对当事人双方、家庭、子女产生影响,也会对社会产生影响。因而,在离婚问题上,我们要在保障离婚自由的同时,防止轻率离婚,反对一切任意性和滥用离婚自由权利的行为。

二、我国离婚制度的历史沿革

自从实行一夫一妻制以来,离婚制度是婚姻家庭制度的重要组成部分。但是它的发生、发展和演变,受到各种制度下社会物质生产关系的制约,并且受到政治、文化、道德、宗教等因素的深刻影响,在不同的社会制度下,呈现出不同的特点。

(一)我国古代社会的离婚制度

在我国封建社会,总体上实行的是专权离婚制度,离婚主要是丈夫的特权,对于妻子来讲婚姻是不可离异的。主要有出妻、义绝、和离、呈诉离婚等制度。

1. 出妻制度

又称为休妻、去妻、弃妻,是指妻子有法律规定的过错时,丈夫依法休妻,男家弃妇,终止婚姻关系的行为。

古代出妻要有七种法定理由,也即"七出",不同朝代规定的内容基本相同。其中《大戴礼记·本命篇》云:"妇有七出:不顺父母(为其逆德也)去,无子(为其绝世也)去,淫(为其乱族也)去 ,妒(为其乱家也)去 ,有恶疾(为其不可共粢盛也)去,多言(为其离亲也)去,盗窃(为其反义也)去。"《唐律疏议》中规定:"七出者,依令:一、无子;二、淫泆;三、不事舅姑;四、口舌;五、盗窃;六、妒忌;七、恶疾。"

我国古代在规定"七出"的同时,也规定了"三不去",在某些特定情况下维护妻子的权益,同时也是为了维护封建统治伦理道德、家庭纲常所需,也即:尝更三年丧(不忘恩也),不去;前贫后富贵(不背德也),不去;有所受无所归(不穷穷也),不去。意为给公婆服过三年丧的,曾与丈夫同甘共苦现在富贵的,无娘家可归的妻子,不能被休弃。

2. 义绝制度

义绝是指我国封建社会夫妻之间或夫妻一方与对方的亲属之间,或双方的亲属之间,有法律规定的事由,国家强迫双方离异的离婚形式。所谓法律规定的情形,主要指五种夫妻间及与相互的亲属间的殴打、谩骂、杀害、通奸的行为。义绝与"出妻"不同。"七出"是于礼应出,于法可出,而非必出,合当义绝而不绝者,则须依律科刑。

3. 和离制度

和离是我国古代一种通过协议允许夫妻离异的法律制度 。《唐律·户婚律》说:"若夫妻不相安谐而和离者,不坐。"即夫妻感情不和,可以自愿协议离婚,并且不受处罚。但在封建桎梏的控制下,毫无经济保障,受着"三从四德"和贞操观念束缚下的妇女,实际上是无法实现和离愿望的。所谓的"两愿离",主要取决于丈夫或夫家。

4.呈诉离婚制度

呈诉离婚是指夫妻一方有法律规定的特定原因，对方可向官府呈递离婚诉状由官府判决离婚的方式。男方据以呈诉的理由有"妻背夫在逃"、"男妇虚执翁奸"、"妻杀妾子"等。女方据以呈诉的理由有"夫逃亡三年不还"、"夫抑勒或纵容妻妾与人通奸"、"夫典雇妻妾"、"翁欺奸男妇"等。例如明、清律均规定，受财典雇妻妾与人者，除处以刑罚外，并勒令离异。

（二）近现代社会的离婚制度

近现代社会的离婚制度具有限制离婚主义的特征，法律规定夫妻双方都有平等离婚权，但要求离婚的一方，必须符合法定理由。离婚制度出现了由"有责主义"向"无责主义"和"破裂主义"发展的趋势。

1.有责主义离婚

有责主义离婚指夫妻一方得以对方有违背夫妻义务的特定过错或罪责行为，作为提出离婚的法律依据，其具有对有责一方配偶制裁的目的性。

2.无责主义离婚

无责主义离婚指虽非夫妻一方的主观过错或有责行为，但出现影响夫妻关系的客观原因致使无法达到婚姻目的，法律规定这些客观事实可作为离婚理由诉请离婚。如一方有生理缺陷、患严重精神病或恶性疾病、生死不明等原因。

3.破裂主义离婚

夫妻感情丧失殆尽致使婚姻关系破裂、无法维持共同生活等客观事实出现时，夫妻一方或双方均可要求离婚。

我国《婚姻法》实行感情破裂原则，并将有责主义与破裂主义离婚原则有机地结合起来。

第二节　离婚的程序

一、我国离婚的方式

《中华人民共和国婚姻法》第三十一条规定："男女双方自愿离婚的，准予离婚。双方必须到婚姻登记机关申请离婚。婚姻登记机关查明双方确实是自愿并对子女和财产问题已有适当处理时，发给离婚证。"第三十二条规定："男女一方要求离婚的，可由有关部门进行调解或直接向人民法院提出离婚诉讼。"由此可见，在我国有两条离婚途径，到民政部门婚姻登记机关进行协议离婚和到法院诉讼离婚。

（一）协议离婚

协议离婚又称两愿离婚、合意离婚，是指婚姻双方通过达成离婚合意的方式解除婚姻关系，并就离婚的法律后果达成协议，经有关部门认可后使婚姻关系归于消灭的婚姻法律制度。我国办理离婚登记的机关是基层人民政府的婚姻登记机关。离婚登记的程序包括三步：申请、审批、批准。

准予离婚登记的法定条件主要有以下几个方面。第一，双方当事人须有合法的夫妻身份，是依法办理了结婚登记的婚姻关系当事人。第二，双方当事人须有婚姻的行为能力。第三，双方当事人须有离婚的合意。离婚协议应当是双方意思表示一致的结果，这种意思表示是真实的、自愿的，不是受对方或他人的欺诈、胁迫或重大误解而作出的。虚假的离婚意思表示无效。

第四,双方当事人还须对离婚后的子女和财产问题作出适当处理。

我国内地居民自愿离婚的,男女双方应当共同到一方当事人常住户口所在地的婚姻登记机关办理离婚登记。办理离婚登记时应当出具下列证件和证明材料:本人的户口簿、身份证;本人的结婚证;双方当事人共同签署的离婚协议书。

中国公民同外国人在中国内地自愿离婚的,内地居民同香港居民、澳门居民、台湾居民、华侨在中国内地自愿离婚的,男女双方应当共同到内地居民常住户口所在地的婚姻登记机关办理离婚登记。办理离婚登记的香港居民、澳门居民、台湾居民、华侨、外国人除应当出具本人的结婚证、双方当事人共同签署的离婚协议书外,香港居民、澳门居民、台湾居民还应当出具本人的有效通行证、身份证,华侨、外国人还应当出具本人的有效护照或者其他有效国际旅行证件。

(二)诉讼离婚

诉讼离婚,又称裁判离婚,是婚姻当事人向人民法院提出离婚请求,由人民法院调解或判决而解除其婚姻关系的一项离婚制度。诉讼离婚制度,适用于当事人双方对离婚有分歧的情况,包括一方要求离婚而另一方不同意离婚而发生的离婚纠纷;或者双方虽然同意离婚,但在子女和财产问题上不能达成一致意见、作出适当处理的情况。

1. 离婚诉讼中的调解

按照《婚姻法》规定,调解是审理离婚案件的必经程序。人民法院对离婚案件进行调解有利于对当事人进行法制宣传教育,减少缠讼。这种调解会产生三种后果:①双方和好,达成协议,原告撤诉,法院调解笔录存卷,诉讼活动终止;②双方当事人达成离婚协议,由人民法院制作调解书,调解书送达后发生法律效力,婚姻关系宣告解除;③调解无效当事人达不成协议,人民法院久调不决,立即进入判决阶段。

2. 判决

判决是在人民法院调解无效的基础上,对有争议的诉讼标的所作的强制性的决定。人民法院的离婚判决,包括准予离婚和不准离婚两种情况,其标准是夫妻感情是否确已破裂。

诉讼离婚制度有下述特征。

第一,诉讼离婚有着法定的必要条件,即"感情确已破裂,调解无效"。人民法院在审理案件中也必须执行法律规定的条件,并以此为据裁判是否许可当事人离婚。

第二,在诉讼活动中,人民法院对争议处理起主导作用,它要对当事人提出的离婚请求和理由进行审查,是否准予离婚取决于人民法院的依法裁量,它既可以判决准予离婚,也可以依法驳回当事人的请求。

第三,人民法院依法作出的调解和判决,在发生法律效力后,即具有强制执行力,当事人不履行调解书和判决书中所确定的义务的,人民法院可依另一方的申请予以强制执行。

3. 诉讼外的离婚调解

虽然我国对于诉讼程序以外的离婚调解没有作过多规定,但诉讼外的离婚调解也应当是我国离婚制度中的重要内容,它有利于正确、及时地处理离婚纠纷,有利于双方的生产和工作,有利于增强人民内部团结。实践经验证明,只要有关部门做好调解工作,许多离婚纠纷是可以不经诉讼程序就能得到妥善解决的。实践中,帮助进行诉讼外离婚调解的部门主要是当事人所在的单位、群众团体、基层调解组织以及婚姻登记机关等。诉讼外的离婚调解不是进行诉讼离婚的必经程序。

二、准予离婚和不准离婚的法定条件

感情确已破裂是法院判决准予离婚的法定条件。人民法院审理离婚案件,应当进行调解;如感情确已破裂,调解无效,应准予离婚。如何认定夫妻感情确已破裂,根据司法解释,主要做到四看:看婚姻基础,看婚后感情,看离婚原因,看有无和好可能。

有下列情形之一,经法院调解无效的,应准予离婚:

(1)重婚或有配偶者与他人同居的;

(2)实施家庭暴力或虐待、遗弃家庭成员的;

(3)有赌博、吸毒等恶习屡教不改的;

(4)因感情不和分居满二年的;

(5)其他导致夫妻感情破裂的情形。

一方被宣告失踪,另一方提出离婚诉讼的,法院应准予离婚。

三、关于离婚的两项特别程序

(一)关于现役军人的离婚

我国《婚姻法》为了体现对军人的关怀和爱护,增强军人保家卫国的坚定信念,缓解履行家庭义务方面的负担,对军人婚姻予以特别保护,规定除军人一方有重大过错的外,现役军人的配偶要求离婚,须事先征得军人的同意。

(二)关于妇女怀孕期间和分娩后一年内的离婚

为了充分保护妇女和儿童的正当利益,我国《婚姻法》规定女方在怀孕期间、分娩后一年内或中止妊娠后六个月内,男方不得提出离婚。女方提出离婚的,或人民法院认为确有必要受理男方离婚请求的,不在此限。

案例 2-1

妻子白某与丈夫华某均是重庆人,2005年经人介绍结婚,夫妻俩在南岸区开了一家摩托车配件厂。2006年7月23日,华某以其妻子怀孕5个月而不能做家务且不能帮助其打理生意为由,认为妻子对自己已无感情,起诉离婚,但法院不予受理。2007年3月,白某向法院提起离婚诉讼,诉称与华某经常吵架,华某沉湎于网络恋情不能自拔,生活上对其母子极为冷漠,孩子也受到了严重影响,双方感情已尽,如果不能离婚,自己将会抑郁而死。法院调解无效,判决离婚。请问,为什么夫妻两个人的诉讼会产生不同的结果?

【评析】

我国《婚姻法》第三十四条规定,女方在怀孕期间、分娩后一年内或中止妊娠后六个月内,男方不得提出离婚。但如果女方提出离婚的,且经法院调解、审理认为符合离婚条件的,可判决离婚。

第三节 离婚的法律效力

离婚的效力又称为离婚的法律后果,是指男女双方当事人解除婚姻关系的行为在法律上所发生的作用和产生的相应后果。离婚是重要的法律行为,由于婚姻关系的解除,当事人的人身关系、财产关系以及子女的抚养教育等方面,都会发生相应的法律变化。

离婚效力的发生时间,在协议离婚方式中,以登记离婚之日或离婚调解协议书签收之日为准;在裁判离婚方式中,则以离婚判决书生效当天为准。

一、离婚对夫妻的身份效力

离婚会使夫妻之间的身份关系得到解除,而基于夫妻身份而产生的夫妻间的人身关系也随之消灭。所以,离婚将对夫妻之间的身份关系产生如下效力:

(1)夫妻身份消灭;

(2)再婚自由的恢复;

(3)扶养义务的终止;

(4)法定继承人资格的丧失;

(5)姻亲关系的消灭。

二、离婚后的子女抚养、教育和探视

1. 离婚后的父母子女关系

离婚后父母与子女间的关系,不因父母离婚而消除,子女无论由父或母直接抚养,仍是父母双方的子女,父母对于子女仍有抚养和教育的权利和义务。

2. 离婚后子女随哪方生活

离婚后,哺乳期内的子女,以随哺乳的母亲抚养为原则。哺乳期后的子女,如双方因抚养问题发生争执不能达成协议时,由人民法院根据子女的权益和双方的具体情况判决。按照最高法院的司法解释:"两周岁以下的子女一般随母方生活。确定子女抚养要考虑父母双方的实际情况和合理要求,本着有利于孩子身心健康成长的原则加以解决。"

3. 子女生活费和教育费的负担和变更

离婚后,一方抚养的子女,另一方应负担必要的生活费和教育费的一部分或全部,负担费用的多少和期限的长短,由双方协议;协议不成时,由人民法院判决。关于子女生活费和教育费的协议或判决,不妨碍子女在必要时向父母任何一方提出超过协议或判决原定数额的合理要求。

4. 探视权

离婚后,不直接抚养子女的父或母,有探望子女的权利,另一方有协助的义务。行使探望权利的方式、时间由当事人协议;协议不成时,由人民法院判决。父或母探望子女,不利于子女身心健康的,由人民法院依法中止探望的权利;中止的事由消失后,应当恢复探望的权利。

三、离婚后夫妻财产关系的终止

夫妻离婚时,所应分割的财产仅仅是夫妻共同财产,婚前个人财产不参与分割。

夫妻共同财产包括法定的共同财产和约定的共同财产两类。法定的共同财产是《婚姻法》第十七条中规定的夫妻在婚姻关系存续期间所得的财产,夫妻对共同所有的财产,有平等的处理权。这些财产主要包括:

(1)工资、奖金;

(2)生产、经营的收益;

(3)知识产权的收益;

（4）继承或赠与所得的财产，但本法第十八条第三项规定的除外；

（5）其他应当归共同所有的财产。

但夫妻一方的财产是不参与分割的。《婚姻法》认为有下列情形之一的，为夫妻一方的财产：

（1）一方的婚前财产；

（2）一方因身体受到伤害获得的医疗费、残疾人生活补助费等费用；

（3）遗嘱或赠与合同中确定只归夫或妻一方的财产；

（4）一方专用的生活用品；

（5）其他应当归一方的财产。

人民法院在审理夫妻共有财产分割问题时，应当遵循以下的原则。①男女平等。法院所判决分割的财产是夫妻共同共有财产，根据《婚姻法》第十七条的规定，基本上是夫妻在婚姻关系存续期间所得的财产。对于这部分财产，夫妻双方在婚姻存续期间有平等的处理权，由此，在离婚分割这部分财产时夫妻双方也应处于平等的地位。②保护妇女和子女的合法权益。在分割夫妻共同财产时，一方面应当注意不得侵犯女方和子女的合法权益；另一方面，应根据财产的具体情况、女方的经济状况及子女的实际需要给予必要的照顾。③尊重当事人意愿。在分割共同财产时，法院应当尊重当事人的意愿，这是尊重公民财产权利的一种表现。如果一方当事人自愿放弃全部或部分权利时，法院应尊重其选择，不应加以禁止。④有利生产，方便生活。法院在判决分割共同财产时，应当根据财产的具体情况，判归一方所有。对于夫妻共同财产中的生产资料，分割时应不损害其效用和价值，以保证生产活动、经营的正常进行，特别是现在夫妻共同财产中生产资料占比重比较大的情况。对于夫妻共同财产中的生活资料，分割时也应根据双方各自的实际需要，使物尽其用，方便生活。

四、夫妻债务的偿还

夫妻共同债务是指夫妻双方或一方为共同生活需要或为履行抚养、赡养义务以及治疗疾病所负的债务。夫妻共同债务必须是在双方婚姻关系合法存续期间产生的，必须是为了双方共同生活或者家庭生活的需要而产生的。

《婚姻法》第四十一条规定，离婚时，原为夫妻共同生活所负的债务，应当共同偿还。共同财产不足清偿的，或财产归各自所有的，由双方协议清偿；协议不成时，由人民法院判决。个人债务主要包括以下几种情形：①婚前所负债务；②婚后以个人名义所负以供养没有抚养义务之人；③约定分别财产制并且债权人知道的情形下以个人名义所负的债务；④婚后所负但与债权人明确约定为个人所负债务。

夫妻共同债务主要包括以下几种情形：①婚后所负债务，且不属于上述作为个人债务的情形；②婚前所负债务用于婚后家庭共同生活的。夫或妻一方死亡的，生存一方应当对婚姻关系存续期间的共同债务承担连带清偿责任。

五、对生活困难一方的经济帮助

离婚时对困难一方适当的经济帮助，并非夫妻扶养义务的延伸，夫妻间的扶养义务随婚姻关系的终止而终止。对困难一方的经济帮助，是基于婚姻关系所派生的社会道义上的责任，经济帮助不以对方有过错为必要，而是基于公平原则对离婚后处于弱势地位的配偶一方予以一定的保护。这有助于消除夫妻一方在离婚后的经济顾虑,有利于保障离婚自由,也可以防止因离婚而造成的不利的社会后果。对生活困难一方经济帮助的具体办法由双方协议,协议不成时,由人民法院判决。

六、无过错方的损害赔偿请求权

离婚过错损害赔偿,是指因婚姻关系的一方不法侵害其配偶基于配偶身份享有的合法权益,其过错行为导致婚姻关系破裂,离婚时无过错配偶对此所受的损害有权请求损害赔偿的一种民事法律制度。

1. 无过错方可要求损害赔偿的情况

按照我国《婚姻法》规定,有下列情形之一,导致离婚的,无过错方有权请求损害赔偿:

(1)重婚的;

(2)有配偶者与他人同居的;

(3)实施家庭暴力的;

(4)虐待、遗弃家庭成员的。

2. 承担损害赔偿的主体

无过错方只能向有过错的对方当事人请求赔偿,不能向第三人请求损害赔偿。

3. 损害赔偿请求权的行使

(1)只能在离婚诉讼中一并提出。不离婚单独要求损害赔偿的不予受理。

(2)离婚诉讼中没有提出的,离婚后又要求赔偿的人民法院不予受理。

(3)如果无过错方作为被告并且同意离婚的,可以在离婚诉讼中要求损害赔偿。一审时被告未提出损害赔偿请求而在二审期间提出的,人民法院应当进行调解,调解不成的,当事人可以在离婚后一年内对损害赔偿另行起诉。

(4)如果被告不同意离婚也不提起损害赔偿诉讼的,被告可以在人民法院判决准予离婚后一年内就此单独提起诉讼。

4. 承担责任的内容

婚姻关系无过错方请求损害赔偿的范围包括物质损害赔偿和精神损害赔偿。精神损害赔偿请求权是指无过错方请求对方给付相应的精神损害抚慰金的权利。

案例　3-1

2003 年月 8 月,张某大学毕业后分配在某乡中学工作,与该校女教师黄某相识自由恋爱。2004 年 2 月,双方登记结婚,夫妻感情较好。张某父母急于抱孙子,见儿媳久婚未孕,便催促儿子带妻子到医院检查,确认黄某患绝育症。为了既能保全婚姻,又能延续自家香火,张某暗地里与父母商定自己到外面借腹生子,待小孩出生满月后用 3 万元打发孩子生母。2005 年 10 月,黄某发现张某与他人同居并生一女孩后,不忍张某所为,双方为此经常吵架,已无夫妻感情,后黄某将张某诉至法院,要求离婚并要求精神损害赔偿 1 万元。请思考法院可以判决他们离婚么？黄某主张精神损害赔偿是否于法有据？

【评析】

如果双方已确无感情,且经法院调解无效,法院可依法判决黄某与张某离婚。根据《婚姻法》第四十六条规定,张某在与黄某婚姻关系存续期间,与他人同居且生一孩子,给黄某造成了严重的精神损害,作为无过错方的黄某提出精神损害赔偿是于法有据的,理应得到法院支持。

课后练习

一、填空题

1. 现役军人的配偶要求离婚,须得_____同意,但军人一方有_____的除外。

2. 对拒不执行有关_____、_____、_____、_____、_____、_____等判决或裁定的,由人民法院依法_____。有关个人和单位应负协助执行的责任。

3. 我国内地居民办理离婚登记时应当出具下列证件和证明材料:_____、_____、_____、_____、_____。

4. 离婚时,如一方_____,另一方应给予适当的_____。

5. 离婚后,不直接抚养子女的父或母,有_____的权利,另一方有_____的义务。

6. 离婚的程序有_____、_____。

7. 离婚从解除婚姻关系的方式来分,可分为_____和_____。

8. 离婚后,一方抚养的子女,另一方应负担必要的_____和_____的一部分或全部,负担_____和_____,由双方协议;_____,由人民法院判决。

9. 女方在_____期间和_____,男方不得提出离婚。女方提出离婚的,或人民法院认为_____,不在此限。

10. 离婚时,哺乳期内的子女,以_____为原则。

11. 离婚时,共同债务以_____,个人债务以_____。

12. 人民法院审理离婚案件,应当进行_____;如_____,调解无效,应_____。

二、判断题

1. 离婚自由是指婚姻当事人及其利害关系人任意解除其婚姻关系的自由。（　　）

2. 配偶一方丧失民事行为能力,他方不得提出离婚。（　　）

3. 协议离婚行为是一种合意离婚,不需遵守法律规定的程序和方式。（　　）

4. 法院受理的所有离婚案件,原则上都应当先行调解。（　　）

5. 离婚调解书与离婚判决书具有同等的法律效力。（　　）

6. 现役军人离婚,不需经配偶同意。（　　）

7. 宣告失踪,婚姻关系自然终止。（　　）

8. 调解无效,说明夫妻感情已经破裂,法院应判决离婚。（　　）

9. 离婚后,不与子女生活的一方父或母没有对子女的抚养和教育的权利和义务。（　　）

10. 一方被宣告失踪,另一方提出离婚诉讼的,应准予离婚。（　　）

三、单项选择题

1. 虽然小王和小赵已登记结婚,但双方较为传统,约定按照农村老家风俗习惯举行完婚礼后再发生性关系。但双方尚未举行婚礼,就因为各种原因感情破裂,决定解除婚姻关系。他们需进行下列哪种行为后,婚姻关系才能解除?（　　）

A. 撕毁婚约　　　　B. 自行宣布婚姻无效　C. 离婚　　　　D. 断绝来往

2. 老张与妻子感情较好,老张喜欢生个儿子,但因其妻接连生了两个儿子并触犯了计划生育政策,老张想离婚,其妻很痛苦,对此法院应如何处理?(　　)

A. 法院调解无效,可判决不准离婚　　　B. 法院应当直接判决离婚

C. 法院调解无效,则判决离婚　　　　　D. 法院直接判决不能离婚

3. 王经理与其女秘书日久生情并购房包养,致使与结发妻子感情破裂,从而导致离婚,法院应如何处理?(　　)

A. 调解无效,可以判决离婚　　　　　　B. 调解无效,应判决离婚

C. 调解无效,应判决不准离婚　　　　　D. 调解无效,可判决不准离婚

4. 甲乙二人离婚后,双方的孩子判决与甲共同生活,则乙(　　)。

A. 不具有抚养和教育的权利和义务　　　B. 仍有抚养和教育的权利和义务

C. 只具有抚养的权利　　　　　　　　　D. 只具有教育的权利和义务

5. 调解是人民法院审理离婚案件(　　)程序。

A. 任选的　　　　B. 必经的诉讼　　　C. 例行公事的　　　D. 不需要的

6. 男方在(　　)时,不得提出离婚。

A. 女方怀孕　　　B. 结婚后半年内　　　C. 女方患病时　　　D. 双方分居不到 2 年

7. 人民法院判决准予离婚的法定条件是(　　)。

A. 离婚有正当理由的　　　　　　　　　B. 夫妻感情尚未破裂但调解无效的

C. 夫妻感情确已破裂又有正当理由的　　D. 夫妻感情已破裂而调解无效的

8. 离婚时,原为夫妻共同生活所负的债务,应当(　　)。

A. 双方协议清偿　　B. 人民法院判决偿还　C. 共同偿还　　　D. 不予偿还

9. 男女双方协议离婚后一年内就财产分割问题反悔,请求变更或者撤销财产分割协议的,人民法院(　　)。

A. 不予受理　　　B. 驳回诉讼请求　　　C. 应当受理　　　D. 调解

10. 李某父母为李某婚前准备了一套婚房,李某与王某结婚后共同使用、管理该房近 10 年。当李某与王某离婚时,该房屋(　　)。

A. 仍应视为李某的婚前个人财产　　　　B. 应视为夫妻共同财产

C. 分割时李某占大部分　　　　　　　　D. 夫妻平分

四、多项选择题

1. 按照我国《婚姻法》规定,夫妻一方要求离婚,人民法院判决准予离婚的法定条件是(　　)。

A. 有正当离婚理由　B. 夫妻感情已破裂　C. 无和好可能　　　D. 经调解无效

2. 当事人在申请离婚登记时所必须出具哪些材料?(　　)

A. 户口证明　　　B. 居民身份证　　　C. 离婚协议书　　　D. 结婚证

3. 婚姻终止的原因包括(　　)。

A. 婚姻无效　　　　　　　　　　　　　B. 婚姻当事人一方自然死亡

C. 婚姻当事人一方被宣告死亡　　　　　D. 离婚

4. 离婚对当事人的后果有(　　)。

A. 夫妻身份关系的解除　　　　　　　B. 夫妻财产关系的变更

C. 夫妻扶养义务的解除　　　　　　　D. 父母子女关系的变更

5. 有下列哪种情形,经法院调解无效的,应准予离婚?（　　　）

A. 重婚或有配偶者与他人同居的　　　B. 实施家庭暴力或虐待、遗弃家庭成员的

C. 有赌博、吸毒等恶习屡教不改的　　D. 因感情不和分居满二年的

6. 以下哪几种情形导致离婚的,无过错方有权请求损害赔偿?（　　　）

A. 重婚的　　　　　　　　　　　　　B. 有配偶者与他人同居的

C. 实施家庭暴力的　　　　　　　　　D. 虐待、遗弃家庭成员的

五、名词解释

1. 婚姻终止

2. 出妻制度

3. 义绝

4. 呈诉离婚

5. 协议离婚

6. 诉讼离婚

六、问答题

1. 简述离婚的法律特征。

2. 简述诉讼离婚制度的特征。

3. 我国现行法中处理离婚问题的指导思想有哪些?

4. 离婚对夫妻的身份效力。

案例思考

思考1

【案例】某高校教师何某与但某于去年登记结婚,但经过一年的共同生活,双方都感到感情很不和,一起生活都将痛苦一生,几经努力,最后双方都同意离婚,并对财产进行了分割。之后,双方写下了离婚协议书,一式两份,双方都签了字,并举办了离婚酒宴以示离婚,现在但某想再婚。请问何某与但某的离婚是否具有法律效力?

思考2

【案例】裴某与丈夫在同一单位工作,结婚12年,感情很好。4年前,单位分房,按规定每户只能分一套,夫妻为了分两套房子,协商好离婚手续,当时双方言明,分房后1年,双方再复婚。分房后,裴某丈夫不履行诺言,与另一女青年结婚,试问他们离婚是否有效? 裴某丈夫违背复婚约定再婚是否合法?

思考3

【案例】蔡某因强奸罪被判处五年徒刑,现在服刑。其妻自己带一个不满周岁的孩子,生活负担很重。现蔡某妻子想和他离婚,蔡某以其正在服刑为由,拒绝了其妻提出离婚的要求。请问一方犯罪后,另一方是否可以提出离婚?

思考4

【案例】王家村痞子谢某,不务正业,经常赌博弄得家里吃不上穿不上,其妻子因劝他改掉坏毛病而多次遭到毒打。虽然妻子正怀孕,但忍无可忍提出和他离婚,这在法律上允许吗?

思考5

【案例】三年前王美丽因其丈夫犯罪被判刑,双方离了婚。后来,前夫刑满释放出来,王美丽又与其以夫妻关系生活在一起。请问:他们离婚后又同居,法律上允许吗?

思考6

【案例】陶某与妻子结婚两年,现感情已无,决意离婚。但是陶某婚前有存款10 000元,他怕离婚时其妻要与其平均分割。因而,在离婚问题上顾虑重重。而其妻则认为离婚可以,但这10 000元应分给她一半,否则就拒绝离婚。请问夫妻的财产在离婚时都可分割吗?

思考7

【案例】夫妻甲乙同意离婚,双方共同到当地婚姻登记机关申请办理离婚登记。但是婚姻登记员以他们当时没有携带相关证件及材料而说暂不能办理离婚登记申请。夫妻很是生气,当场与婚姻登记员大吵一架。请问到婚姻登记机关办理离婚登记是否需要携带相关证件,须持有哪些证件?

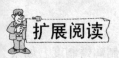
扩展阅读

(一)中国古代离婚制度

一、七出或七去

七出作为离婚的条件,在西周就已出现。《周礼》规定,丈夫可以以七种理由休弃妻子,即所谓的"七去",也叫"七出"。所谓七去,"不顺父母去,无子去,淫去,妒去,有恶疾去,多言去,窃盗去"。

1. 不顺父母或不事舅姑

按中国礼法,媳妇要绝对服从公婆,以婆婆的言行为标准,作婆婆的影子。如媳妇违反公婆的心意,即使是芝麻小事,也可能被夫休弃。夫休妻有时完全依据父母的好恶,而非出于本意。

2. 无子

生子立后,是古代婚姻的一个主要目的。无子被出,视为理所当然,虽然妻不生子并不见得就是由于她的生理原因。生子不像父,也会受到夫的歧视、怀疑,而至休弃。

3. 淫

淫能乱族,妻子有不贞行为,乱了夫家的血统,所以列为出妻的一大理由。但在古代,丈夫有时只是怀疑妻子有乱伦的行为,但没有证据,往往也提出离婚。唐《霍小玉传》:"李益对妻心怀疑恶,猜忌万端,竟讼于公庭而遣之,三娶率皆如初。"元代以后妻子犯奸,是对适用三不去的唯一限制。

4. 嫉妒

妻子有嫉妒的心理,影响了丈夫娶妾、多妻,或引起妯娌、姑婆和婆媳不和。

5. 恶疾

妇女有恶疾，不可与丈夫共"粢盛"。意思是说妻子得了严重的不好治愈的疾病丈夫不能和妻一起吃饭，不能一起去祭祀祖先。

6. 多言

儒家一直把妇言视为祸源之一。"勿听妇人言"乃是封建家规的格言。妻子对家事多言多语，离间家庭关系、影响和睦。

7. 窃盗

在中国古代，女子一旦嫁入夫家，就没有了财权，甚至嫁妆都要归夫家所有。所以，妻子如果擅自动用家庭财产，就是窃盗行为，违反了封建的"义"。

妻子如果犯了其中的一条，丈夫就可以把妻子休弃。七出制度实际上反映了封建的包办买卖婚姻把妇女当做私有物，是片面地强加给妇女的枷锁。七出与其说是解决男女双方之间的对抗，不如说是靠牺牲妇女的利益来维护宗法等级制度、保全宗法孝道、保证男方传宗接代。

但在特殊情况下，不能去。"尝更三年丧，不去；前贫后富贵，不去；有所受无所归，不去。"故称"三不去"，也叫"三不出"。如果妻子为公婆守孝三年，如果娶妻时夫家贫苦，后来富裕了，如果妻子无处可去，在这三种情况下，不能休弃妻子。但是，对于七出的淫、恶疾，不适用三不去。

二、义绝

《唐律·户婚律》规定："诸犯义绝者离之，违者徒一年。"义绝是一种强制离婚制度。如果夫妻之间、夫与妻的亲属之间或妻与夫的亲属之间、夫妻双方的亲属之间，发生了法律所指明的事件，如殴打、杀害、奸情等，不论夫和妻的意愿如何，必须离异，违者要受刑事处罚。这种官方强制离婚，反映了封建统治阶级对人们婚姻关系的直接干预。

《唐律》所列的义绝范围包括：①夫殴妻之祖父母、父母；②父杀妻外祖父母、伯叔父母、兄弟、姑、姊妹；③夫妻祖父母、父母、外祖父母、伯叔父母、兄弟、姑、姊妹自相杀；④妻欧詈夫之祖父母、父母；⑤妻杀伤夫外祖父母、伯叔父母、兄弟、姑、姊妹；⑥妻与夫之缌麻以上亲、若妻母奸；⑦妻欲害夫者。与有以上七种情况，都属于义绝。

三、和离

《唐律》规定："若夫妻不相安谐而和离者，不坐。"所谓和离就是夫妻双方合意离婚。唐代以前，已有和离现象，单用法律规定和离，则自《唐律》开始，这是相当进步的措施。后世王朝皆承用此条。和离是从我国古代带有民主性质的民族习俗发展而来的，而不是由包办聘娶婚直接产生的，因此它只是七出、义绝的补充，即使和离也采取休妻的形式。和离可能出于双方自愿，但又以父母做主为前提。和离的后果对妇女不利。如果不是经过父母同意的，妇女归宗，日子不会好过。经父母同意而和离，即使再嫁不受歧视，其地位也很难同初嫁时相比。虽然法律有和离的规定，但实际上实例非常少。

四、其他离婚条件

（一）违反婚约而离异

1. 悔婚

《唐律》规定，如果女子与人有婚约又许他人，并与第二个男子成婚，则判定女方与后夫离婚，而归前夫。前夫如果不要，可以加倍索回聘礼，女子则归后夫。

2.妄冒

古代的妄冒有两种情况:本人妄冒,如幼小诈说长大;他人妄冒,如已有残疾,令姐妹冒充本人。如果妄冒,没有成婚的,则取消婚约;如果已成婚的,则离异。

（二）违反一夫一妻制而离异

我国古代法律只允许有一个正妻,这是为了区别嫡庶,便于嫡长继承。因此,我国古代是一夫一妻多妾制,严禁一夫二妻制。《法经·杂律》规定:"夫有二妻则诛。"《唐律》规定:"诸有妻更娶妻者,徒一年,女家减一等;若欺国而娶者,徒一年半,女家不坐,各离之。"因此,在中国古代如果违反了一夫一妻制,则第二次娶妻要以离婚处理。

（三）因婚姻违法而离异

违法婚姻的离异,可以分为以下两种。

（1）结婚违反禁止性规定而依法要离异或可能造成离异的后果。这种情况又包括两种:第一,必须离异的;第二,可能离异的,按法律应该离异,但因情况特殊,法律明确指出"听不离",如居丧嫁娶。

（2）以犯罪手段为自己或他人成立婚姻的。如抢夺他人的妻女奸占为妻妾等,如果成婚,则依法离异。

（四）离婚后的复婚问题

男女离婚后能否复婚? 立法区别不同情况,分别对待。如果是违律为婚的,婚姻本身就属于非法,离异之后自然不能再立婚姻。如果合法婚姻,离异而已改嫁者,不许复婚,没有改嫁的原则上可以复婚。

大约在宋朝以前,复婚不仅为法律所不禁止,也不会受到社会舆论的谴责。但到了宋代,出现了"逐儿可以复归,放妻不可复合"的说法。但这只是舆论,没有法律规定。

（本文引自 http://hi.baidu.com/zxlls/blog/item/3a5dfd11b0310dc6a6ef3f3b.html）

（二）关于离婚案件的调查报告

在婚后的感情建立方面,以结婚的时间长短来分析,就会发现,结婚的时间长短与年龄成正比例,30岁以下,一般结婚在10年以内离婚比例为36%;从年龄上分析,30岁以下离婚的占46.5%。即年龄越小,其结婚的时间越短,夫妻之间的感情越不牢固,加上年轻气盛,说离就离。这其中大部分都已生育了子女,孩子也比较小,认为孩子越小越好办,对孩子的感情上不会有较大的影响。随着年龄的增大,结婚的时间变长,一方面夫妻的感情比较深厚,不易破裂;另一方面,随着孩子长大,双方更多地要考虑孩子的感情及其影响,也就会比较理智。

从离婚的原因来看,年轻的夫妻离婚,大部分是因为一方在外打工,夫妻长期分居而导致离婚。本来婚前基础不牢,结婚的时间不长,夫妻如果一方外出打工或双方不在同一个地方打工,夫妻长期分居生活,感情就会慢慢变淡,很难经得起冲击。另外,外出人员一般年收入在1.5万~2万元,和在家乡的收入反差强烈,从而导致人生观、价值观发生变化。一旦有什么波折,极易导致离婚。

一、现状与分析

（一）为何30岁以内的离婚率较高（达46.5%）

以前在农村,一谈到离婚,就觉得十分丢人。现在农村的青年在外打工的比较多,他们与外界接触的机会多,见的世面比原来的要广阔得多;人们的生活观和价值观正在发生变化;加上现在的电子信息高速发展,人们通过各种新闻媒体对离婚的案件及离婚程序了解得比较清楚,夫妻之间实在和不来,能够比较理智地通过诉讼程序来解决。另一个方面,由于受到外面的精彩世界的诱惑,一些人开始对自己在家务农的结发之妻感到不满,想方设法通过婚外情来寻找满足,有的想干脆抛弃发妻。

（二）女性提起诉讼的比例高于男性

之所以出现这种状况,主要是因为妇女在家庭中经济地位提高,不再忍气吞声,一旦对婚姻不满,就可依自己的意愿提出离婚。离婚后,妇女有能力自己独立生活。另一个主要原因是男人对外交往比较多,接触危及婚姻关系的不良因素的几率比较大,相对女方更容易受外界影响。比如有的丈夫养成了赌博、酗酒等不良嗜好,有的丈夫不尊重妻子,对妻子任意打骂,还有的与他人同居,这些都严重影响了夫妻之间的感情。欧美男性提出离婚的主要原因有:太太有外遇、要求太多、无法与亲戚很好相处及婚姻对自由限制过多。而妻子提出的离婚理由更多,主要有:丈夫大男子主义、不关心体贴妻子、婚外性关系、嗜酒及赌博、婚姻暴力(对妻子进行身体和心理虐待)、个性不合、性生活问题及财务困难等。

（三）离婚原因比较集中地体现在婚外情方面

上面的分析表明,因婚外情而导致离婚的比例位居第一。成年人的婚外情,尤其是男性所占的比例要高于女性。分析的数据反映,男性为15件,女性为10件,比例为1.5:1。据北京某区调查,由“第三者”插足而引起的离婚在1982年占总数的14%,1983年占30%,1988年达到了40%左右。在上海徐汇区的调查,随机抽出的633件离婚案件中,夫妻一方或双方有婚外情的占了35%。武汉某区1995年1~7月受理离婚案件480件,其中因“第三者”插足的占了60%以上。而婚外情中,真正纯感情交往的比例比较小,大部分都与性有关。巴尔的摩的心理学家葛莱丝针对发生外遇的男女所作的研究发现,75%的男性表示性欢愉是让他们“偷腥”的主要原因,但只有35%的女性如此表示。77%的女性认为发生婚外情的理由常常是“陷入恋爱之中”,而这个比例在男性中只有43%。婚外性关系的背后也隐藏着种种动机:对幻想的爱与性的追求,或对浪漫的寻求;好奇心(尤其是那些没有什么婚前性经验的人);妇女想证实自己的吸引力,男子想证实自己的男性气质;各种原因引起的性自卑;性厌烦;性试验;对自己伴侣的报复(即使是不让对方知道);偶然遇到实现妄想的机会以及想验证一下自己的能力。对于有些人来说,婚外性关系的吸引力,在于其秘密性,他们说“猥亵”的性比“合法”的性更令人满足等等。当然也有出于性需要未能满足的情况。旅游、节假日、离家在外和晚会等,都是会引起婚外性关系的潜在因素,但通常只是短暂的。由于现在男女在外打工,接触都很多,这就增加了亲热的机会,使得婚外性关系更有可能。除此之外,大部分以夫妻感情不和、不能正确对待家庭生活矛盾为由的案件中,实际上都隐含了夫妻性生活不协调的原因在内。新近上海的一份调查报告则表明,自1984年以后明确提出因性生活问题而离婚的人数明显增加,目前在离婚夫妇中有23%以上认为性生活不和谐而不愿意将家庭维持下去,还有36%的离婚缘由系“第三者”插足所致。这样,直接由性因素造成的再加上“第三者”插足所致,在离婚案例中竟有半数以上与性有关。

（四）离婚案件在程序上出现一些新的特点

（1）突出表现为离婚案件的证据缺乏与离婚率高的矛盾。离婚案件涉及的主要是人身关系,尤其是感情方面的事,是人的内心的思想活动,只有当事人本人最清楚,别人只能从一些表面现象去推测,加上现在人们的思想观念的变化,大家奉行"多一事不如少一事"和"宁愿建一座庙,不愿拆一桩婚姻"的思想,要求当事人提供相应的证人比较困难。有些案件的事实是众所周知的,可没有人肯出来作证,另一方当事人又不答辩和参加开庭。如果是第一次起诉的,通常会以证据不足判决不准离婚;如果是第二次起诉的,一般仅以原告的陈述就判决离婚。

(2)公告送达的案件增多,案件事实无法查清,处理上随意性较大。在实践中,一方因下落不明,其原因主要有在外打工,从未与家人联系,即使与家人联系,只要其家人不说,仍无法查找其下落;还有就是一方本来是外省人(多数是女方),如果夫妻关系发生矛盾,大多数是一走了之;另外就是一方(也多为女性)存在婚外情,干脆离开家庭与情人远走高飞。这时起诉到法院,只有通过公告送达。这类案件在证据方面也是不很充分,但通常多会被判决离婚。

(3)对待离婚案件的观点正在发生变化。大部分办理离婚案件的法官认为,离婚案件涉及个人的隐私问题,应充分体现个人意思自治。只要当事人提出离婚诉讼,对方同意离婚,不管是否符合判决离婚的条件(夫妻感情完全破裂),一律判决离婚。不再重视调解的方式结案。

(4)同样是审理一件民事案件,对于离婚案件所花费的时间和成本要高于其他案件,而且从效益的角度来讲,又是比较低的,因而大部分法官对于离婚案件并不是十分重视,往往抱有一种吃力不讨好的感觉。所以在处理上,主观随意性比较大,很少去花更多的时间和精力去做当事人的思想工作。

(5)第二次起诉在一定的意义上变成了判断是否准予离婚的又一新的标准。笔者在上述分析中也提到,第一次起诉如果证据不足,被判决不准离婚后,通常法官会对当事人解释只有等下次起诉。当事人也会认为第二次起诉法院一定会判决准予离婚。而实践中,在当事人第二次起诉后,即使证据不是很充分,一般也会判决准予离婚。这里的理由一般有两种,一是依照《婚姻法》的相关规定在被判决不准离婚后,双方分居一年以上,视为夫妻感情确已破裂;二是以被判决不准离婚后,双方的夫妻关系没有能够改善,因而认定其夫妻感情确已破裂。

二、思考与建议

民事案件无小事。单个看起来离婚案件只是一个家庭的问题,也有人认为离婚案件比较简单,其实不然。在民事案件中,离婚案件不仅在数量上占据较大的比例,而且离婚案件也是最为复杂,且最为容易引起社会不稳定因素的一类案件。如果处理不好或不妥,极易引发新的矛盾和纠纷,各类报纸也经常登有这类报道。

(一)端正认识,抓好离婚案件当事人的思想工作

在我国,犯罪学家、临床心理学家分别证实了青少年犯罪和青少年及儿童罹患心理、精神疾病与家庭环境的关系。临床心理学的大量统计数据说明,亲生父母离异的过程和结果,都对孩子尤其是幼龄孩子造成不可避免的心理伤害,他们的孤独、自卑、怨恨等不良情绪可能导致难以矫治的人格障碍。因此,应重视对离婚案件当事人的调解工作。这需要法官花更多的时间和精力去做工作,而这又与司法效率相冲突。通常,我们对待事关重大的社会生活特殊类型的案件,成立专门的法庭进行审理,如少年法庭、军人维权法庭等。在这里笔者有一个建议,即各基层法院成立一个专门的婚姻家庭法庭,配备一些经验丰富的资深法官和适当的女法官,注重做好当事人的思想工作,解开当事人的思想疙瘩,尽量挽回一个家庭。对这样的专门法庭,

不宜定经济指标,对它以一高一低两个比率来进行考量,即以调解结案率(高)和当事人重复起诉率(低)考量。

(二)注重证据,加强职权干预

对于婚姻案件,不能把它简单当做一般的民事案件来处理。它不仅解决双方当事人的感情问题,还要附带解决财产、子女问题。对单纯的夫妻感情,我们没有必要过多地加以干预,但对于因婚外情、婚外性行为、家庭暴力、重婚等原因导致的离婚,还是有必要以公职权加以干预,以更好地保护弱势群体的婚姻家庭关系。对于一些当事人确因证据不足,但又必须逃离枷锁婚姻(这里把一方利用婚姻家庭之名实行对另一方的虐待称为枷锁婚姻),应给予一定的帮助,即可以增加依职权调查取证的范围。

(三)加强宣传,营造良好的社会主义婚姻家庭观

目前,我国婚姻家庭的总体情况是好的,以爱情为基础的自主婚姻不断增多,夫妻平等、团结和睦的家庭已成为当代社会婚姻家庭的主流。但是,由于经济的发展、物质生活的不断丰富,人们人生观和价值观也在发生变化。婚外性行为、"包二奶"的现象正在冲击着传统的婚姻家庭观念。一些舆论导向只注重自身的经济价值而忽视了其担当的社会责任。大部分人认为现在离婚率高的原因是年轻人看电视、电影多了,受其中的影响太深所致。我们要宣传社会主义一夫一妻制的婚姻家庭,它是文明社会的基石,它为男女的性生活提供了最安全、最健康、最合法、最自由的空间,为儿童社会化提供了最适宜的场所。

(本文引自 http://baike.baidu.com/view/34193.htm)

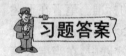

习题答案

一、填空题

1. 军人　重大过错

2. 扶养费　抚养费　赡养费　财产分割　遗产继承　探望子女　强制执行

3. 本人的户口簿　身份证　本人的结婚证　双方当事人共同签署的离婚协议书

4. 经济困难　经济帮助

5. 探望子女　协助

6. 行政程序　诉讼程序

7. 协议离婚　诉讼离婚

8. 生活费　教育费　费用的多少、期限的长短、协议不成时

9. 怀孕　分娩后一年内　确有必要受理男方离婚请求的

10. 随哺乳的母亲

11. 共同财产偿还　个人财产偿还

12. 调解　感情确已破裂　准予离婚

二、判断题

1.错　2.错　3.错　4.对　5.对　6.错　7.错　8.错　9.错　10.对

三、单项选择题

1.C　2.A　3.A　4.B　5.B　6.A　7.D　8.C　9.C　10.A

四、多项选择题

1. BD 2. ABCD 3. BCD 4. ABC 5. ABCD 6. ABCD

五、名词解释

1. 婚姻终止是指合法有效的夫妻关系因发生一定的法律事实而归于消灭。

2. 出妻制度又称为休妻、去妻、弃妻,是指古代妻子有法律规定的过错时,丈夫依法休妻,男家弃妇,终止婚姻关系的行为。

3. 义绝是指我国封建社会夫妻之间或夫妻一方与对方的亲属之间,或双方的亲属之间,有法律规定的事由,国家强迫双方离异的离婚形式。

4. 呈诉离婚是指夫妻一方有法律规定的特定原因,对方可向官府呈递离婚诉状由官府判决离婚的方式。

5. 协议离婚又称两愿离婚、合意离婚,是指婚姻双方通过达成离婚合意的方式解除婚姻关系,并就离婚的法律后果达成协议,经有关部门认可后使婚姻关系归于消灭的婚姻法律制度。

6. 诉讼离婚又称裁判离婚,是婚姻当事人向人民法院提出离婚请求,由人民法院调解或判决而解除其婚姻关系的一项离婚制度。诉讼离婚制度,适用于当事人双方对离婚有分歧的情况,包括一方要求离婚而另一方不同意离婚而发生的离婚纠纷;或者双方虽然同意离婚,但在子女和财产问题上不能达成一致意见、作出适当处理的情况。

六、问答题

1. 离婚的基本特点有五个。①从主体看,离婚是具有合法夫妻身份的男女双方本人所为的法律行为,任何人都无权代替,更不能对他人的婚姻关系提出离婚请求。②从时间看,只有夫妻双方生存期间才能办理离婚,如一方死亡或被宣告死亡,婚姻关系自然终止,无须依离婚程序解除婚姻关系。③从程序看,离婚和结婚一样,要具备一定的法律条件,履行一定的法律程序,得到国家法律认可,才能发生法律效力。④从条件看,离婚必须以合法婚姻关系的存在为前提。⑤从内容看,离婚是具有重要法律意义的行为,它导致夫妻关系的解除,从而会引起一系列的法律后果,如夫妻人身关系、财产关系的消灭,子女扶养关系的变更,债务的清偿等。

2. 诉讼离婚制度有下述特征。第一,诉讼离婚有着法定的必要条件,即"感情确已破裂,调解无效"。人民法院在审理案件中也必须执行法律规定的条件,并以此为据裁判是否许可当事人离婚。第二,在诉讼活动中,人民法院对争议处理起主导作用,它要对当事人提出的离婚请求和理由进行审查,是否准予离婚取决于人民法院的依法裁量,它既可以判决准予离婚,也可以依法驳回当事人的请求。第三,人民法院依法作出的调解和判决,在发生法律效力后,即具有强制执行力,当事人不履行调解书和判决书中所确定的义务的,人民法院可依另一方的申请予以强制执行。

3. ①保障离婚自由;②反对轻率离婚。

4. 离婚将对夫妻之间的身份关系产生如下效力:①夫妻身份消灭;②再婚自由的恢复;③扶养义务的终止;④法定继承人资格的丧失;⑤姻亲关系的消灭。

案例思考答案

【思考1】《中华人民共和国婚姻法》第三十一条规定:"男女双方自愿离婚的,准予离婚。

双方须到婚姻登记机关申请离婚。婚姻登记机关查明双方确实是自愿并对子女和财产问题已有适当处理时,发给离婚证。"这是双方自愿离婚必须履行的法律程序,只有依法履行了该程序取得离婚证,夫妻关系才为正式解除。依照我国《婚姻法》和婚姻登记办法的规定,离婚分为双方自愿离婚的程序和一方要求离婚的程序。离婚当事人如为双方自愿离婚,必须依行政程序双方亲自到婚姻登记机关申请离婚,领取离婚证;如为一方要求离婚,须经人民法院的调解或判决,待人民法院的离婚调解书或判决书发生法律效力后,关系才正式解除。除此之外,合法有效成立的婚姻关系,在夫妻关系存续期间不能终止。一方另与他人结婚,要承担重婚的刑事责任。因此,双方私订离婚协议进行离婚的行为是不具有法律效力的。

【思考2】《中华人民共和国婚姻法》第三十一条规定:"男女双方自愿离婚的,准予离婚。双方须到婚姻登记机关申请离婚。婚姻登记机关查明双方确实是自愿并对子女的财产问题已有适当处理时,发给离婚证。"离婚只要符合上述条件就是合法的。按裴某和其前夫的行为来看,是符合离婚条件的。尽管裴某夫妻双方当时协商离婚的目的只是为了多分一套房子,但没有用强制或欺诈手段逼裴某离婚,并且裴某也在婚姻登记机关作了愿意离婚的表示,这说明离婚是自愿的,并且得到婚姻登记机关核准发给离婚证,因此,离婚是合法、有效的。因而裴某与其丈夫弄假成真的离婚仍然具有法律效力。

【思考3】婚姻自由是我国《婚姻法》的一项基本原则。离婚自由是婚姻法自由的一个方面,它同结婚自由一样,对保障社会主义婚姻家庭关系的建立和巩固有重要的作用。同时,离婚自由也是法律赋予公民的一项基本权利,不准任何组织和个人以任何借口干涉公民行使权利。

因此,蔡某犯罪服刑,其妻要求和他离婚是可以提出的。其妻可向当地人民法院,提交离婚诉状。人民法院受理该案后会根据刑期的长短、夫妻感情的好坏以及实际情况等各方面情况,作出综合分析,依法作出离与不离的判决。

【思考4】虽然女方正在怀孕,但根据《婚姻法》规定,女方是可以提出离婚的。《婚姻法》第三十四条规定,女方在怀孕期间、分娩后一年内或中止妊娠后六个月内,男方不得提出离婚。女方提出离婚的,或人民法院认为确有必要受理男方离婚请求的,不在此限。这是基于保护妇女和儿童的合法权益的原则精神。女方在怀孕期间,精神上、身体上负担都很重,需要男方照顾和关怀、帮助。在司法实践中,女方在怀孕期间和分娩期间提出离婚是不多的,其所以在这个时候提出离婚,往往是因为遭受到不堪忍受的刺激和折磨。法律上如果加以限制,会使她遭受更大的痛苦和刺激。这样会影响妇女的身体健康和下一代的正常发育。故法律上规定在怀孕和分娩一年内女方提出离婚,法律予以受理。至于是否允许离婚,就要具体情况具体分析。

【思考5】我国《婚姻法》第三十五条规定:"离婚后,男女双方自愿恢复夫妻关系的,必须到婚姻登记机关进行复婚登记。"夫妻离了婚,这就解除了夫妻关系。如果双方愿意复婚,法律上是允许的。但必须重新履行复婚登记手续,才能再以夫妻相称共同生活,并受到国家法律保护。否则便是非法同居。王美丽已经同男方离婚,在未办理复婚手续的情况下,又以夫妻关系同居,这说明双方之间尚有一定感情。但应到婚姻登记机关办理复婚手续,做合法夫妻。否则,属于非法同居关系,是不受《婚姻法》保护的。

【思考6】《中华人民共和国婚姻法》第十七条规定:"夫妻在婚姻关系存续期间所得的下列财产,归夫妻共同所有:(一)工资、奖金;(二)生产、经营的收益;(三)知识产权的收益;

(四)继承或赠与所得的财产,但本法第十八条第三项规定的除外;(五)其他应当归共同所有的财产。夫妻对共同所有的财产,有平等的处理权。"第十八条规定:"有下列情形之一的,为夫妻一方的财产:(一)一方的婚前财产;(二)一方因身体受到伤害获得的医疗费、残疾人生活补助费等费用;(三)遗嘱或赠与合同中确定只归夫或妻一方的财产;(四)一方专用的生活用品;(五)其他应当归一方的财产。"第十九条规定:"夫妻可以约定婚姻关系存续期间所得的财产以及婚前财产归各自所有、共同所有或部分各自所有、部分共同所有。约定应当采用书面形式。没有约定或约定不明确的,适用本法第十七条、第十八条的规定。"第三十九条规定:"离婚时,夫妻的共同财产由双方协议处理;协议不成时,由人民法院根据财产的具体情况,照顾子女和女方权益的原则判决。"根据上述规定,离婚时可供分割的财产只能是夫妻共同财产,而夫妻共同财产是在婚姻关系存续期间一方和双方所得的财产,婚前男女双方各自的财产归各自所有,不属于夫妻共同财产。所以,陶某婚前存款 10 000 元在离婚时不能作为共同财产加以分割。

【思考7】我国《婚姻登记办法》规定:"内地居民自愿离婚的,男女双方应当共同到一方当事人常住户口所在地的婚姻登记机关办理离婚登记。中国公民同外国人在中国内地自愿离婚的,内地居民同香港居民、澳门居民、台湾居民、华侨在中国内地自愿离婚的,男女双方应当共同到内地居民常住户口所在地的婚姻登记机关办理离婚登记。办理离婚登记的内地居民应当出具下列证件和证明材料:(一)本人的户口簿、身份证;(二)本人的结婚证;(三)双方当事人共同签署的离婚协议书。办理离婚登记的香港居民、澳门居民、台湾居民、华侨、外国人除应当出具前款第(二)项、第(三)项规定的证件、证明材料外,香港居民、澳门居民、台湾居民还应当出具本人的有效通行证、身份证,华侨、外国人还应当出具本人的有效护照或者其他有效国际旅行证件。离婚协议书应当载明双方当事人自愿离婚的意思表示以及对子女抚养、财产及债务处理等事项协商一致的意见。婚姻登记机关应当对离婚登记当事人出具的证件、证明材料进行审查并询问相关情况。对当事人确属自愿离婚,并已对子女抚养、财产、债务等问题达成一致处理意见的,应当当场予以登记,发给离婚证。"由此可见,如果不持有相关证件,就不能证明当事人的身份关系。因此,到婚姻登记机关办理离婚登记须持有法律规定的证件。

第二编　家庭法

第一章　亲属

案例回放

　　怎样确定职工供养的直系亲属,在现实生活中,许多人不是很清楚。

　　职工供养的直系亲属是指其主要生活来源依靠职工供给,并符合下列条件之一的直系亲属:①祖父、父、夫年满60岁或完全丧失劳动能力者;②祖母、母、妻年满50岁或完全丧失劳动能力者;③子女(包括养子女、前妻或前夫所生子女、非婚生子女)、弟妹(包括同父异母或同母异父的弟妹)年未满16岁者,或者子女年满16岁尚在普通中学学习者;④孙子女年未满16岁,其父死亡或完全丧失劳动能力,其母未从事有报酬的工作者。另外,职工自幼依靠他人抚养大,现抚养人男年满60岁或完全丧失劳动能力,女年满50岁或完全丧失劳动能力,须依靠职工本人供养且共同居住者,列为职工供养的直系亲属;职工因工死亡,其遗腹子也列为职工供养的直系亲属,如不与职工同在一处居住,须取得其所在地政府机关证明,确系依靠职工供养,才能列为供养的直系亲属。为此,一些省级有关部门曾发文明确这个问题。例如,某省劳动和社会保障厅发文如下。

关于进一步确定供养直系亲属范围和条件有关问题的通知

(××省劳社发[2009]37号)

各地市劳动局,省级各有关厅、局,中央驻××省各有关单位:

　　××省劳发(1999)59号文件下发后,一些单位对供养直系亲属的范围和条件执行不一。根据有关规定,现对供养直系亲属范围和条件进一步明确如下。

　　一、职工或离退休人员死亡后,其生前直系亲属无生活来源,系依靠死者供养,并符合下列条件之一的可列为供养直系亲属:

　　(一)祖父、父、夫年满60岁或完全丧失劳动能力的;

　　(二)祖母、母、妻年满50岁或完全丧失劳动能力的;

　　祖父、祖母作为供养对象,还必须是目前无子女或子女完全丧失劳动能力而又没有收入来源者。

　　(三)子女(包括养子女、前妻或前夫所生子女、非婚生子女)、孙子女、弟妹(包括同父异母或同母异父的弟妹)年未满16岁或虽满16岁仍在上中学或职业中学的;

　　孙子女、弟妹作为供养对象,还必须是目前无父母或父母均丧失劳动能力而又没有收入来源者。

　　二、职工及离退休人员自幼依靠他人抚养长大,现抚养人符合第一条(一)、(二)款条件的,可视为供养直系亲属。

　　三、职工及离退休人员死亡时其遗属当时符合供养条件的,可列为供养直系亲属,凡职工及离退休人员死亡时,其遗属当时不符合供养条件,以后才符合供养条件的,不再列为供养直系亲属范围享受定期生活困难补助。

遗腹子可列为供养直系亲属范围,不受本条限制。

四、职工及离退休人员因交通事故及其他原因死亡,其供养对象获得交通事故赔偿及民事赔偿的,若赔偿标准高于因病及非因工死亡待遇标准的,企业不再支付相应待遇;若赔偿标准低于因病及非因工死亡待遇标准的,企业予以补差。

××省劳动和社会保障厅

二〇〇〇年九月二十二日

所以,在生活中明确哪些是亲属,哪些是直系亲属很有必要。

第一节 亲属概述

一、亲属制度的意义

亲属制度是社会制度的组成部分。恩格斯指出:父亲、子女、兄弟、姐妹等称谓,不是简单的荣誉称号,而是一种负有完全确定的、异常郑重的相互义务的称呼,这些义务的总和便构成这些民族的社会制度的实质部分。

自人类进入阶级社会以来,一定社会范围内的亲属团体成为国家和社会的组成单位。一方面,亲属团体具有政治功能,即对内维持团体内的和平秩序,对外共同防御外来侵犯;另一方面,亲属团体又具有经济功能,他们以群体方式共同生产、共同消费,相互合作,发挥团体的社会功能。正是基于此,在不同的历史时期、不同的国家统治阶级都会通过习惯、宗教、法律等社会规范,确认和调整一定范围内的亲属关系,规定一定范围内的亲属存在的权利和义务关系,使亲属制度从一种伦理道德的社会制度上升为法律制度。

当今世界各国都很重视亲属制度的立法。亲属制度的意义在于通过亲属的概念、种类、范围、亲系、亲等、亲属间的权利义务的规定,保持亲属制度在整个法学体系中的统一,为处理现实生活中的各种亲属关系提供法律依据,并实现对社会生活的有效调控。

二、亲属的概念和特征

(一)亲属的概念

亲属,指基于婚姻、血缘或法律拟制(如收养)而产生的社会关系。亲属产生的三个根据中,婚姻和收养都是法律行为,是亲属产生的人为因素,可以依法解除,血缘关系是自然因素,不能人为解除。

我国法律所调整的亲属关系包括夫妻、父母、子女、兄弟姐妹、祖父母和外祖父母、孙子女和外孙子女、儿媳和公婆、女婿和岳父母以及其他三代以内的旁系血亲,如伯、叔、姑、舅、姨、侄子女、甥子女、堂兄弟姐妹、表兄弟姐妹等。

亲属不等于家庭成员,有亲属关系的人可能分属于多个不同的家庭;家庭成员并不绝对有亲属关系。

(二)亲属的特征

亲属按其形成特点的不同,可以分为生物学意义上的亲属和法律意义上的亲属。生物学意义上的亲属,是指因遗传学规律自然形成的血缘亲属。法律意义上的亲属,则包括自然形成的血亲和法律拟制的无血缘关系的亲属。法律意义上的亲属具有如下特征。

(1)亲属有固定的身份和称谓,除法律另有规定的以外,不得任意解除或变更。称谓是身份的标志,身份是表明人在社会关系中拥有的资格和地位。基于血缘而自然形成的亲属身份的称谓,属于永久性的身份称谓,如父母子女、兄弟姐妹,它表明了双方无法变更的血缘双方关系。而基于婚姻、法律拟制而形成的亲属身份的称谓,如夫妻、养父母子女等,只能因离婚或解除收养而终止关系,当事人不得任意自行解除。

(2)亲属关系只能基于血缘、婚姻或法律拟制而产生。子女出生的法律事件导致父母子女等自然血亲关系的发生;男女结婚的法律行为可导致配偶关系的发生;收养或再婚的法律行为及抚养事实,可以导致拟制血亲的发生,如养父母子女关系或继父母子女关系。它们表明,亲属关系的发生只能来自两个方面:一是自然形成的,即以血缘关系为纽带的;二是法律人为设置的,它既可以依法产生也可以依法消灭。

(3)法律确定的亲属之间具有特定的权利义务关系。由于亲属的范围具有广泛性,只有法律确认的亲属相互之间具有权利义务关系。其中,某些亲属间的权利义务的实现是无条件的,如父母子女。而某些则是有条件的,如祖孙、兄弟姐妹等。法律规定范围以外的亲属间没有权利义务关系,如叔伯与侄子女等,但法律并不妨碍他们之间自觉地履行道义上的社会责任。

三、亲属的种类

亲属的分类因不同时代、不同国家而异。这里按照古代、现代划分法进行分类,有如下几种。

(一)我国古代亲属的分类

亲属制度是我国奴隶社会、封建社会宗法制度的基础。随着封建社会的发展和宗法制度的变迁,亲属制度也经历了一个不断分解变化的过程。我国古代礼法对亲属作了如下划分。

1. 宗亲

宗亲是指出自同归祖先的父系男性血亲及其配偶,又称内亲、本亲、本族。根据古籍及历代律例,它由三部分亲属组成。①出自同一祖先的父系男系血亲,又称"本宗"或"正宗",如父、祖父、伯叔、兄弟、子、侄、孙等。②出自同一祖先的男系血亲的配偶,即所谓来归之妇——嫁入本宗的妇女,如伯母、婶母、儿媳、孙媳、嫂、弟媳、侄媳等。这部分亲属虽然来自外姓,但已脱离本宗,加入了丈夫的宗族。③出自同一祖先的未出嫁的女性,如未出嫁的女儿、姑、姐妹、侄女、堂姐妹等。这些亲属一旦出嫁就加入了夫家的宗族。出嫁女子离婚后回娘家,叫"大归",大归之女又恢复其宗亲的地位。

2. 外亲

外亲是指以女性血统相联系的亲属,又称外姻、外族、女亲,它包括三部分。①母族,即与母亲血缘所联系的亲属,如外祖父母、舅、姨、姨表兄弟姐妹等。②女族,指出嫁姑和出嫁女的夫族亲属而言,如姑姑的丈夫及其子女,女儿的丈夫及其子女。③妻族,指妻的血亲而言,如妻的父母、兄弟姐妹等。妻族在唐、宋以前均包括在外亲之内,明、清律则分出另立妻亲。

3. 妻亲

妻亲是指以妻子血统相联系的亲属,包括妻的父母,妻的兄弟姐妹及其配偶,妻的叔、伯、姑、舅、姨等。妾的父母、兄弟姐妹不得视为亲属。因为纳妾并非婚姻,故无亲属可言。

总之,我国古代对亲属的分类是以男子为中心的宗法制度的产物,是男女不平等在亲属关系中的具体体现。

(二)现代亲属的分类

现代各国对亲属有两种分类法,一是将亲属分为血亲和姻亲两种,如德国、瑞士、墨西哥、秘鲁等国民法典;二是将它分为血亲、姻亲和配偶三种,如日本民法典。我国现行《婚姻法》未明文规定亲属的种类,但我国法学理论一般将亲属划分为血亲、姻亲、配偶三类。

1. 血亲

凡有血统联系的亲属为血亲。血亲有自然血亲和拟制血亲的区别。自然血亲是指因出生而自然形成的、源于同一祖先的有血缘联系的亲属。如父母子女,兄弟姐妹,祖父母与孙子女,叔伯、姑与侄子女,舅、姨与外甥、外甥女,堂兄弟姐妹,表兄弟姐妹等这些亲属无论是婚生还是非婚生,也无论是全血缘还是半血缘,都是属于自然血亲的范围。

拟制血亲是指本无该种血亲所具有的血缘关系,而由法律确认其具有与该种自然血亲同等权利义务的亲属。由于此种血亲不是自然形成的,而是法律设定的,故又称为"准血亲"。我国《婚姻法》所确认的拟制血亲有两种,一是养父母与养子女,二是有扶养关系的继父母与继子女。

2. 姻亲

姻亲是指以婚姻关系为中介而产生的亲属。男女结婚后,配偶一方与另一方的亲属之间发生姻亲关系,但配偶本身除外。根据姻亲间联络的环节,可以将姻亲分为如下几类。

第一,血亲的配偶,指己身与自己血亲的配偶之间的关系,如自己的儿媳、女婿、嫂子、弟媳、姐夫、妹夫、伯母、婶母、姑父等,都是自己的血亲的配偶。

第二,配偶的血亲,指己身与自己配偶的血亲之间的关系,如公婆、岳父母、大舅子、小姑子等。此外,没有形成抚育关系的继父母与继子女之间,一般也属于姻亲关系。

第三,配偶的血亲的配偶,指己身与自己配偶的血亲的配偶之间的关系,如妯娌、连襟等。

第四,血亲的配偶的血亲,指己身与己身血亲的配偶的血亲之间的关系,如夫妻双方的父母间(俗称"亲家")、继兄弟姐妹等。

3. 配偶

配偶,即夫妻,指男女两性间因结婚而发生的亲属关系。在婚姻关系存续期间,夫是妻的配偶,妻是夫的配偶。配偶相互间一般无血缘关系,也不属于姻亲。但是,他们是血亲和姻亲关系形成的基础。在亲属关系中起着承上启下的作用。

案例 1-1

宋建华出生在一个大家庭,他的祖父有兄弟姐妹5个,他的父亲有2个兄1个弟1个妹,他自己有1兄1弟1姐。宋建华与王秀兰结婚后生有1子1女。王秀兰有兄弟姐妹4人,她又有叔、伯、姑各1人,舅、姨各1人。因此,宋建华与王秀兰家的亲戚就非常多,逢年过节总是满满一屋客人,非常热闹。

【评析】

本案中,宋建华的亲戚关系既包括配偶,也包括血亲,还包括姻亲,涉及亲属关系的所有种类。

四、我国亲属关系图

我国亲属关系图如图 1-1 所示。

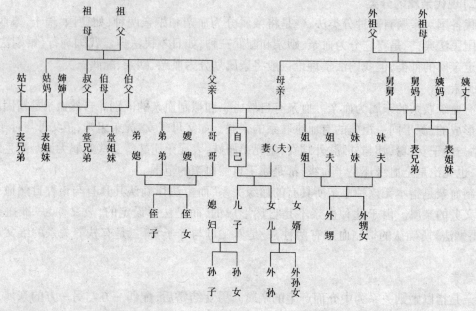

图 1-1　中国主要亲属关系简图

现在,四川人对女方的亲戚一般不加"外"字。

五、亲属关系的重复

亲属关系的重复,又称亲属关系的并存,指有亲属关系的两人之间,同时存在两种或两种以上不同的亲属关系。这主要因婚姻或法律拟制而形成。如在一些不禁止中表婚的国家(我国 1950 年《婚姻法》即一般地不禁止中表婚),表兄妹结婚后可同时存在配偶和旁系血亲的关系。又如叔侄间在收养成立后,可同时存在养父母子女和旁系血亲关系。应如何对待这种并存的亲属关系? 各国法律无明文规定。传统的亲属法理论认为,在亲属关系并存时,采取"一关系不为另一关系吸收或排斥"的原则,即并存的亲属关系各自独立存在,各保有其固有的效力。如一亲属关系消灭,不影响另一亲属关系的存在。但应该指出的是,当亲属关系并存,互不吸收,各自独立时,其法律的适用采取"从近从重"原则,即同时并存的亲属关系中,适用亲属关系近者、权利义务重者的法律规定,发生该种亲属的效力;同时停止亲属关系远者、权利义务轻者的亲属效力。

第二节 亲系、亲等

一、亲系

亲系,是指亲属间的血缘联系,或称亲属系统。在亲属法学中,狭义的亲系指血亲的联络系统,广义的亲系指血亲和姻亲的联络系统。

由于亲属间血缘联系的状况和特点不同,理论上可以划分出各种不同的亲属系统。如按亲属关系的性别不同,可分为男系亲与女系亲;按亲属血缘来源的不同,可分为父系亲与母系亲;按亲属关系的亲疏远近不同,可分为直系亲与旁系亲;按亲属间辈分不同,可分为长辈亲、晚辈亲、平辈亲。

(一)男系亲和女系亲

男系亲是指与男子血统相联系的亲属。女系亲是指与女子血统相联系的亲属。封建社会的宗亲即男系亲,如高祖以下,玄孙以上;旁系亲兄弟姐妹等九代,均系男系亲。女系亲即封建社会的外亲包括母系亲、女系亲和妻亲等。

(二)父系亲和母系亲

父系亲是指以父亲为中介而产生的亲属。母系亲是指以母亲为中介而产生的亲属。父系亲和男系亲,母系亲和女系亲,既有联系,又有区别,有时还相互重叠。如己身与堂兄弟姐妹,既是男系亲又是父系亲,相互重合。而己身与姑表兄弟姐妹,则为父系亲和女系亲,因其间有父之姐妹——姑为中介,故为女系亲。

(三)直系亲和旁系亲

1. 直系亲

直系亲,又分为直系姻亲和直系血亲。直系血亲,指具有直接血缘关系的亲属,即生育自己和自己所生育的上下各代亲属。直系姻亲,指直系晚辈亲属的配偶和配偶的直系长辈亲属。

通常所说的直系亲属是指配偶和具有血缘传承关系的亲属,包括妻子(丈夫)、父母、子女、祖父母(外祖父母)、弟妹。

在不同的法律里,范围会有所不同。

民事法律里,三代以内直系血亲有父母、子女、配偶、同胞兄弟姐妹、祖父母、外祖父母、孙子女、外孙子女。刑事法律的范围较窄,只包括父母、子女、配偶。

《婚姻法》中的直系亲属一般是指直系血亲,是指自己的父母和自己的子女上上下下的各代亲属,如父母与子女、祖父母与孙子女等。

劳动和社保条件中,直系亲属是指职工的祖父、祖母、父亲、母亲、丈夫、妻子、子、女、弟、妹、孙子、孙女。

2. 旁系亲

旁系亲也分为旁系血亲和旁系姻亲。旁系血亲,指具有间接血缘关系的亲属,有辈分相同和辈分不同的旁系血亲。旁系姻亲,指配偶一方的旁系血亲,即另一方的旁系姻亲。

案例 2-1

白荣的父亲白厚明有个姑妈叫白丽琴,一直生活在台湾,失去音信达30多年。2007年7

月,白厚明一家与白丽琴联系上,并欢迎她回内地来看看。2008年春节时,白丽琴带着她的女儿林慧玲、孙子俞颐回来探亲。亲人相见,分外激动。白荣甜甜地称白丽琴为姑奶奶,喊林慧玲为姑姑,叫俞颐为哥哥,十分亲热。可是,有亲戚说,白荣应该称呼林慧玲为姨。究竟白荣该如何称呼林慧玲呢?

【评析】

本案中,白荣与林慧玲是旁系血亲,同源于祖父母,因而称呼她为姑是正确的。

二、亲等

亲等,是计算亲属远近、亲疏的单位。

(一)世界各国的亲等计算法

1.罗马法的亲等计算法

直系血亲以代数为标准计算。旁系血亲则从自己往上数到共同的直系血亲,再从共同的直系血亲往下数到所指的旁系血亲,上下相加的数,为己身与所指旁系血亲的亲等。

古罗马法计算直系血亲,是从己身上数或下数,以一代(世)为1亲等。如父母和子女间为1亲等,祖父母和孙子女、外祖父母和外孙子女为2亲等。旁系血亲,是从己身上数到同源的直系血亲,再由同源的直系血亲下数到所要计算亲等的亲属,合计其代(世)数以定亲等。如兄弟姐妹为2亲等,叔侄、舅甥为3亲等。姻亲方面,血亲的配偶从其血亲的亲等。如子为直系血亲1亲等,则媳为直系姻亲1亲等。配偶的血亲,则从其配偶的亲等。如岳父母为妻的直系血亲1亲等,也即丈夫的直系姻亲1亲等。配偶血亲的配偶,也是从其配偶的亲等。如妯娌即以丈夫的兄弟与丈夫的亲等计算,为旁系姻亲2亲等。

2.寺院法的亲等计算法

中世纪寺院法计算直系血亲与罗马法计算法相同。旁系血亲,则从己身上数到同源的直系血亲,再从同源的直系血亲下数到所要计算亲等的亲属,代(世)数相同,可按一方的代(世)数来定亲等;如果代(世)数不同,则按代(世)数多的一方来定亲等。如计算己身与伯叔的亲等,先从己身上数到同源的祖父母,作为2亲等,再从同源的祖父母下数到伯叔,作为1亲等。这两个方面的代(世)数不同,从其多数一方定为2亲等。这种计算法往往不能准确地表示旁系血亲间的亲疏远近关系。

当代欧洲大陆和日本等国采用罗马法计算法,英国则采用寺院法计算法。

(二)我国古代的丧服制亲等计算法

我国古代的丧服制分为五等,即斩衰、齐衰、大功、小功、缌麻。中国古代丧服制的亲等计算方法,也就是以丧服的差别来区分亲属之间的亲疏远近,服重则亲近,服轻则亲远。斩衰三年之服;齐衰期年之服;大功九月之服;小功五月之服;缌麻三月之服(见服制)。这一计算方法除以血统的亲疏远近作为标准外,还参照亲属的名分、尊卑进行计算。

(三)我国《婚姻法》中的亲等计算法

我国计算亲等的办法是以血亲之间的世代来计算,一辈为一代,如与父母为两代,与孙子女为三代;计算旁系血亲时,依据相互间的同源关系确定,如同源于祖父母的堂兄弟姐妹和姑表兄弟姐妹为三代以内旁系血亲,同源于外祖父母的舅表兄弟姐妹、姨表兄弟姐妹也是三代以内旁系血亲。在我国,三代以内旁系血亲是禁止结婚的。

案例 2-2

余海亮与岑素芹是表兄妹,余海亮的女儿余雅君与岑素芹的儿子汪绥熙长大成人后准备登记结婚。有人提出,表兄妹的女儿是三代以内的旁系血亲,禁止结婚。汪绥熙和余雅君找到了在大学法律系教书的赵老师,向她请教。赵老师给他们讲解了旁系血亲的计算方法,汪绥熙为一代,汪绥熙的父母为二代,汪绥熙的祖父母为三代,汪绥熙的曾祖父母也就是余雅君的曾祖父母为四代,因此,汪绥熙与余雅君不在三代以内的旁系血亲之列,我国《婚姻法》不加禁止,因而是可以结婚的。听了赵老师的解释,汪绥熙和余雅君心中的石头落了地,两人高高兴兴地到婚姻登记部门登了记,热热闹闹地举行了婚礼。

【评析】

我国《婚姻法》中,血亲关系的亲疏远近是用世代来表示的。其计算方法是:自己为一代,从自己往上数,父母为两代,至祖父母、外祖父母为三代,至曾祖父母、外曾祖父母为四代,至高祖父母、外高祖父母为五代;从自己往下数,自己为一代,至子女为二代,至孙子女、外孙子女为三代,至曾孙子女、外曾孙子女为四代,至玄孙子女、外玄孙子女为五代。本案中的表兄妹的儿女属于三代以外的旁系血亲了,不属于《婚姻法》规定禁止的"三代以内的"条件,因而可以登记结婚。

第三节　亲子关系

一、亲子关系概述

亲子关系,即父母子女关系。它包括自然血亲、法律拟制血亲的父母子女关系。其中法律拟制的父母子女关系包括养父母和养子女的关系、继父母和形成扶养关系的继子女的关系。

二、亲权

亲权是指父母对于未成年子女人身方面的照顾、教育、管束、保护和财产方面的保护、管理的权利义务。其特征包括:

(1)亲权是基于父母子女身份,依法规定而产生;

(2)亲权是父母对于未成年子女的一种权利义务;

(3)亲权是以保护教养未成年子女为目的,是对未成年子女人身和财产的照护;

(4)亲权既是父母权利又是义务;

(5)亲权须依法行使,不得滥用。

亲权主要包括两方面的内容:一是,人身方面的内容,如子女的姓氏权、住所指定权、惩戒权、法定代理权和同意权、子女交还请求权;二是,财产方面的内容,例如法定的代理权和同意权、管理权、使用收益权、一定条件下的处分权。

案例 3-1

杨芬华有个儿子叫杨济,好吃懒做,不学无术,成天东游西逛,惹是生非,今天偷张家一只鸡,明天糟蹋李家一片瓜。左邻右舍纷纷向杨芬华告状。杨芬华对儿子也十分恼火,打骂都不起作用,于是在全村贴了一张"脱离父子关系书",声明与杨济脱离父子关系,今后他的行为概与自己无关,不要再来找他索赔。

【评析】

本案中,杨芬华这个脱离父子关系的声明是没有法律根据的,因而是无效的,不能通过这种手段来推卸责任。父母子女关系是一种天然的关系,也不因离婚而消除,权利义务关系与之同在。

三、父母与婚生子女的关系

婚生子女就是于婚姻关系存续期间受胎或出生的子女。

父母与婚生子女间互相承担义务享有权利,父母对子女有抚养、教育和保护的义务,而子女对父母有赡养、扶助的义务。父母子女间有相互继承的权利。

赡养,指子女(晚辈)对父母(长辈)的供养,即在物质和经济上提供必要的生活条件。扶助,指子女对父母在精神上和生活上的关心、帮助和照料。

子女对父母物质上的供养扶助是有条件的,一是,父母须是无劳动能力或生活困难,生活水平低于当地生活水准;二是,子女须成年且有赡养能力。

父母子女间有相互继承的权利,父母子女互为第一顺序的继承人。

四、父母与非婚生子女、继父母与继子女、父母与人工生育子女的关系

1. 父母与非婚生子女

非婚生子女与婚生子女具有同等的法律地位。

我国非婚生子女的法律地位等同婚生子女地位。生父母都有义务负担非婚生子女的生活费和教育费,直到其成年。

2. 继父母和继子女

继子女是指夫与前妻或妻与前夫所生的子女。

只有在一起共同生活形成了扶养教育关系的继父母子女间,才具有法律上的拟制血亲关系,产生父母子女间的权利和义务。此外的"扶养"既包括继父母抚养未成年的继子女,又包括成年的继子女赡养继父母。

实践中,如果继父母对继子女经济上尽了扶养教育义务(共同生活,生活上照料、帮助,学业上培养)等就认定继父母与继子女之间形成了扶养教育关系。

已形成扶养关系是指成年继子女对年老丧失劳动能力又无生活来源的继父母,应承担给付生活费的义务。

那么,继父母继子女关系可否解除呢? 主要分为下面两种情况。

(1)未形成扶养教育关系的继父母子女关系,因生父或生母与继母或继父婚姻终止而解除。

(2)已形成扶养教育关系的继父母子女关系,可根据下列情况解除:①在再婚关系存续期间,继父或继母与继子女之间的扶养关系,可根据任何一方的请求及停止扶养的事实(如随另一方的生父或生母生活)而解除;②在再婚关系终止时,无论是因离婚而终止或因生父(或生母)死亡而终止,继父或继母与继子女之间的扶养均不当解除,应根据具体情况作出决定。

3. 父母与人工生育的子女

人工生育子女是指根据生物遗传工程理论,采用人工方法取出精子或卵子,然后用人工方

法将精子或受精卵胚胎注入妇女子宫内,使其受孕所生育的子女。

主要有以下几种:同质人工授精、异质人工授精。

在夫妻关系存续期间,双方一致同意进行人工授精,所生子女应视为婚生子女,父母子女关系适用《婚姻法》的有关规定。

另外,养父母子女关系也是法律上的拟制血亲关系,有关养父母子女关系的规定参见收养一章。

第四节 祖孙和兄弟姐妹关系

一、祖孙间的权利和义务

祖父母、外祖父母对孙子女、外孙子女有抚养义务,而这种抚养是有条件的:一是,祖父母、外祖父母有负担能力;二是,孙子女、外孙子女的父母已经死亡或父母无力抚养;三是,孙子女、外孙子女未成年。

同时,孙子女、外孙子女对祖父母、外祖父母也有赡养义务,同样这种赡养义务也是有条件的:一是,孙子女、外孙子女有负担能力;二是,祖父母、外祖父母的子女已经死亡或子女无力赡养。

在继承权方面,祖孙互为第二顺序继承人。

二、兄弟姐妹的权利义务

兄、姐对弟、妹有扶养义务,这种扶养义务是有条件的:一是,兄、姐有负担能力;二是,父母已经死亡或无力抚养;三是,弟妹未成年。

同时,弟、妹也对兄、姐有扶养义务,同样这种扶养义务也是有条件的:一是,弟、妹由兄、姐扶养长大;二是,弟、妹有负担能力;三是,兄、姐缺乏劳动能力又缺乏生活来源。

在继承权方面,兄弟姐妹互为第二顺序继承人。

第五节 亲属关系的法律效力

亲属的法律效力,是指一定范围的亲属所具有的权利义务关系。亲属之间有如下法律效力。

一、在《婚姻法》上的效力

我国《婚姻法》规定,一定的亲属如夫妻、父母和子女间负有互相扶养或抚养、赡养的义务;夫妻对共同财产有平等的处理权;夫妻、父母和子女间有互相继承财产的权利;对一定范围内的亲属,如直系血亲和三代以内旁系血亲,有禁止结婚的规定。

二、在《刑法》上的效力

对于某些犯罪,《刑法》上有规定。例如我国《刑法》第二百六十一条规定:"对于年老、年幼、患病或者其他没有独立生活能力的人,负义务而拒绝扶养,情节恶劣的,处五年以下有期徒刑、拘役或管制。"

三、在《民法》上的效力

父母为未成年子女的法定代理人;根据亲属关系的亲疏远近,在《民法》上确定法定继承人的顺序和应继份额等。

四、在《诉讼法》上的效力

在《诉讼法》中,一定的亲属关系为回避的原因。比如,我国《刑事诉讼法》第二十八条规定,审判人员、检察人员、侦查人员是本案当事人或者是当事人的近亲属的,应当回避。《民事诉讼法》也有相同的规定。

五、在《劳动法》上的效力

在《劳动法》上,规定一定的亲属可以享受社会保险待遇。我国《劳动法》第七十三条规定,在劳动者死亡之后,其遗属依法享受遗属津贴。此外,对于职工配偶分居两地以及父母不与职工住在一起的,还享有探亲假的规定。

六、在《国籍法》上的效力

《国籍法》规定,外国人或无国籍人是中国人的近亲属的,如愿意遵守中国的《宪法》和法律,可以经申请批准加入中国国籍。

课后练习

一、填空题

1. 子女可以随_____姓,也可以随_____姓。

2. 祖父母、外祖父母对于_____的_____孙子女、孙子女有_____的义务;_____的孙子女、孙子女对于_____的祖父母、外祖父母有_____的义务。

3. 继父(母)和_____的权利和义务,适用《婚姻法》对父母子女关系的有关规定。

4. 我国《婚姻法》所说的子女包括_____子女、_____子女、子女和_____关系的_____。

5. 非婚生子女的生父,负担非婚生子女的抚育费,直至子女_____。

6. 非婚生子女享有_____同等的权利。

7. 法律拟制的父母子女关系包括·_____、_____。

8. 父母与子女的关系,不因父母离婚而_____。

9. _____的兄姐,对于_____或_____的_____弟妹,有扶养的义务。

二、判断题

1. 我国《婚姻法》规定:非婚生子女、养子女和继子女一律享有与婚生子女同等的权利,任何人不得歧视。( )

2. 父母对子女的抚养是无条件的。( )

3. 父母离婚后,无论哪一方和子女共同生活,双方都对子女享有监护权。( )

4. 依照我国《婚姻法》的规定,成年的兄姐对父母已经死亡的未成年的弟妹有扶养的义

务。（ ）

5.父母抚养子女，直到子女成年时为止。（ ）

6.继子女和继父母形成扶养关系后，和生父或生母间的权利义务关系即告终止。（ ）

三、名词解释

1.亲权

2.赡养

3.婚生子女

4.继子女

5.继父母

四、单项选择题

1.下列行为中哪一种属于遗弃行为？（ ）

A.经常打骂妻子　　　　　　　　B.限制子女人身自由

C.不送适龄子女上学接受义务教育　　D.夫或妻不履行扶养对方的义务

2.离婚后，子女抚育费的给付期限（ ）。

A.一般至子女18周岁为止　　　　B.一律至子女18周岁为止

C.一般至子女结婚成家时为止　　　D.一律至子女结婚成家时为止

3.由兄姐扶养长大的，有负担能力的弟妹，对（ ）的兄姐有扶养的义务。

A.丧失劳动能力　　　　　　　　B.无固定工作

C.无儿无女　　　　　　　　　　D.丧失劳动能力，孤独无依靠

4.张某的生父及与张某形成了扶养教育关系的继父死亡后，张某（ ）。

A.只能继承继父的遗产

B.只能继承生父的遗产

C.既能继承继父的遗产，又能继承生父的遗产

D.不能继承继父和生父的遗产

5.未形成扶养关系的继父母与继子女之间属于（ ）。

A.自然直系血亲关系　　　　　　B.拟制直系血亲关系

C.拟制直系姻亲关系　　　　　　D.拟制旁系血亲关系

五、多项选择题

1.在我国，自然血亲的父母子女是指（ ）。

A.生父母与非婚生子女　　　　　B.继父母与继子女

C.生父母与婚生子女　　　　　　D.养父母与养子女

2.根据有关司法解释，弟、妹对兄、姐履行扶养义务的条件是（ ）。

A.兄、姐已退休　　　　　　　　B.兄、姐丧失劳动能力、孤老无依

C.弟、妹是由兄、姐扶养长大的　　D.弟、妹有负担能力

六、问答题

1.扶养、赡养和抚养的区别是什么？

2.其他家庭成员间有哪些权利和义务？

3.父母子女间有哪些权利和义务？

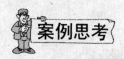

思考1 离婚后继父还有抚养继子的义务吗？

【案例】小吴的姐姐在丈夫死亡后，带了3个不满10岁的孩子与工人田某结婚，不到3年，双方因感情不和就欲离婚，但在3个孩子的抚养问题上双方争执不下。小吴的姐姐认为自己一个人无力负担3个孩子，要求田某支付3个孩子的部分生活费，田则坚决不同意。请问田某有义务抚养这3个孩子吗？

思考2 死不继承就可以生不赡养吗？

【案例】李家有兄弟5人，现父母年老体迈，已丧失了劳动能力，需要兄弟5人共同赡养。李家当中有兄弟4人在农村务农，只有大哥在外地工作，最近大哥大嫂回来说，父母去世后他们不要父母的遗产，现在也不负担赡养父母的义务。请问，李家大哥这样做行得通吗？

思考3 小芳是否有赡养外祖母张秀兰的义务？

【案例】小芳是张秀兰的外孙女，自小由张秀兰抚养，直到她工作。张秀兰的晚年生活费，原由其侄子负担，1990年，侄子去世，张秀兰的生活发生困难。小芳之母李珍收入也不多，而当时小芳收入较多，于是张秀兰便与李珍、小芳协商，由她们每月各付给80元赡养费。后来，因小芳与张秀兰发生争吵，从1994年11月起停付赡养费。张秀兰即起诉，要求小芳按月给付赡养费。而小芳则称自己是外孙女，没有赡养外祖母的义务。

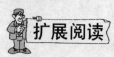

古今亲属关系称谓杂谈

一、如何称呼自己的亲属

在称呼自家的亲属时，我们常会听到或见到"家、舍、亡、先、犬、小"这几个字。

〔家〕家是用来称比自己辈分高或年长的活着的亲人，含有谦恭平常之意。如称己父为家父、家严，称母为家母、家慈，称丈人为家岳，祖父为家祖，以及家兄、家嫂等等。

〔舍〕舍是用来谦称比自己卑幼的亲属，如舍弟、舍妹、舍侄、舍亲，但不说舍儿、舍女。

〔亡〕亡是用于对已死卑幼者的称呼，如亡妹、亡儿。对已故的丈夫、妻子、挚友，也可称亡夫、亡妻、亡友。

〔先〕先是含有怀念、哀痛之情，是对已死长者的尊称，如对已离世的父亲称先父、先人、先严、先考，对母尊称先母、先妣、先慈，对祖父称先祖，等等。

〔犬〕犬是旧时谦称自己年幼涉世不深的子女，如犬子、犬女等。

〔小〕小是对人常用来称己一方的谦词，如自称自己儿女为小儿、小女等。

〔六亲〕六亲即六种亲属。对六亲的说法，历来众说纷纭，大致有以下几种：一说指父子、兄弟、姊妹、甥舅、婚媾、姻娅；二说指父子、兄弟、夫妇；三说指父母、兄弟、妻子；四说指父、母、兄、弟、妻、子，是现代比较通行的说法。现代汉语中六亲也泛指亲属。

二、古代兄弟排行称谓

古代以伯、仲、叔、季来表示兄弟间的排行顺序,伯为老大,仲为老二,叔为老三,季排行最小。父之兄称"伯父",父之次弟称为"仲父",仲父之弟称为"叔父",最小的叔叔称"季父",后来父之弟都统称为"叔父"。

三、古今妻子称谓

我们现在称男人的配偶为妻子。而从古至今,对妻子的称呼竟有近40种之多。

[小君、细君]小君、细君最早是称诸侯的妻子,后来作为妻子的通称。

[皇后]皇帝的妻子。

[梓童]皇帝对皇后的称呼。

[夫人]古代诸侯的妻子称夫人,明清时一二品官的妻子封夫人,近代用来尊称一般人的妻子,现在多用于外交场合。

[荆妻]旧时对人谦称自己的妻子,又谦称荆人、荆室、荆妇、拙荆、山荆。贱荆,有表示贫寒之意。

[娘子]古人对自己妻子的通称。

[糟糠]形容贫穷时共患难的妻子。

[内人]过去对他人称自己的妻子。书面语也称内人、内助。尊称别人妻称贤内助。

[内掌柜]旧时称生意人的妻子为"内掌柜",也有称"内当家"的。

[太太]旧社会一般称官吏的妻子,或有权有势的富人对人称自己的妻子为"太太",今有尊敬的意思,如"你太太来了"。

[妻子]指的是妻子和儿女。早期有"妻子"、"妻室",也单称妻,有的人为了表示亲爱,在书信中常称贤妻、爱妻。

[老伴儿]指年老夫妻的一方,一般指女方。

[娘儿们、婆娘、婆姨]有些地方称妻子为娘儿们,或婆娘,或婆姨。

[堂客]江南一些地方俗称妻子为堂客。

[媳妇儿]在河南农村普遍叫妻子作媳妇儿。

[老婆]北方城乡的俗称,多用于口头语言。

[老爱]因称老婆太俗,称爱人拗口,所以取折中的办法叫老爱。

[继室续弦]妻死后又另娶的。

[家里、屋里人、做饭的]都是方言对妻子的称谓。

[女人]一些农村称妻子为女人,或孩子他娘。

[爱人]男女互称。

[右客]湖北鄂西山区对妻子的一种称呼。

[伙计、搭档]现代都市对妻子的俗称。

另外,旧时对妾的称呼有"侧偎"、"偏房"、"小星"、"加夫人"、"妇君"等。

四、古今对丈夫的称谓

我们对女子的配偶称做丈夫。此外对丈夫的称谓还有丈人、君、外子、官人、老公、爱人、当家的、前面人、掌柜的、外面人、郎君、老伴、老头子、那口子、男人、老爱、那位老板等。

五、古今对父母的称谓

父母又称高堂、椿萱双亲、膝下、考妣等。

六、古今对夫妻的称谓

夫妻在古今称谓有结发、鸳鸯、伉俪、配偶、伴侣、连理、秦晋、百年之好等。

[鸳鸯]"鸳鸯"原指兄弟,我国古代曾把鸳鸯比做兄弟。鸳鸯本为同命鸟,双栖双宿,所以古人用它来比喻兄弟和睦友好。后用鸳鸯来比夫妇,始于唐人卢照邻。

[结发]我国古代,年少之时结为夫妻,称为结发。后因以"结发"为结婚,指原配夫妇。

七、其他称谓小考

[丈夫]丈夫在古代并非指女子的配偶。古代男子20岁时,举行冠礼,称为丈夫,这是一种古时礼仪。另外,古代把身长八尺的魁梧男子称做丈夫。在春秋战国之交,"丈夫"的词义扩大了,不仅指成年的男子,而且还指男性的小孩,甚至男婴。

[娘子]娘子是丈夫对妻子的一种爱称。在元代以前,称妻子为"娘子"是不对的。宋代之前,"娘子"专指未婚的少女,意同今天的姑娘。到了唐代,唐玄宗宠爱杨贵妃,杨贵妃在后宫中的地位无与伦比,宫中号称为"娘子"。这里的娘子,显然已不是指少女了,但也不能理解为是对妻子的称呼。到了元代,社会上已普遍称呼已婚妇女为"娘子"。到了明代,一般习惯称少妇为"娘子",而且带有娇爱的味道。随着称妻为"娘子"的流行,一般妇女也就称为某娘了,如称接生婆为"老娘",称巫婆为"师娘",称妓女为"花娘",称男女关系不清的女人为"夫娘"以及鄙称妇女为"婆娘"等等,通称她们为"娘们"。

[丈人]"丈人"现在通常指称岳父。但在古代"丈人"就不仅指岳父了。"丈人"主要有四种说法:其一,"丈人"是对老者和前辈的尊称;其二,"丈人"指家长或主人;其三,"丈人"是女子对丈夫的称呼;其四,"丈人"代表岳父。

[连襟]在我国民间,通称姐妹们的丈夫为"连襟","连襟"的来历与我国著名的诗人杜甫、洪迈有关。较早在笔下出现这个词语的是杜甫。他晚年寓居川东,结识了当地一位姓李的老头子,叙论起来,两家还是拐弯抹角的亲戚。两人很合得来,三天两头书信往来或一起聊天喝酒,后来杜甫要出峡东下湖湘,写了首《送李十五丈别》的诗,回忆叙述结交经过,有一句是"人生意气合,相与襟袂连"。这只是形容彼此关系密切,它还没有后来的那种关系。

(本文引自 http://baike.baidu.com/view/215803.htm)

习题答案

一、填空题

1. 父 母

2. 父母已经死亡或父母无力抚养 未成年 抚养 有负担能力 子女已经死亡 赡养

3. 受其抚养的继子女

4. 婚生 非婚生 养 形成扶养 继子女

5. 能独立生活为止

6. 婚生子女

7. 养父母和养子女的关系 继父母和形成扶养关系的继子女的关系

8.消除

9.有负担能力　父母已经死亡　父母无力抚养　未成年

二、判断题

1.错　2.对　3.对　4.错　5.错　6.错

三、名词解释

1.亲权:亲权是指父母对于未成年子女人身方面的照顾、教育、管束、保护和财产方面的保护、管理的权利义务。

2.赡养:赡养,指子女对父母的供养,即在物质和经济上提供必要的生活条件。

3.婚生子女:婚生子女就是于婚姻关系存续期间受胎或出生的子女。

4.继子女:继子女,是指夫与前妻或妻与前夫所生的子女。

5.继父母:是指父之后妻或母之后夫。

四、单项选择题

1.D　2.A　3.D　4.C　5.C

五、多项选择题

1.AC　2.BCD

六、问答题

1.赡养,是指晚辈人对前辈人,如子女对丧失劳动能力、没有收入来源而生活困难的父母,提供物质上和生活上的帮助。同样,在特定条件下,孙子女、外孙子女对子女死亡时的祖父母、外祖父母也有赡养的义务。这一规定,体现了尊老爱幼的社会主义道德风尚。

扶养,这是指平辈人之间,如夫妻之间的物质上和生活上的相互帮助。当一方体弱生病,或离婚后一时不能自主,另一方有义务向对方提供扶养费。我国《婚姻法》规定:"夫妻间有相互扶养的义务。"这一规定体现了男女平等的原则。

抚养,是指家庭中长辈对晚辈,如父母、祖父母、外祖父母对子女、孙子女、外孙子女的抚育和教养。我国《婚姻法》规定,父母对子女有抚养、教育义务,不得虐待和遗弃。如果父母离婚,对所生子女仍有抚养和教育的责任。这一规定保护了未成年子女的合法权益及身心健康的发展。

2.①有负担能力的祖父母、外祖父母,对于父母已经死亡的未成年的孙子女、外孙子女,有抚养义务。有负担能力的孙子女、外孙子女,对于子女已经死亡的祖父母、外祖父母,有赡养的义务。且互为第二顺序继承人。②有负担能力的兄、姐,对于父母已经死亡或父母无力抚养的未成年的弟、妹,有扶养义务。同时,弟、妹也对兄、姐有扶养义务,同样这种扶养义务是有条件的:一是,弟、妹由兄、姐扶养长大;二是,弟、妹有负担能力;三是,兄、姐缺乏劳动能力又缺乏生活来源。且他们互为第二顺序继承人。

3.父母子女之间的权利和义务:①父母对子女有抚养、教育的权利和义务;②子女对父母有赡养扶助的义务;③父母子女间有相互继承遗产的权利。

案例思考答案

【思考1】小吴的姐姐的3个孩子,因她与田某建立了继子女与继父的关系。田某在与小

99

吴的姐姐结婚时愿意对这3个孩子承担抚养教育的义务,这样他们之间就产生了与生父母子女之间同等的权利义务关系。但田某与小吴的姐姐的3个孩子之间的继父与继子女关系不是自然的血缘关系,而是法律拟制的亲属关系,它可以因小吴的姐姐与田某的婚姻关系而建立,当然也可以因其离婚而解除。随着继父与继子女之间身份关系的解除,他们之间的权利义务关系也应消除。但离婚时,3个孩子尚小,小吴的姐姐又无力完全负担对他们的抚养教育,田某又有能力负担,所以小吴的姐姐可与田某协商,要求他在一定时间内给予一定的帮助。协商不成,从保护妇女、儿童利益出发,亦可向当地人民法院申请适当照顾。

【思考2】"死不继承"不能作为"生不赡养"的理由。我国法律规定:"父母对子女有抚养教育的义务,子女对父母有赡养扶助的义务。""父母和子女有相互继承遗产的权利。"这样规定充分体现了权利与义务相互统一的原则。但是,继承权是法律赋予公民的一项民事权利,权利可以放弃,而义务则不能放弃。义务一旦为法律所规定就成为法定义务,当事人必须履行,否则,要承担相应的法律责任。为了保证继承人履行义务,最高人民法院《关于贯彻执行〈中华人民共和国继承法〉若干问题的意见》第四十六条规定:"继承人因放弃继承权,致其不能履行法定义务的,放弃继承权的行为无效。"根据上述规定,李大哥的说法是错误的,不论他是否继承遗产,目前他都必须承担赡养父母的责任。

【思考3】有。在通常情况下,父母由子女赡养,但在一定条件下,孙子女、外孙子女也有赡养祖父母的义务。原《婚姻法》第二十二条规定,有负担能力的孙子女、外孙子女,对于子女已经死亡的祖父母、外祖父母,有赡养的义务。1984年最高人民法院《关于贯彻执行民政部若干问题的意见》第二十五条规定,有承担能力的孙子女、外孙子女,对子女已经死亡或子女确无力赡养的祖父母、外祖父母,有赡养的义务。本案中,小芳有负担能力,而李珍赡养能力不足;且小芳自幼由外祖母张秀兰抚养,故小芳应承担赡养张秀兰的责任。

参考文献

[1]尚华.法律基础知识案例[M].北京:中国劳动社会保障出版社,2007.

[2]姚红.中华人民共和国民事诉讼法释义[M].北京:法律出版社,2007.

[3]最高人民法院关于适用《中华人民共和国婚姻法》若干问题的解释(一)、(二)[M].北京:法律出版社,2005.

[4]高其才.婚姻法、继承法实例说[M].长沙:湖南人民出版社,2002.

第二章 收养

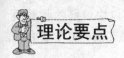案例回放

　　林某与王某原系夫妻,婚后未育有子女。2000年经人介绍,与养子林平(化名)的生父母达成收养协议,但双方未办理收养登记。2006年,林某与王某离婚,林平随养母王某生活,林某负担一部分生活费。当年10月,林某再婚,其后育有一子。2008年,林某诉至法院,要求确认当年的收养关系无效,林平应由亲生父母领回抚养。林某诉称,自己同前妻王某的收养并未依法履行手续,即到民政部门办理收养登记,收养行为应属无效。林平的生父母辩称,双方当年在平等自愿的基础上达成了收养合意,并订立了收养协议,应该受到法律保护。林平尚未成年,养父母无权利解除收养关系,应由其继续抚养。

　　这一案例涉及收养的成立要件问题。根据我国现行《收养法》的规定,收养属要式法律行为,这一规定也是为了更好地维护当事人的合法权益。其中第十五条规定,收养应当向县级以上人民政府民政部门登记。收养关系自登记之日起成立。该案例中林某与王某的收养行为未办理法定手续,不符合《收养法》的规定,该行为为无效行为。因此,林某及前妻王某和林平之间的收养关系无效,林平应当由生父母领回抚养。

理论要点

第一节　收养概述

一、收养的概念和特征

(一)收养的概念

　　我国《收养法》中并未对收养一词进行准确界定。从学理上看,收养是指公民领养他人的子女为自己子女的民事法律行为。在这一收养关系中涉及三方当事人,领养他人子女的是收养人,又称为养父母;被领养的人为被收养人,又称为养子女;将儿童送给他人收养的父母、其他监护人或社会福利机构为送养人。从收养的定义不难看出,收养行为将在原本无血缘关系的人之间创设法律上的权利义务关系,即拟制血亲关系。所以,收养制度是我国婚姻家庭制度中的重要组成部分,对于维护家庭稳定和谐具有相当大的作用。

(二)收养的特征

　　收养是民事法律行为,因此除了具备一般民事法律行为的特点外,还具有以下特征:①主体主要是公民,即收养人为自然人,我国的法律中还未有机构作为收养人的相关规定;②收养行为涉及身份和权利义务关系的变更,即在养父母与养子女之间产生拟制血亲关系;③收养是

一种要式法律行为,即必须履行特定的程序方为有效。

二、我国收养法的相关原则

收养制度在我国历史悠久,早在原始社会就已经被确认。我国的收养制度经历了为族的收养、为家的收养和为亲的收养等不同发展阶段。从世界范围看,各国对收养制度也相当重视。从狭义上讲,我国的收养法是指《中华人民共和国收养法》(以下简称《收养法》);从广义上讲,还包括其他法律法规中对收养制度的相关规定及有关的司法解释。本章主要从《收养法》的角度来阐述相关原则。

我国《收养法》是 1991 年 12 月 29 日通过,自 1992 年 4 月 1 日起施行的。其间,1998 年 11 月 4 日进行了重要修正。该法主要涉及收养关系的成立、收养的效力、收养关系的解除、法律责任等内容,全面调整收养关系,具有较强的可操作性。根据《收养法》第一章的规定,收养的原则主要有如下几条。

(一)有利于被收养的未成年人的抚养、成长

这一原则是我国收养制度的首要目的。收养是为了使无法享受到父母关怀或父母无能力抚养的儿童能够享受到家庭温暖,能够健康成长,进而维护社会稳定。《收养法》要求收养人应当具有抚养教育被收养人的能力;配偶一方死亡,另一方送养未成年子女的,死亡一方的父母有优先抚养的权利;严禁买卖儿童或者借收养名义买卖儿童;收养人在被收养人成年以前,不得解除收养关系等规定都是这一原则的具体体现。

(二)保障被收养人和收养人的合法权益

收养制度是重要的民事制度,因此强调对双方当事人权益的平等保护。除了被收养人,收养人的权益也得到了法律的保护,表现在:收养人、送养人要求保守收养秘密的,其他人应当尊重其意愿,不得泄露;养父母与成年养子女关系恶化、无法共同生活的,可以协议解除收养关系;生父母要求解除收养关系的,养父母可以要求生父母适当补偿收养期间支出的生活费和教育费等。

(三)平等自愿的原则

作为民事法律制度,遵循平等自愿原则是最基本的要求。收养关系的当事人具有完全平等的法律地位,平等地受到法律的保护,自由表达意愿。其中,收养人和送养人可以自愿订立收养协议、协议解除收养关系;养子女可以随养父或者养母的姓,经当事人协商一致,也可以保留原姓等反映了这一原则。

(四)不得违背社会公德

收养不仅仅是公民的私人行为,也关系到整个社会的和谐稳定。在收养行为方面,我国法律的规定与道德的相关要求是一致的,因此社会道德规范也成为评判标准之一。这也体现了我国《收养法》的导向,鼓励合乎法律规定和道德规范的收养行为。这一原则主要体现在:无配偶的男性收养女性的,收养人与被收养人的年龄应当相差四十周岁以上;收养人不履行抚养义务,有虐待、遗弃等侵害未成年养子女合法权益行为的,送养人有权要求解除养父母与子女间的收养关系;收养关系解除后,经养父母抚养的成年养子女,对缺乏劳动能力又缺乏生活来源的养父母,应当给付生活费等。

(五)不得违背计划生育的法律、法规

实行计划生育是我国的基本国策,是我国现阶段国情和人口状况的客观要求,也是我国进

行现代化建设,实现可持续发展和中华民族伟大复兴的重要条件。《中华人民共和国宪法》及《婚姻法》中也有此相应规定。《收养法》第三条明确规定,收养不得违背计划生育的法律、法规。此外,收养人条件中收养人无子女的要求,收养人只能收养一名子女,送养人不得以送养子女为理由违反计划生育的规定再生育子女等规定都体现了这一原则。

案例 1-1

陈某与黄某系夫妻,育有一女。但因重男轻女思想,黄某希望其妻陈某生一男孩,夫妻遂将女儿送养,并到民政部门办理了登记手续。一年后,陈某夫妇得一子。女儿养父母因经济困难,与陈某夫妇协商解除收养关系,由陈某夫妇领回抚养。陈某拒绝。养父母遂起诉至法院,要求确认收养关系无效。陈某辩称:双方履行了法定的收养手续,收养合法成立。

【评析】

本案例的关键是违反计划生育的收养行为是否有效。双方办理了登记手续,收养关系成立。但根据《收养法》第十九条的规定,送养人不得以送养子女为由违反计划生育再生育子女,因此该收养行为的成立违反了《收养法》的基本原则,属无效行为。无效法律行为自始无效,所以陈某的辩称无法律依据,子女应该归还其亲生父母。

第二节 收养成立的条件

一、收养成立的实质条件

收养行为作为民事法律行为,收养的成立当然要符合有关民事法律行为的一般规定,即双方在平等自愿的基础上,真实自由表达其意愿并达成合意。这就要求送养人和收养人对于收养要达成一致,收养始得成立。同时,《收养法》中对其成立又有特别的规定:收养年满十周岁以上的未成年人,应征得被收养人的同意。按照《中华人民共和国民法通则》(以下简称《民法通则》)关于民事行为能力的规定,十周岁以上的未成年人是限制民事行为能力人,能够进行与其智力、年龄相适应的民事活动。收养涉及被收养人亲子关系的变更,事关重大,且十周岁以上的未成年人能够理解这一行为的意义,因此征得其同意是必要的。

案例 2-1

陈某夫妇膝下无子女,丈夫过世了,想收养一个家庭生活困难的 12 岁女孩,且与女孩的父母达成了收养协议,但女孩坚持不同意。

【评析】

该案例涉及年满十周岁以上的未成年人的收养问题。按照一般的收养条件,只要收养人与送养人达成了收养合意,该收养就是合法的。在该案例中这一条件具备,但该收养仍然不合法,是因为《收养法》对年龄达到一定程度的未成年人的收养有特殊限制,即"收养年满十周岁以上未成年人的,应当征得被收养人的同意"。这一条与《民法通则》中关于有关民事行为能力的规定是相吻合的,让符合条件的被收养人能充分地表达自己的意愿。因此,本案例中由于被收养人不同意,该收养不成立。

收养关系到三方,我国《收养法》对三方当事人应具备的实质条件都作了明确规定,现逐一分析如下。

（一）被收养人的条件

根据《收养法》第四条的规定，下列三种人可以作为被收养人。

1. 丧失父母的孤儿

孤儿如何定义？我们可以从 1992 年民政部《关于在办理收养登记中严格区分孤儿与查找不到生父母的弃婴的通知》中找到答案，"我国《收养法》中所称的孤儿是指其父母死亡或人民法院宣告其父母死亡的不满十四周岁的未成年人"。

2. 查找不到生父母的弃婴和儿童

这主要是指生父母下落不明或被遗弃的未成年人。

3. 生父母有特殊困难无力抚养的子女

生父母有抚养教育子女的义务，这一义务在通常情况下不能免除。但当父母有困难无力抚养亲生子女的时候，允许将其送养是为了更好地维护未成年人合法权益，保障未成年人健康成长。在实践中，父母有特殊困难无力抚养应如何认定？一般认为，父母出现经济负担，患有重大疾病，丧失民事行为能力等属于此种情况。

对于以上三种被收养人都有年龄限制，即不满十四周岁。从世界各国有关收养的立法来看，几乎都对被收养人给予了年龄限制，如法国民法典就规定十五周岁以下的未成年人可以作为被收养人。这主要考虑被收养人年龄轻，能尽快融入收养家庭，有利于同养父母建立亲子感情，有利于维护家庭稳定。

（二）送养人的条件

根据我国《收养法》第五条的规定，公民和机构都可以为送养人。

1. 孤儿的监护人

哪些人可以作为未成年人的监护人？《民法通则》的相关规定如下：未成年人的父母死亡或没有监护能力时，有监护能力的祖父母、外祖父母；兄、姐；关系密切的其他亲属、朋友愿意承担监护责任，经未成年人的父、母的所在单位或者未成年人住所地的居民委员会、村民委员会同意可以成为孤儿的监护人。特定情况下，未成年人的父、母的所在单位或者未成年人住所地的居民委员会、村民委员会或者民政部门也可以成为监护人。

同时，《收养法》对监护人作为送养人进行了限制，第十二条"未成年人的父母均不具备完全民事行为能力的，该未成年人的监护人不得将其送养，但父母对该未成年人有严重危害可能的除外"；第十三条"监护人送养未成年孤儿的，须征得有抚养义务的人同意。有抚养义务的人不同意送养、监护人不愿意继续履行监护职责的，应当依照《中华人民共和国民法通则》的规定变更监护人"。

2. 社会福利机构

社会福利机构是指由各级人民政府兴办的机构，如社会福利院、儿童村等。根据《中华人民共和国未成年人保护法》的规定，对孤儿、无法查明其父母或者其他监护人的以及其他生活无着的未成年人，由民政部门设立的儿童福利机构收留抚养。因此，在收养关系中，社会福利机构也可以成为送养人。

3. 有特殊困难无力抚养子女的生父母

该项与被收养人条件中第三条对应。此外，《收养法》对于送养人的生父母还有特殊规定。第一，要求生父母共同送养，生父母一方不明或者查找不到的可以单方送养。父母对子女享有平等的权利义务，对于变更亲子关系的重大民事行为，应父母双方共同为之，任一单方行为都可能损害子女的权益。第二，配偶一方死亡，另一方送养未成年子女的，死亡一方的父母有优先抚养的权利。该规定赋予未成年人祖父母、外祖父母的法定权利，成为其生父母行使送养权的障碍。未成年人由祖父母、外祖父母抚养，有利于其身心健康，也符合中国社会的传统习惯。

案例　2-2

李某与老伴张某已退休，有一定的经济能力。去年，唯一的儿子在车祸中丧生。今年，儿媳准备再婚，想要自己的孩子，遂决定将孙子送由他人抚养。李某夫妇想收养其孙。

【评析】

该案例涉及祖父母的优先抚养权这一法律要点。《收养法》第十八条规定，配偶一方死亡，另一方送养未成年子女的，死亡一方的父母有优先抚养的权利。如此规定既符合法理的价值取向，又符合中国的传统道德。从法理上看，祖父母是孙子女的直系血亲，双方本来就存在法律上的权利义务关系；从道德标准看，由有经济能力的祖父母抚养更有利于未成年人的健康成长。因此，李某夫妇可以主张孙子的优先抚养权以对抗媳妇的送养权。

（三）收养人的条件

根据我国《收养法》第六条的规定，具体条件如下。

1. 无子女

这是以不违背计划生育原则为出发点。无子女包括未婚无子女，已婚未有生育或子女已死亡等各种情况。《收养法》同时规定收养人只能收养一名子女（法律另有规定的除外），可见已有养子女者不得再为收养，因此子女应作扩大解释，包括婚生子女、非婚生子女和养子女以及继子女。

2. 有抚养教育被收养人的能力

这是切实保障被收养人幸福成长的重要条件，也是收养能否顺利的关键。对收养人能力的考察应该全面，是否具有经济能力是其一，更重要的是对其思想品德、心理因素的考虑，有利于被抚养人的成长提供健康干净的环境。一个品德败坏、行为恶劣的父母是不太可能对子女尽责任的。

3. 未患有在医学上认为不应当收养子女的疾病

这是保证未成年人健康成长的必然要求。这里的疾病主要指危及未成年人身心健康的疾病，如传染病、精神病等。

4. 年满三十周岁

对收养人的最低年龄作出限制是世界各国收养立法的通例，如秘鲁家庭法就规定收养人应在50岁以上。这也是从收养人此时能够具有一定的抚养能力，思想成熟，更好地承担养父母职责考虑的，法律对这一低限年龄的规定比较合理。

此外，《收养法》对收养人还有特殊要求，第十条"有配偶者收养子女，须夫妻共同收养"。如此规定可以从该法的立法宗旨得到解释，养子女要与养父及养母共同生活，如果一方不顾对方意愿，单方收养而另一方不予承认，则不利于整个家庭的稳定，更不利于养子女享受家庭温暖。

二、收养成立的形式条件

收养是拟制血亲关系产生的法定途径,亲子关系变更事关重大,故收养的成立除了满足上述实质条件外,还须履行一定的程序,也可以说收养是一种要式法律行为。根据法律的规定,成立收养应当办理登记。此外,法律还规定了收养协议和收养公证的形式,但从《收养法》看,这两种形式不是必要的,当事人可以自由选择,是收养登记的补充形式。

(一)收养登记

我国《收养法》第十五条对这一法定程序给予了相应说明,"收养应当向县级以上人民政府民政部门登记。收养关系自登记之日起成立"。

1. 收养登记的机关

办理收养登记的机关必须是县级以上人民政府的民政部门。按照民政部 1995 年颁布的《中国公民收养子女登记办法》(以下简称《登记办法》),具体而言:①收养社会福利机构抚养的查找不到生父母的弃婴、儿童和孤儿的,在社会福利机构所在地的登记机关办理;②收养非社会福利机构抚养的查找不到生父母的弃婴和儿童的,在弃婴和儿童发现地的登记机关办理;③收养生父母有特殊困难无力抚养的子女或者由监护人监护的孤儿的,在被收养人生父母或者监护人常住户口所在地(组织作监护人的,在该组织所在地)的登记机关办理;④收养三代以内同辈旁系血亲的子女以及继父或者继母收养继子女的,在被收养人生父或者生母常住户口所在地的登记机关办理。

2. 收养登记的程序

(1)申请。当事人应亲自到民政部门办理登记。对于夫妻共同收养的,夫妻应共同前往;若一方不能前往,则应书面委托另一方办理,委托书须经过村委会或居委会证明或公证。具体申请时,各方当事人还应提供相关材料(收养人应提供的材料详见《登记办法》第五条;送养人的见第六条)。

(2)审查。登记机关收到相关材料后进行审查,包括当事人是否符合法律的规定,是否履行了法定程序,提交的材料是否真实有效。审查的时限为 30 日,自次日算。其中,收养查找不到生父母的弃婴、儿童的,收养登记机关应当在登记前公告查找其生父母。公告期间为 60 日,不计算在登记办理期限内。

(3)登记。对符合规定条件的,为当事人办理收养登记,发给收养登记证,收养关系自登记之日起成立;对不符合规定条件的,不予登记,并说明理由。

收养关系正式成立后,收养人还应办理一些相关手续,如为被收养人办理户口登记或者迁移手续。

(二)收养协议和收养公证

我国《收养法》第十五条还规定:"收养关系当事人愿意订立收养协议的,可以订立收养协议。收养关系当事人各方或者一方要求办理收养公证的,应当办理收养公证。"鉴于收养协议和收养公证都不是收养成立的必经程序,因此按照民事行为的原则,完全尊重当事人的意思自由。当事人可以协商确定协议和公证的具体内容。

第三节　收养的法律效力

收养的法律效力是指由于收养行为所带来的一系列法律后果的总称。在《中华人民共和国婚姻法》中主要规定了养子女与养父母和生父母的关系，《收养法》中进一步规定了收养对于养子女与养父母和生父母的近亲属的关系。从学理上分，收养的效力可以分为拟制效力和解销效力，现分述于下。

一、收养的拟制效力

拟制效力，又有学者称之为积极效力，指养子女与养父母及其近亲属间依法产生权利义务关系。我国《收养法》第二十三条："收养关系成立之日起，养父母与养子女间的权利义务关系，适用法律关于父母子女关系的规定；养子女与养父母的近亲属间的权利义务关系，适用法律关于子女与父母的近亲属关系的规定。"按此规定，养父母要履行抚养教育义务，反过来养子女要承担赡养扶助义务；养父母与养子女互为第一顺位的法定继承人等。养子女与养父母的近亲属，如与养父母的父母之间，就有祖孙间的权利义务；与养父母的其他子女间，就有兄弟姐妹间的权利义务。对于养子女的称姓问题，《收养法》特别提到养子女可以随养父姓，也可以随养母姓；甚至经当事人协商一致，还可以保留原姓。这就充分体现了《收养法》的立法意图，又具有一定的灵活性。

二、收养的解销效力

解销效力，又有学者称之为消极效力，指养子女与生父母及其他近亲属之间的权利义务关系依法解除。《收养法》第二十三条："养子女与生父母及其他近亲属间的权利义务关系，因收养关系的成立而消除。"但需要指出的是，生父母与养子女之间基于出生而产生的血缘关系并不是法律可以消除的，是客观存在的。虽然养子女与生父母及其他近亲属间的权利义务关系消除，但有些禁止性规定仍然适用，如《婚姻法》中禁止直系血亲和三代以内的旁系血亲通婚。

第四节　收养的无效与解除

无效与解除都涉及收养行为的效力，二者相同之处在于收养行为不能达到预期目的。

一、收养的无效

无效收养行为是指欠缺法定成立要件的行为，这里的要件包括实质要件和形式要件，该行为不具有收养的法律效力。

(一)收养无效的原因

我国《收养法》第二十五条："违反《中华人民共和国民法通则》第五十五条和本法规定的收养行为无法律效力。"因此，《民法通则》中有关民事法律行为要件的规定和《收养法》中收养成立的相关规定，成为判定收养是否有效的标准。收养无效的具体原因如下：①当事人不具有民事行为能力，如患有精神病；②违背社会公德，如借收养名义拐卖儿童，出卖亲生子女等；③当事人不符合法律规定，如收养人未满30岁或患有医学上认为不宜收养子女的疾病；④当事人收养的意思表示不真实，如存在欺骗、胁迫或乘人之危的情形；⑤当事人的收养没有履行法定手续,如没有到民政部门办理登记。

(二)收养无效的处理

根据法律规定,可以通过行政程序或诉讼程序确认收养无效:①当事人弄虚作假骗取收养登记的,由登记机关撤销收养行为,确认其无效;②当事人一方请求人民法院确认收养关系无效。

(三)无效收养的法律后果

《收养法》第二十五条:"收养行为被人民法院确认无效的,从行为开始时起就没有法律效力。"同样,被登记机关确认无效的,也是自行为之初无效。这一法律后果具有溯及既往的效力。此外,借收养名义拐卖儿童、遗弃婴儿、出卖亲生子女的,还应追究相应的行政或刑事责任。

二、收养的解除

收养关系依据法律规定的条件而产生,也可以在一定的条件下终止。收养的终止是指收养关系依据一定的法律事实而消灭。总体说来,收养终止的原因有两个,一是收养人或被收养人死亡,二是通过法律手段人为地解除收养关系。前一种情况,收养关系由于主体的缺失而终止,是相对终止,基于收养而产生的其他亲属关系仍然有效;后一种情况,人为解除收养,是绝对终止,基于收养产生的有关身份的权利义务关系均终止。《收养法》只对后一种情况作了详细规定。学理上认为,收养的解除不具有溯及力,即收养自解除之日起无效,这也是收养的解除与无效的最大区别。

(一)收养解除的原因

我国《收养法》规定的情形如下。

(1)收养人与送养人协议解除收养关系。从保护未成年人合法权益,避免收养人与送养人推卸抚养责任的角度看,被收养人成年前,收养人不得解除收养关系。这一规定也体现了《收养法》的立法意图。考虑到收养属民事法律行为,尊重当事人的意志自由,故而允许经双方当事人协商一致解除收养关系。但同时限制,养子女满十周岁以上的,还应征得本人同意。这在尊重当事人意思自治的前提下,确保了未成年人的权益不受侵害。

(2)《收养法》第二十六条:"收养人不履行抚养义务,有虐待、遗弃等侵害未成年养子女合法权益行为的,送养人有权要求解除养父母与养子女间的收养关系。送养人、收养人不能达成解除收养关系协议的,可以向人民法院起诉。"这就变相赋予了送养人监督收养人履行抚养教育养子女及相关义务的权利。

(3)《收养法》第二十七条:"养父母与成年养子女关系恶化、无法共同生活的,可以协议解除收养关系。"收养制度不仅为未成年人提供保护,还是我国养老制度的一种补充。养子女成年后,应履行赡养、扶助养父母的义务。如果养父母与养子女无法共同生活,收养制度的防老功能就无法发挥。

案例　4-1

邓某夫妇由于特殊原因将孩子送给人抚养,后来了解到孩子受到养父母的虐待,想把孩子要回来,与对方解除收养关系,但孩子的养父母不同意并认为双方的收养合法有效,孩子和亲生父母的权利义务关系终止,孩子是他们的,邓某夫妇无权干涉。

【评析】

该案例涉及收养的解除问题。我国《收养法》切实保护未成年人的合法权益,规定收养人不得随意解除收养关系,这也是为了维护家庭稳定的需要。但该案例中孩子遭到养父母的虐待,这一情形不利于未成年人的健康成长,也有悖中国社会的传统道德标准。为避免类似情况的发生,有效维护未成年人的利益,《收养法》第二十六条:"收养人不履行抚养义务,有虐待、遗弃等侵害未成年养子女合法权益行为的,送养人有权要求解除养父母与养子女间的收养关系。送养人、收养人不能达成解除收养关系协议的,可以向人民法院起诉。"因此,邓某夫妇可以与养父母协商解除收养关系,如果不能达成一致还可以请求人民法院予以解决,彻底杜绝侵害未成年人合法权益的行为。

(二)收养解除的程序

按照法律规定,收养可以依行政程序和诉讼程序解除。①《收养法》第二十八条:"当事人协议解除收养关系的,应当到民政部门办理解除收养关系的登记。"很明显,适用行政程序的前提是,当事人双方对解除收养关系表达合意,并对未成年人的抚养、财产关系等协商一致,不会产生任何纠纷。②如果当事人不能达成解除协议的,可以向人民法院起诉,由人民法院判定是否具备解除的法定事由。

(三)收养解除的法律后果

收养的解除给当事人带来一系列法律后果,包括与身份相关的权利义务的变更和涉及财产的义务。

(1)与身份相关的后果主要在《收养法》第二十九条中予以规定:"收养关系解除后,养子女与养父母及其他近亲属间的权利义务关系即行消除,与生父母及其他近亲属间的权利义务关系自行恢复,但成年养子女与生父母及其他近亲属间的权利义务关系是否恢复,可以协商确定。"收养解除,拟制血亲关系消灭,真实血亲关系自然恢复。生父母对成年子女不需再尽抚养义务,则双方血亲关系是否恢复由双方决定,灵活性与原则性并举。

(2)与财产相关的后果主要体现在《收养法》第三十条中:"收养关系解除后,经养父母抚养的成年养子女,对缺乏劳动能力又缺乏生活来源的养父母,应当给付生活费。因养子女成年后虐待、遗弃养父母而解除收养关系的,养父母可以要求养子女补偿收养期间支出的生活费和教育费。生父母要求解除收养关系的,养父母可以要求生父母适当补偿收养期间支出的生活费和教育费,但因养父母虐待、遗弃养子女而解除收养关系的除外。"这一规定与中国传统的尊老爱幼的思想一致。

案例 4-2

赵某夫妇由于经济困难无抚养能力,遂将儿子送养。以后几年,通过夫妇的辛勤努力,都找到相对稳定的工作,经济状况好转。于是,两夫妇商量想要回孩子。孩子的养父母表示理解,同意解除收养关系,但要求赵某夫妇支付收养期间的费用。

【评析】

该案例涉及解除收养的法律后果问题。养父母要求正当的法律依据在于《收养法》的规定:"生父母要求解除收养关系的,养父母可以要求生父母适当补偿收养期间支出的生活费和教育费,但因养父母虐待、遗弃养子女而解除收养关系的除外。"一般来看,养父母无权主动解除收养,因为这不符合未成年人及其生父母的意愿。法律之所以规定生父母可以要求解除收养,是因为生父母与孩子具有天然的血缘关系,当然负有抚养教育孩子的义务,未成年人由生父母抚养也更有利于其健康成长。这种情况下,对无过错的养父母有失公平。情理上,他们对孩子的成长也付出了心血,生父母理应给予一定补偿,因此《收养法》作出了以上规定。

第五节　特殊收养行为

我国社会经济迅猛发展,人民生活质量不断提高,人们的生活态度及理念发生了巨大的变化,生活中难免出现一些新的收养情况。这些特殊收养行为的成立归因于收养主体的身份或收养的情形不具有普遍性,现将一一详述,主要有以下四种。

一、亲属间的收养

这种形式在我国古代就已存在,漫长的封建社会时期出现过过继制度,即成年人男子没有儿子,则将同宗族兄弟的儿子过继给自己,以继承自己的身份和财产。这一早期的收养方式为当时的法律所认同。社会主义国家建立后,废除了封建的过继制度,但这种形式已经具有一定的群众基础。同时,从情理上讲,其他亲属对未成年人也负有一定的义务,比起完全不认识的陌生人收养,由亲属收养更能保障未成年人的利益。因此,《收养法》第七条特别规定:"收养三代以内同辈旁系血亲的子女,可以不受本法第四条第三项、第五条第三项、第九条和被收养人不满十四周岁的限制。"即无论生父母有无特殊困难无力抚养,不受成年男性收养女性的年龄限制以及被收养人不满十四周岁的限制,收养都合法成立。对于华侨,收养的条件更为宽松,即还可以不受收养人无子女的限制。

二、对孤儿和残疾儿童的收养

法律的相关规定是"收养孤儿、残疾儿童或者社会福利机构抚养的查找不到生父母的弃婴和儿童,可以不受收养人无子女和收养一名的限制"。对孤儿和残疾儿童的收养不违反国家的计划生育政策,不但有利于为这些孩子创造良好的成长环境,也在一定程度上减轻了国家和社会的负担。我国社会的人口结构进入老年化时代,老年人数量的增加,对国家的养老制度提出了严峻的挑战。收养制度的建立是养老制度的补充。

三、异性间的收养

当今社会不断进步,人口寿命不断增长,人们的生育观念发生了变化,越来越多的年轻人加入了"不婚族"的行列,而社会舆论的宽松使这种趋势越演越烈。此外,一些人离婚或丧偶后更愿意选择独立生活,因此单身的队伍日益壮大。这个人群到了一定阶段就会出现养老的问题或由于生活需要收养子女。其中对于单身男性收养女性,主要规定在《收养法》第九条:"无配偶的男性收养女性的,收养人与被收养人的年龄应当相差四十周岁以上。"这一规定维护了社会的公序良俗,避免违背伦理道德的事情发生。但同样存在单身女性收养男性的情形,《收养法》却没有相关规定。

四、继父母对继子女的收养

由于生父母一方再婚,继父母与继子女之间产生了亲属关系。从相关法律的规定看,继父母与继子女间具有一定的权利义务关系,由于有共同生活的经历,感情培养较为容易,因此

《收养法》的规定是"继父或者继母经继子女的生父母同意,可以收养继子女,并可以不受本法第四条第三项、第五条第三项、第六条和被收养人不满十四周岁以及收养一名的限制"。继父母对继子女的收养条件较为宽松,通过收养在继父母子女间产生拟制血亲关系,加大对未成年人的保护力度,这也是出于维护家庭稳定和谐的考虑,限制在于要征得生父母的同意。限制的目的在于建立收养行为的严肃性,督促收养人和送养人认真全面衡量被收养人的利益。

课后练习

一、填空题

1. 《收养法》规定办理收养登记的机关是_____。

2. 《收养法》于_____实施,_____进行重要修改。

3. 收养关系终止的原因分为两类,一是_____,二是_____。

二、判断题

1. 监护人送养未成年孤儿的,须征得有抚养义务的人同意。(　　)

2. 无效收养从行为开始就没有法律效力。(　　)

3. 养子女与生父母以及其他自然血亲之间,由于不存在血缘联系,因而不适用近亲结婚的有关规定。(　　)

4. 收养关系当事人应当订立收养协议。(　　)

5. 根据我国《收养法》的规定,收养人必须是无生育能力且无子女的。(　　)

6. 亲生父母、子女间的权利义务,除因死亡和收养外,是不能消除的。(　　)

7. 收养年满十周岁以上未成年人的,应当征得被收养人的同意。(　　)

8. 生父母送养子女,无须双方共同送养。(　　)

9. 未成年人的父母均不具备完全民事行为能力的,该未成年人的监护人不得将其送养,但父母对该未成年人有严重危害可能的除外。(　　)

三、名词释义

1. 收养

2. 无效收养行为

四、单项选择题

1. 有配偶者收养子女,须夫妻(　　　)。

A. 双方协商　　　　　B. 共同收养　　　　　C. 订立收养协议　　　　D. 单方决定收养

2、配偶一方死亡,另一方送养未成年子女的(　　　)。

A. 死亡一方的兄弟姐妹有优先抚养的权利　　　B. 社会福利机构有优先抚养的权利

C. 死亡一方的父母有优先抚养的权利　　　　　D. 未亡一方的父母有优先抚养的权利

3. 依照我国《收养法》的规定,收养关系成立的必经程序是(　　　)。

A. 订立收养协议　　　　　　　　　B. 办理收养公证

C. 进行收养登记　　　　　　　　　D. 无须履行任何手续

4. 收养关系解除时,已达成年的养子女与生父母间的关系(　　　)。

A. 经双方协商确定　　　　　　　　B. 自然恢复

C. 不能恢复   D. 由法院或民政部门确认

5. 未成年养子女与养父母脱离收养关系后,与亲生父母之间的权利义务关系(　　)。

A. 不能恢复   B. 由生父母决定是否恢复

C. 由养子女决定是否恢复   D. 自然恢复

6. 无配偶的男性收养女性的年龄应相差(　　)。

A.20 周岁以上   B.25 周岁以上   C.30 周岁以上   D.40 周岁以上

五、多项选择题

1. 依照我国《收养法》的规定,收养孤儿、残疾儿童,或在社会福利机构抚养的查找不到生父母的弃婴或儿童,可以不受下列哪些条件的限制? (　　)

A. 只能收养一名   B. 收养人须年满 30 周岁

C. 收养人有抚养教育被收养人的能力   D. 收养人须无子女

2. 根据我国《收养法》的规定,被收养人应具有的条件有(　　)。

A. 不满十四周岁   B. 丧失父母的孤儿

C. 查找不到生父母的弃婴和儿童   D. 生父母有特殊困难无力抚养的子女

3. 收养关系成立的法律后果有(　　)

A. 养子女与生父母的血亲关系消灭   B. 养子女与养父母间形成拟制血亲关系

C. 养子女与生父母间的权利义务关系消灭   D. 养父母与养子女间的权利义务关系建立

4. 收养人应符合的条件有(　　)。

A. 无子女

B. 有抚养教育被收养人的能力

C. 年满三十周岁

D. 未患有在医学上认为不应当收养子女的疾病

5. 养子女的姓氏(　　)。

A. 随母姓   B. 随父姓   C. 自由决定   D. 保留原姓

六、问答题

1. 简述我国《收养法》中规定的原则。

2. 简述收养的法律特征。

3. 简述收养的效力。

4. 简述收养无效的原因。

5. 简述收养解除的法律后果。

案例思考

思考1 养子应该赡养生父母吗?

【案例】黄某夫妇育有一子,几年前妻子因病逝世,儿子只有 5 岁,黄某遂将儿子送养,并与养父母达成收养协议。儿子成年后,找到一份稳定的工作,独立生活。去年黄某经济拮据,找儿子要赡养费。请问,生父要儿子赡养合不合法?

思考2 养子能继承生父的遗产吗?

【案例】林某夫妇有两个孩子,因生活困难,将其中一个送养。孩子现已长大成人,林某夫妇最近去世,留下房屋一套,送养的孩子对生父母的遗产主张继承权。

思考3　养父与养女可以结婚吗?

【案例】程某夫妇婚后未育,遂收养一女。其后,妻子因车祸丧生,程某独自将养女抚养成人。养女提出要与程某结婚,因为双方不具有血缘关系,周围的群众对此议论纷纷。

 **扩展阅读**

收养协议格式(范本)

收养协议

甲方(收养人):×××(姓名、住址)

乙方(送养人):×××(姓名、住址)

甲乙双方就收养×××(被收养人姓名)达成协议如下:

第一条　被收养人×××的基本情况

(写明:被收养人的姓名、性别、年龄、健康状况)

第二条　收养人×××,工作单位×××,现年××岁(有配偶的,收养人为夫妻双方),家庭住址×市×区(县)××街××号。

第三条　收养人×××的基本情况(写清楚收养人的健康、年龄等《收养法》规定的条件)符合收养的条件。

第四条　送养人的基本情况(写明送养人的姓名或者名称,送养的理由)。

第五条　收养人×××保证在收养关系存续期间,尽抚养被收养人之义务。

第六条　甲乙双方在本协议签订后×日内,到民政局办理收养登记手续。(本收养协议自×××公证机关公证之日起生效。)

甲方:×××(签字、盖章)　　　　乙方:×××(签字、盖章)

×××年×月×日

 **习题答案**

一、填空题

1.县级以上人民政府民政部门

2.1992 年　1998 年

3.法律事件(即收养关系因一方当事人死亡而终止)　法律行为(即通过法律手段人为终止收养关系)

二、判断题

1.对　2.对　3.错　4.错　5.错　6.对　7.对　8.错　9.对

三、名词解释

1.收养:指公民领养他人子女为自己子女,由此创设拟制血亲关系的民事法律行为。

2.无效收养行为:指欠缺收养行为的法定成立要件,包括实质要件和形式要件,因而不具有收养效力的无效民事行为。无效收养从行为开始时无效。

四、单项选择题

1. B　2. C　3. C　4. A　5. D　6. D

五、多项选择题

1. AD　2. ABCD　3. BCD　4. ABCD　5. ABD

六、问答题(答案要点)

1. 有利于被收养的未成年人的抚养、成长原则;保障被收养人和收养人合法权益的原则;平等自愿原则;不违背社会公德原则;不违反计划生育法律法规原则。

2. 收养的法律特征有三个方面:一是,主体主要是公民;二是,内容是在养父母子女间产生拟制血亲关系的法律行为;三是,形式上,必须履行法定的程序。

3. 收养使得养子女与亲生父母及其亲属和养父母及其亲属之间产生效力。一方面,从收养关系成立之日起,养父母与养子女间的权利义务关系,适用法律关于父母子女关系的规定;养子女与养父母的近亲属间的权利义务关系,适用法律关于子女与父母的近亲属关系的规定——这是收养的拟制效力。另一方面,养子女与生父母及其他近亲属间的权利义务关系,因收养关系的成立而消除——这是收养的解销效力。

4. ①当事人不具有民事行为能力;②违背社会公德;③当事人不符合法律规定,如收养人未满30岁或患有医学上认为不宜收养子女的疾病;④当事人收养的意思表示不真实,如存在欺骗、胁迫或乘人之危的情形;⑤当事人的收养没有履行登记手续。

5. 收养关系解除后会带来身份和财产关系上的变化,具体如下。①收养关系解除后,养子女与养父母及其他近亲属间的权利义务关系即行消除,与生父母及其他近亲属间的权利义务关系自行恢复,但成年养子女与生父母及其他近亲属间的权利义务关系是否恢复,可以协商确定。②收养关系解除后,经养父母抚养的成年养子女,对缺乏劳动能力又缺乏生活来源的养父母,应当给付生活费。因养子女成年后虐待、遗弃养父母而解除收养关系的,养父母可以要求养子女补偿收养期间支出的生活费和教育费。生父母要求解除收养关系的,养父母可以要求生父母适当补偿收养期间支出的生活费和教育费,但因养父母虐待、遗弃养子女而解除收养关系的除外。

案例思考答案

【思考1】黄某与养父母达成收养协议,即确立了收养关系,国家保护合法的收养关系。《收养法》第二十三条:"养子女与生父母及其他近亲属间的权利义务关系,因收养关系的成立而消除。"这是从法律上对合法的收养关系予以确认。从收养正式成立起,养子女与生父母之间的权利义务关系就不存在了,即双方不再负有抚养教育和赡养扶助的义务。因此,养子女不再负有赡养生父母的义务。

【思考2】同思考1的法律依据,即《收养法》第二十三条:"养子女与生父母及其他近亲属间的权利义务关系,因收养关系的成立而消除。"虽然根据《继承法》的规定,父母子女互为第一顺位的法定继承人,但因送养的孩子与其生父母的权利义务已经消除,故不得主张对生父母遗产的继承权。如执意主张,相关利益人可以向法院起诉。

【思考3】虽然养父母子女之间是拟制的亲子关系,双方并不具有血缘关系,但根据《收养法》的规定"自收养关系成立之日起,养父母与养子女间的权利义务关系,适用法律关于父母子女关系的规定",从法律上讲,双方是父母子女关系,属于直系血亲。根据《婚姻法》的规定,直系血亲之间禁止通婚,因此,在收养关系合法存续期间,双方是不能结婚的。

第三章　监护

案例回放

　　原告马某某与被告祁某某系婆媳关系。被告祁某某与原告马某某之子宋某婚生一女名宋波(化名),6岁。2005年12月14日,宋某在某岩土公司工作期间因工死亡,该公司共支付赔偿款24.5万元。事后,原、被告双方对该赔偿款的分割达成口头协议,其中12万元归宋波所有。同时,双方还约定,将宋波的12万元以宋波之名存入银行,原告掌握宋波的存折本及户口簿,被告掌握存款密码,双方共同管理,在宋波需要使用该存款时由双方共同到场提取。2005年12月24日,双方到中国建设银行泗洪支行营业部将12万元存入银行,定期5年,并按约定方式保管。其后,被告祁某某以为宋波改名为由,从原告马某某处将宋波户口簿拿走。2006年2月,被告祁某某持宋波户口簿至存款银行将上述存款挂失。原告马某某得知后,于同年2月28日向本院申请诉前保全,本院作出(2006)洪诉保字第4号民事裁定书,冻结了该12万元存款。双方交涉未果,原告马某某向法院提起诉讼。

　　原告马某某诉称:原被告双方对宋波财产达成的保管协议有效,被告祁某某的行为违反了约定,对被监护人的财产造成潜在危险,故要求与被告祁某某共同保管12万元财产。

　　被告祁某某辩称:被告是宋波的法定监护人,女儿的财产理应由被告负责管理,原告马某某是祖父母,对其财产并无法律上的管理权,原先双方的口头约定违反了法律规定,应属无效合同,被告是在行使合法的监护权,故不同意原告的诉讼请求。

　　泗洪县人民法院经审理认为:根据《中华人民共和国民法通则》第十六条第一款的规定,父母是未成年人的法定监护人,被告祁某某系宋波的母亲,应该是宋波法定的监护人。监护人的法定职责之一是管理和保护被监护人的财产,所以被告祁某某对宋波的12万元财产有管理和保护的权利与义务。然而,法律在规定监护人享有权利的同时,为了防止监护人滥用监护权侵害被监护人的合法权益,还设置了对监护人履行职责的监督制度,赋予其他顺序具有监护资格的人员或者单位对监护人的监督权。由此可见,本案中被告祁某某作为监护人享有对被监护人宋波财产的保管权,而原告马某某作为其他具有监护资格的人,享有对监护人祁某某的监督权,两者权利的协同行使,更便于实现保护被监护人合法权益的立法目的。本案原被告双方所达成的对宋波财产的保管协议,正是体现了被告祁某某的监护权与原告马某某的监护监督权的行使,订立协议的目的是为了落实法律所赋予的权利,切实保护被监护人宋波的12万元财产,并且该口头协议是双方当事人的真实意思表示,故合法有效,当事人应该按照约定享有权利履行义务。因此,原告马某某要求共同保管宋波12万元财产的诉讼请求符合法律规定,应予支持。被告祁某某主张口头协议无效,无法律依据,不予采信。

　　据此,泗洪县人民法院依据《中华人民共和国民法通则》第十六条第一款、第十八条第一款、第三款和《中华人民共和国合同法》第四十四条、第六十条的规定,于2006年6月5日作出

（2006）洪民一初字第 0442 号民事判决：

宋波的 12 万元财产由原告马某某与被告祁某某按双方口头协议所确定的保管方式共同保管。

案件诉讼费 550 元，财产保全费 1 220 元，由原告马某某负担 550 元，被告祁某某负担 1 220 元。

祁某某不服一审判决，向宿迁市中级人民法院上诉称：①上诉人与被上诉人共同管理宋波的 12 万元财产的约定，不利于上诉人对未成年子女法定监护权的充分行使，也会损害宋波的利益。上诉人是宋波的法定监护人，对宋波的财产享有当然的管理和保护的权利。②按照我国法律规定，其他顺序具有监护资格的人员对监护人有监督权，但并不是协同行使，而是事后监督，任何人未经法院判决都不得限制或剥夺监护人的监护权，这样才能够对未成年人的权益进行充分合理的保护。因此，请求二审法院依法改判宋波的 12 万元财产由上诉人保管。

二审法院经审理，确认了一审法院认定的事实。

二审法院认为：法律设置监护制度的目的是为了保护无民事行为能力人、限制民事行为能力人的人身、财产及其他合法权益。虽然监护人有权管理被监护人的财产，但监护人履行监护职责主要体现为监护人对被监护人以及对社会负有的义务。为了防止监护人进行有损或可能损害被监护人利益的行为，法律赋予其他有监护资格的人或单位要求监护人承担民事责任的权利。本案中，上诉人祁某某与被上诉人马某某口头达成的对宋波的 12 万元存款共同进行保管的协议，虽然对上诉人管理被监护人财产有一定的影响，但双方订立该协议的根本目的是为了更好地保护被监护人的财产，该协议并不违反法律的禁止性规定，应认定为有效协议。在共同保管宋波的存款期间，上诉人在未与被上诉人协商一致的情况下，擅自到银行将存款挂失，该行为不能排除上诉人动用该款的可能。为此，被上诉人要求按双方约定的保管方式共同保管该款，正是行使法律赋予其要求监护人承担民事责任的权利。因此，一审判决由双方按约定的方式共同保管宋波的存款，实体处理正确。上诉人的上诉请求没有法律依据，本院不予支持。据此，二审法院依照《中华人民共和国民事诉讼法》第一百五十三条第一款第（一）项之规定，于 2006 年 8 月 23 日作出（2006）宿中民一终字第 0423 号民事判决：驳回上诉，维持原判。

（本文引自 http://www.china1648.com/info_detail.asp? id=539）

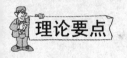
理论要点

第一节　监护制度概述

一、监护的概念和特征

（一）监护的概念

监护是指对无民事行为能力人或限制民事行为能力人的人身、财产及其他合法权益进行监督和保护。在有些国家中，把对限制行为能力人的监督和保护称为保佐。履行监督和保护的人被称为监护人，而被监督和保护的人被称为被监护人。

（二）监护的特征

监护具有以下特征：第一，被监护人须为无民事行为能力和限制民事行为能力人；第二，监护人须为完全民事行为能力人；第三，监护人的职责是由法律规定的，而不能由当事人约定。

二、监护的意义

监护的意义有如下几点。

（1）监护制度使无民事行为能力和限制民事行为能力的公民的民事权利能力得到真正的实现。无民事行为能力人和限制民事行为能力人行使自己的民事权利存在困难，而监护制度有效地解决了这一问题，使无民事行为能力人和限制民事行为能力人的民事权利能力得以顺利实现。

（2）监护制度使无民事行为能力和限制民事行为能力的公民的民事行为能力得到弥补。无民事行为能力人和限制民事行为能力人在为民事行为时，因其辨认、控制能力存在缺陷，其民事权益易受侵害。监护制度使其合法的民事权益得到有效的保护。

（3）监护制度有利于稳定社会的正常秩序。监护制度要求监护人对无民事行为能力人和限制民事行为能力人加以监督和管束，以防止他们实施违法行为，从而有利于社会秩序的稳定。

三、监护人的种类

根据我国有关法律规定，监护人分为法定监护人、指定监护人、委托监护人和其他监护人。法定监护人是指由法律规定直接指明的监护人。我国法律直接指明未成年人的法定监护人有父母子女、祖父母、外祖父母、兄、姐。精神病人的法定监护人有配偶、父母、成年子女。指定监护人是指在没有法定监护人或法定监护人之间对担任监护人有争议时，由有关单位或人民法院指定的监护人。委托监护人是指法定或指定监护人也可通过委托协议将监护职责委托给他人履行，此时产生委托监护人。其他监护人是指除法定监护、指定监护外，由其他自然人或组织担任监护人。

第二节　监护人的设定

一、未成年人的监护人

未成年人的监护人的设立又可以分为以下几种情况。

（一）法定监护人

1. 未成年人的父母

未成年人的父母是他们的监护人。这种关系是从出生起就开始的，父母离婚也不影响这种监护关系。我国《民法通则意见》第二十一条明确规定："夫妻离婚后，与子女共同生活的一方无权取消对方对该子女的监护权。"只是在父母离婚后，当被监护人侵害他人权益时，其父母所承担的监护责任不是平行责任，而是一种"补充性赔偿责任"。《民法通则意见》第一百五十八条规定："夫妻离婚后，未成年子女侵害他人权益的，同该子女共同生活的一方应当承担民事责任；如果独立承担民事责任确有困难的，可以责令未与该子女共同生活的一方共同承担民事责任。"可见，在这种情况下，由同该子女共同生活的一方独立承担，只有当这方不能独立承担时,另一方才与共同分担。

2.未成年人的祖父母、外祖父母、兄、姐

未成年人的父母已经死亡或者没有监护能力的,由有监护能力的祖父母、外祖父母、兄、姐担任监护人。可见,未成年人的祖父母、外祖父母、兄、姐担任监护人是有条件的。他们只有在其父母均不在人世或均丧失监护能力的情况下,才能担任监护人。不仅如此,他们在担任监护人上是有顺序的。祖父母、外祖父母排在前,兄、姐排在其后。但同一顺序中担任监护人的,并无人数限制,一人或数人均可。

(二)指定监护人

指定监护人是指在没有法定监护人或法定监护人之间对担任监护人有争议时,由有关组织或人民法院指定的监护人。指定的主体有两个:一是有关组织,包括未成年人的父、母生前所在单位或未成年人住所地的居民委员会、村民委员会;二是人民法院。值得注意的是,有关单位指定是法院指定的必经程序。

(三)委托监护人

《民法通则意见》第二十二条规定:"监护人可以将监护职责部分或者全部委托给他人。"

(四)其他监护人

1.未成年人的其他亲友

与未成年人关系密切的、愿意承担监护责任,由经未成年人的父、母的所在单位或未成年人住所地的居民委员会、村民委员会同意的其他亲属和朋友作为监护人。

2.相关组织

若无上述法定监护人的,由未成年人的父、母的所在单位或者未成年人住所地的居民委员会、村民委员会或者民政部门担任监护人。

二、精神病人的监护人

从公民的民事行为能力的角度来看,精神病人可分为无民事行为能力或者限制民事行为能力的精神病人,但法律规定的担任监护人的顺序是相同的。《民法通则》第十七条规定:"无民事行为能力或者限制民事行为能力的精神病人,由下列人员担任监护人:(一)配偶;(二)父母;(三)成年子女;(四)其他近亲属;(五)关系密切的其他亲属、朋友愿意承担监护责任,经精神病人的所在单位或者住所地的居民委员会、村民委员会同意的。对担任监护人有争议的,由精神病人的所在单位或者住所地的居民委员会、村民委员会在近亲属中指定。对指定不服提起诉讼的,由人民法院裁决。没有第一款规定的监护人的,由精神病人的所在单位或者住所地的居民委员会、村民委员会或者民政部门担任监护人。"即精神病人的监护人也可分为以下几种。

(一)法定监护人

1.配偶

配偶是精神病人第一顺序的法定监护人。

2.父母

精神病人的父母作为精神病人的监护人是有条件的,只有在该精神病人没有配偶或配偶死亡的情况下才担任监护人。

3.成年子女

首先,精神病人的成年子女只有在前两个顺序的监护人不存在的情况下,才能担任。其次,精神病人的子女必须要成年之后才具有担任监护人的能力。

（二）指定监护人

在精神病人没有法定监护人或法定监护人之间对担任监护人有争议时,有关组织或人民法院为其指定监护人。指定的主体有两个:一是有关组织,包括精神病人所在单位或精神病人住所地的居民委员会、村民委员会;二是人民法院。有关单位指定是法院指定的必经程序。

（三）委托监护人

同样依据《民法通则意见》第二十二条规定,精神病人的监护人也可将监护职责部分或者全部委托给他人。

（四）其他监护人

1.精神病人的其他亲友

与精神病人关系密切的、愿意承担监护责任,由经精神病人所在单位或精神病人住所地的居民委员会、村民委员会同意的其他亲属和朋友作为监护人。

2.相关组织

若无上述法定监护人的,由精神病人所在单位或者精神病人住所地的居民委员会、村民委员会或者民政部门担任监护人。

第三节　监护人的职责

一、监护人的职责

（一）保护被监护人的人身权利不受侵害

被监护人出于民事行为能力的限制,不具备全面充分的自我保护能力,相对容易遭受到来自外界的侵扰和损害。对此,监护人有权利和职责予以保护。

（二）保护和管理被监护人的财产

被监护人由于民事行为能力的限制,其财产权利也易受到侵害。监护人有权利和责任对被监护人的财产予以保护。同时,监护人还可以依法合理利用和处分被监护人的财产。

（三）代理进行民事活动和民事诉讼活动

根据我国《民法通则》第十四条的规定:"无民事行为能力人、限制民事行为能力人的监护人是他的法定代理人。"监护人所代理进行的活动领域不限,较多地表现为诸如买卖、租赁、借贷等财产性质的活动,还可涉及一些人身性质的民事活动。监护人当然也可代理被监护人从事民事诉讼活动。

（四）教育和照顾被监护人

监护人应当尽到教育和照顾被监护的未成年人的职责,使其获得身心健康和生活的安定。

（五）对被监护人给他人造成的损害承担民事责任

我国《民法通则》第一百三十三条规定:"无民事行为能力人、限制民事行为能力人造成他人损害的,由监护人承担民事责任。"

监护人依法履行监护的权利,受法律保护。监护人如果不履行监护职责或者侵害被监护人的合法利益,应当承担责任;给被监护人造成财产损失的,应当赔偿损失。

二、监护人的法律责任

监护人怠于履行监护职责或积极侵害被监护人合法权益的,会产生相应的法律责任,主要包括两个方面:一是,致被监护人财产损失的,应承担赔偿责任;二是,依有关人员或单位申请,人民法院可撤销其监护资格。下面是几种特殊情况下监护人的法律责任承担。

(一)委托监护时的责任承担

我国《民法通则意见》第二十二条规定:"监护人可以将监护职责部分或者全部委托给他人。因被监护人的侵权行为需要承担民事责任的,应当由监护人承担,但另有约定的除外;被委托人确有过错的,负连带责任。"即,原则上责任仍由监护人承担;委托人与受托人之间另有约定的,仍应由监护人对第三人承担责任,而后监护人可依约定向受托人追偿。受托人在履行监护职责时确有过错的,由委托人与受托人对第三人负连带赔偿责任。

(二)监护人不明时的责任承担

我国《民法通则意见》第一百五十九条规定:"被监护人造成他人损害的,有明确的监护人时,由监护人承担民事责任;监护人不明确的,由顺序在前的有监护能力的人承担民事责任。"即由顺序在前的有监护能力的人承担责任。

(三)父母离婚后的责任分担

《民法通则意见》第一百五十八条规定:"夫妻离婚后,未成年子女侵害他人权益的,同该子女共同生活的一方应当承担民事责任;如果独立承担民事责任确有困难的,可以责令未与该子女共同生活的一方共同承担民事责任。"即由同该子女共同生活的一方独立承担;只有前者不能独立承担时,另一方才与其共同分担。此时夫妻双方承担的不是平行责任,而是有先后之分的。

(四)对十八周岁上下被监护人侵权的责任承担

依据《民法通则意见》第一百六十一条的规定,侵权时不满十八周岁,诉讼时已满十八周岁的,有经济能力的,由本人承担责任;无经济能力的,由原监护人承担民事责任。

侵权时已满十八周岁的,原则上由本人承担;无经济收入的,抚养人垫付;垫付有困难的,可判决或调解延期给付。

(五)擅自变更监护人时的责任承担

《民法通则意见》第十八条规定:"监护人被指定后,不得自行变更。擅自变更的,由原被指定的监护人和变更后的监护人承担监护责任。"即由变更前后的监护人承担。

第四节　监护人的变更和终止

一、监护人的变更

监护人的变更分为三种情况。一是,依据协议变更监护人。这主要是指原为法定监护人之间自行产生的监护人,后经法定监护人之间又自行协商变更监护人的情形。变更后的监护人为监护变更协议中所确定的人。如果监护人为有关单位或人民法院指定的,后来法定监护人之间又自行协商变更监护人的,应当认为其协议不能变更有关单位或人民法院的指定。二是,依有关单位或人民法院的指定而变更。这主要是原为法定监护人之间自行协商确定的监护人,后因情况发生变化,有关单位或人民法院又另行指定监护人的情形。变更后的监护人为有关单位的决定或人民法院判决的确定的人。三是,依人民法院撤销原监护人及另行指定而变更。变更后的监护人为人民法院判决的所指定的人。监护人不宜继续担任监护人或者监护人不履行监护职责时,人民法院可以根据有关人员或组织的申请,经查明事实,撤销监护人的资格。通过诉讼撤销监护后,原监护人的监护权利被取消,依法应另行确定监护人。所以,撤销监护并不意味着被监护人不再需要监护,而是撤换新的监护人,这实际上是监护人的变更。

《民法通则意见》第二十一条规定,在三种情况下与子女共同生活的一方可以通过法院取消另一方的监护资格:一是对该子女有犯罪行为,二是对该子女有虐待行为,三是对该子女明显不利的。

根据最高人民法院关于《民法通则意见》第十八条规定:"监护人被指定后,不得自行变更。擅自变更的,由原被指定的监护人和变更后的监护人承担监护责任。"

二、监护的终止

监护的终止,是指设定监护的客观条件自然消失,导致监护的存在成为不必要,从而解除监护关系。引起监护关系终止的原因大致有以下几种。

（1）被监护的未成年人已达成年。

（2）被监护的精神病人痊愈,并已由人民法院作出撤销监护的裁决。

（3）监护人死亡。

（4）被监护人死亡。

一、填空题

1.无民事行为能力人、限制民事行为能力人造成他人损害的,由_____承担民事责任。

2.根据我国有关法律规定,监护人分为法定监护人、_____、_____和其他监护人。

3.未成年人的法定监护人包括_____、_____、_____,且有顺序之分。

4.对精神病人的监护人有争议的,由_____或者_____、_____在近亲属中指定。

5._____和_____行为能力人需要监护人。

二、判断题

1.监护人是不会变更的。（　　）

2.祖父母、外祖父母、孙子女、外孙子女可以担任精神病人监护人。（　　）

3.单位和组织上不能担任监护人。（　　）

4.自行变更监护后监护责任由变更后的监护人承担。（　　）

5.父母离异后,不与子女共同生活的一方不用承担监护责任。（　　）

6.对精神病人的监护人有争议的,由精神病人的所在单位或者住所地的居民委员会、村民委员会在近亲属中指定或由法院指定。（　　）

三、单项选择题

1. 未成年人的父母已经死亡或者没有监护能力的,下列选项中( )不可作为监护人。

A. 祖父母、外祖父母　　　　　　　　B. 未成年人父母所在单位

C. 法院　　　　　　　　　　　　　　D. 民政部门

2. 对担任精神病人的监护人有争议时,下列说法中错误的有( )。

A. 可由民政部门在近亲属中指定

B. 可由精神病人住所地的居民委员会、村民委员会在近亲属中指定

C. 可由精神病人所在单位在近亲属中指定

D. 可提起诉讼由法院作出裁决

四、多项选择题

1. 监护人的监护职责包括( )。

A. 对被监护人进行管理和教育

B. 在被监护人合法权益受到侵害或与人发生争议时,代理其进行诉讼

C. 保护被监护人的身体健康,照顾被监护人的生活

D. 管理和保护被监护人的财产,代理被监护人进行民事活动

2. 甲的父亲乙与母亲丙于 2000 年 3 月离婚。甲与乙共同生活。乙因下岗一直未找到工作,生活困难,遂将甲送到弟弟丁处,由丁抚养,丁把甲当亲儿子,两人感情非常好。2002 年 10 月后,丙起诉到法院要求抚养已年满 9 岁的甲。甲的监护人为( )。

A. 乙　　　　　　B. 丙　　　　　　C. 丁　　　　　　D. 都不是

3. 设上题中乙、丙在一次交通事故中同时死亡,下列说法中正确的有( )。

A. 甲的监护人就是丁,因为丁是接受了乙的委托而履行监护职责的

B. 甲的亲属可以协议确定监护人

C. 甲的亲属不可以协议确定监护人

D. 如果甲的亲属因担任监护人发生争议的,应由有关组织指定

4. 关于精神病人监护人的其他近亲属包括( )。

A. 孙子女　　　　B. 外孙子女　　　　C. 兄弟姐妹　　　　D. 祖父母、外祖父母

5. 以下有关对十八周岁上下被监护人侵权的责任承担说法正确的有( )。

A. 侵权时不满十八周岁,诉讼时已满十八周岁的,有经济能力的,由本人承担责任

B. 侵权时不满十八周岁,诉讼时已满十八周岁的,无经济能力的,由原监护人承担民事责任

C. 侵权时已满十八周岁的,原则上由本人承担

D. 侵权时已满十八周岁的,无经济收入的,由抚养人垫付

6. 下列说法正确的有( )。

A. 监护人可以擅自处分被监护人的财产

B. 委托监护后,被监护人侵犯他人权利的,由受托人承担责任

C. 监护人不明的,由顺序在前的有监护能力的人承担民事责任

D. 监护人有义务教育和照顾被监护人

7. 在哪些情况下与子女共同生活的一方可以通过法院取消另一方的监护资格?( )

A. 对该子女有犯罪行为　　　　　　B. 对该子女有虐待行为

C. 对该子女明显不利的　　　　　　D. 另一方再婚的

五、名词解释

1. 监护

2. 监护人

3. 被监护人

六、问答题

1. 监护的意义何在?

2. 如何确定未成年人的监护人?

3. 监护人的职责有哪些?

4. 如何确定精神病人的监护人?

5. 监护终止的原因有哪些?

案例思考

思考1　对已成年独立生活的子女,父母还有抚养义务吗?

【案例】周某夫妻有两子女,老二尚小,正在读书,老大已工作多年,但工资分文不给家里,并且经常在外酗酒,借了很多外债。有时为了还债向家里要钱,当不给他时,他说父母有抚养他的义务。请问,子女已经成年独立生活,父母还有抚养义务吗?

思考2　离婚后出生的子女,父亲可以不付抚养费吗?

【案例】2001 年 1 月,张某与本单位一男青年吴某相识。4 月双方办理了结婚登记手续。婚后,由于双方感情不和,于 2001 年 8 月双方协议离婚。当时,张某已怀孕两个多月,因为孩子尚未出生,张某也未提及孩子的抚养问题。2002 年 3 月,婴儿(女)出生后,张某多次向吴某要求承担孩子的生活费。但是吴某以离婚时没有签订"抚养协议"为由,拒绝承担抚养费。张某因收入低,不能独自抚养孩子,为此,向人民法院提起诉讼,要求吴某承担孩子的抚养费。

思考3　父母打孩子算不算犯法?

【案例】在现实生活中,有不少父母打骂孩子,许多人认为"父母打孩子不犯法"。这种看法对吗?

思考4　生父是否应负担随母亲生活的非婚生子女的生活费和教育费?

【案例】张某在恋爱中,不慎失身,生有一子,后来与男方终止恋爱关系,现依靠她本人工资不能抚养小孩子,找到男方,男方认为自己与张某没有结婚,对孩子也没有义务,可以不承担小孩子的抚养费。请问,这种看法对吗?

思考5　非婚生子女与婚生子女有同样的权利吗?

【案例】小朱在托儿所上班,幼儿园里有一个五岁幼儿活泼可爱,可是有些幼儿园听说他是非婚生子女,就讨厌,不像对待别的孩子那样周到热情,小朱看不惯。请问,非婚生子女低人一等吗?

思考6　母亲改嫁,未成年的子女的生活怎么办?

【案例】文某的父亲已去世 2 年,母亲准备扔下 3 个未成年子女再婚,那么 3 个未成年的子女的生活怎么办?

思考7　儿子婚事向父亲索要5万元,父亲不允是不尽抚养义务吗?

【案例】伍某,男,26岁,某市化肥厂工人。伍某与江某恋爱多年,准备近期结婚。想到其他朋友结婚时购置电视机、收录机、音响、电冰箱以及高档家具,结婚那天车迎车送,宾馆酒席,感到自己也想大办一场。但自己每月仅1 200元工资,平时积存不多,置办不起。于是硬要父亲给他5万元。父亲劝他不要大操大办。伍某却说,《婚姻法》上讲的,父母对子女有抚养的义务,你不给我钱,就是不抚养我,就是犯法,我上法院告你去。

扩展阅读

小学生向高速路投石块致人死 监护人被判连带赔偿

近日,一起因小学生在高速路立交桥上向行驶车辆投掷石块致人死亡而引发的其他人身损害赔偿纠纷案在四川省成都市武侯区人民法院审结,法院一审认定三位未成年致害人为共同危险行为人,该三人的六名监护人依法应对造成的损害后果承担连带赔偿责任,连带赔偿原告方死者妻、女精神损害抚慰金、死亡赔偿金、丧葬费等共计246 979.4元,而对原告方的其他诉求则予以驳回。

该案死者王某的妻、女诉称,2007年10月8日,王某乘坐一轿车在四川成南高速公路上向成都行驶。当行至23千米处时,被从高速路立交桥上落下的一块鹅卵石击穿挡风玻璃,击中王某左侧胸部,致左胸大片挫伤伴表皮剥脱、主动脉破裂,失血性休克死亡。

该案在法院受理后,又依法追加被告三名致害人及六名监护人作为共同被告参加诉讼。原告方认为,被告四川成南高速公路有限责任公司对此负有安全管理、保障责任,应承担赔偿责任。由于这一损害事实也是因黄某等三名小孩在放学路上投掷石头造成的,因此黄某等三名小学生及其监护人也应承担相应的侵权损害赔偿责任。故诉请赔偿死亡赔偿金等共计为57万余元,并由十名被告连带赔偿。

被告成南公司则辩称,高速公路设备设施符合相关规定,公司在管理上没有瑕疵,而导致王某死亡的是黄某等三名小学生的故意犯罪行为,虽然其是未成年人,但民事赔偿责任不能免除,因此公司不对王某的死亡承担赔偿责任。

黄某等三人及其六位监护人则辩称,成南公司的高速公路修好了七八年,但一直没有防护栏,其设施不健全。且家长也不可能24小时跟着小孩走,小孩年幼,毕竟才八九岁,因此家长没有责任,责任都在成南公司。

法院经审理查明,事发高速路上的天桥两侧设有实心水泥护栏,紧靠两侧护栏外侧安置有防抛网。公安机关在事发当天接警后立案进行侦察,且证实是当天20点后,黄某等三名小学生攀爬事发天桥西侧中段水泥护栏,趴在防护网和广告牌上,往高速路丢掷石块击打往成都方向行驶的车辆,其中一块鹅卵石击中王某乘坐的车辆致其死亡。之后,公安机关以黄某等三人未满14周岁,属于无刑事责任能力人为由,撤销三人以危险方法危害公共安全一案。

法院认为,相关证据足以证实,事发天桥不存在质量瑕疵,成南公司也尽到了相应管理义务。若要求成南公司对黄某等三人故意实施的投石砸车行为予以充分的预见、防范和控制,即

要求成南公司将其普遍安全注意转为特定安全注意,对于需要对长达208千米、包括桥梁159座、隧道2处的成南高速公路进行管理的成南公司而言则过于严苛。故对原告要求成南公司承担王某死亡赔偿责任的诉请,法院不予支持。

而黄某等三个小孩在横跨高速公路的天桥上玩耍,出于看谁扔的石块能击中通行车辆的目的,故意向高速路上行驶的车辆投掷石块,其行为对高速行驶的车辆和乘客的安全构成极大威胁,并直接导致死者王某在乘车过程中被石块击打而死的严重后果。

虽然王某系被三人中某一人投掷的一块石块击中致死,但实际侵权人并不确定,公安机关的侦察亦未对此进行定论,加之黄某等三小孩对自己的行为没有引起王某的死亡均未进行举证,依照相关的"二人以上共同实施危及他人人身安全的行为并造成损害后果,不能确定实际侵害行为人的,应当依照民法通则第一百三十条规定承担连带责任。共同危险行为人能够证明损害后果不是由其行为造成的,不承担赔偿责任"的规定,法院应认定黄某等三人为共同危险行为人,是其共同危险行为直接导致王某的死亡。由于三人均系未成年人,依照规定,该三人的六名监护人应对三人共同危险行为造成的损害后果承担连带赔偿责任,遂依法作出上述判决。

(资料来源:人民法院报,2008-11-26)

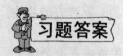

习题答案

一、填空题

1. 监护人

2. 委托监护人　指定监护人

3. 父母　祖父母　兄姐

4. 精神病人的所在单位　住所地的居民委员会　村民委员会

5. 无民事行为能力人　限制民事

二、判断题

1. 错　2. 对　3. 错　4. 错　5. 错　6. 错

三、单项选择题

1. C　2. A

四、多项选择题

1. ABCD　2. AB　3. BD　4. ABCD　5. ABCD　6. CD　7. ABC

五、名词解释

1. 监护是指对无民事行为能力人或限制民事行为能力人的人身、财产及其他合法权益进行监督和保护。

2. 履行监督和保护的人称为监护人。

3. 被监督和保护的人称为被监护人。

六、问答题

1. ①监护制度使无民事行为能力和限制民事行为能力的公民的民事权利能力得到真正的实现。监护制度赋予监护人代理被监护人进行民事活动的权利,解决了无民事行为能力人和限制民事行为能力人在民事行为能力方面的困难,从而使公民的民事权利能力得以顺利实现。②监护制度使无民事行为能力和限制民事行为能力的公民的民事行为能力得到弥补,使其合法的民事权益得到有效的保护。③监护制度有利于稳定社会的正常秩序。监护制度要求监护人对无民事行为能力人和限制民事行为能力人加以监督和管束,以防止他们实施违法行为,从而有利于社会秩序的稳定。

2. 未成年人的监护人的设立又可以分为以下几种情况。

(1)未成年人的父母是他们的监护人。

(2)未成年人的父母已经死亡或者没有监护能力的,由有监护能力的祖父母、外祖父母、兄、姐,或者与未成年人关系密切的,愿意承担监护责任,由经未成年人的父、母的所在单位或未成年人住所地的居民委员会、村民委员会同意的其他亲属和朋友作为监护人。

(3)若无上述法定监护人的,由未成年人的父、母的所在单位或者未成年人住所地的居民委员会、村民委员会或者民政部门担任监护人。

3. 保护被监护人的人身权利不受侵害;保护和管理被监护人的财产;代理进行民事活动和民事诉讼活动;教育和照顾被监护人;对被监护人给他人造成的损害承担民事责任。

4.《民法通则》第十七条规定:"无民事行为能力或者限制民事行为能力的精神病人,由下列人员担任监护人:(一)配偶;(二)父母;(三)成年子女;(四)其他近亲属;(五)关系密切的其他亲属、朋友愿意承担监护责任,经精神病人的所在单位或者住所地的居民委员会、村民委员会同意的。对担任监护人有争议的,由精神病人的所在单位或者住所地的居民委员会、村民委员会在近亲属中指定。对指定不服提起诉讼的,由人民法院裁决。没有第一款规定的监护人的,由精神病人的所在单位或者住所地的居民委员会、村民委员会或者民政部门担任监护人。"

5. 监护的终止,是指设定监护的客观条件自然消失,导致监护的存在成为不必要,从而解除监护关系。引起监护关系终止的原因大致有以下几种:一是,被监护的未成年人已达成年;二是,被监护的精神病人痊愈,并已由人民法院作出撤销监护的裁决;三是,监护人死亡;四是,被监护人死亡。

案例思考答案

【思考1】根据上述情况,父母没有抚养义务,周某有权拒绝向老大给付钱款。因为老大已经成年,早已不属于被监护的对象。法律没有规定,父母有替已成年有独立生活能力的子女还债的义务。成年有独立生活能力的子女的行为后果,应由他本人自负。周某夫妇已将老大抚养长大成年,已履行了自己的监护义务。

【思考2】我国法律规定"父母对子女有抚养教育的义务,子女对父母有赡养扶助的义务";"父母不履行抚养义务时,未成年的或不能独立生活的子女,有要求父母付给抚养费的权利";"离婚后,一方抚养的子女,另一方应负担必要的生活费和教育费的一部或全部"。父母离婚后出生的子女,仍然是婚生子女,这是一种天然的血缘关系,并不因父母离婚而改变。在本案中,父母在离婚时,虽然未提及未出生孩子的抚养问题,但这不影响父母对离婚后出生子女的抚养义务。所以本案中张某要求吴某承担孩子的抚养费是合理的,也是有法律依据的。

吴某提出离婚时未签订抚养孩子的协议而拒绝抚养孩子是错误的,也是违法的。

【思考3】这种看法是不正确的。子女有独立的人身权利,子女并不是父母的附属物或"财产",可以由父母任意处分。子女有独立的人格,并平等地受到法律保护,任何侵犯他们正当权利的行为都是非法的。按照我国《婚姻法》和《未成年人保护法》的规定,父母只有抚养教育子女的义务,而绝对没有随意打骂子女的权利。

【思考4】非婚生子女与父母之间是一种天然的血缘关系,不因父母有没有婚姻而受到影响。非婚生子女与婚生子女在接受抚养、继承等方面的权利并无不同。非婚生子女的父母,应负担子女必要的生活费和教育费的一部或全部,直到子女能独立生活为止。该案中,生父不承担子女的抚养费不仅是不道德的行为而且是违法行为。

【思考5】根据我国法律的规定,非婚生子女享有与婚生子女同等的权利,任何人不得加以危害和歧视。非婚生子女与婚生子女在接受抚养、继承等方面的权利并无不同。他们也享有同婚生子女完全一样的各项权利,包括入托上学等受教育的权利。不管父母有没有结婚,孩子是无辜的。建议全社会不要"戴有色眼镜看人",不要对非婚生子女歧视、虐待,要努力为他们营造更好的环境,让他们健康成长。

【思考6】依我国法律规定,"父母对子女有抚养教育的义务","父母不履行抚养义务时,未成年的或不能独立生活的子女,有要求父母付给抚养费的权利"。母亲改嫁并不能改变母子或母女的血缘关系,也不能免除母亲抚养未成年子女的义务。在此案中,未成年子女可以向人民法院提起民事诉讼,请求母亲履行抚养未成年子女的义务。

【思考7】我国法律规定,父母对子女有抚养教育的义务。父母不履行抚养义务时,未成年的或不能独立生活的子女,有要求父母付给抚养费的权利。父母只对未成年人和不能独立生活的子女有抚养义务,已成年的、有独立生活能力的子女不再存在父母抚养的问题。本案中,伍某已有工作,也有收入。伍某的父亲已将其养大成人,已履行了法律上规定的监护义务。法律没有规定父母有负担子女结婚费用的义务。

第三编　继承法

第一章　继承概述

案例回放

　　王某有两个哥哥均已成家,只有他和父母一起生活,最近王某的两个哥哥突然提出要分割继承父母的财产,其理由是:如果现在不进行分割继承,将来父母的财产就会都给了王某,所以现在必须先分割继承父母的财产。对此,王某的父母都不同意。父母健在,儿子可以要求分割继承父母的财产吗?

　　【评析】

　　根据我国《继承法》第二条规定,继承自被继承人死亡时开始。而在本案中,王某的两个哥哥提出的是在父母健在时分割父母的财产。如果是分家析产,必须是针对家庭共有财产而言,也就是说,只能针对王某的两个哥哥和他父母共同的劳动收入或共同购置的生活资料及其他共同财产,按照各自收入的情况或出资的情况分出自己相应的财产份额。但如果是要求分割父母的财产,则是没有法律依据的。因为,现在本案的被继承人健在,继承尚未开始,其继承人的继承权还不能行使。

　　因此,王某的两位哥哥提出的要求是不合法的,王某的父母完全有权自己支配自己的财产,拒绝他们的要求。

理论要点

　　继承制度是规范如何将死者生前财产和其合法权益转移给他人所有的民事法律制度。

　　继承法律关系是由继承法规范所调整的,基于被继承人死亡而发生的继承人之间、继承人与其他公民之间的财产方面的权利义务关系。

　　《继承法》即关于自然人死后由其继承人对其财产权利和义务予以承受的法律规范的总称。

　　继承人是指依法享有继承权、能够取得被继承人遗产的人,包括法定继承人和遗嘱继承人。

　　遗产是指公民死亡时遗留的、可以依法转移给他人的个人合法财产。

第一节　继承权

一、继承权的特征

　　公民依法继承死者个人所遗留的合法财产的权利即是法律中所规定的财产继承权。继承权是一种财产权,是通过继承实现财产的移转。其特征是以特定的人身关系为前提,即法定继承的规定都是以继承人和被继承人存在婚姻、血缘等关系为依据而确定的,其继承主体为公民。法律的直接规定或合法有效的遗嘱是继承权的发生根据。实现继承权法律事实存在的前提是以被继承人的死亡和遗有合法财产等。

二、继承权的开始

继承开始的时间是公民自然生理死亡的时间或是人民法院依法宣告失踪的公民死亡的判决中所确定的失踪人死亡的时间。确定继承开始的时间时,如遇相互有继承关系的几个人在同一事件中死亡,又不能确定死亡的先后时间的,一般推定没有继承人的人先死亡;如几个死亡人辈分不同的,推定长辈先死亡;如几个人辈分相同,则推定他们同时死亡,彼此不发生继承关系。

案例　1-1

刘男与关女于 1960 年登记结婚,婚后生有一女刘雨。两人努力工作,生活勤俭,自己建起了 4 间房屋,并拥有 3 万元存款。1985 年 1 月关女不幸因车祸去世,保险公司理赔 2 万元,保险金的受益人为刘男。刘雨 1986 年与孙男结婚,考虑到父亲刘男身体不好,婚后仍与其共同生活。1987 年,刘雨生下女儿孙亭亭,一家人相处和睦,刘男还时常向邻居称赞女婿孙男十分孝顺。

1990 年 1 月 3 日刘男亲笔立下遗嘱:在自己死后,从自己个人的存款中赠与女婿孙男和外孙女孙亭亭各 1 万元。1998 年 2 月 2 日刘男携外孙女孙亭亭外出,中途不幸翻车,两人当场死亡。刘男在老家的弟弟刘建和妹妹刘艳闻讯赶来帮忙料理丧事,处理善后事宜。大家清理遗物时发现,刘男遗有存款 5 万元(即 3 万元积蓄和 2 万元保险赔偿金)。

问:本案发生了那些继承法律关系? 它们各自从何时开始起算?

【评析】

在本案中,先后发生了四起继承法律关系。一是 1985 年 1 月因关女去世所引起的法定继承法律关系。在关女死亡后其遗产(房屋和存款)应由其夫刘男和女儿刘雨依法继承。二和三是 1998 年 2 月 2 日刘男死亡后所发生的法定继承法律关系及遗赠法律关系。刘男留下的遗产,除依 1990 年 1 月 3 日刘男亲笔所立遗嘱遗赠给女婿孙男和外孙女孙亭亭的部分外(其遗赠标的为刘男的个人存款共计 2 万元),其余的遗产依法应由其法定继承人女儿刘雨继承。四是 1998 年 2 月 2 日孙亭亭去世所引起的法定继承法律关系。孙亭亭的遗产应由其法定继承人即她的父母刘雨、孙男共同继承。

(本文引自 www.swupl.edu.cn)

三、继承权的取得、放弃

(一)继承权的取得

继承人同意接受遗产的意思表示即是继承权取得的前提条件,只要继承人作出同意全面接受遗产的意思表示时即发生效力。因为,继承的接受是一种无条件的、单方的法律行为。

(二)继承权的放弃

继承的放弃同样是一种无条件的、单方法律行为。但前提条件是继承开始后,继承人作出不接受遗产的意思表示。继承权的放弃,是对既得财产权利的自愿抛弃,因此不能附加条件。

放弃继承只能以明示的方式,并要在遗产分割前作出。

四、继承权的丧失

继承权丧失又称为剥夺继承权,是指继承人因对被继承人或其他继承人犯有某种罪行或者有其他违法行为而被依法剥夺继承资格。我国《继承法》规定了继承权丧失的原因有以下四项。

(一)继承人故意杀害被继承人

继承人故意杀害被继承人,包括既遂和未遂两种情况。继承人故意杀害被继承人既遂的,人民法院可以据此剥夺其继承被其杀害的被继承人遗产的权利;继承人故意杀害被继承人的犯罪行为未遂的,即被继承人未死亡,人民法院也可据此剥夺其继承被继承人遗产的权利,继承人不论基于什么动机而杀害被继承人的,只要实施了杀害被继承人的行为,法律上都应当剥夺其对被其杀害的被继承人遗产的继承权。

(二)为争夺遗产继承人杀害其他继承人

为争夺遗产而实施了杀害其他继承人(包括法定继承人或遗嘱继承人),同样包括既遂和未遂两种情况。如果继承人不是以争执遗产为目的,而杀害其他继承人的,实施杀害行为的该继承人仍然有继承权。

(三)继承人遗弃被继承人或虐待被继承人

遗弃被继承人的,只要实施了遗弃被继承人的行为即丧失对被其遗弃的被继承人的遗产的继承权利。虐待被继承人情节严重的,可以从时间的长短,手段是否恶劣、残忍,后果是否严重,社会影响大小等方面,具体地加以确定。若继承人虐待被继承人的时间较长,手段比较恶劣、残忍,后果比较严重,社会影响比较坏,即可以认定为丧失被虐待的被继承人的遗产的继承权。

案例 1-2

王某是一位70岁的丧夫老人,只有一个独生儿子,王某和儿子住在一起,但其儿子对王某并不孝顺,不但生活上不尽照料、扶助母亲的义务,而且经常在家辱骂、虐待王某,母子关系很不好。王某便想与其子脱离母子关系,不想让其子继承她的遗产。王某能否剥夺其儿子的继承权?

【评析】

根据我国《继承法》第十六条规定:"公民可以依照本法规定,立遗嘱处分个人财产,并可以指定遗嘱执行人……公民可以立遗嘱将个人财产赠与国家、集体或者法定继承人以外的人。"即公民可以通过立遗嘱,指定其遗产由法定继承人以外的其他人继承,或者赠给国家和集体组织。

本案中王某可以通过立遗嘱的方式剥夺其儿子的继承权。

(四)继承人伪造、篡改或销毁遗嘱

伪造遗嘱、篡改遗嘱、销毁遗嘱的行为侵害了丧失劳动能力又无其他生活来源的继承人的利益的属于伪造、篡改或者销毁遗嘱,情节严重。例如,侵害了未成年人的继承权或者因此造成其他继承人生活困难的,均属于情节严重的行为。确认继承权的丧失,只有人民法院才能依法作出决定。

五、继承权的保护

继承人可以通过诉讼程序请求人民法院予以保护。继承权的保护是针对合法继承人的继承权受到他人侵害时,使继承权恢复到继承开始时状态的情形。

继承恢复请求权的诉讼时效期间为2年。自继承人知道或应该知道其权利受到侵害之日起2年内,继承人没有行使其请求权的,人民法院不再给予保护,而且自继承开始之日起超过20年的,不得再提起诉讼。

第二节 遗产的处理

一、遗产的特性和范围

遗产具有专属性和可转移性。可分为三大类,即:公民的个人财产所有权,包括以货币、储蓄、有价证券形式存在的遗产和以一般实物形式存在的遗产;公民的知识产权中的财产权;公民其他的合法财产。

我国《继承法》规定的遗产范围包括七项:①公民的收入;②公民的房屋、储蓄和生活用品;③公民的林木、牲畜和家禽;④公民的文物、图书资料;⑤法律允许公民所有的生产资料;⑥公民的著作权、专利权中财产权利;⑦公民的其他合法财产。需要注意的是,被继承人的遗体、基于人身关系的权利义务、国有资源使用权、人身保险合同中第三人的受益权等,都不能作为遗产继承。

二、继承的通知与遗产的管理

(一)继承的通知

将被继承人死亡和继承开始的法律事实告知所有合法继承人和受遗赠人,这种行为称为继承的通知。继承通知的形式通常采取书信、电话、电报、口信以及公告等。继承的通知是继承开始后,知道被继承人死亡的继承人应当及时通知其他继承人和遗嘱执行人。若有特殊情况的,如继承人中无人知道被继承人死亡或者知道被继承人死亡而不能通知的,由被继承人生前所在单位或者住所地的居民委员会、村民委员会负责通知。

(二)遗产的管理

在继承开始后,遗产分割前,遗产应由一定的人加以保管。保管人可能是继承人,也可能是非继承人。保管遗产支出的费用应当从遗产中扣除或者由继承人支付。我国《继承法》第二十四条规定:"存有遗产的人,应当妥善保管遗产,任何人不得侵吞或者争抢。"

案例 2-1

叶某于1999年9月7日突发心脏病去世,叶妻早年因车祸去世。在叶某去世后,他在远方工作的儿子叶某尚未回来,在他身边的二儿子和小女儿在料理完父亲的丧事后,为继承父亲的遗产而在继承份额上争执不下,后便冲进房里去抢搬叶某留下的遗产。

【评析】

我国《继承法》第二十三条规定:"在继承开始后,知道被继承人死亡的继承人应当及时通知其他继承人和遗嘱执行人。继承人中无人知道被继承人死亡或者知道被继承人死亡而不能通知的,由被继承人生前所在单位或者住所地的居民委员会、村民委员会负责通知。"第二十四条规定:"存有遗产的人,应当妥善保管遗产,任何人不得侵吞或者争抢。"

在本案中,叶某去世后,其身边的子女应通知不在当地的继承人参加继承,然后,全体继承人应就遗产分割问题进行协商,如发生争执,也应依法采取妥善的方法加以处理。在继承开始后遗产分割前,在继承地点的继承人及存有遗产的继承人,应对遗产妥善保管。如果遗产所在地无继承人时,应由死者生前所在单位或住所地的居民委员会、村民委员会负责代管遗产,因代管遗产支出的费用可从遗产中扣除或由继承人支付。对遗产中保管时间不宜过长的,保管人可以先将其出卖,以所得金额计入遗产中。因此,本案叶某的二儿子和小女儿冲进房里去抢搬叶某留下的遗产,是不合法的行为。

三、遗产的分割与债务的清偿

(一)遗产的分割

在分割遗产时,应该先要从共有财产中分割出属于被继承人的那份财产。需特别注意的是:①遗产分割应有利于生产和生活需要,不损害遗产的效用;②不宜分割的遗产,可以采取折价、适当补偿或共有等方式处理;③在遗产分割时,应保留胎儿的继承份额,应继份额由胎儿的母亲代为保管或行使有关权利;④如果胎儿出生时是死体的,为其保留的份额按法定继承办理。

案例 2-2

丧偶妇女张某之子唐某,直到30岁才结婚。婚后不久,唐某因意外事故死亡,此时儿媳王某已有身孕。在分割唐某的遗产时,王某提出要为尚未出世的胎儿留出一定的遗产份额,张某对此表示赞同。王某在为胎儿争取留下一份遗产后,却又私下悄悄地将胎儿做了人工流产,以便再婚。张某对此非常气愤,她提出要求重新分割为胎儿保留的那份遗产。王某则拒不同意重新分割这部分遗产。为胎儿保留的这份遗产是否应当重新分配?

【评析】

依据我国《继承法》第二十八条规定:"遗产继承时,应当保留胎儿的应继份额。胎儿出生时是死体的,保留的份额按照法定继承办理。"按此规定,分割遗产时,如果被继承人的妻子怀有身孕,就应当为胎儿保留继承份额;如果胎儿在脱离母体时即已处于死亡状态的,原为胎儿保留的继承份额应当按照法定继承办理,即应当由被继承人的继承人再行分割。

本案这个胎儿因被人工流产而未能成活,没有取得继承权主体资格,不能继承为其所保留的份额。王某无权单独继承该份财产。该份财产应当由王某和张某再行分割继承。

(二)债务的清偿

遗产债务是被继承人生前所欠付、由被继承人个人所应承担清偿义务的债务。其主要包括依法应当缴纳的税款和一般财物债务两个方面。

我国《继承法》第三十三条规定:"继承遗产应当清偿被继承人依法应当缴纳的税款和债务,缴纳税款和清偿债务以他的遗产实际价值为限。"对于遗产中财产义务的履行,应当遵循有限责任原则、保留特定继承人遗产份额的原则和清偿债务优于执行遗赠原则。超过遗产实际价值部分,继承人自愿偿还的不在此限。而在遗产已被分割而未清偿债务时,如有法定继承人又有遗嘱继承人和受遗赠人的,先由法定继承人用其所得遗产清偿债务;不足清偿时,剩余的债务由遗嘱继承人和受遗赠人按比例用所得遗产偿还;放弃继承或受遗赠的,不再承担偿还债务的责任。

案例 2-3

原告王卫红、郑立忠因与被告陈军、陈英、陈玉、陈忠继承纠纷一案,向 A 市 B 区人民法院提起诉讼。

原告王卫红、郑立忠诉称,女儿郑萍 1985 年经朋友介绍与被告之弟陈杰相识,不久相爱,感情很好。郑萍从 1993 年 1 月起就帮助陈杰料理家务并同居,至 2002 年 4 月 11 日郑萍、陈杰两人被害死亡前,已形成事实上的夫妻关系。在同居期间,郑萍、陈杰两人共同劳动,先后购置了彩电、冰箱、录音机、录像机、洗衣机等日常生活用品。请求法院判令原告依法继承女儿郑萍的遗产。

被告陈军、陈英、陈玉、陈忠辩称,原告之女与其弟陈杰生前未进行结婚登记,不是合法的夫妻关系,其同居是非法的。现郑萍、陈杰两人不幸被害死亡,所遗财产是陈杰的个人财产,不属夫妻共同财产。陈杰的遗产原告无权继承。

B 区人民法院经公开审理查明:原告王卫红、郑立忠系郑萍的父母,被告陈军、陈英、陈玉、陈忠系陈杰的兄姐。郑萍、陈杰从 1993 年 1 月起,即以夫妻名义公开同居生活,并购置生活用品。上述事实,有证人证言、陈杰生前信件等证据证明。2002 年 4 月 11 日夜,郑萍、陈杰在家中被害死亡。郑萍、陈杰死亡后,遗有存款及现金 12 810 元,债权 1 万元,彩电 2 台,冰箱、洗衣机、收录机、电视投影机、电风扇各 1 台,金项链 1 条及家具和其他生活日用品等。以上遗产,经 A 市公安局核查后,由被告保管。还查明,郑萍 1972 年 4 月 20 日出生,与陈杰同居生活时已年满 21 周岁,无配偶。陈杰 1970 年 6 月 22 日出生,与郑萍同居生活时已年满 23 周岁,无配偶。郑萍与陈杰共同生活期间,未生育子女。陈杰的父亲、母亲已分别于 1977 年、1982 年去世。又查明,据公安机关对郑萍、陈杰被杀害时间出具的法医鉴定结论证实,陈杰先于郑萍 20 分钟左右死亡。还查明,郑萍、陈杰被害后,原告和被告共同出资并主持了丧事,被告人送的花圈上称被害人郑萍为"弟媳"。陈杰生前借被告人陈玉人民币 1 000 元未还。

问:郑萍、陈杰的遗产应由谁继承? 陈杰生前债务应如何清偿? 法院该如何处理该案?

【评析】

在本案中,郑萍、陈杰生前以夫妻名义公开生活,符合结婚的实质要件和认定事实婚姻的时间要件,已形成事实婚姻。陈军等 4 人作为陈杰的兄姐,在陈杰的父亲、母亲先后去世后,对年幼的陈杰曾尽一定扶养义务,依照我国《继承法》第十四条规定,可以酌情分给他们适当的遗产。

据此,法院应依法判决:

(1)从遗产中分给被告陈军、陈英、陈玉、陈忠每人 2 000 元;

(2)原告王卫红、郑立忠继承其余全部遗产;

(3)陈杰欠陈玉债务 1 000 元由原告王卫红、郑立忠用被继承人的遗产清偿。

(本文引自 www.swupl.edu.cn)

四、无人继承遗产的处理

无人继承又无人受遗赠的遗产是指继承开始后,没有继承人或继承人全部放弃继承,且无人接受遗赠的遗产。我国根据《继承法》第三十二条规定:"无人继承又无人受遗赠的遗产,根据死者生前身份确定其归属。死者生前是集体所有制组织成员的,归所在集体所有制组织所有;死者生前不是集体所有制组织成员的,归国家所有。"

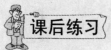

课后练习

一、填空题

1. 继承因_____而开始。

2. 按照是否依遗嘱人意思发生的继承,继承人可以分为_____和_____。

3. 遗产债务是被继承人生前所欠付、由被继承人个人所应承担清偿义务的债务,包括_____和_____两个方面。

4. 继承遗产清偿被继承人应缴纳的税款和清偿的债务,以_____为限。

二、判断题

1. 确认继承权的丧失,只有人民法院才能依法作出决定。( )

2. 继承权是永远不会丧失的。( )

3. 即使继承人中有缺乏劳动能力又没有生活来源的人,也应当先用遗产清偿遗产债务。( )

4. 遗产保管人制度只适用于遗嘱继承。( )

5. 为胎儿保留的遗产份额,如胎儿出生后死亡的,由被继承人的继承人继承;如胎儿出生时就是死体的,由其继承人继承。( )

三、选择题

1. 现代民法中,继承开始的原因只限于( )。

A. 分家析产
B. 自然人死亡
C. 买卖
D. 夫妻因离婚分割财产

2. 我国继承法规定了继承权丧失的原因有( )。

A. 继承人故意杀害被继承人的

B. 继承人伪造、篡改或销毁遗嘱,情节严重的

C. 继承人遗弃被继承人的,或虐待被继承人情节严重的

D. 继承人为争夺遗产而杀害其他继承人的

3. 遗产已被分割而未清偿债务时,如有遗嘱继承人又有法定继承人和受遗赠人的,应当由( )用所得遗产清偿债务。

A. 受遗赠人和遗嘱继承人
B. 遗嘱继承人
C. 法定继承人
D. 受遗赠人

4. 梁涛夫妇共有存款8 000元,家里有梁涛的工资400元,其妻的工资300元,梁涛死亡时,其遗产是( )。

A. 8 400元　　　B. 4 400元　　　C. 4 350元　　　D. 4 700元

5. 教师周某死亡,遗产由其妻王某和两个孩子周强、周静继承。当时王某已经怀孕,为胎儿保留继承份额人民币3 000元。但胎儿出生后死亡了。这3 000元应当( )。

A.由王某继承4/6、周强继承1/6、周静继承1/6

B.由王某继承一半,周强、周静继承一半

C.由王某继承

D.由周强、周静继承

四、名词解释

1.继承法律关系

2.继承人

3.遗产

4.遗产的债务

5.无人继承遗产

6.继承的通知

五、问答题

1.继承人故意杀害被继承人,包括哪两种情况?

2.我国遗产的范围包括什么?

3、遗产债务按照什么原则进行清偿?

4、我国继承法对无人承受遗产如何处理?

案例思考

思考1

【案例】李某有个独生儿子,结婚后很不孝敬老人,两口子经常呵斥打骂李某,有时还不给饭吃,往外撵李某。李某实在忍受不了儿子儿媳的虐待,只好到其弟弟家住,不久就患病去世了。可儿子却以是法定继承人为由,非要继承李某遗下的50 000元存款。请问,虐待、打骂父母的人,父母死后他还有继承权吗?

思考2

【案例】1998年2月父亲病故,张某由于工作忙未能回去料理丧事,寄回100元钱,直到2006年8月回家才知道两个哥哥已背着他把父亲遗留下的房屋、家具和存款平分了。张某要求分割父亲的遗产,但张某哥哥说,当时分家张某没回来,超过两年不能再分了。请问,父亲死亡后八年张某可以提出继承遗产吗?

思考3

【案例】胡老太的老伴已逝,随女儿女婿一起生活。胡老太有点钱先放在女儿手里,后来又要回来自己保管。女儿女婿认为他们已履行了赡养老人的义务,有权继承老人的财产,现老人把钱要回去,他们也不想再赡养老人了。母有钱不给子女,子女就可以不赡养吗?

思考4

【案例】江某有2个儿子、1个女儿。2003年6月份,江的老伴去世。2007年江患病住院,江某怕自己死后儿女们为争遗产伤感情,便立下书面遗嘱,2个儿子1个女儿各执一份。江某出院后便住在大儿子家。江的二儿子怀疑父亲的85 000元钱会被哥哥慢慢花掉,便提出先分割这笔钱。江某不同意,认为自己还没死,钱不能分。为此,江某的二儿子和女儿跑到哥哥家吵闹,提出按照江某立的遗嘱分钱。请问:父亲还没有去世,能按遗嘱开始继承吗?

思考 5

【案例】齐某一家在农村生活。齐某母亲去世后,父亲分出他个人 6 间房屋中的 3 间给齐某夫妇住,后父亲再婚,继母又带来 2 个子女,当时尚小,现已长大成人。今年齐某父亲去世后,为遗产问题发生争执,齐某继母子坚持 6 间房屋作为遗产分割,齐某认为 3 间房屋是齐某父亲生前分给的,不能作为遗产。请问,父亲生前分给的房屋能作为遗产处理吗?怎样处理这一纠纷?

思考 6

【案例】唐某的母亲退休后与唐某一家共同生活,哥哥分居另过。唐某和爱人的工资都交由母亲统一支配使用,近两年来买了一些高档家具和家用电器。今年初母亲去世时,哥哥提出要继承母亲的遗产。请问在家庭共有财产之中,像唐某这种情况,怎样进行遗产分割?

思考 7

【案例】金医生的丈夫在一次翻车事故中死亡,当时,金医生已怀孕 6 个月。丈夫死后,遗有属于他个人的存款 30 000 元,婆母要求与儿媳平分这笔遗产。有人告诉金医生,孕妇可多分遗产。请问,孕妇能多分财产吗?法律有此规定吗?

思考 8

【案例】不久前,杨某继承了已病故的父亲的遗产,总价值 4 000 多元。但继承后发现,父亲生前在开办个体工商户时银行贷款 5 000 元未返还。而父亲全部遗产仅有 4 000 元尚不够还贷款,请问被继承人的遗产不够偿还他生前债务,如此时,杨某应该怎么办?

思考 9

【案例】胡某借给秦某 5 000 元钱,并有借据,在借款期限即将满时,秦因心脏病突然死亡。胡某应向谁要债?

思考 10

【案例】程某、泰某系被继承人程女之父母,蒋甲、蒋乙系被继承人蒋某之兄。程女、蒋某于 1987 年 11 月结婚,两人共同生活。财产包括:彩电 1 台、洗衣机 1 台、金戒指 4 枚、存款 4 000元和股票价值 2 000 元。1989 年 5 月 10 日晚,程女、蒋某外出途中遇车祸身亡,蒋某死亡在先,程女死亡在后。此后,程某、泰某与蒋甲、蒋乙在分割程女、蒋某的遗产上发生纠纷。程、泰二人遂诉至法院,要求继承全部遗产,蒋甲、蒋乙则辩称,遗产中蒋某半,应归蒋家所有,不同意由原告继承。法院审理该案件时查明:蒋某生前为夫妻生活需要向张某借款 1 万元,现张某要求还债务。又查,蒋某之父母分别于 1987 年 6 月和 1982 年去世。

结合案例思考:(1)本案争议之遗产彩电、洗衣机、金戒指、存款和股票应由谁继承?

(2)若遗产价值共计 9 000 元,继承人应不应当承担陈某生前债务?如应当承担,如何承担?

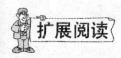

中国古代继承法律制度变迁概论

宋飞

　　在夏朝,父死子继的身份继承制度已经出现,主要表现在王位的继承上。到了商朝,前期实行的是兄终弟及的继承制度,后期实行的是父死子继的继承制度。商朝前期这一独特历史形态,曾被法国孟德斯鸠写入其名著《论法的精神》。周代时,实行以父死子继为主、间有兄终弟及的继承制度,吸收夏商身份继承制度的一些特点,又有所独创。王位嫡长子(即正妻所生长子)继承制在西周时期已经确立。由于西周实行一妻多妾制,王位的继承必须是正妻所生长子,无论其贤与否;如妻无子,则不得不立贵妾之子,不管其年龄如何。至于诸侯王公的身份继承,则是参照王位继承执行。有关财产方面的继承制度,在夏商西周时期是附属于身份继承制度的,土地、财产的继承被排在王、贵族政治身份继承之后。即是说:西周时为了维护家族利益,不管是身份继承还是财产继承,都是实行嫡长子继承制。

　　另外,在中国封建制度社会衰败时期,继承制度有了新的改变。明朝时期,在继承制度上,开始恪遵唐宋时留下的古代法固有传统,身份继承和财产继承相结合,嫡长继承和共同继承并存,以及男女不平等等等。但在继承的具体制度上也有变化发展,主要是立嗣制度更加灵活,奸生子的继承权得到上升。关于立嗣制度,起源于唐宋时的“绝户”制度。“有子立长,无子立嗣”,是中国古代宗祧继承的原则。明朝法律规定,嗣子必须从同宗近支或同姓的卑亲属中择立,且应昭穆相当,不得尊卑失序,亦不许乞养异姓为嗣,这一点与魏晋南北朝的做法相似。法律所要求的立嗣行为称为“应继”,但如何“应继”? 嗣子不尽孝道,不为所后者亲,立嗣者可告官别立。明代中期法律又作较为灵活、自由的补充规定:“若义男、女婿为所后之亲喜悦者,听其相为依倚,不许继子并本生父母用计逼逐,仍依大明令分给财产。”立嗣者择立亲爱者为嗣,是为“择继”。奸生子在唐朝被认为无继承权,宋代的规定有所松动,至金元,奸生子的继承份额为嫡子的四分之一,庶子的三分之一。明代则规定,奸生子的继承份额为嫡子的二分之一。如别无子而立嗣,奸生子则与嗣子均分遗产。如无应继之人,奸生子可继承全部遗产。

　　到了清朝,继承制度基本沿袭明制,又将身份继承分宗祧继承和封爵继承二种。宗祧继承承袭明制中的嫡长子继承办法(嫡长子—嫡长孙—嫡庶子—嫡次孙—庶长子—庶长孙—庶庶子—庶次孙)。前者无则立后者。违反该法定顺序,处杖80。如嫡庶子孙全无的家庭,则采取立继的方法确定继承人,这与南宋时的“绝户”制度极为相似。禁止立养子、义子为继承人,但允许独子一人享有同宗两家的继承权(独子承祧,俗称兼祧)。封爵继承制度适用于世袭贵族家庭和军功家庭,其继承顺序同宗祧继承,嫡长子享有优先继承权。在财产继承方面,清律不仅规定诸子均分财产的权利,对赘婿和养子的财产继承权也有规定。亲生女只有在无男户的情况下,才有继承财产的权利。这与唐代和南宋旧制相同。夫亡妻子无子而守孝者,才有继承丈夫份额财产的权利。这又与金元时期的制度相似。

习题答案

一、填空题

1. 被继承人死亡

2. 法定继承人　遗嘱继承人

3. 依法应当缴纳的税款　一般财物债务

4. 他的遗产实际价值

二、判断题

1. 对　2. 错　3. 错　4. 错　5. 错

三、选择题

1. B　2. ABCD　3. C　4. C　5. A

四、名词解释

1. 继承法律关系是由继承法规范所调整的,基于被继承人死亡而发生的继承人之间、继承人与其他公民之间的财产方面的权利义务关系。

2. 继承人是指依法享有继承权、能够取得被继承人遗产的人,包括法定继承人和遗嘱继承人。

3. 遗产是公民死亡时遗留的、可以依法转移给他人的个人合法财产。

4. 遗产债务是被继承人生前所欠付、由被继承人个人所应承担清偿义务的债务,包括依法应当缴纳的税款和一般财物债务两个方面。

5. 无人继承又无人受遗赠的遗产是指继承开始后,没有继承人或继承人全部放弃继承,且无人接受遗赠的遗产。

6. 继承的通知是将被继承人死亡和继承开始的法律事实告知所有合法继承人和受遗赠人。

五、问答题

1. 继承人故意杀害被继承人既遂的,人民法院可以据此剥夺其继承被其杀害的被继承人遗产的权利;继承人故意杀害被继承人的犯罪行为未遂的,即被继承人未死亡,人民法院也可据此剥夺其继承被继承人遗产的权利,继承人不论基于什么动机而杀害被继承人的,只要实施了杀害被继承人的行为,法律上都应当剥夺其对被其杀害的被继承人遗产的继承权。

2. 我国《继承法》规定的遗产范围是:①公民的收入;②公民的房屋、储蓄和生活用品;③公民的林木、牲畜和家禽;④公民的文物、图书资料;⑤法律允许公民所有的生产资料;⑥公民的著作权、专利权中财产权利;⑦公民的其他合法财产。

3. 对于遗产中财产义务的履行,应当遵循有限责任原则、保留特定继承人遗产份额的原则和清偿债务优于执行遗赠原则。继承遗产应当清偿被继承人依法应当缴纳的税款和债务,缴纳税款和清偿债务以他的遗产实际价值为限。超过遗产实际价值部分,继承人自愿偿还的不在此限。遗产已被分割而未清偿债务时,如有法定继承人又有遗嘱继承人和受遗赠人的,先由法定继承人用其所得遗产清偿债务;不足清偿时,剩余的债务由遗嘱继承人和受遗赠人按比例用所得遗产偿还;放弃继承或受遗赠的,不再承担偿还债务的责任。

4. 无人继承又无人受遗赠的遗产是指继承开始后,没有继承人或继承人全部放弃继承,且无人接受遗赠的遗产。我国《继承法》第三十二条规定,无人继承又无人受遗赠的遗产,根据死者生前身份确定其归属。死者生前是集体所有制组织成员的,归所在集体所有制组织所有;死者生前不是集体所有制组织成员的,归国家所有。

案例思考答案

【思考1】根据我国《继承法》第七条第三项规定:继承人遗弃被继承人的,或者虐待被继承人情节严重的,丧失继承权。子女赡养老人是法律规定的义务。而在本案中,李某的儿子儿媳不仅没有尽到法律义务,反而虐待打骂老人,甚至撵母亲,实为道德法律所不容。因此,在李某去世后,她的儿子没有权利要求继承李某的遗产,其弟弟可以请求人民法院依法取消其继承权。

【思考2】根据我国《继承法》第八条规定:"继承权纠纷提起诉讼的期限为二年,自继承人知道或者应当知道其权利被侵犯之日起计算。"因此在本案中,张某的两个哥哥背着张某将父亲的遗产共同占有,这种行为已经侵犯了张某的继承权。尽管至今过了八年,但张某当时尚不知道这一事实。所以根据《继承法》相关规定,张某在2008年8月以前均可以向人民法院提起诉讼,以维护自己的合法权益。

【思考3】根据我国《继承法》第三条规定:"遗产是公民死亡时遗留的个人合法财产。"所以在本案中,胡老太的钱不属于遗产,因而也不涉及遗产继承问题。而且按照我国《民法通则》的规定,公民合法财产受法律保护。财产所有人对自己的财产有占有、使用、收益和处分的权利。胡老太的钱是属于自己的财产,所以胡老太有权将自己的财产委托别人保管也可自己保管,但无论谁保管所有权均属于胡老太自己,而并不随着保管人的转移而转移,即胡老太的钱放在谁手里保管与她的女儿女婿是否赡养她无关。我国《婚姻法》规定:"父母对子女有抚养教育的义务;子女对父母有赡养扶助的义务。"在本案中,胡老太将女儿抚养教育成人,履行了做母亲的义务,而现在年岁大了做女儿女婿的理应赡养母亲,这也是法定义务。所以无论胡老太的钱让不让女儿保管,女儿女婿都应赡养她。至于继承遗产一事,晚辈应待老人去世之后再议。

【思考4】根据我国《继承法》第二条规定:"继承从被继承人死亡时开始。"根据这一法律规定,被继承人所立的遗嘱,也只有到继承开始的时候即是从被继承人死亡之时开始才能确定有效。在本案中,江某虽然立下遗嘱,但是还没有去世,继承尚未开始,这样立的遗嘱还不能生效。所以,江某的子女在江某生前要求按遗嘱继承财产是不符合法律规定的。

【思考5】在本案中,齐某的父亲在生前将属于他所有的6间房屋分出3间给齐某夫妻居住,这是一种赠与行为。所以按照赠与合同规定,赠与合同为不要式合同,赠与合同既可采用口头形式,又可采用书面形式或者在合同订立后办理公证证明。无论采用何种形式,也无论是否经过公证,都不影响赠与合同的成立。因此本案自齐某接受赠与时,这3间房屋的所有权即归齐某夫妻二人,不再是齐某父亲的财产,所以不能作为遗产进行分割。而本案中只有剩下的3间房屋才是齐某父亲的遗产,应由齐某和继母、继弟妹共同继承。

【思考6】根据我国《继承法》第二十六条规定:"遗产在家庭共有财产之中的,遗产分割时,应当先分出他人的财产。"所以遗产是被继承人死亡时遗留的个人所有财产,而不是与他人共有财产。而唐某母亲的遗产处在唐某家庭共有财产之中,因此根据这一规定,如果哥哥要分割遗产,应当按照《继承法》第二十六条规定,将先分出唐某母亲的个人财产。

【思考7】根据我国《继承法》第二十八条规定:"遗产分割时,应当保留胎儿的继承份额,胎儿出生时是死体的,保留的份额按照法定继承办理。"因此,不是孕妇可多分遗产,而是在分割遗产时应先留下死者遗腹子(女)应有的份额,如果胎儿出生时就死亡,所留份额仍由法定继承人共同分割继承。因此,在本案中金医生的婆婆不能要求平分这笔遗产,而必须先为她的遗腹孙子(女)留下份额。

【思考8】根据我国《继承法》第三十三条规定:"继承遗产应当清偿被继承人依法应当缴纳的税款和债务,缴纳税款和清偿债务以他的遗产实际价值为限。超过遗产实际价值部分,继承人自愿偿还的不在此限。继承人放弃继承的,对被继承人依法应当缴纳的税款和清偿债务可以不负偿还责任。"因此在本案中,杨某父亲的全部遗产只有4 000元,而他欠银行的债务就有5 000元,是否还有别的债务也未可知,但不论他有多少债务,杨某也只负有偿还4 000元债务的义务。当然,杨某如果自愿替父亲偿还全部债务,法律也是允许的。

【思考9】根据我国《继承法》第三十三条规定:"继承遗产应当清还被继承人依法应当缴纳的税款和清偿债务,缴纳税款和清偿债务以他的遗产实际价值为限。超过遗产实际价值部分,继承人自愿偿还的不在此限。"在本案中,如果秦某遗产不足抵偿债务时,应以遗产的数额为限,继承人自愿偿还的不在此限。假如秦某没有遗产,其他人没有还债义务,胡某的债就只能从秦某的遗产中偿还。如果秦某的遗产继承人既想继承遗产又不想还债,胡某可以向有管辖权的基层人民法院提起民事诉讼。

【思考10】本案涉及继承人的范围和被继承人债务清偿的有限责任。

(1)根据我国《婚姻法》的规定,夫妻关系存续期间获得的财产为夫妻共同财产。本案中的彩电、洗衣机、金戒指4枚、存款4 000元和价值2 000元的股票均系程女与蒋某婚后购置,应认定为夫妻共同财产。

我国遗产继承方式分为法定继承和遗嘱继承。当被继承人死亡时没有设立遗嘱或遗嘱无效时,遗产继承应按法定继承方式进行。本案即采取法定继承的方式。我国《继承法》依据血缘关系和姻亲关系确定了继承人的范围和顺序,即我国《继承法》第十条规定:"遗产按照下列顺序继承:第一顺序:配偶、子女、父母。第二顺序:兄弟姐妹、祖父母、外祖父母。继承开始后,由第一顺序继承人继承,第二继承人不继承。没有第一顺序继承人继承的,由第二顺序继承人继承。"本案中的程女死于蒋某之后,故其作为配偶对蒋某的遗产(程女、蒋某夫妻共同财产的另一半)有继承权,又因蒋某的父母先于蒋某死亡,蒋某、程女二人无子女,因此在蒋某死后,蒋某、程女两人的夫妻共同财产均由作为第一顺序继承人的程某、泰某所有,蒋某之兄蒋甲、蒋乙作为第二顺序继承人不能获得遗产。又根据我国《继承法》第十条规定,程女死后,其财产由其父母程某、泰某继承。因此作为本案争议的彩电、洗衣机、金戒指4枚、存款4 000元和价值2 000元的股票均由程某、泰某继承。

(2)根据我国《继承法》第三十三条规定:"继承遗产应当清偿被继承人依法应当缴纳的税款和债务,缴纳税款和清偿债务以他的遗产实际价值为限。超过遗产实际价值部分,继承人自愿偿还的不在此限。"本案中,蒋某为夫妇生活需要向张某借款1万元,应认定为夫妻共同债务。程某、泰某继承了蒋某和程女的全部遗产,在张某要求偿还债务时应依法清偿。若其获得遗产价值只有9 000元,则根据"限定继承"原则,程某、泰某只需将9 000元偿还张某即可。如程某、泰某自愿偿还差张某的1 000元,法律也是允许的。

第二章 法定继承

案例回放

出嫁的女儿小梅有无继承权

1972年王庆与周晓登记结婚,婚后第二年,周晓生下双胞胎——儿子小刘和女儿小梅,1998年,小梅与杜某结婚时,王庆给女儿8 000元钱让她置办结婚用品。出嫁后,小梅不时回家探望父母,帮父母做家务,并每个月给父母200元作为赡养费。而其儿子小刘自1998年参加工作后不久就在外地结婚,很少回家看望父母,并且也不给父母赡养费。1999年3月,王庆因出车祸去世,周晓因受打击而住进了医院。周晓住院期间,儿子小刘一次也没有前去探望,全靠女儿小梅和她丈夫照顾。同年4月,周晓去世。

小刘从外地返回家与小梅共同料理完母亲的丧事后,小刘就独自将王庆夫妇在婚姻期间共同建造的6间房屋登记过户到自己名下,并将周晓在银行的18 000元存款全部取出据为己有。小梅要求继承父母的遗产,却被小刘拒绝。小刘的理由是:小梅是出嫁之女,并且在她结婚时父母已经给了她8 000元钱,其无权再继承父母的遗产。

【评析】

依据我国《继承法》第十条的规定,小刘和小梅作为被继承人的子女,同为第一顺序法定继承人,享有同等的继承权,该权利除因法定事由的出现可以被依法剥夺外。其他任何人无权以任何理由加以剥夺。也就是说,已婚女儿的继承权同样受到法律的保护。同时,从本案的实际情况来看,小梅对父母所尽的义务较之小刘为多,故对父母的遗产可酌情予以多分。小梅在结婚时父母已经给予其8 000元钱,属于父母生前赠与。小刘认为小梅在结婚时已经得到了父母资助的8 000元,因此没有继承父母遗产的权利,这是没有法律依据的。

理论要点

法定继承以一定人身关系为基础,按法律直接规定予以确定的继承方式。

法定继承的内容是由法律具体规定,主要包括继承人的范围、继承顺序、代位继承以及遗产分配原则等。

第一节 法定继承范围

一、法定继承适用范围

法定继承是指继承人的范围、继承顺序、代位继承以及遗产分配原则等均按法律直接规定予以确定的继承方式。

适用范围包括有以下几种情形:被继承人生前未立遗嘱,未同他人订立遗赠扶养协议;未能以遗嘱、遗赠协议处分全部财产;遗嘱继承人、受遗赠人先于被继承人死亡,该被继承人的遗产适用于法定继承。

二、法定继承人的继承顺序

(一)法定继承顺序

我国《继承法》规定,第一顺序法定继承人包括:配偶、子女、父母。丧偶儿媳对公婆,丧偶女婿对岳父母,尽了主要赡养义务的,作为第一顺序继承人。第二顺序法定继承人包括:兄弟姐妹和祖父母、外祖父母。

案例 1-1

孙亚云与前妻许明珍于1988年8月离婚,两人所生儿子孙辉随许明珍共同生活。自1993年10月举办了结婚仪式后,孙亚云就与丧偶妇女沈玉华以夫妻名义同居生活,一直未办结婚登记。同居后,孙亚云一直抚养沈玉华与前夫所生的女儿黄丽燕、儿子黄莉峰。孙亚云的父亲孙岳明靠退休金单独生活。孙亚云是上海某化学建材有限公司员工。1998年3月该公司为本公司员工投保了人身团体险,保险金额为10万元,保单中未指定受益人。2000年2月14日,被继承人孙亚云生病死亡,获得保险金10万元,清偿孙亚云生前借款4 200元后,实得人民币95 800元。保管人孙岳明将该款分为五等份,沈玉华、黄丽燕、黄莉峰已领取。

孙辉认为份额少而拒绝领款,遂向人民法院提起诉讼。原告孙辉诉称,我和爷爷孙岳明才是死者孙亚云的合法继承人,请求法院判决由我们二人平均分割95 800元的遗产。被告沈玉华、黄丽燕、黄莉峰辩称,1993年10月与孙亚云共同生活,与其形成了事实婚姻与继子女关系,我们三人应当对该95 800元的遗产有五分之三的继承权。

法院经审理认为:被继承人孙亚云与被告沈玉华在1993年10月未经登记即以夫妻名义同居生活。根据1989年11月最高人民法院《关于人民法院审理未办结婚登记的而以夫妻名义同居生活案件的若干意见》第二、三条规定,在1994年2月1日新《婚姻登记管理条例》实施之日前未办结婚登记手续即以夫妻名义同居生活,同居时双方均符合结婚的法定条件,应认定为事实婚姻关系。

因此,应认定在1994年2月1日新的《婚姻登记管理条例》实施之日前,被告沈玉华与被继承人孙亚云未办结婚登记手续即以夫妻名义同居生活形成了事实婚姻关系。被继承人孙亚云与被告黄丽燕、黄莉峰共同生活,且抚养了他们,形成了有扶养关系的继父母子女关系,该类继子女与婚生子女享有同等的权利。据此,本案的原告与被告5人均属于第一顺序法定继承人。根据《团体人身意外伤害保险条款》第十条规定,没有指定受益人,以法定继承人为受益人。故判决5个继承人均享有继承权,各继承遗产的五分之一。原告沈辉的辩解缺乏事实和法律根据,法院不予认定。

【评析】

人民法院判决是正确的。沈玉华和孙亚云之间应当存在事实婚姻关系,沈玉华可以被继承人孙亚云配偶的身份,取得第一顺序继承人的资格,享有对被继承人孙亚云遗产的法定继承权。黄丽燕和黄莉峰姐弟两人是被继承人孙亚云形成抚养教育关系的继子女,属于第一顺序法定继承人,当然享有继承权。

（本文引自 www.swupl.edu.cn）

第一顺序的继承人有优先权,但同一顺序的继承人之间,无先后次序之分。继子女继承了有扶养关系的继父母遗产的同时,不影响其继承生父母的遗产。

遗产分割时,应保留胎儿的应继承的份额。但胎儿出生后死亡的,保留的份额依法定继承办理。

案例 1-2

丁某生于我国 60 年代三年困难时期,由于家里子女多,父母无力抚养,便将他送与他人收养。丁某与养父母关系一直很好,由于离生父母家很近,丁某与生父母一直有来往。长大后他的经济收入较多,不仅赡养其养父母,也赡养其生父母,而且他对生父母所尽的赡养义务比其他亲兄弟姐妹还多。2003 年 5 月,他的生父母在去县城的途中遇车祸死亡,在料理完丧事后,丁某提出生父母的遗产也应酌情分给他一份。但其他兄弟姐妹以丁某已被别人收养而与生父母已无亲属关系为由,不同意将生父母的遗产酌情分给丁某。

【评析】

我国《继承法》第十四条规定:"继承人以外的对被继承人扶养较多的人,可以分给他们适当的遗产。"我国最高人民法院《关于继承法的意见》第十九条规定:"被收养人对养父母尽了赡养义务,同时又对生父母扶养较多的,除可依继承法第十条的规定继承养父母的遗产外,还可依《继承法》第十四条的规定分得生父母的适当的遗产。"

因此,尽管丁某不是其生父母的法定继承人,但是由于他对生父母尽了较多的扶养义务,依法可以分得适当的遗产。如果他的亲兄弟姐妹拒不分给他适当的遗产,他可以向法院提起诉讼,要求依法酌情分得生父母适当的遗产。

(二)继承人之外的遗产取得人

继承人以外的对被继承人扶养较多的人或是依靠被继承人扶养的缺乏劳动能力又无生活来源的人,可以分得适当的遗产。

第二节　法定继承方式中的遗产分配

在法定继承中,继承权男女平等。我国《继承法》第十三条规定,同一顺序继承人继承遗产的份额,一般应当均等。

法定继承中仍然会有特殊分配,其包含有以下四项。

(1)对生活有特殊困难的或是缺乏劳动能力的继承人,分配遗产时,应当予以照顾。

(2)对被继承人尽了主要扶养义务或者与被继承人共同生活的继承人,分配遗产时,可以多分。

(3)有扶养能力和有扶养条件的继承人,不尽扶养义务的,分配遗产时,应当不分或者少分。

(4)继承人协商同意的,也可以不均等。

案例　2-1

某法院受理了一件继承案件,对死者的配偶与子女在继承遗产时能不能同时开始继承这一问题,有两种不同的意见。一种意见认为,死者的妻子是第一顺序的继承人中的第一位,对死者的遗产应由其首先继承;另一种意见认为,同一顺序的继承人应同时开始继承遗产。请问哪种意见对?

【评析】

根据我国《继承法》第十条规定,遗产按照下列顺序继承。第一顺序:配偶、子女、父母。丧偶儿媳对公婆,丧偶女婿对岳父母,尽了主要赡养义务的,作为第一顺序继承人。第二顺序:兄弟、姐妹、祖父母、外祖父母。这种继承顺序的确定,是以继承人同被继承人的婚姻关系、血缘关系的远近以及彼此在经济上、生活上相互依赖的程度为基础的。它充分体现男女平等、权利和义务一致以及养老育幼的原则。在继承开始后,只是在第一顺序继承人和第二顺序继承人之间才有先后继承的问题。在没有第一顺序继承人,或者第一顺序继承人全部放弃继承权或者丧失继承权的情况下,第二顺序继承人才能继承。否则的话,第二顺序继承人不能继承遗产。但是不能在同一顺序的继承人中又分出先后顺序,如果这样的做的话,就违背了法律规定。同一顺序的继承人在继承遗产时,应享有同等的继承权,应同时开始继承。这样做并不会使配偶一方的合法权益受到损害。因为我国实行的是夫妻财产共有制,作为死者的妻子的一方,她除了依法可以得到夫妻共有财产的半数以外,要和子女一起共同继承丈夫的遗产。同时,在家庭关系中,配偶、子女、父母的关系最为密切,他们在法律上都有相互扶养的义务。特别是被继承人的年幼的子女、丧失劳动能力的父母,更需要被继承人经济上的扶助。因此,配偶、子女、父母享有同等的继承权。

第三节　代位继承、转继承

一、代位继承概念与特征

代位继承,是法定继承中的一种特殊情况,就一般意义上说,是指有法定继承权的人在继承开始前死亡,由其晚辈直系血亲代其参加继承,并继承其应继承的份额的一种继承制度。先于被继承人死亡的子女是被代位继承人,其晚辈直系血亲是代位继承人,他们的继承权是代位继承权。我国代位继承需要满足四点特征:

(1)代位继承只适用于法定继承,而不适用于遗嘱继承;

(2)被代位继承人须是被继承人的子女,且先于被继承人死亡或宣告死亡;

(3)代位继承人只限于被继承人子女的晚辈直系血亲,且没有代数的限制;

(4)代位继承人只能继承被代位继承人应得的继承份额。

案例　3-1

吕甲,男,21岁,山西某工科大学学生。吕乙,男,52岁,某村农民。吕丙,男,原系某村养牛专业户。吕丙与其妻没有婚生子女,早年收养王某为养子,改名吕乙,吕乙婚后生一子吕甲。1981年,吕乙因病早逝。1982年,吕丙与其妻先后逝世。吕甲以吕丙收养孙的身份要求继承祖父的遗产。吕丙的胞弟吕丁也提出要继承其兄吕丙的遗产,理由是吕甲是吕丙的第三代,而且是养孙,没有继承权。自己是吕丙的同辈人,而且是同胞兄弟,是吕丙遗产的唯一继承人。为此,二人发生争执。

【评析】

我国《继承法》第十一条规定:"被继承人的子女先于继承人死亡的,由被继承人的子女晚辈直系血亲代位继承。代位继承人一般只能继承他的父亲或者母亲有权继承遗产份额。"我国《婚姻法》规定:"国家保护合法的收养关系,养父母与养子女之间的权利和义务适用于本法对父母子女关系的有关规定。""父母和子女有相互继承遗产的权利。"

本案中,养子吕乙有继承其养父吕丙遗产的权利,他早于养父死亡,其子吕甲可以代位继承其继承的遗产份额。吕丁是吕丙的第二顺序的继承人,在第一继承人有代位继承的情况下,吕丁无权继承遗产。

二、转继承概念与特征

转继承是指继承人在继承开始后遗产分割之前死亡,其应继承的遗产转由他的合法继承人来继承的制度。实际上就是两个继承连续发生,并一起处理。

转继承与代位继承虽然有相似之处,但是它们是两个完全不同的概念,要予以严格区别。两者不同之处有三点。

(1)转继承与代位继承发生的事实根据不同:代位继承是被继承人的子女先于被继承人死亡;转继承是继承人在继承开始后遗产分割之前死亡。

(2)继承人的范围不同:代位继承是由死亡的子女的晚辈直系血亲来继承;而转继承是应继承的遗产转由他的合法继承人来继承。

(3)两者适用的范围不同:代位继承只能发生在法定继承中;而转继承既可发生在法定继承中,也可发生在遗嘱继承中。

案例 3-2

谭教授有三子一女,均已成年。2000年冬,谭某的大儿子因患癌症,医治无效死亡,留有两个儿子(即谭某的两个孙子)。2002年春,谭某去世,遗有两个儿子,一个女儿。当时因故遗产没有分割。2005年,谭某的两个儿子又在一次车祸中不幸死亡,各自遗有一个女儿(即谭某的两个孙女)。2006年准备处理谭某的财产,谭某的女儿、两个孙子、两个孙女为继承遗产发生纠纷。

【评析】

案例中,谭某的两个孙女根据转继承法律制度享有继承权。案例中的案情显示两个孙女满足转继承的所有法律要件。①被转继承人谭某的两个儿子于2005年在车祸中死亡,而谭某已于2002年死亡,继承已经开始,但是因故没有分割遗产。满足被转继承人在被继承人死亡以后,遗产分割以前死亡的要件。②被转继承人谭某的两个儿子没有丧失继承权或放弃继承权。③转继承人谭某的两个孙女分别是两个被转继承人谭某两个儿子的合法继承人。综上,谭某的两个孙女是转继承人,具有继承权。

在案例中,如果谭某的女儿有子女,他们是不享有继承权的。这是因为谭某的女儿在遗产分割时并没有死亡,其作为第一顺序继承人能够参加继承,不能发生代位继承或转继承的情况,因此,谭某女儿的子女不能享有继承权。

案例 3-3

被继承人周某生前写过许多专著,其中《遗传学》在他去世前已交付给出版社,但还未被出版及支付稿酬。1999 年 12 月他去世后,其子周男和女儿周女对现有遗产进行了分割。2000 年 2 月周男因病去世,留下妻子何某和两个儿女周文、周静。2000 年 10 月,周某的遗著《遗传学》被公开出版,出版社寄来了稿费 30 000 元。周女收到稿费后全部归为己有。对此周男之妻何某及其两个儿女周文、周静有异议。他们主张,他们三人应当一起与周女共同继承,四个共同继承人应按人头平分遗产,问法律是否支持?

【评析】

我国最高人民法院《关于继承法的意见》第五十二条规定:"继承开始后,继承人没有表示放弃继承,并于遗产分割前死亡的,其继承遗产的权利转移给他的合法继承人。"在本案中,30 000 元稿费虽系在周男去世后才收到,但实际上,自周甲死亡之时起,周男与周女就已继承了其父周甲的全部遗产所有权,其中的稿费,只因尚未实际取得故未能分割而已。在周男死后,他应得而实际尚未取得的遗产稿费,作为他的遗产,依法转归他的法定继承人其妻子何某和儿女来继承。因此,周甲的遗产稿费 30 000 元,原则上应当依法作如下分配,即首先由其子周男和女儿周女共同继承各 15 000 元,然后再把周男的继承份额 15 000 元实行转继承,由其妻何某及其两个儿女周文、周静三人平分各 5 000 元。

课后练习

一、填空题

1. 继承开始后,由第_____顺序继承人继承,第_____顺序继承人不继承。没有第_____顺序继承人继承的,由第二顺序继承人继承。

2. 养子女与生子女之间、养子女与养子女之间,是_____关系,可互为第_____顺序继承人。

3. 代位继承人_____,或者_____,分配遗产时,可以多分。

二、判断题

1. 叔叔、舅舅均为法定第一顺序继承人。( )

2. 李某与妻因感情不和,提起离婚诉讼,法院判决准予离婚。判决书下达后,李某之妻提起上诉后第五天,李某之妻在车祸中身亡。此时,李某要求继承妻子的遗产,遭妻子的兄妹拒绝,再次诉至法院。法院应准予李某继承。( )

3. 《继承法》规定,丧偶的女婿对岳父母或丧偶的媳妇对公婆尽了一定的赡养义务的应视为第一顺序继承人。( )

三、选择题

1. 父母和子女有( )遗产的权利。

A. 转让   B. 相互继承   C. 保留   D. 相互处分

2. 罗家有三兄弟甲、乙、丙,丙幼年时被送给周某作养子,丙结婚时,周某为其盖了新房,后因失火致使该房屋被烧毁。丙的生母就将自己的住房腾出一间来,让丙夫妇及周某居住,不久丙的生母病故。甲与乙要收回房子,丙认为自己有权继承母亲遗产,拒不搬出,依照法律规定,死者的遗产由谁继承?(　　)

A. 甲和乙　　　　　　B. 甲、乙和丙　　　　C. 甲、乙、丙和周某　　D. 丙和周某

3. 对被继承人不享有继承权的子女包括(　　)。

A. 婚生子女　　　　　B. 非婚生子女　　　　C. 养子女和继子女　　D. 侄子女

4. 张某与黄某领取结婚证仅两天,尚未来得及举行婚礼,张某便意外死亡。属于其遗产的法定继承人有(　　)。

A. 黄某　　　　　　　　　　　　　　　　B. 黄某与前夫所生之子

C. 张某的兄弟姐妹　　　　　　　　　　　D. 张某的父母

5. 李某、刘某婚后生有女儿李甲、儿子李乙。李甲在与孙某结婚后不久因车祸死亡,留下个人财产存款4万元。李甲的遗产应如何被继承?(　　)

A. 李某、刘某、李乙及孙某有继承权,4人平分

B. 李某、刘某及李乙有权继承

C. 李某、刘某及孙某有继承权,3人平分

D. 李某、刘某有继承权,2人平分

6. 宋某夫妻无子女,1980年将5岁的赵某收为养女。1989年宋妻死亡,1992年赵与杨某结婚另居,但逢年过节仍来探望宋某。此后,宋某之侄宋林、宋某之弟、妹也与宋某时有来往。2000年底,宋突病故,赵某、宋林、宋弟、宋妹四人争继承权。问:谁有继承权?(　　)

A. 赵某　　　　　　　B. 宋林　　　　　　C. 宋弟　　　　　　D. 宋妹

7. 齐老太太有一子一女,儿子中年病故,留有一女,儿媳一直侍奉她,女儿早已出嫁。齐老太太去世后,留有房屋三间。齐的丈夫多年前已去世,齐没有遗嘱。齐的女儿主张儿女两家平分三间房屋。儿媳认为她是对婆婆尽了主要赡养义务的第一顺序继承人应多分。对此案,你认为(　　)。

A. 儿女两家平分,一家一间半　　　　　　B. 媳妇与女儿有平等的继承权

C. 孙女有代位继承权　　　　　　　　　　D. 媳妇和孙女得两间,女儿得一间

8. 继子女可以继承(　　)的遗产。

A. 生父母　　　　　　　　　　　　　　　B. 继父母

C. 有扶养关系的继父母　　　　　　　　　D. 与生父母离婚的继父母

9. 代位继承人可以是被代位人的(　　)。

A. 父母　　　　　　　B. 配偶　　　　　　C. 子女　　　　　　D. 孙子女

E. 曾孙子女

四、名词解释

1. 法定继承

2. 代位继承

3. 转继承

五、问答题

1. 法定继承方式中的遗产应如何分配?

2.我国《继承法》对法定继承人的范围和顺序是如何规定的?

3.继承人之外的遗产取得人包括哪些?

4.代位继承与转继承有什么区别?

5.代位继承的特点有哪些?

 **案例思考**

思考1

【案例】许某的外祖母病故,许某的母亲在料理丧事期间,因食物中毒抢救无效死亡。外祖母遗下瓦房5间,本应由许某的母亲和舅舅共同继承,由于母亲死亡,有人认为许某和姐姐可代位继承,也有的认为许某的父亲也可继承。请问,外祖母的遗产怎样继承?

思考2

【案例】魏某夫妇膝下无子,于1986年收养秦某幼子为养子,改为姓魏,叫魏振兴。在振兴13岁时,魏夫妇双双病故,留下了住房5间和15万元的遗产,魏某的弟弟见哥哥留下大笔产业,声称魏振兴是养子,不是魏家血亲不能继承财产,阻挠振兴继承遗产。秦某得知此事后,据理力争,魏弟说:"振兴是你的儿子,只能将来继承你的财产,不能继承魏某的遗产。"秦某说:"振兴已过继给魏某,他姓魏不姓秦,他养父的财产只能振兴继承,我百年后的遗产,他不能继承。"两个人争吵不休。养子能继承养父的财产吗?

思考3

【案例】郑某的生父早年去世,母亲于1985年改嫁,郑某当时14岁,姐姐已婚,郑某仍与姐姐住生父的房子,生活费由继父和母亲供给。郑某16岁到继父家生活,后来又到原籍继承了生父的房屋,但在经济上仍与继父来往。继父建房时郑某姐弟俩出资,继父、母亲的生活均由他们照料。继父临终时把房产证给郑某并嘱料理后事。继父去世后,他的从未尽过义务的儿子尚某要求继承全部房屋,其理由是:郑某已继承了生父的遗产。请问这个理由成立吗?继承了生父遗产还能继承继父的遗产吗?

思考4

【案例】汪某有一个独生女儿汪晶晶,女儿婚后都在一起生活。几年前汪晶晶因病去世,女婿周某带着孩子仍与岳父母一起生活,直至为老人送终。但在继承老人两间房屋的问题上,有人说女婿是外人,无权继承岳父母的遗产,两间房屋应上交国家。请问,丧偶女婿是否有权继承岳父母遗产?

思考5

【案例】朱某的丈夫1995年病故,剩下朱某和两个女儿,最大的女儿才15岁。1997年,朱某同一个40多岁的单身汉结了婚。但却遭到亲属的反对,因为朱某再婚住用了朱某和前夫的两间瓦房,他们提出要收回这两间房,让朱某全家搬走。请问:改嫁的寡妇朱某和随嫁的子女有没有继承权?

思考6

【案例】黄某出生不久,就被养父母收为养女,并一直随养父母共同生活。养父病故后,养母再婚,黄某又随养母与继父一起共同生活。养母与继父生育子女后,对黄某另眼相看,黄某无奈搬到工作单位居住。最近养母一家搬到养父的原住处,并决定把养父的遗产全部带走,卖掉房屋,黄某则要求继承养父的遗产,双方争执不下。继父有权继承养父的遗产吗?

思考7

【案例】彭某的外祖父母1985年先后去世,遗有6间瓦房,由彭某的舅父居住。1986年彭某的父母离婚后,母亲带着彭某又回到舅父家生活,住6间房子中的2间。不久母亲因病去世,舅父即把2间房都占用了,声称房屋本来是借给彭某的母亲住的,现在要收回。请问,房屋本是外祖父母的,母亲能继承外祖父母的遗产吗?

思考8

【案例】辛某的独生女儿辛女与陶某于1992年结婚,婚后夫妻一直与辛某共同生活,陶某视辛某如亲生父亲。2000年,辛女因车祸死亡。辛某因悲伤过度,患了重病。陶某后虽另婚,但仍像过去那样,照料辛某,请医送药,料理日常起居。2002年辛某去世,陶某又为他送了终。不久,辛某之弟辛弟回来,要继承哥哥的遗产,他认为陶某是女婿,不能继承,他是唯一的继承人。陶某不同意,起诉到人民法院。再婚的女婿能继承岳父的财产吗?

思考9

【案例】徐某父亲兄弟3人,1979年徐某出生3个月后父亲就死亡了,一年后母亲改嫁,徐某随母亲到继父家生活。1990年祖父去世。徐某叔叔、伯伯将徐某祖父遗下的4间房产以及徐某生父在世时居住的3间房共同占有,徐某和母亲要求继承遗产,遭到他们的拒绝。请问,徐某和改嫁的母亲能继承生父和祖父的遗产吗?

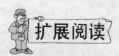

北京市第二中级人民法院审理吴咸诉王其智等五人法定继承纠纷案民事判决书
(2003)二中民初字第10017号

原告吴咸,女,1914年2月7日出生,中国艺术研究院离休干部,住北京市朝阳区亚运村安慧里2区6号楼1701室。

委托代理人关晶焱,哈尔滨市新格律师事务所律师。

被告王其智,男,1930年3月14日出生,北京市东城区文化馆离休干部,住北京市朝阳区花家地小区13号楼1门502室。

委托代理人王燕,男,1960年10月1日出生,无业,住北京市朝阳区安贞西里4区7号楼1门1401室。

委托代理人王松义,北京市华泰律师事务所律师。

被告大长荻地,女,1939年12月24日出生,日本国国籍,住日本国埼玉县草加市青柳3-21-7。

被告兼大长荻地之委托代理人王延荻,女,1942年6月24日出生,中国石化工程建设公司职员,住北京市朝阳区亚运村世纪村西区5号楼15层。

被告王群,女,1953年11月15日出生,香港特别行政区永久性居民,住香港新界沙田中文大学崇基教职员宿舍A21。

被告兼王群之委托代理人王晓欣,女,1945 年 3 月 1 日出生,天津城市建筑学院退休职员,住北京市西城区后海南沿北官房 28 号。

原告吴咸诉被告王其智、大长荻地、王延荻、王晓欣、王群法定继承纠纷一案,本院受理后,依法组成合议庭,公开开庭进行了审理。原告吴咸之委托代理人关晶焱,被告王其智之委托代理人王松义、王燕,被告大长荻地之委托代理人王延荻,被告王群之委托代理人王晓欣及被告王延荻、王晓欣均到庭参加了诉讼。本案现已审理终结。

原告吴咸诉称:王式廓系我已故丈夫。王其智系王式廓与其前妻所生之子。大长荻地、王延荻、王群、王晓欣系我与王式廓所生之女。1973 年 5 月王式廓去世。继承开始后,各继承人均未作出放弃继承的表示。至今,各继承人仍未依法析产分割。王式廓的遗产有油画、素描、国画等作品共 1 000 余幅,一直由我统一保管。王式廓生前曾明确表示将其作品捐献。我作为王式廓的妻子,为实现王式廓的遗愿,一直想将自己所享有的王式廓部分遗作捐赠给国家,并曾多次提出关于捐赠方面的建议,但各被告基于种种原因和理由始终未能与我达成一致意见。关于析产问题,我的意见是:第一,我与王式廓于 1939 年春节在延安结婚,为合法婚姻关系,王式廓的遗作绝大部分是在夫妻关系存续期间所作,依据《继承法》第二十六条的规定,应先将遗作中属于我的一半分出,其余部分由全体继承人依法继承;第二,依据《继承法》第十三条的规定,因我一直与王式廓共同生活并对王式廓尽了主要扶养义务,我应适当多分一些遗作;第三,对剩余份额,其余五位继承人应依据我国《继承法》第十三条规定对遗产进行分割。综上所述,请求:1、对王式廓关于美术作品方面的遗作依法析产,并对我适当多分;2、本案诉讼费由我与王其智等五被告按分割王式廓遗作的份额比例承担。

被告王其智辩称:由于家父王式廓是中国现实主义绘画艺术大师、素描艺术巨匠,只有全面整理王式廓先生的作品并进行整体系统研究,才能逐步认识到王式廓先生作品的艺术价值,确立其在中国乃至世界艺术史上的地位。如果分割王式廓的遗作,将破坏其艺术的整体性。因此,吴咸的诉讼请求不应得到支持。退一步讲,即使应当析产,我的生母盛桂荣作为王式廓的前妻应当享有遗产三分之一的份额,吴咸只能享有三分之一的份额,其余遗产应当由各继承人平均分割。

被告大长荻地、王延荻、王晓欣、王群辩称:我们均同意吴咸的意见。

经过庭审质证及双方当事人辩论,本院查明以下事实:

一、关于继承人情况

被继承人王式廓于 1911 年出生,1973 年 5 月死亡。王式廓死亡前未立遗嘱。王式廓于 1921 年在原籍山东省掖县与盛桂荣结婚,婚后生有一子王其智。后王式廓于 1939 年在延安与吴咸结婚并一直共同生活至去世。吴咸与王式廓生有大长荻地(原名王荻地)、王延荻、王晓欣、王群四女。1959 年左右,盛桂荣由原籍迁入北京,1966 年从北京迁回原籍,1979 年盛桂荣又从原籍迁回北京生活至 1989 年死亡。盛桂荣在北京生活期间,未与王式廓共同生活,系由王其智照料。王式廓与盛桂荣、吴咸的婚姻均为事实婚姻。王式廓与盛桂荣未履行法定的离婚登记手续。对此事实,双方当事人均无异议。

在庭审中,双方当事人对盛桂荣是否应当作为继承人的事实进行了法庭质证及辩论:

吴咸主张王式廓与盛桂荣的婚姻关系已经解除,为此提供证据:1、莱州市民政局于 2002 年 11 月 28 日的证明,内容为“我局 11 月 8 日的盖章证明不涉及盛桂荣的情况,对盛桂荣是否是革命家属身份不予证明";2、孙巨川、孙鸿本的书面证言证明盛桂荣同意离婚并签了字;3、陶永白的书面证言,称其向盛桂荣讲起王式廓再婚之事,盛桂荣表示理解并毫无怨言;4、北京市公安局新街口派出所(以下简称新街口派出所)出具的三份户口证明,分别摘抄自盛桂荣1953—1959年、1960—1969年、1982—1990年的户口卡底档。该三份记录的盛桂荣出生日期、婚姻状况、迁入北京时间均有出入。吴咸以此证明仅凭户口证明不能证明盛桂荣的婚姻状况。

王其智对吴咸提出的证据不予认可,主张王式廓与盛桂荣一直未解除婚姻关系。提供证据有:1.莱州市西由镇人民政府、莱州市公安局西由派出所的证明,载明王式廓与盛桂荣未解除婚姻关系;2.新街口派出所出具的户口证明;3.莱州市民政局、莱州市人民政府三山岛街道办事处于2002年11月8日出具的证明,载明政府在得知王式廓参加革命后,一直把其妻子盛桂荣作为革命家属对待;4.律师对王式廓弟媳方桂苹的谈话笔录,其称王式廓从未要求过离婚,新中国成立后也没有;5.王式廓亲笔书信两封。吴咸对王其智提供的证据的证明力不予认可。

应王其智申请,本院从中央美术学院及新街口派出所调取证据如下:

中央美术学院提供了王式廓在延安时期的学员履历表、干部登记表及1952年王式廓的干部登记表及党员登记表。上述材料均记载王式廓的妻子为吴咸,在党员登记表中王式廓自述"前妻王盛氏,未受教育,家妇女(原文如此)。我曾提出离婚,她不作答复,我即书面声明与其脱离关系并和家庭脱离关系";根据新街口派出所提供的盛桂荣1960—1969年的户口卡片记载,盛桂荣于1959年迁至北京时登记为"有配偶"。根据其1982—1990年的户口卡片,盛桂荣登记为"丧偶"。

吴咸对上述证据予以认可。王其智认为王式廓履历的记载不能反映客观情况,而且解除婚姻关系是要式行为,王式廓本人的自述亦不能证明其与盛桂荣解除了婚姻关系,故对该证据不予认可。王其智对于新街口派出所保存的户口卡片予以认可。

二、关于王式廓的遗产范围

王式廓生前将其创作的《血衣》、《参军》两幅作品捐赠给革命博物馆。王式廓死亡后,其生前所画大部分作品一直由吴咸保管。1985年4月,吴咸将王式廓的绘画作品28幅捐赠给中国美术馆。1989年10月吴咸将《井冈山会师》油画一幅捐赠给中央档案馆。1997年3月11日,吴咸委托北京荣宝拍卖有限责任公司拍卖王式廓的作品《静物》、《德国老人》。王其智曾以吴咸及拍卖公司为被告起诉到北京市宣武区人民法院,要求判令双方签订的拍卖合同无效。该案经北京市第一中级人民法院终审判决:吴咸与北京荣宝拍卖有限责任公司之间的拍卖合同无效;北京荣宝拍卖有限责任公司将所保管的二幅画返还吴咸处保管。

诉讼中,经本院现场清点,吴咸现保管王式廓的绘画作品共1 302幅(包括争议的《松树》、《寒鸦》两幅作品)。吴咸住所现有一穿衣镜,王其智住所有一画桌,均为王式廓生前所有。现双方当事人均认可吴咸保管的除了《松树》、《寒鸦》两幅作品以外的1 300幅作品及穿衣镜、画桌各一个均属于遗产范围。

双方当事人对王式廓的遗产范围存在的争议及质证情况为:

1.吴咸称《松树》、《寒鸦》两幅作品系王式廓生前转让给他人,吴咸于王式廓死亡后购回,应为吴咸个人财产。并提供《协议书》一份,内容为:"王式廓于30年代创作的《松树》、《寒鸦》,吴咸一次性给付王其荣五千元,画即日起归吴咸所有。"签字人为王晓欣、王延荻、王其荣。王其智对该证据真实性无异议,但认为该证据不能证明这两幅作品是王式廓于何时及何种方式转让给王其荣的,故应属于遗产范围,不属于吴咸个人财产。

2. 王其智称吴咸未经其同意于1985年4月捐赠中国美术馆28幅,1989年10月捐赠中央档案馆《井冈山会师》油画一幅。为此提供两份证据:①中国美术馆收藏证书及所附28幅作品目录;②中央档案馆受赠证书。吴咸对该证据真实性认可,但认为其向中国美术馆捐献作品时王其智知道且未表示异议。《井冈山会师》是王式廓生前捐赠的,在"文革"中返还给了吴咸,1989年中央档案馆取走此画。王其智对吴咸的说法不予认可。

3. 王其智主张除吴咸保管的1 302幅作品及穿衣镜、画桌外,吴咸还存有王式廓的画具、笔记本、手稿、习作、书法作品、资料等遗作,此外中央美术学院在"文革"后还曾补发过王式廓工资。为此其提供1996年9月21日由吴咸、王延荻、王群、王晓欣签署的协议,该协议的内容是协议人对王式廓遗产进行分配的方案及意向。王其智另提供有关书籍、王式廓生平介绍等证据,称部分已经刊登在出版物上的作品不在吴咸现保管的范围内,应推定在吴咸处。但王其智未能证明除吴咸现保管的作品及穿衣镜、画桌外,尚有其主张的其他遗产存在。

吴咸称王其智保管有《葫芦》、《南瓜》两幅画应属于遗产范围,并提供中央电视台高慧芬出具的书面证言。王其智对此予以否认。吴咸未能提供其他证据证明该作品存在及尚由王其智保管。

4. 应王其智申请,本院从中央美术学院、中国革命博物馆取证如下:

中央美术学院证明王式廓在"文革"期间未停发过工资。中国革命博物馆证明:《血衣》、《参军》均为我馆组织创作的作品,陈列在展览中并收藏至今。由于当时特殊的历史原因,未发收藏证书及稿酬;王式廓子女对此情况知悉,从未就作品的所有权提出过异议;该作品的所有权及展览权归我馆,著作权、其他权利属作者本人及其家属。

吴咸对以上证据均予以认可,王其智对此不予认可。

在庭审过程中,大长荻地、王延荻、王晓欣、王群对以上证据的质证意见与吴咸相同。

上述事实,由双方当事人提交的已列证据材料及吴咸提供的《冼星海全集(节选)》、北京市公安局建国门派出所证明、居民户口簿、陶永白所著文章《王式廓的青少年时代》,王其智提供的个人简介、国家文物局制定的限制出境名单、新街口派出所的户口证明及双方当事人陈述在案佐证。在庭审中,双方当事人均同意对王式廓的遗产进行分割。

本院认为,被继承人王式廓于1973年5月死亡后,继承已经开始。因王式廓生前未立遗嘱,故依据《中华人民共和国继承法》第五条之规定,对王式廓的遗产,应按照法定继承处理。

一、关于继承人的确认

本案中吴咸、王其智、大长荻地、王延荻、王晓欣、王群作为王式廓的法定继承人双方当事人均无异议。关于盛桂荣是否享有继承权的问题,本院依照法定程序,全面、客观地审核了相关证据,依照法律规定,对证据有无证明力和证明力大小独立进行了判断:①当地有关机关分别向吴咸及王其智出具了内容相反的证据,本院对该证据不予采纳;②吴咸及王其智各自提供的证人证言,因证人在庭审中均未出庭作证,且个人对于他人的婚姻状况的证言从证明力上较为薄弱,本院不予认定;③新街口派出所提供的盛桂荣不同时期的户口卡片的记录相互有矛盾之处,故该证据不能作为证明王式廓与盛桂荣婚姻关系的依据;④王式廓在1952年的党员登记表中关于其与盛桂荣解除婚姻关系的自述,该证据的真实性本院予以认可。

　　根据我国《婚姻法》的规定,离婚属于要式法律行为。依据现有证据,可以认定王式廓与盛桂荣并未履行法定的离婚手续,王式廓在其死亡前与盛桂荣的婚姻关系一直处于存续状况。王式廓与吴咸结婚的事实及王式廓登记表中的自述不能作为确认王式廓与盛桂荣离婚的依据,故盛桂荣对王式廓的遗产应享有继承权。本院对王其智关于应当认定盛桂荣继承人身份的主张予以支持。

　　二、关于遗产范围

　　遗产是公民死亡时遗留的个人合法财产。现双方当事人均认可现由吴咸保管的1 300幅作品及穿衣镜、画桌为王式廓个人物品,故其中属王式廓个人所有的部分应属于遗产范围。《松树》、《寒鸦》两幅作品虽系王式廓所作,但是所有权已在王式廓生前转移至案外人王其荣,吴咸从案外人处购得后即成为该两幅作品的所有权人,故这两幅作品不属于遗产范围。《血衣》、《参军》两幅作品的所有权已于王式廓死亡前转移至革命博物馆,亦不属于遗产范围。王其智所称吴咸还存有其他如画具、笔记本、手稿、习作、书法、资料、补发工资等遗产,吴咸称王其智保管有《葫芦》、《南瓜》两幅作品,但双方均未能举证证明上述遗产的客观存在,故对王其智、吴咸所述上述主张本院不予采信。继承开始后,遗产分割前,各继承人对遗产处于共同共有,对遗产的处分必须征得全体共有人的同意。吴咸于1985年4月捐赠中国美术馆28幅,1989年10月捐赠中央档案馆《井冈山会师》油画一幅。依据现有证据,吴咸不能证明其以上捐赠行为征得了全部共有人的同意,因共有人之一王其智对该捐赠行为持反对意见,故吴咸的捐赠行为不能产生转移遗产所有权的法律后果,上述29幅作品也应属于遗产范围。综上所述,本院确定王式廓的遗产应为1329幅美术作品及穿衣镜、画桌各一件。

　　三、关于析产的原则

　　根据以上确认的事实及有关法律规定,王式廓生前绘画的作品之财产权利应当由其与盛桂荣、吴咸共同共有。王式廓于1973年死亡后,继承已经开始。在继承前应当先将吴咸与盛桂荣各自所应当享有的份额析分出来,其余属王式廓遗产部分由吴咸、盛桂荣、王其智、大长获地、王延获、王群、王晓欣按照法定继承原则予以分割。因盛桂荣已于1989年死亡,王其智作为其唯一的继承人有权转继承其应得继承份额。

　　因吴咸一直与王式廓共同生活,并尽了主要扶养义务,并考虑到吴咸对王式廓的艺术创作所作贡献大于其他继承人,本院对吴咸要求多分遗产的请求予以支持。

　　在庭审中,因双方当事人对于遗产的价值及分割方式不能达成一致意见,本院在"不损害遗产的效用"的前提下依据以下原则酌情进行分割:①对于成系列的作品尽量保证其完整性,将其整体分配给某继承人;②每位继承人的继承份额应当包含王式廓各个历史时期的作品,以保证完整反映王式廓一生绘画技巧及思想境界的变迁;③每种类型(素描、油画、国画、未完成作品及其他形式)的作品视为每单幅作品相互之间等值,不按照作品的尺寸及材料评定价值;④吴咸已捐赠的作品属于吴咸所有,相应减少其他应得的份额;⑤穿衣镜及画桌仍由现保管人所有。

　　综上所述,依据《中华人民共和国继承法》第二条、第三条、第五条、第十条、第十三条第一款、第三款及第二十六条第一款之规定,本院判决如下:

　　一、本判决所附财产清单一中所列作品及穿衣镜一个归吴咸所有;

　　二、本判决所附财产清单二中所列作品及画桌一个归王其智所有;

三、本判决所附财产清单三中所列作品归大长获地所有;

四、本判决所附财产清单四中所列作品归王延获所有;

五、本判决所附财产清单五中所列作品归王晓欣所有;

六、本判决所附财产清单六中所列作品归王群所有;

七、吴咸于本判决生效后十五日内将本判决所附清单二、三、四、五、六所列作品分别给付王其智、大长获地、王延获、王晓欣、王群;

八、驳回吴咸其他诉讼请求。

案件受理费五万元,由吴咸负担一万元(已交纳五十元,余款九千九百五十元于本判决生效后七日内交纳),由王其智、大长获地、王延获、王晓欣、王群各负担八千元(均于本判决生效后七日内交纳)。

如不服本判决,大长获地、王群可于本判决书送达之日起三十日内,吴咸、王其智、王延获、王晓欣可于本判决书送达之日起十五日内向本院递交上诉状,并按对方当事人的人数提出副本,上诉于北京市高级人民法院。

审 判 长　　赵文军

代理审判员　　高　嵩

代理审判员　　田海雁

书 记 员　　周光国

二○○四年六月十五日

习题答案

一、填空题

1.一　二　一

2.养兄弟姐妹　二

3.缺乏劳动能力又没有生活来源　对被继承人尽过主要赡养义务的

二、判断题

1.错　2.对　3.错

三、选择题

1.B　2.B　3.D　4.AD　5.C　6.A　7.BCD　8.AC　9.CDE

四、名词解释

1.法定继承是指继承人的范围、继承顺序、代位继承以及遗产分配原则等均按法律直接规定予以确定的继承方式。

2.代位继承是指被继承人的子女先于被继承人死亡的,死亡的子女的晚辈直系血亲代位继承被继承人遗产的制度。

3.转继承是指继承人在继承开始后遗产分割之前死亡,其应继承的遗产转由他的合法继承人来继承的制度,实际上是两个继承连续发生,一并处理。

五、问答题

1.同一顺序继承人继承遗产的份额,一般应当均等。对生活有特殊困难或缺乏劳动能力的继承人,分配遗产时,应当予以照顾。对被继承人尽了主要扶养义务或者与被继承人共同生活的继承人,分配遗产时,可以多分。有扶养能力和有扶养条件的继承人,不尽扶养义务的,分配遗产时,应当不分或者少分。继承人协商同意的,也可以不均等。

2.我国《继承法》规定,第一顺序法定继承人包括:配偶、子女、父母。丧偶儿媳对公婆,丧偶女婿对岳父母,尽了主要赡养义务的,作为第一顺序继承人。第二顺序法定继承人包括:兄弟姐妹和祖父母、外祖父母。第一顺序的继承人有优先权,但同一顺序的继承人之间,无先后次序之分。继子女继承了继父母遗产的同时,不影响其继承生父母的遗产。遗产分割时,应保留胎儿应继承的份额。但胎儿出生后死亡的,保留的份额依法定继承办理。

3.(1)对继承人以外的依靠被继承人扶养的缺乏劳动能力又没有生活来源的人;

(2)继承人以外的对被继承人扶养较多的人。

4.首先,转继承与代位继承发生的事实根据不同:代位继承是被继承人的子女先于被继承人死亡;转继承是继承人在继承开始后遗产分割之前死亡。再者,继承人的范围不同:代位继承是由死亡的子女的晚辈直系血亲来继承;而转继承是应继承的遗产转由他的合法继承人来继承。最后,两者适用的范围不同:转继承既可发生在法定继承中,也可发生在遗嘱继承中,而代位继承则只能发生在法定继承中。

5.代位继承的特征有:被代位继承人须是被继承人的子女,且先于被继承人死亡或宣告死亡;代位继承人只限于被继承人子女的晚辈直系血亲,且没有代数的限制;代位继承人只能继承被代位继承人应得的继承份额;代位继承只适用于法定继承,而不适用于遗嘱继承。

案例思考答案

【思考1】根据我国《继承法》第十一条规定:"被继承人的子女先于继承人死亡的,由被继承人的子女晚辈直系血亲代位继承。代位继承人一般只能继承他的父亲或者母亲有权继承的遗产份额。"而在本案中,许某的母亲是在许某的外祖母死亡后,遗产分割以前死亡,根据法律规定这不符合代位继承的特点,即不属于代位继承。而继承人在被继承人死亡后,遗产分割以前死亡的,实际上就是两个继承连续发生。根据我国《继承法》规定,被定义为转继承,即两个继承一并处理。从继承人的范围来说,转继承是由其法定继承人继承。在本案中,许某的外祖母死亡后,应由许某的舅舅和母亲共同继承遗产,由于母亲在取得遗产前死亡,这样她应继承的那份遗产,应由法定继承人(父亲、姐姐和许某共同)继承,而不是由许某姐弟二人继承。

【思考2】根据我国《婚姻法》第二十六条规定:"国家保护合法的收养关系。养父母和养子女间的权利义务,适用本法对父母对子女关系的规定。养子女和生父母间的权利和义务,因收养关系的成立而消除。"根据本法规定即收养关系一经成立子女与生身父母即脱离了关系。在本案中,魏某与魏振兴父子收养关系一经成立,魏振兴即取得了与婚生子女同等的法律地位,有权继承养父母的遗产。根据我国《继承法》规定:配偶子女、父母、兄弟姐妹、祖父母、外祖父母,以及对公婆尽了主要赡养义务的丧偶儿媳及对岳父、岳母尽了主要赡养义务的女婿均为法定继承人,其中第一顺序继承人是配偶子女和父母。根据我国《继承法》第十条规定:"本法所说子女,包括婚生子女、非婚生子女、养子女和有扶养关系的继子女。"因此本案中,魏振兴依法可以成为魏某的第一法定继承人,有权继承其养父母的财产,魏的弟弟是第二顺序继承人,在第一顺序继承人存在的情况下,他无权继承其兄遗产。而魏振兴与其生父之间的权利义务关系在收养关系成立时已消除。所以,魏振兴对其生父的财产无权继承。秦某的说法是正确的。

【思考3】根据我国《继承法》第十条规定:"继承开始后,由第一顺序继承人继承,第二顺序继承人不继承。本法所说的子女,包括婚生子女、非婚生子女、养子女和有扶养关系的继子女。"在本案中首先涉及的是在郑某14岁时其生父去世,按照法定继承的规定,郑某、姐姐和母亲为法定继承人共同继承郑某生父的遗产。在郑母改嫁后,郑某虽未和母亲一起去继父家生活,但是由母亲和继父提供了生活费,16岁即和他们一起生活,此时郑某与继父已形成了扶养关系,双方互有法律上的权利和义务,因此郑某有继承继父遗产的权利。继承了生父遗产后,郑某又与继父形成扶养关系,这种关系不受郑某已继承生父财产的影响。因继父去世前未提出亲生子尚某的遗产,而继父的亲生儿子尚某未尽赡养义务,按照法定继承,尚某应少分或不分遗产。

【思考4】根据我国《继承法》第十二条规定:"丧偶女婿对岳父母尽了主要赡养义务的,作为第一顺序继承人。"根据这一规定,汪某的女婿一直与岳父母共同生活,服侍至老人去世,显然属于"尽了主要赡养义务的"的情况,因而有权作为第一顺序继承人继承其岳父母遗留的两间房的遗产,他人不得干涉。

【思考5】根据我国《继承法》第九条规定:"继承权男女平等。"根据这一规定,丧偶的妇女及其子女有权继承死去丈夫的遗产。寡妇再嫁时带走所继承的遗产,受法律保护,不受任何人的阻挠、干涉。本案中朱某因为改嫁,亲属要收回她所有的房屋,这是非常错误的,他们的这一种做法是干涉婚姻自由的行为,是法律所不允许的。朱某和她的女儿对朱某丈夫的遗产都有继承的权利。

【思考6】根据我国《继承法》第十条第一款规定"第一顺序继承人为:配偶、子女、父母"和第四条规定"本法所说的子女,包括婚生子女、非婚生子女、养子女和有扶养关系的继子女",在本案中,黄某与养父母的关系已形成了扶养关系。黄某的养父去世后,黄某的养母与黄某同是法定继承中第一顺序继承人,因此黄某对其父亲的遗产是有继承权的。继承的方法是先分出夫妻共有的财产,然后再继承属于黄某养父的遗产。对于黄某养父的遗产,按照法律规定黄某的继父是无权继承的,黄某继父与养母擅自带走黄某养父的全部遗产并变卖房屋的做法是违法的。

【思考7】根据《继承法》第十条规定中的继承顺序,在本案中,彭某母亲与舅父同是外祖父母遗产的第一顺序继承人,有平等的继承权。如果外祖父母没有留下遗嘱由舅父一人继承他们的房产,并且没有其他第一顺序继承人的情况下,按照法定继承,彭某母亲和舅父应共同继承这6间房屋,原则上每人3间。现在彭某母亲已去世,那么她继承的3间房屋成为遗产,彭某作为法定继承人,在没有其他第一顺序继承人的情况下,可以全部继承这3间房屋。彭某的舅父把全部房屋称为是他自己的财产是没有法律根据的。

【思考8】根据我国《继承法》第十二条规定:"丧偶儿媳妇对公婆,丧偶女婿对岳父岳母尽了主要赡养义务的,作为第一顺序继承人。"在本案中,陶某与辛女婚后一直与辛某共同生活,在辛女死后对辛某尽了所有的赡养义务,所以理应作为第一顺序继承人继承辛某的遗产。作为第二顺序继承人的辛弟,在陶某未放弃继承情况下不得继承辛某的遗产。

【思考9】根据我国《继承法》第十二条规定:"丧偶儿媳妇对公婆,丧偶女婿对岳父岳母尽了主要赡养义务的,作为第一顺序继承人。"在本案中,徐某祖父的遗产,徐某母亲不能继承,因为她在徐某父亲死后一年即再婚,和徐某祖父之间未形成相互扶助关系,因此她没有继承权。但根据我国《继承法》第十一条规定:"被继承人的子女先于继承人死亡的,由被继承人的子女晚辈直系血亲代位继承。代位继承人一般只能继承他的父亲或者母亲有权继承的遗产份额。"在本案中,徐某本人有代位继承权利,因为徐某父亲先于祖父死亡,归徐某父亲继承的份额应由徐某继承,这种权利并不因随母亲到继父家生活而丧失。对生父的遗产,徐某和母亲、祖父都有继承权,而徐某的叔叔、伯伯却不能继承,但如果徐某生父在世时居住的三间房是他和母亲的共同财产,那么徐某父亲的遗产只能为三间房的一半,另一半为母亲所有。对祖父应继承徐某生父的遗产部分,仍由徐某和徐某的叔叔、伯伯共同继承。

第三章　遗嘱继承

今年64岁的王素梅自幼被王伟夫、吴珍丽夫妇收养,王伟夫夫妇在汉阳郭茨口有一套60余平方米的房产。1993年,吴珍丽去世。2006年2月8日,王伟夫去世,王春华随后出示了王伟夫的遗嘱,声称她拥有这套房子3/4产权。

"养父生前曾多次表明不会将房产交给他人继承,我是法定继承人,理应由我继承全部房产……"去年10月,王素梅将王春华告上法庭,要求索回房产权。

法庭上,王春华说,1998年6月,她将王伟夫送至老年公寓安享晚年,相关生活、医疗费全部由她缴纳。2005年1月5日,王伟夫立下遗嘱,将他拥有的3/4产权,交由她继承。

法院审理认为:王伟夫去世后,尽管王素梅是法定继承人,但遗嘱继承优于法定继承。该房屋1/2产权属吴珍丽遗产,因其未立遗嘱,由王伟夫、王素梅各继承一半。因此王伟夫拥有3/4产权,王素梅拥有1/4产权。按照王伟夫的遗嘱,王春华拥有这套房子3/4产权。

（材料来源:深圳律师网,《遗嘱继承优于法定继承》,2006-06-01）

理论要点

遗嘱继承制度和法定继承制度并为继承领域的两大制度。在这两种继承方式中,法定继承仍然是占绝对优势的继承方式,人们大多习惯让法律来处理自己的身后事。而遗嘱继承更便于被继承人按照自己的意志处分遗产。与法定继承制度相比,遗嘱继承制度具有效力上的优先性。

第一节　遗嘱继承概述

一、遗嘱继承的概念

所谓遗嘱继承,又称指定继承,是相对于法定继承而言的,是指继承开始后按照立遗嘱人生前所留下的符合法律规定的合法遗嘱的内容要求,确定被继承人的继承人及各继承人应继承遗产份额的一种继承制度。遗嘱继承中,立遗嘱的人叫遗嘱人,根据遗嘱规定有权继承被继承人遗产的法定继承人叫遗嘱继承人。

二、遗嘱继承的特点

遗嘱继承有如下特点。

(1)遗嘱继承的发生必须包括两个法律事实,即被继承人的死亡和被继承人生前立有合法有效的遗嘱。遗嘱是遗嘱人死后生效的法律行为,是遗嘱人生前按照个人意愿对自己财产进行了预先处分,它的法律效力应当从遗嘱人死亡开始,所以,只有遗嘱人死亡才会发生遗嘱继承;设立遗嘱,是一种要式法律行为,必须采取法律规定的五种形式之一,并且每种形式必须符合法律规定的条件,否则无效。

(2)遗嘱直接体现了被继承人的意愿。遗嘱是被继承人在他生前对自己的财产作出的在他死后发生效力的处分,遗嘱继承是直接按照被继承人的意思所进行的继承,在遗嘱继承中,继承人、继承人的顺序、继承人继承的遗产份额或者具体的遗产都是由被继承人在遗嘱中指定的,按照遗嘱进行继承也就是充分体现尊重被继承人对自己财产处分的自由。

(3)遗嘱继承人的范围确定,必须为法定继承人范围以内的人。也就是说被继承人遗嘱中只能在法定继承人中按照自己的意愿选择继承自己遗产的继承人,遗嘱继承人不受法定继承顺序、继承份额等的限制。

(4)遗嘱继承的效力要优于法定继承。在继承开始后,有遗嘱的,按照遗嘱继承或者遗赠办理;有遗赠扶养协议的,按照协议办理;没有遗嘱和遗赠扶养协议的,按照法定继承办理。

三、遗嘱继承的适用条件

按照我国《继承法》规定,在被继承人死亡后,进行遗嘱继承是需要条件的。

第一,进行遗嘱继承需没有遗赠扶养协议。遗嘱继承不能对抗遗赠扶养协议中约定的条件。

第二,被继承人的遗嘱是合法有效的,这是发生遗嘱继承的必备条件。如果被继承人的遗嘱不符合法律规定的要求或者违背了法律的规定,那么将不发生遗嘱继承。

第三,遗嘱中指定的遗嘱继承人未丧失继承权,也未放弃继承权,具有继承资格,且没有先于被继承人死亡。

四、遗嘱继承与法定继承的区别

遗嘱继承与法定继承有如下区别。

(1)继承依据不同。法定继承是指按法律规定的继承人范围、继承顺序和遗产分配原则进行的继承。遗嘱继承是指按被继承人生前所立遗嘱中指定的继承人继承其遗产所进行的继承。法定继承是按法律规定的范围、顺序来进行的;而遗嘱继承则是按财产所有人生前的意思来继承的。

(2)继承份额的确定方法不同。法定继承人的继承份额是根据所有法定继承人的情况和赡养扶养情况来确定的;遗嘱继承人的继承份额是财产所有人在遗嘱中确定的。

(3)遗嘱继承人必须是属于法定继承人范围内的人,而法定继承人不一定都是遗嘱继承人。因为在遗嘱继承中,根据财产所有人的生前意愿,遗嘱继承人既可以是法定继承人中的一人,也可以是法定继承人中的若干人。哪些法定继承人能够继承遗产,这要取决于遗嘱的内容。

(4)二者效力不同,我国实行遗嘱继承优先于法定继承的原则。也就是说,对公民个人遗产的继承,如果财产所有权人生前立有遗嘱,只要该遗嘱是合法有效的,就必须按遗嘱继承,而不能按法定继承。

第二节　遗嘱及其执行

一、遗嘱

遗嘱是自然人生前按照法律规定的方式对自己的财产或其他事务作出处分并于其死亡时发生执行效力的一种单方民事法律行为。

二、遗嘱的形式、内容及有效条件

(一) 遗嘱的形式

1. 公证遗嘱

公证遗嘱是指经过公证机关公证的遗嘱。这是最为严格的遗嘱方式,更能保障遗嘱人意思的真实性,是证明遗嘱人处分财产的意思表示的最有力最可靠的证据。公证遗嘱的效力高于其他形式的遗嘱。如果遗嘱中有数份公证遗嘱的,以最后所立公证遗嘱为准;没有公证遗嘱的,以最后所立的遗嘱为准。

2. 自书遗嘱

自书遗嘱是指遗嘱人亲笔书写的遗嘱。这种方式简便易行,而且可以保证内容真实,便于保密。自书遗嘱由遗嘱人亲笔书写,应当签名并注明年月日。

3. 代书遗嘱

代书遗嘱是指遗嘱人自己不能书写遗嘱或者不愿亲笔书写遗嘱,可由他人代笔制作书面遗嘱。代书遗嘱应当有两个以上的见证人在场见证,由其中一人代书,注明年月日,并由代书人、其他见证人和遗嘱人签名。

4. 录音遗嘱

录音遗嘱是指以录音方式录制下来的遗嘱人的口述遗嘱。这种形式的遗嘱较口头遗嘱更为可靠,且取证方便,不需他人的复述。但是,录音带、录像带也容易被人剪辑、伪造。以录音形式立的遗嘱,应当有两个以上的见证人在场见证。在录制完遗嘱后,见证人应当将自己的见证证明录制在录音遗嘱的磁带上,遗嘱人在录制完毕以后,应将记载遗嘱的磁带封存,并由见证人共同签名,注明年月日。

5. 口头遗嘱

口头遗嘱是指由遗嘱人口头表述而不以任何方式记载的遗嘱。法律对这种遗嘱方式给予了严格的限制。第一,这是一种特殊方式的遗嘱,立遗嘱人只有处在危急的情况下,不能以其他方式设立遗嘱,才允许立口头遗嘱。所谓"危急情况下"一般指立遗嘱人的生命处于十分危难境地,如遇险、病危、前线战场等生死未卜的情况下,随时都有生命危险,而来不及或者无条件设立其他形式的遗嘱的情况。第二,口头遗嘱应当有两个以上见证人在场见证。危急情况解除后,遗嘱人能够用书面或者录音形式立遗嘱的,所立的口头遗嘱无效。

(二) 遗嘱的内容

遗嘱的内容包括:明确遗产的名称和数量;指定遗嘱继承人或受赠人;指明遗产的分配方法和具体份额;指明某项财产的用途和使用目的;明确遗嘱人对遗嘱继承人或受赠人附加的义务;指定遗嘱执行人;设立遗嘱的时间、地点等。

（三）遗嘱的有效条件

一份合法有效的遗嘱必须具备完备的实质要件和形式要件。

（1）遗嘱人在设立遗嘱时必须具备遗嘱能力。《最高人民法院关于贯彻执行＜中华人民共和国继承法＞若干问题的意见》第四十一条规定："遗嘱人立遗嘱时必须有行为能力。无民事行为能力的人所立的遗嘱，即使其本人后来有了行为能力，仍属无效遗嘱。遗嘱人立遗嘱时有行为能力，后来丧失了行为能力，不影响遗嘱的效力。"患有聋、哑、盲等生理缺陷而无精神病的成年人，他们是有完全行为能力的，因此他们也可以立遗嘱。

（2）遗嘱必须是遗嘱人的真实意思表示。我国《继承法》第二十二条规定："遗嘱必须表示遗嘱人的真实意思，受胁迫、欺骗所立的遗嘱无效。伪造的遗嘱无效。遗嘱被篡改的，篡改的内容无效。"意思表示不真实的遗嘱应当认定为无效。

（3）遗嘱的内容必须合法。遗嘱内容合法是指没有违反法律的强制性规定或者禁止性规定，违反法律强制性或者禁止性规定的遗嘱是无效的。如遗嘱中取消了缺乏劳动能力又没有生活来源的继承人的继承权或者没有为胎儿保留必要的继承份额，则这份遗嘱无效。

（4）遗嘱的形式必须合法。我国《继承法》规定了公证、自书、代书、录音、口头等五种遗嘱形式并对每一种遗嘱形式作出了不同条件和要求，遗嘱只有符合这些法定形式和条件时才是有效的。

（5）遗嘱人对遗嘱所处分的财产必须是有处分权的。如果遗嘱人生前的行为与遗嘱的意思表示相反，而使遗嘱处分的财产在继承开始前灭失、部分灭失或所有权转移、部分转移的，遗嘱视为被撤销或部分撤销；如果遗嘱中处分了其他人的财产，则这部分遗嘱内容也是无效的。

三、遗嘱的变更、撤销的含义

（一）遗嘱的变更和撤销

遗嘱的变更是指遗嘱人在设立遗嘱后依法改变原先所立遗嘱的部分内容；遗嘱的撤销是指遗嘱人废止原先所立遗嘱全部内容的行为。遗嘱是于遗嘱人死亡继承开始之时才发生法律效力的法律行为，是遗嘱人单方的意思表示，因此变更或撤销遗嘱是遗嘱人享有的权利，不需要任何理由，不需要征得其他人同意，只要遗嘱人具有与立遗嘱时同样的资格条件即可。我国《继承法》第二十条第一款明确规定："遗嘱人可以撤销、变更自己所立的遗嘱。"

（二）遗嘱的变更和撤销的方式

从遗嘱变更、撤销的方式上看，可分为以下明示和推定两种。

1. 遗嘱变更、撤销的明示方式

遗嘱变更、撤销的明示方式是指遗嘱人通过明确的意思表示变更、撤销遗嘱。遗嘱人以明示方式变更、撤销遗嘱的，须以法律规定的设立遗嘱的方式进行。自书、代书、录音、口头遗嘱，不得撤销、变更公证遗嘱，公证遗嘱的变更、撤销只有到公证机关办理公证后方为有效。

2. 遗嘱变更和撤销的推定方式

遗嘱变更和撤销的推定方式主要有以下三种。

第一，遗嘱人立有数份遗嘱，且内容相互抵触的，以最后所立的遗嘱为准，推定后立遗嘱变更或撤销前立的遗嘱，但公证遗嘱的变更和撤销须以公证遗嘱的方式进行方有效。

第二，遗嘱人生前的行为与遗嘱的意思表示相反，而使遗嘱处分的财产在继承开始前灭失、部分灭失，或所有权移转、部分移转的，遗嘱视为被撤销或部分被撤销。

第三,遗嘱人故意销毁遗嘱的,推定遗嘱人撤销遗嘱。原遗嘱毁坏后是否又立新遗嘱不影响推定的效力。

案例　2-1

丧偶的王老汉有两儿两女。2005 年 8 月,老王突发心肌梗塞住进医院,由两个女儿轮流护理。因当时生命垂危,老王便将两个女儿叫到床边,口头立下遗嘱,将自己的全部财产平分给两个女儿。立遗嘱时有 3 名医护人员在场见证。一个月后,老王经治疗转危为安,并于同年 10 月份痊愈出院。不幸的是,王老汉于 2009 年 2 月初因突遇车祸事故死亡。在分割遗产时,两个女儿主张应当按照老人的口头遗嘱办理;两个儿子则主张按法定继承分割遗产。双方为此争执不休,后诉至法院。法院经审理后判决,王老汉所立口头遗嘱无效,其遗产应按法定继承分割。

【评析】

我国《继承法》第十六条第一、二款规定:"公民可以依照本法规定立遗嘱处分个人财产,并可以指定遗嘱执行人。公民可以立遗嘱将个人财产指定由法定继承人的一人或者数人继承。"该法第十七条第五款规定:"遗嘱人在危急情况下,可以立口头遗嘱。口头遗嘱应当有两个以上见证人在场见证。危急情况解除后,遗嘱人能够用书面或者录音形式立遗嘱的,所立的口头遗嘱无效。"本案中,王老汉病危之时口述遗嘱,属于法律规定的危急情况,且当时有 3 个与继承人无利害关系的见证人,所以该口头遗嘱的法律要件齐全,在当时是有效的。也就是说,如果老王当时经抢救无效死亡,其所立的口头遗嘱当然有效,对老王的遗产继承应当按口头遗嘱办理,其两个儿子无继承权。但老王后经抢救脱险并痊愈出院,这表明法律规定的危急情况已不复存在,老王完全有条件用书面或者录音等其他形式再立遗嘱,将自己的遗产分给他的两个女儿,但老王并未这样做。所以只能按照法定继承的规定,由老王的 4 个子女共同继承遗产。至于每个子女的继承份额,则应视其对老人所尽赡养义务的多少而有所不同。

(材料来源:北京离婚法律网,http://www.66lihun.com/lawyerRead.asp? NewsID = 1145,2009 - 11 - 16)

四、遗嘱的执行

遗嘱的执行是实现遗嘱的内容,实现被继承人的意愿,保护继承人与利害关系人利益的重要环节。遗嘱的处分是以遗嘱具有法律效力为前提。

遗嘱执行人是指有权执行遗嘱内容以实现遗嘱人意愿的人。我国《继承法》没有明确遗嘱执行人的法律地位,遗嘱执行人的产生依具体情况而定。

(一)遗嘱执行人的产生

(1)遗嘱确定的遗嘱执行人。公民可依法设立遗嘱指定遗嘱执行人。如果被指定的人是法定继承人,则不得拒绝担任遗嘱执行人;如果是法定继承人以外的人,则有权决定是否担任遗嘱执行人。

(2)遗嘱人未指定遗嘱执行人或者指定的遗嘱执行人不能执行遗嘱的,遗嘱人的法定继承人为遗嘱执行人。因为法定继承人有义务执行遗嘱,如果为数个法定继承人,全体继承人为遗嘱的共同执行人,也可以推选代表。遗嘱执行人须忠实执行遗嘱,如果有不同意见,可以请人民法院裁决。

(3)在既无指定执行人又无法定执行人的情况下,法律规定由社会组织作为遗嘱执行人。

"社会组织"一般指遗嘱人生前所在单位或继承开始地点的基层组织。

（二）遗嘱执行人的职责

遗嘱执行人的职责有如下几项。

（1）查明和核实遗嘱的真实性，确认遗嘱是否合法有效。这是遗嘱执行人的首要任务和职责。

（2）通知继承关系当事人；办理死亡证明、户口注销等手续，这是遗嘱生效的必备条件。

（3）确认、清理、保管遗嘱人的财产，对于内容不能明确的遗嘱，弄清遗嘱人的真实意思，并作出符合遗嘱人意愿的解释。

（4）召集继承人、受遗赠人等相关当事人，宣布遗嘱，就遗产情况作必要说明。

（5）按遗嘱内容将遗产转移给遗嘱继承人或者将遗赠的财产交付给受遗赠人，在分割财产时，应保留胎儿的继承份额。

（6）有针对各种妨害继承的行为提起诉讼的权利；同时也有义务接受继承人、受遗赠人对自己执行行为审查的义务。遗嘱执行人对其造成损失应承担相应的赔偿责任。

（三）对附有义务的遗嘱的执行

附义务的遗嘱继承或遗赠，如果义务能够履行，而继承人、受遗赠人无正当理由不履行，经受益人或其他继承人请求，人民法院可以取消其接受附义务那部分遗产的权利，并可由提出请求的继承人或受益人负责按遗嘱人的意愿履行义务，接受遗产。

案例 2-2

2006 年底，某市有一对老夫妻，丈夫在临终前立了一份自书遗嘱，主要内容包括："由大儿子全权处理自己的后事，所余钱物由两个儿子平分。住房已经买下，户主也是本人，我老伴对此房只有居住权，可在此居住至终老，房子最后由大儿子继承……"遗嘱中没有涉及妻子魏某的继承份额。老伴儿去世后，魏某感觉不对头，找儿子协商重新进行财产分割也没有达成一致意见。为维护自己的合法权益，魏某诉至法院，要求把住房判归自己，同时要求将自己与丈夫的共同财产（被继承人名下的存款、家中电器）依法分割。法庭上，母亲和两个儿子展开了激烈辩论。魏某怀疑遗嘱是假造的；儿子则辩称，父母结婚 37 年，母亲一直没有工资收入补贴家里，现在的积蓄全部是父亲的。但原、被告双方提供的证据都不能充分证明自己的主张。法院经过详细审查，认定原告及被继承人生前的住房以及名下的存款、国库券、家具均系婚姻关系存续期间所共有，而且双方未就财产问题进行事先约定。请问在此情况下，法院应当如何判决。

【评析】

原告及被继承人生前的住房以及名下的存款、国库券、家具均系婚姻关系存续期间所共有，属于夫妻共同财产，夫妻有共同处分的权利，魏某应当占有一半的份额，而剩下的财产才能按遗嘱继承和法定继承的原则进行继承。所以法院应作出如下判决：住房产权的一半归魏某所有，另一半归长子所得；被继承人名下存款的一半归魏某，另一半扣除长子垫付的丧葬费后由两个儿子平分；家中家用电器等物品一半归魏某，另一半由两个儿子平分。

课后练习

一、填空题

1. 遗嘱人在危急情况下，可以立_____。口头遗嘱应当有_____在场见证。危急情况解除后，遗嘱人能够用书面或者录音形式立遗嘱的，所立的口头遗嘱_____。

2. 遗嘱继承的条件包括_____、_____与_____。

3. 遗嘱继承人必须是_____范围以内的人，但不受_____限制，遗嘱继承人继承的遗产份额也不受_____份额的约束。

4. 遗嘱必须表示遗嘱人的_____，受胁迫、欺骗所立的遗嘱_____。

5. 遗嘱有_____、_____、_____、_____、_____五种形式。

6. 遗嘱应当对_____保留必要的遗产份额。

7. 遗嘱人以不同形式立有数份内容相抵触的遗嘱，其中有公证遗嘱的，以_____为准；没有公证遗嘱的，以_____为准。

二、判断题

1. 无行为能力人所立遗嘱无效，限制行为能力人所立遗嘱有效。（ ）

2. 经公证机关公证过的遗嘱是不能撤销和改变的。（ ）

3. 口头遗嘱及自书遗嘱均须见证人在场才为有效的遗嘱。（ ）

4. 以录音形式立的遗嘱，应当有两个以上见证人在场见证。（ ）

5. 公证遗嘱由遗嘱人或其代理人经基层人民法院办理。（ ）

三、选择题

1. 遗嘱是一种（ ）。

A. 双方法律行为　　　B. 不要式法律行为　　C. 有偿法律行为　　　D. 单方法律行为

2. 李某有二子李林和李森，李某于 2000 年立下遗嘱将其全部财产留给李林。李某于 2001 年 12 月死亡。当时李森只有 11 岁，但李林已成年且工作。问李某的遗产应如何处理？（ ）

A. 李林、李森各得二分之一　　　　　　B. 李林得三分之二，李森得三分之一

C. 李林获得全部遗产　　　　　　　　　D. 李森获得全部遗产

3. 在遗嘱的五种形式中，法律效力最高的是（ ）。

A. 公证遗嘱　　　B. 自书遗嘱　　　C. 代书遗嘱　　　D. 录音遗嘱

4. 根据《继承法》规定，下列哪些遗嘱需要两个以上见证人有效？（ ）

A. 公证遗嘱　　　B. 代书遗嘱　　　C. 录音遗嘱　　　D. 口头遗嘱

5. 下列哪些人员不可以作为遗嘱见证人？（ ）

A. 无行为能力人、限制行为能力人　　　B. 继承人、受遗赠人

C. 与继承人、受遗赠人有利害关系的人　　D. 遗嘱执行人

四、名词解释

1. 遗嘱

2. 遗嘱执行

3. 遗嘱继承

4. 公证遗嘱

五、问答题

1. 遗嘱继承的特点有哪些?

2. 遗嘱继承与法定继承的区别是什么?

3. 遗嘱的形式有哪些?

4. 遗嘱执行人的职责有哪几项?

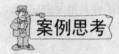

思考1

【案例1】黄某病逝后,留有房屋8间,尚欠医疗费8 000元,继承人有子女甲、乙、丙3人。在继承开始前,甲拿出一份遗嘱,遗嘱中说房屋由甲继承6间,其余乙、丙各1间。该遗嘱由甲妻代书,有黄某手印,并有甲及医生李某在遗嘱上作证。乙丙认为该遗嘱系伪造,应无效。后经法院查明,遗嘱上手印真实。请问:该份遗嘱是否有效? 黄某留下的房屋及医疗费如何处理?

思考2

【案例2】李玉考虑年事已高,就自书遗嘱把自己全部财产平均分成两份,由一儿一女分别继承。但立遗嘱后,本来经常给他邮寄生活费和看望他的儿子却不再寄赡养费了,李玉对此十分不满。1988年李玉病危住院,儿子从未来探望,全由女儿照顾。在最后病情十分危急时刻,李玉决定在有一位医生和一位护士在场的情况下,口头立下遗嘱,声称其全部遗产由女儿继承。李玉死后,他儿子不承认此口头遗嘱有效。请问,遗嘱人在危急情况下能否立口头遗嘱变更原来的自书遗嘱?

思考3

【案例3】乐某有三个孩子,长子甲、次女乙和三子丙,丙只有12周岁。乐某早年丧偶,一直带着小儿子与甲夫妇生活。乐某于1986年5月立下亲笔遗嘱,将全部遗产存款3万元和房屋1套由甲与丙继承。但甲妻不满,挑拨甲放弃照顾乐某与丙并迫使其搬到外地乙家居住。受到乙夫妇的周到照顾,乐某又立亲笔遗嘱,决定将其3万元存款给乙,房屋1套给未成年的丙。1988年乐某病重住进医院,正值此时,丙和同学打架致残。甲对乐某的病情毫不关心。乐某在其弥留之际,当着3个远房亲戚的面立下口头遗嘱,将其所有遗产由乙1人继承。乐某去世后,甲持其父自书遗嘱,乙根据乐某的口头遗嘱均要求继承其父遗产。请问:(1)乐某的口头遗嘱是否有效?(2)乐某的遗产应依哪份遗嘱继承?(3)若乐某对第二次遗嘱进行了公证,乐某的遗产应如何继承?

思考4

【案例4】王华的父母生前有私人楼房一幢。王华于1995年到外地工作,其母亲于1997年去世,父亲2000年与携带三个未成年孩子的陈某再婚并共同抚养这些孩子。2007年,三个孩子都已成年工作,但此时他们经常虐待王华父亲,并于2008年王华父亲生病时将其逐出家门,王华只好将其接来共同生活照料。之后,继母在原籍死亡。2009年父亲在病危时口述遗嘱,将他同生母的楼房一幢由王华继承,并邀请了三位居委会工作人员在场作证。请问,父亲临终口述遗嘱有效吗?

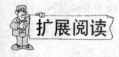扩展阅读

(一)中国古代非"户绝"条件下的遗嘱继承制度

中国古代是否存在遗嘱继承制度,较多学者持肯定意见,只是对遗嘱继承制度的适用范围有不同看法。魏道明先生《中国古代遗嘱继承制度质疑》(以下简称魏文)一文则基本上持否定意见,认为:"中国古代不存在一般意义上的遗嘱继承制度。遗嘱继承制度的产生,以单纯的个人所有权的普遍化和血亲关系的相对淡化为前提条件,而中国古代不具备这些条件;中国古代的法律仅允许被继承人在'户绝'时适用遗嘱,有子时则必须实行法定继承,与普通意义上的遗嘱继承制度相去甚远;虽然中国古代有实行遗嘱继承的个别实例,但不能据此认为中国存在遗嘱继承制度。"不过,笔者觉得,魏文在对古代遗嘱继承制度的概念阐释以及"对史籍所载遗嘱继承实例"一节的选择分析有欠缺之处,从而影响了其结论的正确性。下面主要就唐宋时期的遗嘱继承制度略述己见,希望有助于讨论的进行。

笔者认为,根据遗嘱继承的一般概念,揆之史实,中国古代特别是在唐宋时期在非"户绝"即有承分人的条件下也适用遗嘱继承制度。现代民法学对"遗嘱继承"的定义是:"遗嘱继承是法定继承的对称。它是继承人按照被继承人生前所立的合法有效的遗嘱进行继承的一种继承制度。""由于在遗嘱中,遗嘱人可以指定其继承人及继承遗产的种类、数额(财产的全部或一部分)等,故遗嘱继承又称为'指定继承'。"可见遗嘱指定的继承人也可以包括法定继承人在内,换言之,在有法定继承人的条件下并不排斥被继承人采用遗嘱继承方式。事实上,在中国古代,有法定继承人而采取遗嘱继承方式是由来已久的习俗。例如,《敦煌契约文书辑校》辑有 5 份《遗书样文》。目前能见到的这类遗嘱样文虽然只有 5 份,但它们的史料价值是很高的,其显性共性在于遗嘱的指定继承人都包括法定继承人在内;其隐性共性则在于,它们说明在有承分人时采取遗嘱继承形式在唐五代社会生活中是相当流行的习俗,而非个别事例,因此遗嘱样文才有必要出现并书写流传以适应实际需要。

魏文还从遗嘱自由、财产私有权等方面论证中国古代在非"户绝"条件下不可能出现遗嘱继承制度。笔者认为魏文的分析未能充分考虑中国古代家庭或家族共财制度的特点及其对遗嘱继承制度的影响,从而对中国古代遗嘱继承制度作出过于"现代化"的解释。中国古代,特别是唐宋时期,在有承分人即非"户绝"条件下的遗嘱继承制度,是为社会习俗认可并受法律一定保护的社会现实,它表现出两方面的特点:一是能采取遗嘱继承方式的被继承人有严格的身份地位限制,必须是父祖尊长;二是由于家庭或家族共财制度赋予父祖尊长以支配财产的特权,因此他们也拥有一定的遗嘱自由。对此,下面列举几种史实试加论证。第一种,遗嘱中诸子并非都得到遗产。第二种,遗嘱中诸子均分一部分财物,而其余财产遗嘱与他人。第三种,除承分人外,将部分财物嘱与非承分人的侄子。第四种,因承分人不孝,将承佃权遗嘱与婿。第五种,有子,将部分财产以嫁资的形式遗嘱与婿。第六种,有养子,将部分财物遗嘱与女。第七种,妻在,夫将财产遗嘱与妹和女。

从上述几种非"户绝"条件下的遗嘱继承事例,可以看出中国古代特别是唐宋时期在实行法定继承的同时,存在着遗嘱继承制度,被继承人在设立遗嘱处理遗产时有一定的自由,并且为法律和习俗所认可。同时,从这些史实中还可以看出,中国古代的遗嘱自由如同现代一样是有限制的。限制主要有两方面。第一,是遗嘱人的身份限制。不难看出,享有一定的遗嘱自由权利的人都是父祖尊长,只有他们才能通过立遗嘱的方式决定身后家产的分配形式。第二,是指定继承人的身份。在多数场合,指定继承人是法定继承人或是家族成员。超出法定继承范围的遗嘱继承,必须在古人所谓的"情理"之中。中国古代遗嘱继承制度之所以表现出既有一定自由又受到很大限制的特点,根本原因在于当时的家庭或家族共财制度。一方面,中国古代家庭或家族共财的习俗上升为礼法,赋予父祖尊长支配家产的特权。另一方面,共财关系中父祖尊长对家产的支配权并不等同于个人所有权。

综上所述,中国古代特别是唐宋时期不仅在"户绝"时适用遗嘱继承,在非"户绝"(即有承分人)时同样适用遗嘱继承。要正确认识中国古代遗嘱继承制度的存在及其特点,关键在于正确认识当时家庭或家族共财制度的特点,特别是父祖尊长对财产的支配特权。

(本文引自 http://flwh. znufe. edu. cn/article _ show. asp? id = 663)

(二)共同遗嘱、继承契约及我国的立法

共同遗嘱和继承契约是外国民法上的两个关系紧密又有区别的制度。在我国《继承法》上均无明确的规定。但在社会生活日益多元化和人民对自己民事生活主导日益强化的今天,共同遗嘱和继承契约这一制度也逐渐走进人们的视野。

一、共同遗嘱和继承契约

(一)共同遗嘱

共同遗嘱又称合立遗嘱,它是指两个或两个以上的遗嘱人共同订立的同一份遗嘱。遗嘱人将其共同一致的意思通过一个遗嘱表示出来,形成一个内容共同或相互关联的整体遗嘱。通常又有四种表现:一是相互指定对方为自己的遗产继承人,即指定对方为自己的遗嘱继承人并以对方指定自己作遗嘱继承人为前提;二是共同指定第三人为遗产的继承人或受遗赠人,其遗产为共同财产居多;三是相互指定对方为继承人,并约定后死者将遗产留给指定的第三人;四是相关的遗嘱,即形式上各自独立、实质上相互以对方的遗嘱内容为条件的遗嘱,一方遗嘱撤回或失效,另一方的遗嘱也归于失效;一方遗嘱执行时,他方遗嘱不得撤回。

共同遗嘱的出现,打破了传统民法上关于遗嘱的理论。与一般的遗嘱相比,共同遗嘱明显有着它自己的独特性。

(1)共同遗嘱是两个或两个以上遗嘱人的共同法律行为。是遗嘱人确定和追求一个相同的目标,形成共同意思表示的一致,亦即"两个以上的有着同一内容、同一目的并行的意思表示的一致"。而一般的遗嘱被认为是单方民事法律行为。

(2)共同遗嘱的内容具有严格的内在整体性和变更、撤销的非自由性。具体表现为以下几点。第一,当共同遗嘱是共同指定第三人为遗产继承人或受遗赠人时,其内容构成一个单一的完整共同体,不可分割。第二,当共同遗嘱属于相互遗嘱和相关联遗嘱时,其内容则具有相互制约性和关联性。遗嘱人之一处分遗嘱所涉共同财产或个人财产时,应受他方意思的制约。如果在订立遗嘱时双方都以对方的遗嘱内容作为条件,那就必然会导致一方的遗嘱意思发生

变更或撤回,另一方的遗嘱意思也不发生效力。第三,在共同遗嘱人生存期间,可以通过共同意思表示变更或撤销遗嘱;一方变更、撤销遗嘱之内容或对财产进行处分,应告知另一方。在共同遗嘱人之一死亡后,生存方原则上不得变更、撤销遗嘱或进行与遗嘱内容相违背的财产处分。尤其在相关联的遗嘱中,内容已经执行,另一方则不得撤销遗嘱。而对于一般遗嘱,被继承人在遗嘱生效前享有随时变更和撤销的权利。

(3)共同遗嘱所处分的财产大多是遗嘱人的共同财产。而一般遗嘱中所处分的只能是被继承人个人拥有的合法财产。

(4)共同遗嘱的生效时间有一定的特殊性。从总体上来说,共同遗嘱人之一死亡,共同遗嘱不发生效力,或者部分发生效力,只有当共同遗嘱人全部死亡时,遗嘱才能全部生效。不同类型的共同遗嘱,其生效时间又有不同要求。第一,互相指定对方为继承人的共同遗嘱,一方死亡时遗嘱生效,生存方的遗嘱内容即失其效力。第二,以共同财产指定第三人为继承人或受遗赠人的共同遗嘱,必须在共同遗嘱人均死亡后才发生效力。一方死亡后,活着的一方得自由行使共同财产权,但要受到遗嘱内容的拘束,不得进行与遗嘱相违背的法律行为,原则上也不得变更、撤销遗嘱。第三,相互指定对方为继承人,并共同指定第三人为最终继承人或受遗赠人的共同遗嘱,其生效时间分两个阶段:共同遗嘱人之一死亡,相互继承的内容生效,生存方依遗嘱取得遗产;当最后一个遗嘱人死亡,遗嘱全部生效,第三人依继承或遗赠而取得财产。第四,共同遗嘱实为相关联之遗嘱时,一方死亡,遗嘱应认定为生效,生存方原则上不得变更或撤销遗嘱,或者进行与遗嘱内容相抵触的处分行为。而一般遗嘱则是在遗嘱人死亡后发生效力,并无上述的复杂区分。

(二)继承契约

我国对于继承契约的理解大概有如下几种:继承契约是指两个或两个以上的家庭成员(主要是夫妻或未婚夫妻)之间所订立的关于遗产继承的合同;继承契约是由被继承人与对方签订的关于继承或遗赠的协议;继承合同是当事人双方在生前订立的关于某一方死亡或一方死亡后的遗产继承的合同。

继承契约一般有如下基本特征。第一,继承契约是双方法律行为,其主体的意思表示是对应互动的一致,具有一般民事合同的共同特性。第二,订立继承契约的主体可以是被继承人与继承人,如夫妻之间、家庭成员之间;也可以是被继承人与非继承人之间,如德国民法所反映的继承契约多发生在订有婚约的未婚男女之间,并可以与婚姻契约结合在同一证书中。第三,继承契约双方的权利义务可以是单务无偿性的,也可以是双务有偿性的,要根据其内容来确定。第四,继承契约的撤销有严格要求。基于继承契约的效力,其撤销有两种:一是由契约双方当事人协议撤销,类似于合同的协议解除;二是基于法定事由,由当事人单方面撤销或废除。如果继承契约是在错误、受欺诈、胁迫的情况下违背当事人的真实意志订立的,或者继承契约损害了特留份权利人的特留份,或者契约指定的继承人、受遗赠人存在法定丧失继承权、受遗赠权的情节,可构成为单方面撤销的法定事由。如果双方在订约时已商定撤销事由,事由发生时也可产生撤销之后果。除此之外,继承契约原则上不得任意撤销。

(三)二者的关系

从以上的定义中我们可以发现,共同遗嘱和继承契约在很多方面是相似的。尤其是相互共同遗嘱和相牵连的共同遗嘱,与继承契约颇为相似。第一,二者都是双方或多方的法律行为,且多发生在夫妻之间,也有发生在其他家庭成员之间。而一般遗嘱是单方的法律行为。第二,二者都是处理遗产继承的法律文书,都是对遗产作出处分,并于被继承人死亡之时生效。第三,二者的内容极为相似,在那些内容相互关联的共同遗嘱中,遗嘱内容有相互制约性,与继承契约有某些近似的地方。在继承契约中,立契约人可以指定继承人,对遗赠和遗嘱负担作出规定。在共同遗嘱中,同样可以互相指定对方为继承人、受遗赠人,也可共同指定第三人为自己的继承人。

共同遗嘱和继承合同的这种相似性不禁使人产生这种疑惑,那就是二者到底是不同的制度呢,还是一样的制度?对此,学者的看法主要有两种。一种观点认为,二者尽管具有许多相似性,但根本上还是两个有区别的制度。首先,二者的法律属性不同,共同遗嘱是遗嘱的一种特殊形式,而继承契约则是契约或合同的特殊形式。其次,意思表示一致的运行态势不同,共同遗嘱之意思表示是并行归一的共同一致,属于共同行为;而继承契约之意思表示是双向对应的互动一致,属于契约行为。再次,内容范围不同,共同遗嘱一般仅限于遗产处分,而继承契约可涉及遗产处分、继承人继承权的放弃、不设立遗嘱的允诺、扶养义务或终身定期金的承担等多个方面。正因为如此,共同遗嘱带有鲜明的无偿性,而继承契约有一定的双务、有偿表现。另一种观点则认为,尽管各国立法体例不同,但从本质上讲,共同遗嘱与继承契约的法律性质基本一致:都是双方(多方)法律行为;都是关于继承遗产方面的权利义务协议;都是对遗产作出的文件,等等。当然,继承契约的范围可以比共同遗嘱更广。因此可以得出结论,继承契约与共同遗嘱是属与种的关系——共同遗嘱是继承契约的一种,也是继承契约最常用的一种。

本文认为,上述两种观点并无本质上的冲突,继承契约与共同遗嘱在很多方面确实是有区别,也是两个不同的制度。只有真正弄清楚二者之间的关系,才能正确使用它们来处理民事生活中的相关问题。

从历史上看,共同遗嘱是继承契约制度的产物。契约是民法意思自治原则体现最为完全的领域,而继承法中的遗嘱一般都认为是单方民事法律行为,将多方民事法律行为引入继承法领域,不仅没有动摇传统的继承法中的遗嘱理论,而且为民事主体提供了更为多样的方式来行使意思自治,自由处分自己的合法财产。这样的过程至少说明在很大的程度上,共同遗嘱借鉴了继承契约的很多原理。同时,从各国的立法实际来看,凡禁止共同遗嘱的,必然要禁止继承契约。这就说明共同遗嘱是一种在范围和法律关系上比继承契约要窄的制度,如果承认了共同遗嘱,自然就能打破传统的遗嘱单方法律行为说,从而进一步在继承法中设立多方民事法律行为也就不存在障碍了。

但即使是这样,认为二者互为种属关系也是不对的。因为,首先,不能因为二者都是多方法律行为就认为契约范畴的外延一定包括了共同行为,他们之间虽有交集,但互不包含。其次,从德国民法典的规定来看,这一观点也是不对的。我们知道,德国民法有着严密的逻辑结构,如果某一制度能为其他制度共同适用或者能把其他制度囊括进来,那么它一定是被规定在总则中,或者各编中的带有总则性质的规定里,而德国民法典中将继承契约规定在“继承顺序”一章,将共同遗嘱规定在“遗嘱”一章中的第八节,可见二者并无总分的关系。

二、共同遗嘱和继承契约的起源和立法例

共同遗嘱来源于西欧德、法等国的习惯法,盛行于中世纪。罗马法时代还没有承认这种遗嘱的有效性。到了14~15世纪这种遗嘱的方式开始在欧洲流行起来。当时,这种遗嘱形式主要是发生在夫妻之间,他们以共同订立的遗嘱,相互遗赠或共同处分自己的财产。德国是最早承认共同遗嘱的国家之一,其共同遗嘱制度非常完善,所以它的学者也以其为德国继承法的特色加以特别介绍。

现今世界上各主要法系国家对共同遗嘱持肯定态度,承认其合法性、有效性的国家如德国、奥地利、韩国等。德国民法典第2265条~2273条规定夫妻之间可以订立共同遗嘱。奥地利民法典第583条和第1248条也明文规定了共同遗嘱。英美法系的国家也承认共同遗嘱的法律效力。还有些国家或地区的继承法既未明确规定允许订立共同遗嘱,也未明确禁止订立共同遗嘱,但在实际上并不承认共同遗嘱的法律效力。

目前世界各国对待继承契约也有两种不同的立法例:一种是明确承认继承契约,如德国、瑞士、匈牙利、英国、美国等。如《德国民法典》第1941条规定:被继承人得以契约指定继承人,以及指示遗赠或遗赠负担;《瑞士民法典》第494条规定:被继承人得以继承契约,承担使对方或第三人取得其遗产或遗赠义务。另一种则是否定继承契约的效力,甚至明文规定禁止订立继承契约,如法国、日本和我国台湾地区在解释上亦采取否定态度。《法国民法典》第1130条规定,任何一个人均不得放弃尚未开始的继承,或就尚未开始的继承订立契约,即使取得被继承人的同意时,亦同。该法还规定,夫妻双方不得以协议或放弃权利声明书等形式变更法定的继承顺序(第1389条);即使依夫妻财产契约亦不得预先放弃对现生存的人的将来的遗产继承,亦不得出让此种将来可能取得的继承权(第790条)。

三、我国对共同遗嘱和继承契约的态度

我国直到1930年"中华民国"民法继承编通过和实施,一直实行的是宗祧继承制,确立的是父死子继、嫡庶有别的宗法继承原则,否定男女平等,不光夫妻之间,就是父母之间也是无共同遗嘱存在可能的。

我国台湾地区民法在解释上也是不承认共同遗嘱的,我国现行的继承法中也没有明确禁止共同遗嘱。不过我国大陆的立法和司法实践向来对于未禁止的规定,采取这样的处理方式,即只要与立法的精神不相抵触,都可在司法审判实践里依实际情况而定。这样,既然共同遗嘱对解决遗产继承纠纷有利,又不违背当事人自己的意志,是可以作为一种遗嘱形式加以运用和规定的。

而对于继承契约,我国实际上在某种形式上已经承认了它的存在,那就是我国继承法上的遗赠扶养协议。但我国的遗赠扶养协议又不是完全意义上的继承合同。第一,订立的主体不同,遗赠扶养协议中的遗赠人是被继承人,而受遗赠人是扶养人。第二,受益人不同。遗赠扶养协议中的受益人是扶养人,而继承契约中的受益人是契约所指定的继承人、受遗赠人、第三人,第三人既可以是夫妻以外的其他家庭成员,也可以是其他自然人。第三,权利义务关系不同。遗赠扶养协议中的遗赠人和扶养人双方都享有权利,也都负有义务。而继承契约则与此不同,继承契约制度中的指定继承人或受遗赠人接受死者遗产是无偿的,继承契约指定的继承人、受遗赠人一般只享有接受死者遗产的权利,契约一般不给对方或第三人设定扶养义务。第四,订立的程序和方式不同。遗赠扶养协议的订立方式和程序在继承法中未明文规定,按照民间习惯,一般以书面形式为宜。使用合同订立的原理、原则和程序。而继承契约的订立,均必须遵照法律明文规定的程序和方式进行。对于这种继承合同,我们应当将其作为中国自己的制度加以完善,尤其是应当参照国外关于继承契约的规定,在订立的主体上有所扩充,在订立的程序和方式上更正式和严格,使其效力有所本。

对于我国到底应否采纳国外立法中的共同遗嘱制度,我国民法学界存在不同的看法。

肯定说认为,虽然继承法没有明文确认共同遗嘱,但也未排除共同遗嘱的有效性,从我国国情出发,应当确立共同遗嘱的法律地位和效力,提倡夫妻二人采用共同遗嘱的形式处分共同财产。理由主要认为共同遗嘱与我国人民的传统习惯协调一致。我国财产继承的习惯做法是,父母一方去世,子女一般不急于去继承父亲或母亲的遗产,而是等到父母双亡以后,子女们才去分割父母的遗产。父母(夫妻)双方共同订立遗嘱,在许多情况下,也是与这种习惯做法相适应的。

否定说认为共同遗嘱与遗嘱的理论相矛盾,我国继承法应不承认共同遗嘱的效力。其理由主要是:共同遗嘱有违遗嘱自由原则。遗嘱是遗嘱人单方面的法律行为,遗嘱人单方的意思表示完全可以独立自在地决定遗嘱的成立、变更或撤销。而二人或二人以上订立的共同遗嘱,却没有这种随意性,其订立、变更或撤销,必然要受到另一遗嘱人的制约。比如说,在共同遗嘱订立以后,遗嘱人中的一人事后反悔,改变主意,要撤回遗嘱,如果立遗嘱的另一人不同意撤回,则共同遗嘱不能撤销。这就违背了遗嘱自由原则,且容易引起纠纷。

这种争论充分展现了共同遗嘱的利弊,作为一种继承制度,如果它确实存在,我们就不能回避,而应在充分了解其利弊后扬长避短,使其真正发挥它的积极作用。从法律上确认和限制共同遗嘱应集中于四个方面。一是在主体上,只允许夫妻之间订立共同遗嘱,赋予配偶享有共同遗嘱的权利。二是在内容上,只认可相互以对方为继承人,或相互以对方为继承人、再以第三人为继承人,或以共同财产为标的、指定第三人为继承人等三类共同遗嘱。三是在形式上,应限定共同遗嘱只能采用自书、代书和公证三种形式。四是在变更和撤销上,赋予协议变更或撤销的权利;对单方面的变更或撤销,则应列举特定法定事由,只有符合该特定事由,才能产生遗嘱变更或撤销的效力。

四、结语

共同遗嘱反映了共同遗嘱人对生前合法财产作出处分的一种合意,是民事主体践行司法自治原则的体现,也符合民事主体自己就自身合法民事权利进行处分的自由原则,它不仅不违背我国现在的家庭生活实践,还在一定程度上对我国现存的家庭模式和财产继承模式是一种反映,我国司法实践也已经处理了有关夫妻共同遗嘱的案件。所以应尽快把我国的共同遗嘱制度建立起来,使公民在继承活动中有切实的法律保障。

在我国已经获得立法的遗赠扶养协议是一种有我国特色继承合同制度,在已有的司法实践的基础上,从当事人的范围上、合同订立程序和方式上进行完善也是我国继承法在以后所要重点关注的方面。所以在以后的继承法修改和民法典制订活动中,应充分注意这两个制度的建立和完善,尽早为我国的此类继承活动提供法律依据和保障。

(本文引自 http://law. eastday. com/dongfangfz/node15/node21/u1a9091. html)

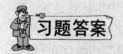 习题答案

一、填空题

1. 口头遗嘱　　两个以上见证人　　无效

2. 没有遗赠扶养协议 被继承人的遗嘱合法有效 遗嘱继承人没有丧失、放弃继承权

3. 法定继承人 顺序 法定遗产

4. 真实意思 无效

5. 公证遗嘱 自书遗嘱 代书遗嘱 录音遗嘱 口头遗嘱

6. 缺乏劳动能力又没有生活来源的继承人

7. 最后所立公证遗嘱 最后所立的遗嘱

二、判断题

1. 错 2. 错 3. 错 4. 对 5. 错

三、选择题

1. D 2. C 3. A 4. BCD 5. ABC

四、名词解释

1. 遗嘱是自然人生前按照法律规定的方式对自己的财产或其他事务作出处分并于其死亡时发生执行效力的一种单方民事法律行为。

2. 遗嘱的执行是实现遗嘱的内容,实现被继承人的意愿,保护继承人与利害关系人利益的重要环节。遗嘱的处分是以遗嘱具有法律效力为前提。

3. 所谓遗嘱继承,又称指定继承,是相对于法定继承而言的,是指继承开始后按照立遗嘱人生前所留下的符合法律规定的合法遗嘱的内容要求,确定被继承人的继承人及各继承人应继承遗产份额的一种继承制度。遗嘱继承中,立遗嘱的人叫遗嘱人,根据遗嘱规定有权继承被继承人遗产的法定继承人叫遗嘱继承人。

4. 公证遗嘱是指经过公证机关公证的遗嘱。这是最为严格的遗嘱方式,更能保障遗嘱人意思的真实性,是证明遗嘱人处分财产的意思表示的最有力、最可靠的证据,公证遗嘱的效力高于其他形式的遗嘱。

五、问答题

1. 遗嘱继承的特点有如下几点。第一,遗嘱继承的发生必须包括两个法律事实,即被继承人的死亡和被继承人生前立有合法有效的遗嘱。遗嘱是遗嘱人死后生效的法律行为,是遗嘱人生前按照个人意愿对自己财产进行了预先处分,它的法律效力应当从遗嘱人死亡开始,所以,只有遗嘱人死亡才会发生遗嘱继承;设立遗嘱,是一种要式法律行为,必须采取法律规定的五种形式之一,并且每种形式必须符合法律规定的条件,否则无效。第二,遗嘱直接体现了被继承人的意愿。遗嘱是被继承人在他生前对自己的财产作出的在他死后发生效力的处分,遗嘱继承是直接按照被继承人的意思所进行的继承,在遗嘱继承中,继承人、继承人的顺序、继承人继承的遗产份额或者具体的遗产都是由被继承人在遗嘱中指定的,按照遗嘱进行继承也就是充分体现尊重被继承人对自己财产处分的自由。第三,遗嘱继承人的范围确定,必须为法定继承人范围以内的人。也就是说,被继承人遗嘱中只能在法定继承人中按照自己的意愿选择继承自己遗产的继承人,遗嘱继承人不受法定继承顺序、继承份额等的限制。第四,遗嘱继承的效力要优于法定继承。在继承开始后,有遗嘱的,按照遗嘱继承或者遗赠办理;有遗赠扶养协议的,按照协议办理;没有遗嘱和遗赠扶养协议的,按照法定继承办理。

2. 遗嘱继承与法定继承的区别如下。第一,继承依据不同。法定继承是指按法律规定的

继承人范围、继承顺序和遗产分配原则进行的继承;遗嘱继承是指按被继承人生前所立遗嘱中指定的继承人继承其遗产所进行的继承。法定继承是按法律规定的范围、顺序来进行的;而遗嘱继承则是按财产所有人生前的意思来继承的。第二,继承份额的确定方法不同。法定继承人的继承份额是根据所有法定继承人的情况和赡养扶养情况来确定的;遗嘱继承人的继承份额是财产所有人在遗嘱中确定的。第三,遗嘱继承人必须是属于法定继承人范围内的人,而法定继承人不一定都是遗嘱继承人。因为在遗嘱继承中,根据财产所有人的生前意愿,遗嘱继承人既可以是法定继承人中的一人,也可以是法定继承人中的若干人。哪些法定继承人能够继承遗产,这要取决于遗嘱的内容。第四,二者效力不同,我国实行遗嘱继承优先于法定继承的原则。也就是说,对公民个人遗产的继承,如果财产所有权人生前立有遗嘱,只要该遗嘱是合法有效的,必须按遗嘱继承,而不能按法定继承。

3. 遗嘱的形式有如下几种。

(1)公证遗嘱,是指经过公证机关公证的遗嘱。这是最为严格的遗嘱方式,更能保障遗嘱人意思的真实性,是证明遗嘱人处分财产的意思表示的最有力最可靠的证据,公证遗嘱的效力高于其他形式的遗嘱。如果遗嘱中有数份公证遗嘱的,以最后所立公证遗嘱为准;没有公证遗嘱的,以最后所立的遗嘱为准。

(2)自书遗嘱,是指遗嘱人亲笔书写的遗嘱。这种方式简便易行,而且可以保证内容真实,便于保密。自书遗嘱由遗嘱人亲笔书写,应当签名并注明年月日。

(3)代书遗嘱,是指遗嘱人自己不能书写遗嘱或者不愿亲笔书写遗嘱,可由他人代笔制作书面遗嘱。代书遗嘱应当有两个以上的见证人在场见证,由其中一人代书,注明年月日,并由代书人、其他见证人和遗嘱人签名。

(4)录音遗嘱,是指以录音方式录制下来的遗嘱人的口述遗嘱。这种形式的遗嘱较口头遗嘱更为可靠,且取证方便,不需他人的复述。但是,录音带、录像带也容易被人剪辑、伪造。以录音形式立的遗嘱,应当有两个以上的见证人在场见证。在录制完遗嘱后,见证人应当将自己的见证证明录制在录音遗嘱的磁带上,遗嘱人在录制完毕以后,应将记载遗嘱的磁带封存,并由见证人共同签名,注明年月日。

(5)口头遗嘱。是指由遗嘱人口头表述而不以任何方式记载的遗嘱。法律对这种遗嘱方式给予了严格的限制。第一,这是一种特殊方式的遗嘱,立遗嘱人只有处在危急的情况下,不能以其他方式设立遗嘱,才允许立口头遗嘱。所谓"危急情况下"一般指立遗嘱人的生命处于十分危难境地,如遇险、病危、前线战场等生死未卜的情况下,随时都有生命危险,而来不及或者无条件设立其他形式的遗嘱的情况。第二,口头遗嘱应当有两个以上见证人在场见证。危急情况解除后,遗嘱人能够用书面或者录音形式立遗嘱的,所立的口头遗嘱无效。

4、遗嘱执行人的职责有如下几项。第一,查明和核实遗嘱的真实性,确认遗嘱是否合法有效。这是遗嘱执行人的首要任务和职责。第二,通知继承关系当事人;办理死亡证明、户口注销等手续,这是遗嘱生效的必备条件。第三,确认、清理、保管遗嘱人的财产,对于内容不能明确的遗嘱,弄清遗嘱人的真实意思,并作出符合遗嘱人意愿的解释。第四,召集继承人、受遗赠人等相关当事人,宣布遗嘱,就遗产情况作必要说明。第五,按遗嘱内容将遗产转移给遗嘱继承人或者将遗赠的财产交付给受遗赠人,在分割财产时,应保留胎儿的继承份额。第六,有针对各种妨害继承的行为提起诉讼的权利;同时也有义务接受继承人、受遗赠人对自己执行行为审查的义务。遗嘱执行人对其造成损失应承担相应的赔偿责任。

案例思考答案

【思考1】本案中遗嘱无效。因为黄某所立遗嘱为代书遗嘱。依据《继承法》规定,代书遗嘱需要两个以上合格的见证人在场作证。而本案中甲作为继承人不能作为见证人,因此不符合法律要求,遗嘱无效。由于黄某遗嘱无效,遗产应按照法定继承处理,由其法定继承人继承。黄某所欠医疗费,属于遗产债务,也应由继承遗产的法定继承人负责偿还。

【思考2】李玉以口头遗嘱变更原先所立自书遗嘱,是有效的。因为《中华人民共和国继承法》第二十条规定"遗嘱人可以撤销、变更自己所立的遗嘱","立有数份遗嘱,内容相抵触的,以最后的遗嘱为准"。最高人民法院《关于贯彻执行〈中华人民共和国继承法〉若干问题的意见》第四十二条也规定:"遗嘱人以不同形式立数份内容相抵触的遗嘱,其中有公证遗嘱的,以最后所立公证遗嘱为准,没有公证遗嘱的,以最后所立的遗嘱为准。"李玉先是自书遗嘱,将遗产分给儿子和女儿,但儿子却因此不再赡养老人。李玉在病危之时用口头遗嘱的方式变更原先所立遗嘱,完全是符合法律规定的,并且其口头遗嘱是在危急情况下,有两个见证人在场见证所立的,是有效的遗嘱。

【思考3】该案例分别涉及了遗嘱的形式,遗嘱的撤销、变更以及遗嘱的效力问题。

(1)遗嘱是所有权的延伸,是自然人意思自治的必然之意。我国《继承法》允许通过设立遗嘱的方式分配遗产。遗嘱应在形式和内容上符合法律规定。我国遗嘱形式有自书、代书、录音、口头、公证遗嘱。《继承法》第十七条第五款规定:"遗嘱人在危急情况下,可以立口头遗嘱。口头遗嘱应当有两个以上见证人在场见证。危急情况解除后,遗嘱人能够用书面或者录音形式立遗嘱的,所立的口头遗嘱无效。"本案中,乐某在3个见证人的见证下立下口头遗嘱后死亡,其口头遗嘱形式上合法。但《继承法》第十九条还规定:"遗嘱应当对缺乏劳动能力又没有生活来源的继承人保留必要的遗产份额。"乐某的口头遗嘱剥夺了未成年又有残疾的丙的遗产份额,违反了上述规定,其口头遗嘱在内容上部分无效。

(2)遗嘱人可以撤销、变更自己所立的遗嘱,当其立有多份遗嘱时,说明被继承人用新的遗嘱否定和变更了原来的遗嘱,从而使内容相抵触的在先遗嘱归于无效。《继承法》第二十条第二款规定:"立有数份遗嘱,内容相抵触的,以最后遗嘱为准。"因此,本案乐某的遗产应依口头遗嘱继承。当然,由于口头遗嘱部分有效,所以在分割遗产时,应当为丙保留必要份额,其余由乙继承。

(3)公证遗嘱是经过国家公证机关办理的形式最完备,真实性最强的遗嘱。因此,公证遗嘱与其他形式的遗嘱相比,有更强的法律效力。《继承法》第二十条第三款规定:"自书、代书、录音、口头遗嘱,不得撤销、变更公证遗嘱。"最高人民法院《关于贯彻执行〈中华人民共和国继承法〉若干问题的意见》第四十二条规定:"遗嘱人以不同形式立有数份内容相抵触的遗嘱,其中有公证的,以最后所立公证遗嘱为准……"因此,若第二份遗嘱进行了公证,则遗产应按该公证遗嘱继承,即由乙继承存款3万元,丙继承房屋1套。

【思考4】根据《继承法》第七条第三款规定,遗弃被继承人的,或者虐待被继承人情节严重的,应当丧失继承权,王华父亲的继子女理应在王华父亲生病之时同他一起承担赡养扶助的义务。但他们不但不尽义务,反而把老人赶出家门,这是一种遗弃行为。王华父亲在临终前立下口头遗嘱,将他的遗产楼房一幢确定由王华继承,并由两个以上无利害关系的人证明,这是符合法律规定的,具有法律效力。王华可以依法继承父亲的遗产,任何人不得干涉。

第四章　遗赠与遗赠扶养协议

案例回放

2007年年初，陈老伯的妻子因交通事故受伤瘫痪，卧床不起，陈老伯又年事已高，没有子女，眼看需要人照顾的妻子，陈老伯联系上了王先生，希望王先生能够照顾陪伴妻子一段时间。同时在2007年5月9日陈老伯与王先生签订了一份协议，其主要内容为：陈老伯及其妻子现年事已高，身残体弱，无人照顾，同意由王先生照顾夫妻两人的生活及死后事宜，并在夫妻两人去世后将夫妻两人的一切财产（主要是陈老伯的房产）赠与王先生。

同年6月18日，陈老伯将60万元银行存款交给王先生，目的是请王先生为其买房用于养老。可天不从人愿，陈老伯的妻子不久便去世了。陈老伯要求王先生将60万元返还，但王先生认为协议中已经写明将一切财产赠送与他，那这60万元理所应当也是属于赠与，拒不返还。无奈之下，陈老伯只好到法院起诉，要求王先生返还60万元。

经法院审查认为：王先生提交的书面协议不能证明该笔钱款属于赠与。陈老伯作为60万元存款的所有权人，有权要求王先生及时返还占有的财产。法院最终支持了陈老伯的诉讼请求。

【评析】

案件中陈老伯与王先生所签订的协议是一份遗赠扶养协议。王先生认为在协议签订后该协议就已发生效力，自己对这60万元银行存款已经享有处分权利的这一观点是错误的。只有在陈老伯去世以后，该遗赠扶养协议中所述财产才归王先生所有。

其次，由于是王先生主张该笔银行存款是属于赠与，按照"谁主张谁举证"的原则，王先生有义务提供相关证据证明自己的主张，可现在王先生无法提交相应的证据证明，故无法认定该赠与存在。

陈老伯将60万元银行存款交给王先生的本意是想让其为自己购买用于养老的房屋。两人虽然没有签订任何书面合同，但其实际上是形成了委托合同关系。依照相关法律规定，陈老伯作为委托人可以随时解除委托合同的，若给受托人造成损失应当负责赔偿。而作为受托人的王先生应当将该银行存款还给所有人陈老伯。综上所述，法院支持陈老伯的请求是合法合理的。

（本文引自 http://china.findlaw.cn/info/hy/jichengfa/yizeng/yizengjiufeng/20090926/77000.html）

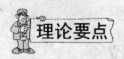

第一节　遗赠

一、概念

遗赠是公民以遗嘱的方式将个人合法财产的一部分或全部赠送给国家、集体组织或法定继承人以外的其他公民,并于遗嘱人死亡时发生执行效力的单方法律行为。

二、特点

遗赠的特点包括以下几个方面:

(1)遗赠是一种单方的民事行为;

(2)遗赠是于遗赠人死亡后发生效力的死后行为;

(3)受遗赠人是国家、集体或法定继承人以外的人;

(4)遗赠是无偿给予受遗赠人财产利益的行为;

(5)遗赠是只能由受遗赠人接受的行为。

三、生效条件

遗赠的生效条件主要有以下几个:一是,立遗嘱人在立遗嘱时,须有完全行为能力;二是,遗赠的意思表示真实、自愿、合法,遗嘱人须对财产享有处分权,遗嘱应当对缺乏劳动能力又没有生活来源的继承人保留必要的遗产份额;三是,受遗赠人未先于遗赠人死亡;四是,受遗赠人有表示接受的明示行为,即受遗赠人在知道或应当知道受遗赠后两个月内未作出接受遗赠表示的,视为放弃,即丧失受遗赠权。

案例　1-1

高女士有两个儿子一个女儿,为防止日后发生纠纷,她于2001年在公证处办了公证遗赠书,将她购买的一套房子留给孙子小伟。

高女士于2007年9月21日去世。此后,小伟要求办理房屋过户手续时,小伟的叔叔等人却不同意。他们的理由是:《继承法》规定,受遗赠人应当在知道受遗赠后两个月内,作出接受或者放弃受遗赠的表示,到期没有表示的,视为放弃遗赠。

遗赠公证是在2001年办理的,遗赠人是在2007年9月21日去世的,在长达6年的时间内,小伟对受遗赠情况未作出任何明确的表示,到2007年12月18日,他才向法院主张权利,离高女士去世也已近3个月。

据此,小伟的叔叔等人认为,小伟在知道受遗赠的情况两个月内未作出任何接受的意思表示,所以他对这套房屋不具有受遗赠权。

小伟则称,遗赠公证书是在奶奶去世一个多月后,他父亲交给他的。小伟的叔叔等人对此不予认可。西城法院经审理,判决高女士的房屋归小伟所有。

【评析】

公民可以立遗嘱将个人财产赠给法定继承人以外的人。高女士将自己购买的房屋遗赠给继承人以外的人——小伟，并不违反法律禁止性规定，所以应认定为有效遗嘱。小伟要求确认此房屋归其所有，应予支持。

小伟的叔叔等人说，小伟未在两个月内明确表示接受遗赠，应视为放弃受遗赠。但他们没有证据证明高女士去世后小伟就知道受遗赠一事。所以小伟的叔叔等人的抗辩主张缺乏事实依据。

(本文引自 http://china.findlaw.cn/info/hy/jichengfa/yizeng/yizengjiufeng/20090922/76781_2.html)

四、遗赠与遗嘱的区别

遗赠与遗嘱有如下两点区别。

(1)受遗赠人与遗嘱继承人的范围不同。受遗赠人可以是法定继承人以外的公民，也可以是国家或集体单位，而遗嘱继承人只能是法定继承人范围以内的人，不可能是国家或其他社会组织。

(2)法律对遗赠受领的接受和放弃与遗嘱继承的接受和放弃的规定不同。受遗赠人在知道或应当知道受遗赠后两个月内未作出接受遗赠表示的，视为放弃，即丧失受遗赠权。而遗嘱继承人在继承开始后遗产分割前未明确表示放弃的，即视为继承。

案例　1-2

一老人72岁，原是某单位技术干部，老伴去世几年了，他有一双子女，子女大学毕业后都在外地工作。他的日常生活都由他的侄女照顾，后来子女先后调回北京工作，各自成家单过，但也很少来家看看他。最让他伤心的是，他过70岁生日，想叫儿女带着孙子、外孙子，热热闹闹来给他做寿，没承想，儿子、女儿以种种借口谁也没来，这令老人很伤心。幸亏侄女一家人给老人做了寿，还请了他的老朋友，过得很热闹，给他很大的安慰。

一次老人生病住院，病情严重。他的侄女多次找他的子女做工作，叫他们来看看老人。但他们怕花钱，说什么我们没钱给父亲看病，他在医院住，有大夫管，并对老人的侄女说："你对他照顾很好，我们放心。"他侄女说："我和大夫照顾他和你们子女不一样，你们去看看他，对他精神是个安慰，不用你们花什么钱。他想你们。"在老人的侄女多次劝说下，他女儿来看看就走了，使老人更加伤心、痛苦。他心想这么多年来自己辛辛苦苦把子女养大成人，供养他们上了大学，帮助他们成了家。但在他有病时，子女谁也不来看他，都不管他这个老父亲，使他伤透了心。老人觉得，这么多年来，都是他侄女照顾关心他的日常生活，有病住院时都是她一家人忙里忙外关怀备至，送衣送饭，有时还要给他垫钱，没有一丝怨言，还经常劝慰老人说他儿女不来看他是因为他们太忙了，以此来安慰他。老人认为侄女对他尽到做儿女的孝心，已替儿女尽到了赡养义务。他决定把自己的积蓄10万元赠给侄女，并立下字据，他百年之后，将他现住楼房一套和他所有的财产都赠与他侄女所有。

老人的儿子女儿知道此事不干，找到他质问："我们是你的亲生儿子、女儿，你为什么把财产都给你侄女，她又不是你亲生的。"老人说："这些财产都是我个人多年来的积蓄，为的是养老，现在我老了，你们虽是我的亲生儿子、女儿，你们谁也不管我，我侄女虽不是我亲生的，但一直照顾我，对我关心备至。你们虽是亲生的，但是你们也无法和她比。财产房子是我的，我愿意给谁就给谁,你们无权干涉。"

请思考,老人立的字据是遗嘱还是遗赠?这种做法有效吗?

【点评】

首先,老人立的是遗赠。因为侄女不是法定继承人。遗嘱的接受对象是法定继承人以内的人,而遗赠中的受遗赠人是法定继承人以外的人。

其次,这位老人的做法是有法律依据的。

我国《民法通则》第七十一条规定:"财产所有权是指所有人依法对自己的财产享有占有、使用、收益和处分的权利。"根据这条法律规定,老人把自己的合法积蓄 10 万元,赠给其侄女是合法有效的。这是他享有的对个人财产处分的权利。

另外,我国《继承法》第十六条第三款规定:"公民可以立遗嘱,将个人财产赠给国家、集体或者法定继承人以外的人"。这就是我国立法关于遗赠的规定。

这位老人将自己的住房和其他个人财产,用立字据的方式遗赠给自己的侄女,是符合法律规定的。公民处理自己的合法财产受法律保护,任何人都无权干涉。

(材料来源:中国婚姻家庭法律网,《老人的遗赠有效吗》)

五、遗赠与生前赠与的区别

首先,二者发生效力的时间不同。遗赠是遗赠人死后生效的法律行为。赠与在赠与合同订立时生效,是生前有效的法律行为。其次,二者意思表示的方式不同。遗赠以遗嘱的方式进行,属于要式法律行为。赠与以合同的方式进行,除法律对特殊标的的赠与有形式上的要求外,一般为不要式法律行为。

第二节　遗赠扶养协议

一、概念

遗赠扶养协议作为《继承法》上的一项制度,是我国继承制度中具有创造性的内容,具有鲜明的中国特色。遗赠扶养协议是指受扶养人和扶养人之间关于扶养人承担受扶养人的生养死葬义务,受扶养人将自己所有的财产遗赠给扶养人的协议。

二、特征

遗赠扶养协议的特征包括五个方面:一是,遗赠扶养协议具有生前法律行为与死后法律行为的双重属性,对遗赠人的扶养在协议成立后即发生效力,是生前有效的法律行为,但对赠与财产必须于遗赠人死亡才能生效,在被扶养人生前不发生赠与效力;二是,遗赠扶养协议是双务合同;三是,遗赠扶养协议在适用上具有优先性,优于遗嘱和法定继承,即,遗赠扶养协议 > 遗嘱继承、遗赠 > 法定继承;四是,遗赠扶养协议具有特定性,遗赠人是有一定财产、生活困难的人,而扶养人可以是国家、特定的集体或公民;五是,遗赠扶养协议是要式法律行为。

三、遗赠扶养协议双方当事人的权利义务

遗赠扶养协议双方当事人各自承担相应的权利义务。

遗赠人方面,受扶养人享有依协议请求扶养人扶养和接受扶养人扶养的权利;承担在世时妥善管理遗赠财产、不处分遗赠财产并将其转移给扶养人的义务。

扶养人方面,扶养人享有在遗赠人死后取得遗赠财产的权利;承担扶养照顾遗赠人,并在遗赠人死亡后将其安葬的义务。

四、遗赠扶养协议与遗赠的区别

遗赠扶养协议与遗赠的不同主要体现在以下几个方面。一是,是否是双方民事行为不同。遗赠扶养协议是一种合同行为,需要扶养人与被扶养人(遗赠人)双方意见表示一致才能成立;遗赠是单方法律行为,只需遗赠人个人意见表示即可。二是,是否是有偿法律行为不同。遗赠扶养协议是有偿法律行为;遗赠是无偿法律行为。三是,生效的时间不同。遗赠扶养协议自订立起即对双方有法律约束力;遗赠是在遗赠人死后才生效的法律行为。

五、遗赠扶养协议的解除

遗赠扶养协议在一定的情况下是可以解除的,主要的情形分为以下两种。

(一)协议解除

双方协商一致同意可以解除遗赠扶养协议。

(二)诉讼解除

当事人一方由于无正当理由拒不履行协议内容时,可通过诉讼解除遗赠扶养协议。若由于遗赠人的行为导致协议解除,则其应支付扶养人已经支付的扶养费用和劳动报酬;若扶养人无正当理由不承担扶养遗赠人的义务导致协议解除的,其无权请求返还其已经支付的扶养费用和劳动报酬。

课后练习

一、填空题

1.受遗赠人是_____范围以外的_____、_____或者_____。

2.遗赠扶养协议是_____方法律行为。

3.继承开始后,法定继承人未明确表示放弃继承的,视为_____。

4.受遗赠人在知道或应当知道受遗赠后两个月内未作出接受遗赠表示的,视为_____。

5.解除遗赠扶养协议有两种方式,一是_____,二是_____。

二、判断题

1.遗赠与遗嘱继承是同一回事。(　　)

2.受遗赠人是法定继承人以外的人。(　　)

3.遗赠与遗赠扶养协议没有什么不同。(　　)

4.遗赠与赠与是一个概念的两种表现形式。(　　)

三、选择题

1.梁某已80多岁,老伴和子女都已过世,年老体弱,生活拮据,欲立一份遗赠扶养协议,死后将三间房屋送给在生活和经济上照顾自己的人。梁某的外孙子女、侄子、侄女及干儿子等都争着要做扶养人。这些人中谁不应做遗赠扶养协议的扶养人?(　　)

A.外孙子女　　　　B.侄子　　　　　　C.侄女　　　　　　D.干儿子

2.朱某生前曾与他的邻居签订了遗赠扶养协议,他的邻居尽了扶养义务,朱某还在他去世前10天留下一份遗嘱。朱某去世后,他的女儿从远方赶回来,要求继承遗产。下列有关朱某遗产继承的说法中,不正确的有哪些?(　　)

A.应当由当事人协商解决,如果协商不成,由人民法院判决

B.应由按遗嘱、遗赠扶养协议、法定继承的顺序进行继承

C.遗赠扶养协议有效,应先按遗赠扶养协议进行,接下来按遗嘱和法定继承进行

D.应先由朱某的女儿继承,然后按遗嘱和遗赠扶养协议继承

3.遗赠的生效条件有(　　)。

A.遗赠的意思表示有效　　　　　　　B.受遗赠人未先于遗赠人死亡

C.受遗赠人有表示接受的明示行为　　D.受遗赠人没有表示不接受的行为

4.以下有关遗赠和遗赠扶养协议的说法,正确的有(　　)。

A.遗赠是单方民事行为

B.遗赠和遗赠扶养协议都是要式民事法律行为

C.遗赠扶养协议是双方民事法律行为

D.遗赠与遗赠扶养协议都是双务合同

四、名词解释

1.遗赠

2.遗赠扶养协议

五、问答题

1.遗赠具有什么特点?

2.遗赠扶养协议具有哪些特征?

3.请比较遗赠与遗嘱的区别。

4.请比较遗赠与生前赠与的区别。

5.请比较遗赠扶养协议与遗赠的区别。

案例思考

思考1　请结合案例思考下列几个问题:

(1)肖某与朱某签订的遗赠扶养协议是否有效?

(2)肖某两次放弃继承权的表示,哪一次是有效的?

(3)唐某生前向邻居借款500元,应由谁清偿?

(4)唐某的遗产应如何分割?

【案例】唐某与丈夫已到中年,尚无子女,便收养了同村孤儿肖某为养子。肖某结婚后与养父母分家另过。1982年,唐某因脑血栓后遗症半身不遂。2年后,其夫病故,唐某由其弟唐祖根及肖某共同照顾生活。由于唐某久病不愈,肖某深感不耐,遂于1987年与同村朱某协商签订一份"遗赠扶养协议",协议约定唐某由朱某扶养,唐某死后肖某放弃继承权,唐某的全部遗产归朱某所有。协议签订后,肖某即将唐某送到朱某家。由于朱某生活困难,虽尽心照顾唐某,但1987年底,唐某得病却无钱就医,肖某虽知道此事,却毫不理会。唐某只得向邻居借款

500 元看病。1 年后，唐某病故，遗有房屋 5 间及价值 1 000 元的农具。肖某再次书面表示放弃继承权，但唐祖根与朱某却因遗产继承产生了争执。二人诉至法院，唐某的邻居也加入进来，主张其 500 元的债权。

思考2 受遗赠人不置可否，视为放弃吗？

【案例】范宁舅父李豪是个画家，离婚后与儿子李宁一起生活。范宁 10 岁时离开父母到省城舅父家寄宿上学，并向舅父学画。1982 年考上美术学院，后留洋任教。1987 年 6 月 10 日李豪外出写生，因车祸负重伤。12 日，李宁与范宁赶到，由在场一名医生、两名护士作证，李豪留下口头遗嘱：多年珍藏的 10 幅名画赠给范宁，范宁未作任何表示。1990 年，范宁想起舅父遗嘱，遂向李宁索要 10 幅名画。李宁不给。范宁起诉到人民法院。

思考3 此遗赠有效吗？

【案例】何女之父何某与董某是十几年的同事和挚友。二人都酷爱集邮，并有 30 多年的集邮史。1992 年 10 月何某患重病，借董某和单位的几位同志去医院看望他的机会，何某提出立遗嘱，于是他本人口述另一人代书，其他人作证，立下了一份遗赠，将自己积攒多年的集邮票品全部赠送给挚友董某。1993 年 4 月，何某去世，在分割遗产时，董某要求按遗嘱接受老友的集邮票品，而何某女儿提出，董某不是父亲的法定继承人，无权继承父亲的遗产。董某向人民法院起诉。

（一）夫妻财产遗赠"第三者"法律不支持

四川省泸州市某公司职工黄某和蒋某 1963 年结婚，但是妻子蒋某一直没有生育，后来只得抱养了一个儿子。由此原因给家庭笼罩上了一层阴影。1994 年，黄某认识了一个名叫张某的女子，并且在与张认识后的第二年同居。黄的妻子蒋某发现这一事实以后，进行劝告但是无效。1996 年底，黄某和张某租房公开同居，以"夫妻"名义生活，依靠黄的工资（退休金）及奖金生活，并曾经共同经营。

2001 年 2 月，黄某到医院检查，确认自己已经是晚期肝癌。在黄某即将离开人世的这段日子里，张某面对旁人的嘲讽，以妻子的身份守候在黄的病床边。黄某在 2001 年 4 月 18 日立下遗嘱："我决定，将依法所得的住房补贴金、公积金、抚恤金、卖泸州市江阳区一套住房售价的一半（即 4 万元）以及手机一部遗留给我的朋友张某一人所有。我去世后骨灰盒由张某负责安葬。"4 月 20 日黄的这份遗嘱在泸州市纳溪区公证处得到公证。4 月 22 日，黄去世，张根据遗嘱向蒋索要财产和骨灰盒，但遭到蒋的拒绝。张遂向纳溪区人民法院起诉，请求依据《继承法》的有关规定，判令被告蒋某按遗嘱履行，同时对遗产申请诉前保全。

从 5 月 17 日起，法院经过 4 次开庭后，于 10 月 11 日纳溪区人民法院公开审判，认为：尽管《继承法》中有明确的法律条文，而且本案涉及的遗赠也是真实的，但是黄某将遗产赠送给"第三者"的这种民事行为违反了《民法通则》第七条"民事活动应当尊重社会公德，不得损害社会公共利益，破坏国家经济计划，扰乱社会经济秩序"，因此法院驳回原告张某的诉讼请求。

（材料来源：新浪网，《夫妻财产遗赠"第三者"法律不支持》，2001 - 12 - 29）

（二）遗赠纠纷举证指南

遗赠,是指公民以遗嘱方式将其遗产中财产权利的一部分或全部赠给国家、集体组织、社会团体或法定继承人以外的个人,在遗嘱人死亡时发生法律效力的法律行为。立遗嘱人为遗赠人,接受遗赠的人为受遗赠人。

发生遗赠继承纠纷以后,当事人除了需要提交继承纠纷中一般情况下需要提交的证据外,还需要从以下几个方面进行举证。

1. 是否存在合法有效的遗嘱

合法有效的遗嘱存在是获得遗赠的前提条件,所以发生争议以后,一定要向人民法院提交合法有效的遗嘱。如果想推翻既有的遗嘱的话,必须提交能够证明该遗嘱不合法的证据,比如该遗嘱经过了篡改或者是伪造的。

2. 表示接受遗赠的意思表示的证据

《继承法》第二十五条第二款规定:"受遗赠人应当在知道受遗赠后两个月内,作出接受或者放弃受遗赠的表示。到期没有表示的,视为放弃受遗赠。"所以,遗赠发生纠纷以后,受遗赠人必须证明自己是在知道受遗赠后两个月内就表示接受遗赠,否则,如果没有在两个月内表示接受遗赠,就视为放弃接受遗赠而无权继承遗产。

（本文引自 http://china.findlaw.cn/info/hy/jichengfa/yizeng/yizengjiufeng/20090922/76782.html）

习题答案

一、填空题

1. 法定继承人 国家 集体 个人

2. 双

3. 接受继承

4. 放弃遗赠权

5. 协议解除 诉讼解除

二、判断题

1. 错 2. 对 3. 错 4. 错

三、选择题

1. A 2. ABD 3. ABC 4. ABC

四、名词解释

1. 遗赠是公民以遗嘱的方式将个人合法财产的一部分或全部赠送给国家、集体组织或法定继承人以外的其他公民,并于遗嘱人死亡时发生执行效力的单方法律行为。

2. 遗赠扶养协议是指受扶养人(公民)和扶养人之间关于扶养人承担受扶养人的生养死葬义务,受扶养人将自己所有的财产遗赠给扶养人的协议。

五、问答题

1. 遗赠的特点包括以下几个方面:一是,遗赠是一种单方的民事行为;二是,遗赠是于遗嘱人死亡后发生效力的死后行为;三是,受遗赠人是国家、集体或法定继承人以外的人;四是,遗赠是无偿给予受遗赠人财产利益的行为;五是,遗赠是只能由受遗赠人接受的行为。

2.遗赠扶养协议的特征包括五个方面:一是,遗赠扶养协议具有生前法律行为与死后法律行为的双重属性,对遗赠人的扶养在协议成立后即发生效力,是生前有效的法律行为,但对赠与财产必须于遗赠人死亡才能生效,在被扶养人生前不发生赠与效力;二是,遗赠扶养协议是双务合同;三是,遗赠扶养协议在适用上具有优先性,优于遗嘱和法定继承;四是,遗赠扶养协议具有特定性,遗赠人是有一定财产、生活困难的人,而扶养人可以是国家、特定的集体或公民;五是,遗赠扶养协议是要式法律行为。

3.首先,受遗赠人与遗嘱继承人的范围不同。受遗赠人可以是法定继承人以外的公民,也可以是国家或集体单位;而遗嘱继承人只能是法定继承人范围以内的人。其次,法律对遗赠受领的接受和放弃与遗嘱继承的接受和放弃的规定不同。受遗赠人在知道或应当知道受遗赠后两个月内未作出接受遗赠表示的,视为放弃,即丧失受遗赠权;而遗嘱继承人在继承开始后遗产分割前未明确表示放弃的,即视为继承。

4.首先,二者发生效力的时间不同。遗赠是遗赠人死后生效的法律行为;赠与在赠与合同订立时生效,是生前有效的法律行为;其次,二者意思表示的方式不同。遗赠以遗嘱的方式进行,属于要式法律行为;赠与以合同的方式进行,除法律对特殊标的的赠与有形式上的要求外,一般为不要式法律行为。

5.遗赠扶养协议与遗赠不同主要体现在以下几个方面。一是,是否是双方民事行为不同。遗赠扶养协议是一种合同行为,需要扶养人与被扶养人(遗赠人)双方意见表示一致才能成立;遗赠是单方法律行为,只需遗赠人个人意见表示即可。二是,是否是有偿法律行为不同。遗赠扶养协议是有偿法律行为;遗赠是无偿法律行为。三是,生效的时间不同。遗赠扶养协议自订立起即对双方有法律约束力;遗赠是在遗赠人死后才生效的法律行为。

案例思考答案

【思考1】本案涉及遗赠扶养协议的效力认定及放弃继承权的效力问题。

(1)无效。遗赠扶养协议是遗赠人与扶养人签订的,由扶养人承担遗赠人生养死葬,而遗赠人于其死后将其财产全部遗赠给扶养人的协议。遗赠人扶养协议因其具有极强的人身属性,因此,协议主体特定,即只有遗赠人才有权签订,其他任何人无权签订。肖某不是遗赠人,无权签订遗赠扶养协议。所以,肖某与朱某签订的所谓"遗赠扶养协议"是无效的。同时,肖某作为唐某的养子,依法应当履行赡养义务,这种义务不得以约定的方式免除。

(2)肖某第一次放弃无效,第二次放弃才是有效的。继承人可以放弃继承权,但《继承法》对于具有法律效力的放弃继承权表示则有严格的时间和形式要求。《继承法》第二十五条规定:"继承开始后继承人放弃继承的,应当在遗产处理前,作出放弃继承的表示。没有表示的,视为接受继承。"最高人民法院《关于贯彻执行〈中华人民共和国继承法〉若干问题的意见》第四十七条规定:"继承人放弃继承应当以书面形式向其他继承人表示。若口头表示则在本人承认、并有他证可加以证明时才有效。"根据上述规定,肖某的第一次放弃继承权在唐某死亡前,这种表示是无效的。第二次放弃继承权的表示时间、形式均符合规定,具有法律效力。

(3)对于死者生前向邻居借的500元债务,属于被继承人生前的债务,可在分割遗产前,用被继承人的财产清偿。

(4)因为遗赠扶养协议无效，所以朱某不能作为遗赠扶养协议的扶养人来取得财产。但是据《继承法》第十四条规定，对"继承人以外的对被继承人扶养较多的人，可以分给他们适当的遗产"，朱某因对唐某进行了扶养，应适当分得遗产。同时，因为肖某已放弃继承权，因此唐某没有了第一顺序继承人。根据《继承法》第十条的规定，唐某之遗产由其第二顺序继承人继承。本案所涉的第二顺序继承人是唐祖根。所以，唐某的遗产应由唐祖根与朱某根据实际情况分割。

【思考2】我国《继承法》第二十五条第二款规定："受遗赠人应当在知道受遗赠后两个月内，作出接受或放弃受遗赠的表示。到期没有作出表示的，视为放弃遗赠。"第二十七条第一款规定："遗嘱继承人放弃继承或受遗赠人放弃受遗赠的，按法定继承办理。"本案中，李宁是李豪的法定继承人，范宁是受遗赠人。范宁当李豪于1987年6月12日留下遗赠时，没有作出任何明确表示是否接受遗赠，在以后的两个月内，也未明确表示，至1990年才向李宁索要舅父的名画，显然已超过法定的期限，应视为范宁自动放弃受遗赠。放弃受遗赠的，按法定继承办理。所以，这10幅名画应由李宁继承。

【思考3】依我国法律，遗赠是公民以遗嘱的方式将个人合法财产的一部分或全部赠送给国家、集体组织或法定继承人以外的其他公民，并于遗嘱人死亡时发生执行效力的单方法律行为。遗赠优于法定继承。何某所立遗赠符合法律的规定，是合法有效的。董某有权要求按遗赠接受老友的集邮票品。何某女儿提出的"董某不是法定继承人，无权继承"的说法是不对的。

附录 I

中华人民共和国婚姻法

（1980 年 9 月 10 日第五届全国人民代表大会第三次会议通过根据 2001 年 4 月 28 日第九届全国人民代表大会常务委员会第二十一次会议《关于修改〈中华人民共和国婚姻法〉的决定》修正）

目录

第一章　总则
第二章　结婚
第三章　家庭关系
第四章　离婚
第五章　救助措施与法律责任
第六章　附则

第一章　总则

第一条　本法是婚姻家庭关系的基本准则。

第二条　实行婚姻自由、一夫一妻、男女平等的婚姻制度。

保护妇女、儿童和老人的合法权益。

实行计划生育。

第三条　禁止包办、买卖婚姻和其他干涉婚姻自由的行为。禁止借婚姻索取财物。

禁止重婚。禁止有配偶者与他人同居。禁止家庭暴力。禁止家庭成员间的虐待和遗弃。

第四条　夫妻应当互相忠实，互相尊重；家庭成员间应当敬老爱幼，互相帮助，维护平等、和睦、文明的婚姻家庭关系。

第二章　结婚

第五条　结婚必须男女双方完全自愿，不许任何一方对他方加以强迫或任何第三者加以干涉。

第六条　结婚年龄，男不得早于二十二周岁，女不得早于二十周岁。晚婚晚育应予鼓励。

第七条　有下列情形之一的，禁止结婚：

（一）直系血亲和三代以内的旁系血亲；

（二）患有医学上认为不应当结婚的疾病。

第八条　要求结婚的男女双方必须亲自到婚姻登记机关进行结婚登记。符合本法规定的，予以登记，发给结婚证。取得结婚证，即确立夫妻关系。未办理结婚登记的，应当补办登记。

第九条　登记结婚后，根据男女双方约定，女方可以成为男方家庭的成员，男方可以成为女方家庭的成员。

第十条　有下列情形之一的,婚姻无效:

(一)重婚的;

(二)有禁止结婚的亲属关系的;

(三)婚前患有医学上认为不应当结婚的疾病,婚后尚未治愈的;

(四)未到法定婚龄的。

第十一条　因胁迫结婚的,受胁迫的一方可以向婚姻登记机关或人民法院请求撤销该婚姻。受胁迫的一方撤销婚姻的请求,应当自结婚登记之日起一年内提出。被非法限制人身自由的当事人请求撤销婚姻的,应当自恢复人身自由之日起一年内提出。

第十二条　无效或被撤销的婚姻,自始无效。当事人不具有夫妻的权利和义务。同居期间所得的财产,由当事人协议处理;协议不成时,由人民法院根据照顾无过错方的原则判决。对重婚导致的婚姻无效的财产处理,不得侵害合法婚姻当事人的财产权益。当事人所生的子女,适用本法有关父母子女的规定。

第三章　家庭关系

第十三条　夫妻在家庭中地位平等。

第十四条　夫妻双方都有各用自己姓名的权利。

第十五条　夫妻双方都有参加生产、工作、学习和社会活动的自由,一方不得对他方加以限制或干涉。

第十六条　夫妻双方都有实行计划生育的义务。

第十七条　夫妻在婚姻关系存续期间所得的下列财产,归夫妻共同所有:

(一)工资、奖金;

(二)生产、经营的收益;

(三)知识产权的收益;

(四)继承或赠与所得的财产,但本法第十八条第三项规定的除外;

(五)其他应当归共同所有的财产。

夫妻对共同所有的财产,有平等的处理权。

第十八条　有下列情形之一的,为夫妻一方的财产:

(一)一方的婚前财产;

(二)一方因身体受到伤害获得的医疗费、残疾人生活补助费等费用;

(三)遗嘱或赠与合同中确定只归夫或妻一方的财产;

(四)一方专用的生活用品;

(五)其他应当归一方的财产。

第十九条　夫妻可以约定婚姻关系存续期间所得的财产以及婚前财产归各自所有、共同所有或部分各自所有、部分共同所有。约定应当采用书面形式。没有约定或约定不明确的,适用本法第十七条、第十八条的规定。

夫妻对婚姻关系存续期间所得的财产以及婚前财产的约定,对双方具有约束力。

夫妻对婚姻关系存续期间所得的财产约定归各自所有的,夫或妻一方对外所负的债务,第三人知道该约定的,以夫或妻一方所有的财产清偿。

第二十条　夫妻有互相扶养的义务。

一方不履行扶养义务时,需要扶养的一方,有要求对方付给扶养费的权利。

第二十一条 父母对子女有抚养教育的义务;子女对父母有赡养扶助的义务。

父母不履行抚养义务时,未成年的或不能独立生活的子女,有要求父母付给抚养费的权利。

子女不履行赡养义务时,无劳动能力的或生活困难的父母,有要求子女付给赡养费的权利。

禁止溺婴、弃婴和其他残害婴儿的行为。

第二十二条 子女可以随父姓,可以随母姓。

第二十三条 父母有保护和教育未成年子女的权利和义务。在未成年子女对国家、集体或他人造成损害时,父母有承担民事责任的义务。

第二十四条 夫妻有相互继承遗产的权利。

父母和子女有相互继承遗产的权利。

第二十五条 非婚生子女享有与婚生子女同等的权利,任何人不得加以危害和歧视。

不直接抚养非婚生子女的生父或生母,应当负担子女的生活费和教育费,直至子女能独立生活为止。

第二十六条 国家保护合法的收养关系。养父母和养子女间的权利和义务,适用本法对父母子女关系的有关规定。

养子女和生父母间的权利和义务,因收养关系的成立而消除。

第二十七条 继父母与继子女间,不得虐待或歧视。

继父或继母和受其抚养教育的继子女间的权利和义务,适用本法对父母子女关系的有关规定。

第二十八条 有负担能力的祖父母、外祖父母,对于父母已经死亡或父母无力抚养的未成年的孙子女、外孙子女,有抚养的义务。有负担能力的孙子女、外孙子女,对于子女已经死亡或子女无力赡养的祖父母、外祖父母,有赡养的义务。

第二十九条 有负担能力的兄、姐,对于父母已经死亡或父母无力抚养的未成年的弟、妹,有扶养的义务。由兄、姐扶养长大的有负担能力的弟、妹,对于缺乏劳动能力又缺乏生活来源的兄、姐,有扶养的义务。

第三十条 子女应当尊重父母的婚姻权利,不得干涉父母再婚以及婚后的生活。子女对父母的赡养义务,不因父母的婚姻关系变化而终止。

第四章 离婚

第三十一条 男女双方自愿离婚的,准予离婚。双方必须到婚姻登记机关申请离婚。婚姻登记机关查明双方确实是自愿并对子女和财产问题已有适当处理时,发给离婚证。

第三十二条 男女一方要求离婚的,可由有关部门进行调解或直接向人民法院提出离婚诉讼。

人民法院审理离婚案件,应当进行调解;如感情确已破裂,调解无效,应准予离婚。

有下列情形之一,调解无效的,应准予离婚:

(一)重婚或有配偶者与他人同居的;

(二)实施家庭暴力或虐待、遗弃家庭成员的;

（三）有赌博、吸毒等恶习屡教不改的；

（四）因感情不和分居满二年的；

（五）其他导致夫妻感情破裂的情形。

一方被宣告失踪，另一方提出离婚诉讼的，应准予离婚。

第三十三条　现役军人的配偶要求离婚，须得军人同意，但军人一方有重大过错的除外。

第三十四条　女方在怀孕期间、分娩后一年内或中止妊娠后六个月内，男方不得提出离婚。女方提出离婚的，或人民法院认为确有必要受理男方离婚请求的，不在此限。

第三十五条　离婚后，男女双方自愿恢复夫妻关系的，必须到婚姻登记机关进行复婚登记。

第三十六条　父母与子女间的关系，不因父母离婚而消除。离婚后，子女无论由父或母直接抚养，仍是父母双方的子女。

离婚后，父母对于子女仍有抚养和教育的权利和义务。

离婚后，哺乳期内的子女，以随哺乳的母亲抚养为原则。哺乳期后的子女，如双方因抚养问题发生争执不能达成协议时，由人民法院根据子女的权益和双方的具体情况判决。

第三十七条　离婚后，一方抚养的子女，另一方应负担必要的生活费和教育费的一部或全部，负担费用的多少和期限的长短，由双方协议；协议不成时，由人民法院判决。

关于子女生活费和教育费的协议或判决，不妨碍子女在必要时向父母任何一方提出超过协议或判决原定数额的合理要求。

第三十八条　离婚后，不直接抚养子女的父或母，有探望子女的权利，另一方有协助的义务。

行使探望权利的方式、时间由当事人协议；协议不成时，由人民法院判决。

父或母探望子女，不利于子女身心健康的，由人民法院依法中止探望的权利；中止的事由消失后，应当恢复探望的权利。

第三十九条　离婚时，夫妻的共同财产由双方协议处理；协议不成时，由人民法院根据财产的具体情况，照顾子女和女方权益的原则判决。

夫或妻在家庭土地承包经营中享有的权益等，应当依法予以保护。

第四十条　夫妻书面约定婚姻关系存续期间所得的财产归各自所有，一方因抚育子女、照料老人、协助另一方工作等付出较多义务的，离婚时有权向另一方请求补偿，另一方应当予以补偿。

第四十一条　离婚时，原为夫妻共同生活所负的债务，应当共同偿还。共同财产不足清偿的，或财产归各自所有的，由双方协议清偿；协议不成时，由人民法院判决。

第四十二条　离婚时，如一方生活困难，另一方应从其住房等个人财产中给予适当帮助。具体办法由双方协议；协议不成时，由人民法院判决。

第五章　救助措施与法律责任

第四十三条　实施家庭暴力或虐待家庭成员，受害人有权提出请求，居民委员会、村民委员会以及所在单位应当予以劝阻、调解。

对正在实施的家庭暴力，受害人有权提出请求，居民委员会、村民委员会应当予以劝阻；公安机关应当予以制止。

实施家庭暴力或虐待家庭成员,受害人提出请求的,公安机关应当依照治安管理处罚的法律规定予以行政处罚。

第四十四条　对遗弃家庭成员,受害人有权提出请求,居民委员会、村民委员会以及所在单位应当予以劝阻、调解。

对遗弃家庭成员,受害人提出请求的,人民法院应当依法作出支付扶养费、抚养费、赡养费的判决。

第四十五条　对重婚的,对实施家庭暴力或虐待、遗弃家庭成员构成犯罪的,依法追究刑事责任。受害人可以依照刑事诉讼法的有关规定,向人民法院自诉;公安机关应当依法侦查,人民检察院应当依法提起公诉。

第四十六条　有下列情形之一,导致离婚的,无过错方有权请求损害赔偿:

(一)重婚的;

(二)有配偶者与他人同居的;

(三)实施家庭暴力的;

(四)虐待、遗弃家庭成员的。

第四十七条　离婚时,一方隐藏、转移、变卖、毁损夫妻共同财产,或伪造债务企图侵占另一方财产的,分割夫妻共同财产时,对隐藏、转移、变卖、毁损夫妻共同财产或伪造债务的一方,可以少分或不分。离婚后,另一方发现有上述行为的,可以向人民法院提起诉讼,请求再次分割夫妻共同财产。

人民法院对前款规定的妨害民事诉讼的行为,依照民事诉讼法的规定予以制裁。

第四十八条　对拒不执行有关扶养费、抚养费、赡养费、财产分割、遗产继承、探望子女等判决或裁定的,由人民法院依法强制执行。有关个人和单位应负协助执行的责任。

第四十九条　其他法律对有关婚姻家庭的违法行为和法律责任另有规定的,依照其规定。

第六章　附则

第五十条　民族自治地方的人民代表大会有权结合当地民族婚姻家庭的具体情况,制定变通规定。自治州、自治县制定的变通规定,报省、自治区、直辖市人民代表大会常务委员会批准后生效。自治区制定的变通规定,报全国人民代表大会常务委员会批准后生效。

第五十一条　本法自 1981 年 1 月 1 日起施行。

1950 年 5 月 1 日颁行的《中华人民共和国婚姻法》,自本法施行之日起废止。

附录 II

最高人民法院关于适用《中华人民共和国婚姻法》若干问题的解释（一）

（2001 年 12 月 24 日最高人民法院审判委员会第 1202 次会议通过）

法释〔2001〕30 号

为了正确审理婚姻家庭纠纷案件，根据《中华人民共和国婚姻法》（以下简称婚姻法、《中华人民共和国民事诉讼法》等法律的规定，对人民法院适用婚姻法的有关问题作出如下解释：

第一条　婚姻法第三条、第三十二条、第四十三条、第四十五条、第四十六条所称的"家庭暴力"，是指行为人以殴打、捆绑、残害、强行限制人身自由或者其他手段，给其家庭成员的身体、精神等方面造成一定伤害后果的行为。持续性、经常性的家庭暴力，构成虐待。

第二条　婚姻法第三条、第三十二条、第四十六条规定的"有配偶者与他人同居"的情形，是指有配偶者与婚外异性，不以夫妻名义，持续、稳定地共同居住。

第三条　当事人仅以婚姻法第四条为依据提起诉讼的，人民法院不予受理；已经受理的，裁定驳回起诉。

第四条　男女双方根据婚姻法第八条规定补办结婚登记的，婚姻关系的效力从双方均符合婚姻法所规定的结婚的实质要件时起算。

第五条　未按婚姻法第八条规定办理结婚登记而以夫妻名义共同生活的男女，起诉到人民法院要求离婚的，应当区别对待：

（一）1994 年 2 月 1 日民政部《婚姻登记管理条例》公布实施以前，男女双方已经符合结婚实质要件的，按事实婚姻处理；

（二）1994 年 2 月 1 日民政部《婚姻登记管理条例》公布实施以后，男女双方符合结婚实质要件的，人民法院应当告知其在案件受理前补办结婚登记；未补办结婚登记的，按解除同居关系处理。

第六条　未按婚姻法第八条规定办理结婚登记而以夫妻名义共同生活的男女，一方死亡，另一方以配偶身份主张享有继承权的，按照本解释第五条的原则处理。

第七条　有权依据婚姻法第十条规定向人民法院就已办理结婚登记的婚姻申请宣告婚姻无效的主体，包括婚姻当事人及利害关系人。利害关系人包括：

（一）以重婚为由申请宣告婚姻无效的，为当事人的近亲属及基层组织。

（二）以未到法定婚龄为由申请宣告婚姻无效的，为未达法定婚龄者的近亲属。

（三）以有禁止结婚的亲属关系为由申请宣告婚姻无效的，为当事人的近亲属。

（四）以婚前患有医学上认为不应当结婚的疾病，婚后尚未治愈为由申请宣告婚姻无效的，为与患病者共同生活的近亲属。

第八条　当事人依据婚姻法第十条规定向人民法院申请宣告婚姻无效的，申请时，法定的无效婚姻情形已经消失的，人民法院不予支持。

第九条　人民法院审理宣告婚姻无效案件,对婚姻效力的审理不适用调解,应当依法作出判决;有关婚姻效力的判决一经作出,即发生法律效力。

涉及财产分割和子女抚养的,可以调解。调解达成协议的,另行制作调解书。对财产分割和子女抚养问题的判决不服的,当事人可以上诉。

第十条　婚姻法第十一条所称的"胁迫",是指行为人以给另一方当事人或者其近亲属的生命、身体健康、名誉、财产等方面造成损害为要挟,迫使另一方当事人违背真实意愿结婚的情况。

因受胁迫而请求撤销婚姻的,只能是受胁迫一方的婚姻关系当事人本人。

第十一条　人民法院审理婚姻当事人因受胁迫而请求撤销婚姻的案件,应当适用简易程序或者普通程序。

第十二条　婚姻法第十一条规定的"一年",不适用诉讼时效中止、中断或者延长的规定。

第十三条　婚姻法第十二条所规定的自始无效,是指无效或者可撤销婚姻在依法被宣告无效或被撤销时,才确定该婚姻自始不受法律保护。

第十四条　人民法院根据当事人的申请,依法宣告婚姻无效或者撤销婚姻的,应当收缴双方的结婚证书并将生效的判决书寄送当地婚姻登记管理机关。

第十五条　被宣告无效或被撤销的婚姻,当事人同居期间所得的财产,按共同共有处理。但有证据证明为当事人一方所有的除外。

第十六条　人民法院审理重婚导致的无效婚姻案件时,涉及财产处理的,应当准许合法婚姻当事人作为有独立请求权的第三人参加诉讼。

第十七条　婚姻法第十七条关于"夫或妻对夫妻共同所有的财产,有平等的处理权"的规定,应当理解为:

(一)夫或妻在处理夫妻共同财产上的权利是平等的。因日常生活需要而处理夫妻共同财产的,任何一方均有权决定。

(二)夫或妻非因日常生活需要对夫妻共同财产做重要处理决定,夫妻双方应当平等协商,取得一致意见。他人有理由相信其为夫妻双方共同意思表示的,另一方不得以不同意或不知道为由对抗善意第三人。

第十八条　婚姻法第十九条所称"第三人知道该约定的",夫妻一方对此负有举证责任。

第十九条　婚姻法第十八条规定为夫妻一方所有的财产,不因婚姻关系的延续而转化为夫妻共同财产。但当事人另有约定的除外。

第二十条　婚姻法第二十一条规定的"不能独立生活的子女",是指尚在校接受高中及其以下学历教育,或者丧失或未完全丧失劳动能力等非因主观原因而无法维持正常生活的成年子女。

第二十一条　婚姻法第二十一条所称"抚养费",包括子女生活费、教育费、医疗费等费用。

第二十二条　人民法院审理离婚案件,符合第三十二条第二款规定"应准予离婚"情形的,不应当因当事人有过错而判决不准离婚。

第二十三条　婚姻法第三十三条所称的"军人一方有重大过错",可以依据婚姻法第三十二条第二款前三项规定及军人有其他重大过错导致夫妻感情破裂的情形予以判断。

第二十四条　人民法院作出的生效的离婚判决中未涉及探望权,当事人就探望权问题单独提起诉讼的,人民法院应予受理。

第二十五条　当事人在履行生效判决、裁定或者调解书的过程中,请求中止行使探望权的,人民法院在征询双方当事人意见后,认为需要中止行使探望权的,依法作出裁定。中止探望的情形消失后,人民法院应当根据当事人的申请通知其恢复探望权的行使。

第二十六条　未成年子女、直接抚养子女的父或母及其他对未成年子女负担抚养、教育义务的法定监护人,有权向人民法院提出中止探望权的请求。

第二十七条　婚姻法第四十二条所称"一方生活困难",是指依靠个人财产和离婚时分得的财产无法维持当地基本生活水平。一方离婚后没有住处的,属于生活困难。

离婚时,一方以个人财产中的住房对生活困难者进行帮助的形式,可以是房屋的居住权或者房屋的所有权。

第二十八条　婚姻法第四十六条规定的"损害赔偿",包括物质损害赔偿和精神损害赔偿。涉及精神损害赔偿的,适用最高人民法院《关于确定民事侵权精神损害赔偿责任若干问题的解释》的有关规定。

第二十九条　承担婚姻法第四十六条规定的损害赔偿责任的主体,为离婚诉讼当事人中无过错方的配偶。

人民法院判决不准离婚的案件,对于当事人基于婚姻法第四十六条提出的损害赔偿请求,不予支持。

在婚姻关系存续期间,当事人不起诉离婚而单独依据该条规定提起损害赔偿请求的,人民法院不予受理。

第三十条　人民法院受理离婚案件时,应当将婚姻法第四十六条等规定中当事人的有关权利义务,书面告知当事人。在适用婚姻法第四十六条时,应当区分以下不同情况:

(一)符合婚姻法第四十六条规定的无过错方作为原告基于该条规定向人民法院提起损害赔偿请求的,必须在离婚诉讼的同时提出。

(二)符合婚姻法第四十六条规定的无过错方作为被告的离婚诉讼案件,如果被告不同意离婚也不基于该条规定提起损害赔偿请求的,可以在离婚后一年内就此单独提起诉讼。

(三)无过错方作为被告的离婚诉讼案件,一审时被告未基于婚姻法第四十六条规定提出损害赔偿请求,二审期间提出的,人民法院应当进行调解,调解不成的,告知当事人在离婚后一年内另行起诉。

第三十一条　当事人依据婚姻法第四十七条的规定向人民法院提起诉讼,请求再次分割夫妻共同财产的诉讼时效为两年,从当事人发现之次日起计算。

第三十二条　婚姻法第四十八条关于对拒不执行有关探望子女等判决和裁定的,由人民法院依法强制执行的规定,是指对拒不履行协助另一方行使探望权的有关个人和单位采取拘留、罚款等强制措施,不能对子女的人身、探望行为进行强制执行。

第三十三条　婚姻法修改后正在审理的一、二审婚姻家庭纠纷案件,一律适用修改后的婚姻法。此前最高人民法院作出的相关司法解释如与本解释相抵触,以本解释为准。

第三十四条　本解释自公布之日起施行。

附录Ⅲ

最高人民法院关于适用《中华人民共和国婚姻法》若干问题的解释(二)

2003年12月26日

为正确审理婚姻家庭纠纷案件,根据《中华人民共和国婚姻法》(以下简称婚姻法)、《中华人民共和国民事诉讼法》等相关法律规定,对人民法院适用婚姻法的有关问题作出如下解释:

第一条 当事人起诉请求解除同居关系的,人民法院不予受理。但当事人请求解除的同居关系,属于婚姻法第三条、第三十二条、第四十六条规定的"有配偶者与他人同居"的,人民法院应当受理并依法予以解除。

当事人因同居期间财产分割或者子女抚养纠纷提起诉讼的,人民法院应当受理。

第二条 人民法院受理申请宣告婚姻无效案件后,经审查确属无效婚姻的,应当依法作出宣告婚姻无效的判决。原告申请撤诉的,不予准许。

第三条 人民法院受理离婚案件后,经审查确属无效婚姻的,应当将婚姻无效的情形告知当事人,并依法作出宣告婚姻无效的判决。

第四条 人民法院审理无效婚姻案件,涉及财产分割和子女抚养的,应当对婚姻效力的认定和其他纠纷的处理分别制作裁判文书。

第五条 夫妻一方或者双方死亡后一年内,生存一方或者利害关系人依据婚姻法第十条的规定申请宣告婚姻无效的,人民法院应当受理。

第六条 利害关系人依据婚姻法第十条的规定,申请人民法院宣告婚姻无效的,利害关系人为申请人,婚姻关系当事人双方为被申请人。

夫妻一方死亡的,生存一方为被申请人。

夫妻双方均已死亡的,不列被申请人。

第七条 人民法院就同一婚姻关系分别受理了离婚和申请宣告婚姻无效案件的,对于离婚案件的审理,应当待申请宣告婚姻无效案件作出判决后进行。

前款所指的婚姻关系被宣告无效后,涉及财产分割和子女抚养的,应当继续审理。

第八条 离婚协议中关于财产分割的条款或者当事人因离婚就财产分割达成的协议,对男女双方具有法律约束力。

当事人因履行上述财产分割协议发生纠纷提起诉讼的,人民法院应当受理。

第九条 男女双方协议离婚后一年内就财产分割问题反悔,请求变更或者撤销财产分割协议的,人民法院应当受理。

人民法院审理后,未发现订立财产分割协议时存在欺诈、胁迫等情形的,应当依法驳回当事人的诉讼请求。

第十条 当事人请求返还按照习俗给付的彩礼的,如果查明属于以下情形,人民法院应当予以支持:

（一）双方未办理结婚登记手续的；

（二）双方办理结婚登记手续但确未共同生活的；

（三）婚前给付并导致给付人生活困难的。

适用前款第（二）、（三）项的规定，应当以双方离婚为条件。

第十一条　婚姻关系存续期间，下列财产属于婚姻法第十七条规定的"其他应当归共同所有的财产"：

（一）一方以个人财产投资取得的收益；

（二）男女双方实际取得或者应当取得的住房补贴、住房公积金；

（三）男女双方实际取得或者应当取得的养老保险金、破产安置补偿费。

第十二条　婚姻法第十七条第三项规定的"知识产权的收益"，是指婚姻关系存续期间，实际取得或者已经明确可以取得的财产性收益。

第十三条　军人的伤亡保险金、伤残补助金、医药生活补助费属于个人财产。

第十四条　人民法院审理离婚案件，涉及分割发放到军人名下的复员费、自主择业费等一次性费用的，以夫妻婚姻关系存续年限乘以年平均值，所得数额为夫妻共同财产。

前款所称年平均值，是指将发放到军人名下的上述费用总额按具体年限均分得出的数额。其具体年限为人均寿命七十岁与军人入伍时实际年龄的差额。

第十五条　夫妻双方分割共同财产中的股票、债券、投资基金份额等有价证券以及未上市股份有限公司股份时，协商不成或者按市价分配有困难的，人民法院可以根据数量按比例分配。

第十六条　人民法院审理离婚案件，涉及分割夫妻共同财产中以一方名义在有限责任公司的出资额，另一方不是该公司股东的，按以下情形分别处理：

（一）夫妻双方协商一致将出资额部分或者全部转让给该股东的配偶，过半数股东同意、其他股东明确表示放弃优先购买权的，该股东的配偶可以成为该公司股东；

（二）夫妻双方就出资额转让份额和转让价格等事项协商一致后，过半数股东不同意转让，但愿意以同等价格购买该出资额的，人民法院可以对转让出资所得财产进行分割。过半数股东不同意转让，也不愿意以同等价格购买该出资额的，视为其同意转让，该股东的配偶可以成为该公司股东。

用于证明前款规定的过半数股东同意的证据，可以是股东会决议，也可以是当事人通过其他合法途径取得的股东的书面声明材料。

第十七条　人民法院审理离婚案件，涉及分割夫妻共同财产中以一方名义在合伙企业中的出资，另一方不是该企业合伙人的，当夫妻双方协商一致，将其合伙企业中的财产份额全部或者部分转让给对方时，按以下情形分别处理：

（一）其他合伙人一致同意的，该配偶依法取得合伙人地位；

（二）其他合伙人不同意转让，在同等条件下行使优先受让权的，可以对转让所得的财产进行分割；

（三）其他合伙人不同意转让，也不行使优先受让权，但同意该合伙人退伙或者退还部分财产份额的，可以对退还的财产进行分割；

（四）其他合伙人既不同意转让，也不行使优先受让权，又不同意该合伙人退伙或者退还部分财产份额的,视为全体合伙人同意转让,该配偶依法取得合伙人地位。

第十八条　夫妻以一方名义投资设立独资企业的,人民法院分割夫妻在该独资企业中的共同财产时,应当按照以下情形分别处理:

(一)一方主张经营该企业的,对企业资产进行评估后,由取得企业一方给予另一方相应的补偿;

(二)双方均主张经营该企业的,在双方竞价基础上,由取得企业的一方给予另一方相应的补偿;

(三)双方均不愿意经营该企业的,按照《中华人民共和国个人独资企业法》等有关规定办理。

第十九条　由一方婚前承租、婚后用共同财产购买的房屋,房屋权属证书登记在一方名下的,应当认定为夫妻共同财产。

第二十条　双方对夫妻共同财产中的房屋价值及归属无法达成协议时,人民法院按以下情形分别处理:

(一)双方均主张房屋所有权并且同意竞价取得的,应当准许;

(二)一方主张房屋所有权的,由评估机构按市场价格对房屋作出评估,取得房屋所有权的一方应当给予另一方相应的补偿;

(三)双方均不主张房屋所有权的,根据当事人的申请拍卖房屋,就所得价款进行分割。

第二十一条　离婚时双方对尚未取得所有权或者尚未取得完全所有权的房屋有争议且协商不成的,人民法院不宜判决房屋所有权的归属,应当根据实际情况判决由当事人使用。

当事人就前款规定的房屋取得完全所有权后,有争议的,可以另行向人民法院提起诉讼。

第二十二条　当事人结婚前,父母为双方购置房屋出资的,该出资应当认定为对自己子女的个人赠与,但父母明确表示赠与双方的除外。

当事人结婚后,父母为双方购置房屋出资的,该出资应当认定为对夫妻双方的赠与,但父母明确表示赠与一方的除外。

第二十三条　债权人就一方婚前所负个人债务向债务人的配偶主张权利的,人民法院不予支持。但债权人能够证明所负债务用于婚后家庭共同生活的除外。

第二十四条　债权人就婚姻关系存续期间夫妻一方以个人名义所负债务主张权利的,应当按夫妻共同债务处理。但夫妻一方能够证明债权人与债务人明确约定为个人债务,或者能够证明属于婚姻法第十九条第三款规定情形的除外。

第二十五条　当事人的离婚协议或者人民法院的判决书、裁定书、调解书已经对夫妻财产分割问题作出处理的,债权人仍有权就夫妻共同债务向男女双方主张权利。

一方就共同债务承担连带清偿责任后,基于离婚协议或者人民法院的法律文书向另一方主张追偿的,人民法院应当支持。

第二十六条　夫或妻一方死亡的,生存一方应当对婚姻关系存续期间的共同债务承担连带清偿责任。

第二十七条　当事人在婚姻登记机关办理离婚登记手续后,以婚姻法第四十六条规定为由向人民法院提出损害赔偿请求的,人民法院应当受理。但当事人在协议离婚时已经明确表示放弃该项请求,或者在办理离婚登记手续一年后提出的,不予支持。

第二十八条　夫妻一方申请对配偶的个人财产或者夫妻共同财产采取保全措施的,人民法院可以在采取保全措施可能造成损失的范围内,根据实际情况,确定合理的财产担保数额。

第二十九条　本解释自 2004 年 4 月 1 日起施行。

本解释施行后,人民法院新受理的一审婚姻家庭纠纷案件,适用本解释。

本解释施行后,此前最高人民法院作出的相关司法解释与本解释相抵触的,以本解释为准。

附录 IV

婚姻登记条例

中华人民共和国国务院令

第 387 号

《婚姻登记条例》已经2003年7月30日国务院第16次常务会议通过,现予公布,自2003年10月1日起施行。

总理:温家宝

二〇〇三年八月八日

第一章　总则

第一条　为了规范婚姻登记工作,保障婚姻自由、一夫一妻、男女平等的婚姻制度的实施,保护婚姻当事人的合法权益,根据《中华人民共和国婚姻法》(以下简称婚姻法),制定本条例。

第二条　内地居民办理婚姻登记的机关是县级人民政府民政部门或者乡(镇)人民政府,省、自治区、直辖市人民政府可以按照便民原则确定农村居民办理婚姻登记的具体机关。

中国公民同外国人,内地居民同香港特别行政区居民(以下简称香港居民)、澳门特别行政区居民(以下简称澳门居民)、台湾地区居民(以下简称台湾居民)、华侨办理婚姻登记的机关是省、自治区、直辖市人民政府民政部门或者省、自治区、直辖市人民政府民政部门确定的机关。

第三条　婚姻登记机关的婚姻登记员应当接受婚姻登记业务培训,经考核合格,方可从事婚姻登记工作。

婚姻登记机关办理婚姻登记,除按收费标准向当事人收取工本费外,不得收取其他费用或者附加其他义务。

第二章　结婚登记

第四条　内地居民结婚,男女双方应当共同到一方当事人常住户口所在地的婚姻登记机关办理结婚登记。

中国公民同外国人在中国内地结婚的,内地居民同香港居民、澳门居民、台湾居民、华侨在中国内地结婚的,男女双方应当共同到内地居民常住户口所在地的婚姻登记机关办理结婚登记。

第五条　办理结婚登记的内地居民应当出具下列证件和证明材料:

(一)本人的户口簿、身份证;

(二)本人无配偶以及与对方当事人没有直系血亲和三代以内旁系血亲关系的签字声明。

办理结婚登记的香港居民、澳门居民、台湾居民应当出具下列证件和证明材料:

(一)本人的有效通行证、身份证;

(二)经居住地公证机构公证的本人无配偶以及与对方当事人没有直系血亲和三代以内

旁系血亲关系的声明。

办理结婚登记的华侨应当出具下列证件和证明材料：

（一）本人的有效护照；

（二）居住国公证机构或者有权机关出具的、经中华人民共和国驻该国使（领）馆认证的本人无配偶以及与对方当事人没有直系血亲和三代以内旁系血亲关系的证明，或者中华人民共和国驻该国使（领）馆出具的本人无配偶以及与对方当事人没有直系血亲和三代以内旁系血亲关系的证明。

办理结婚登记的外国人应当出具下列证件和证明材料：

（一）本人的有效护照或者其他有效的国际旅行证件；

（二）所在国公证机构或者有权机关出具的、经中华人民共和国驻该国使（领）馆认证或者该国驻华使（领）馆认证的本人无配偶的证明，或者所在国驻华使（领）馆出具的本人无配偶的证明。

第六条　办理结婚登记的当事人有下列情形之一的，婚姻登记机关不予登记：

（一）未到法定结婚年龄的；

（二）非双方自愿的；

（三）一方或者双方已有配偶的；

（四）属于直系血亲或者三代以内旁系血亲的；

（五）患有医学上认为不应当结婚的疾病的。

第七条　婚姻登记机关应当对结婚登记当事人出具的证件、证明材料进行审查并询问相关情况。对当事人符合结婚条件的，应当当场予以登记，发给结婚证；对当事人不符合结婚条件不予登记的，应当向当事人说明理由。

第八条　男女双方补办结婚登记的，适用本条例结婚登记的规定。

第九条　因胁迫结婚的，受胁迫的当事人依据婚姻法第十一条的规定向婚姻登记机关请求撤销其婚姻的，应当出具下列证明材料：

（一）本人的身份证、结婚证；

（二）能够证明受胁迫结婚的证明材料。

婚姻登记机关经审查认为受胁迫结婚的情况属实且不涉及子女抚养、财产及债务问题的，应当撤销该婚姻，宣告结婚证作废。

第三章　离婚登记

第十条　内地居民自愿离婚的，男女双方应当共同到一方当事人常住户口所在地的婚姻登记机关办理离婚登记。

中国公民同外国人在中国内地自愿离婚的，内地居民同香港居民、澳门居民、台湾居民、华侨在中国内地自愿离婚的，男女双方应当共同到内地居民常住户口所在地的婚姻登记机关办理离婚登记。

第十一条　办理离婚登记的内地居民应当出具下列证件和证明材料：

（一）本人的户口簿、身份证；

（二）本人的结婚证；

（三）双方当事人共同签署的离婚协议书。

办理离婚登记的香港居民、澳门居民、台湾居民、华侨、外国人除应当出具前款第(二)项、第(三)项规定的证件、证明材料外,香港居民、澳门居民、台湾居民还应当出具本人的有效通行证、身份证,华侨、外国人还应当出具本人的有效护照或者其他有效国际旅行证件。

离婚协议书应当载明双方当事人自愿离婚的意思表示以及对子女抚养、财产及债务处理等事项协商一致的意见。

第十二条　办理离婚登记的当事人有下列情形之一的,婚姻登记机关不予受理:

(一)未达成离婚协议的;

(二)属于无民事行为能力人或者限制民事行为能力人的;

(三)其结婚登记不是在中国内地办理的。

第十三条　婚姻登记机关应当对离婚登记当事人出具的证件、证明材料进行审查并询问相关情况。对当事人确属自愿离婚,并已对子女抚养、财产、债务等问题达成一致处理意见的,应当当场予以登记,发给离婚证。

第十四条　离婚的男女双方自愿恢复夫妻关系的,应当到婚姻登记机关办理复婚登记。复婚登记适用本条例结婚登记的规定。

第四章　婚姻登记档案和婚姻登记证

第十五条　婚姻登记机关应当建立婚姻登记档案。婚姻登记档案应当长期保管。具体管理办法由国务院民政部门会同国家档案管理部门规定。

第十六条　婚姻登记机关收到人民法院宣告婚姻无效或者撤销婚姻的判决书副本后,应当将该判决书副本收入当事人的婚姻登记档案。

第十七条　结婚证、离婚证遗失或者损毁的,当事人可以持户口簿、身份证向原办理婚姻登记的机关或者一方当事人常住户口所在地的婚姻登记机关申请补领。婚姻登记机关对当事人的婚姻登记档案进行查证,确认属实的,应当为当事人补发结婚证、离婚证。

第五章　罚则

第十八条　婚姻登记机关及其婚姻登记员有下列行为之一的,对直接负责的主管人员和其他直接责任人员依法给予行政处分:

(一)为不符合婚姻登记条件的当事人办理婚姻登记的;

(二)玩忽职守造成婚姻登记档案损失的;

(三)办理婚姻登记或者补发结婚证、离婚证超过收费标准收取费用的。

违反前款第(三)项规定收取的费用,应当退还当事人。

第六章　附则

第十九条　中华人民共和国驻外使(领)馆可以依照本条例的有关规定,为男女双方均居住于驻在国的中国公民办理婚姻登记。

第二十条　本条例规定的婚姻登记证由国务院民政部门规定式样并监制。

第二十一条　当事人办理婚姻登记或者补领结婚证、离婚证应当交纳工本费。工本费的收费标准由国务院价格主管部门会同国务院财政部门规定并公布。

第二十二条　本条例自 2003 年 10 月 1 日起施行。1994 年 1 月 12 日国务院批准、1994年 2 月 1 日民政部发布的《婚姻登记管理条例》同时废止。

附录 V

中华人民共和国收养法

（1991 年 12 月 29 日第七届全国人民代表大会常务委员会第二十三次会议通过　根据 1998 年 11 月 4 日第九届全国人民代表大会常务委员会第五次会议《关于修改〈中华人民共和国收养法〉的决定》修正　同日中华人民共和国主席令第 10 号公布）

目录

第一章　总则
第二章　收养关系的成立
第三章　收养的效力
第四章　收养关系的解除
第五章　法律责任
第六章　附则

第一章　总则

第一条　为保护合法的收养关系，维护收养关系当事人的权利，制定本法。

第二条　收养应当有利于被收养的未成年人的抚养、成长，保障被收养人和收养人的合法权益，遵循平等自愿的原则，并不得违背社会公德。

第三条　收养不得违背计划生育的法律、法规。

第二章　收养关系的成立

第四条　下列不满十四周岁的未成年人可以被收养：

（一）丧失父母的孤儿；

（二）查找不到生父母的弃婴和儿童；

（三）生父母有特殊困难无力抚养的子女。

第五条　下列公民、组织可以作送养人：

（一）孤儿的监护人；

（二）社会福利机构；

（三）有特殊困难无力抚养子女的生父母。

第六条　收养人应当同时具备下列条件：

（一）无子女；

（二）有抚养教育被收养人的能力；

（三）未患有在医学上认为不应当收养子女的疾病；

（四）年满三十周岁。

第七条　收养三代以内同辈旁系血亲的子女，可以不受本法第四条第三项、第五条第三项、第九条和被收养人不满十四周岁的限制。

华侨收养三代以内同辈旁系血亲的子女,还可以不受收养人无子女的限制。

第八条　收养人只能收养一名子女。

收养孤儿、残疾儿童或者社会福利机构抚养的查找不到生父母的弃婴和儿童,可以不受收养人无子女和收养一名的限制。

第九条　无配偶的男性收养女性的,收养人与被收养人的年龄应当相差四十周岁以上。

第十条　生父母送养子女,须双方共同送养。生父母一方不明或者查找不到的可以单方送养。

有配偶者收养子女,须夫妻共同收养。

第十一条　收养人收养与送养人送养,须双方自愿。收养年满十周岁以上未成年人的,应当征得被收养人的同意。

第十二条　未成年人的父母均不具备完全民事行为能力的,该未成年人的监护人不得将其送养,但父母对该未成年人有严重危害可能的除外。

第十三条　监护人送养未成年孤儿的,须征得有抚养义务的人同意。有抚养义务的人不同意送养、监护人不愿意继续履行监护职责的,应当依照《中华人民共和国民法通则》的规定变更监护人。

第十四条　继父或者继母经继子女的生父母同意,可以收养继子女,并可以不受本法第四条第三项、第五条第三项、第六条和被收养人不满十四周岁以及收养一名的限制。

第十五条　收养应当向县级以上人民政府民政部门登记。收养关系自登记之日起成立。

收养查找不到生父母的弃婴和儿童的,办理登记的民政部门应当在登记前予以公告。

收养关系当事人愿意订立收养协议的,可以订立收养协议。

收养关系当事人各方或者一方要求办理收养公证的,应当办理收养公证。

第十六条　收养关系成立后,公安部门应当依照国家有关规定为被收养人办理户口登记。

第十七条　孤儿或者生父母无力抚养的子女,可以由生父母的亲属、朋友抚养。

抚养人与被抚养人的关系不适用收养关系。

第十八条　配偶一方死亡,另一方送养未成年子女的,死亡一方的父母有优先抚养的权利。

第十九条　送养人不得以送养子女为理由违反计划生育的规定再生育子女。

第二十条　严禁买卖儿童或者借收养名义买卖儿童。

第二十一条　外国人依照本法可以在中华人民共和国收养子女。

外国人在中华人民共和国收养子女,应当经其所在国主管机关依照该国法律审查同意。收养人应当提供由其所在国有权机构出具的有关收养人的年龄、婚姻、职业、财产、健康、有无受过刑事处罚等状况的证明材料,该证明材料应当经其所在国外交机关或者外交机关授权的机构认证,并经中华人民共和国驻该国使领馆认证。该收养人应当与送养人订立书面协议,亲自向省级人民政府民政部门登记。

收养关系当事人各方或者一方要求办理收养公证的,应当到国务院司法行政部门认定的具有办理涉外公证资格的公证机构办理收养公证。

第二十二条　收养人、送养人要求保守收养秘密的,其他人应当尊重其意愿,不得泄露。

第三章 收养的效力

第二十三条 自收养关系成立之日起,养父母与养子女间的权利义务关系,适用法律关于父母子女关系的规定;养子女与养父母的近亲属间的权利义务关系,适用法律关于子女与父母的近亲属关系的规定。

养子女与生父母及其他近亲属间的权利义务关系,因收养关系的成立而消除。

第二十四条 养子女可以随养父或者养母的姓,经当事人协商一致,也可以保留原姓。

第二十五条 违反《中华人民共和国民法通则》第五十五条和本法规定的收养行为无法律效力。

收养行为被人民法院确认无效的,从行为开始时起就没有法律效力。

第四章 收养关系的解除

第二十六条 收养人在被收养人成年以前,不得解除收养关系,但收养人、送养人双方协议解除的除外,养子女年满十周岁以上的,应当征得本人同意。

收养人不履行抚养义务,有虐待、遗弃等侵害未成年养子女合法权益行为的,送养人有权要求解除养父母与养子女间的收养关系。送养人、收养人不能达成解除收养关系协议的,可以向人民法院起诉。

第二十七条 养父母与成年养子女关系恶化、无法共同生活的,可以协议解除收养关系。不能达成协议的,可以向人民法院起诉。

第二十八条 当事人协议解除收养关系的,应当到民政部门办理解除收养关系的登记。

第二十九条 收养关系解除后,养子女与养父母及其他近亲属间的权利义务关系即行消除,与生父母及其他近亲属间的权利义务关系自行恢复,但成年养子女与生父母及其他近亲属间的权利义务关系是否恢复,可以协商确定。

第三十条 收养关系解除后,经养父母抚养的成年养子女,对缺乏劳动能力又缺乏生活来源的养父母,应当给付生活费。因养子女成年后虐待、遗弃养父母而解除收养关系的,养父母可以要求养子女补偿收养期间支出的生活费和教育费。

生父母要求解除收养关系的,养父母可以要求生父母适当补偿收养期间支出的生活费和教育费,但因养父母虐待、遗弃养子女而解除收养关系的除外。

第五章 法律责任

第三十一条 借收养名义拐卖儿童的,依法追究刑事责任。

遗弃婴儿的,由公安部门处以罚款;构成犯罪的,依法追究刑事责任。

出卖亲生子女的,由公安部门没收非法所得,并处以罚款;构成犯罪的,依法追究刑事责任。

第六章 附则

第三十二条 民族自治地方的人民代表大会及其常务委员会可以根据本法的原则,结合当地情况,制定变通的或者补充的规定。自治区的规定,报全国人民代表大会常务委员会备案。自治州、自治县的规定,报省或者自治区的人民代表大会常务委员会批准后生效,并报全国人民代表大会常务委员会备案。

第三十三条 国务院可以根据本法制定实施办法。

第三十四条 本法自 1999 年 4 月 1 日起施行。

附录 VI

中国公民收养子女登记办法

1999 年 5 月 12 日国务院批准
1999 年 5 月 25 日民政部发布

第一条　为了规范收养登记行为,根据《中华人民共和国收养法》(以下简称收养法),制定本办法。

第二条　中国公民在中国境内收养子女或者协议解除收养关系的,应当依照本办法的规定办理登记。

办理收养登记的机关是县级人民政府民政部门。

第三条　收养社会福利机构抚养的查找不到生父母的弃婴、儿童和孤儿的,在社会福利机构所在地的收养登记机关办理登记。

收养非社会福利机构抚养的查找不到生父母的弃婴和儿童的,在弃婴和儿童发现地的收养登记机关办理登记。

收养生父母有特殊困难无力抚养的子女或者由监护人监护的孤儿的,在被收养人生父母或者监护人常住户口所在地(组织作监护人的,在该组织所在地)的收养登记机关办理登记。

收养三代以内同辈旁系血亲的子女,以及继父或者继母收养继子女的,在被收养人生父或者生母常住户口所在地的收养登记机关办理登记。

第四条　收养关系当事人应当亲自到收养登记机关办理成立收养关系的登记手续。

夫妻共同收养子女的,应当共同到收养登记机关办理登记手续;一方因故不能亲自前往的,应当书面委托另一方办理登记手续,委托书应当经过村民委员会或者居民委员会证明或者经过公证。

第五条　收养人应当向收养登记机关提交收养申请书和下列证件、证明材料:

(一)收养人的居民户口簿和居民身份证;

(二)由收养人所在单位或者村民委员会、居民委员会出具的本人婚姻状况、有无子女和抚养教育被收养人的能力等情况的证明;

(三)县级以上医疗机构出具的未患有在医学上认为不应当收养子女的疾病的身体健康检查证明。

收养查找不到生父母的弃婴、儿童的,并应当提交收养人经常居住地计划生育部门出具的收养人生育情况证明;其中收养非社会福利机构抚养的查找不到生父母的弃婴、儿童的,收养人还应当提交下列证明材料:

(一)收养人经常居住地计划生育部门出具的收养人无子女的证明;

(二)公安机关出具的捡拾弃婴、儿童报案的证明。

收养继子女的,可以只提交居民户口簿、居民身份证和收养人与被收养人生父或者生母结婚的证明。

第六条　送养人应当向收养登记机关提交下列证件和证明材料：

（一）送养人的居民户口簿和居民身份证（组织作监护人的，提交其负责人的身份证件）；

（二）收养法规定送养时应当征得其他有抚养义务的人同意的，并提交其他有抚养义务的人同意送养的书面意见。

社会福利机构为送养人的，并应当提交弃婴、儿童进入社会福利机构的原始记录，公安机关出具的捡拾弃婴、儿童报案的证明，或者孤儿的生父母死亡或者宣告死亡的证明。

监护人为送养人的，并应当提交实际承担监护责任的证明，孤儿的父母死亡或者宣告死亡的证明，或者被收养人生父母无完全民事行为能力并对被收养人有严重危害的证明。

生父母为送养人的，并应当提交与当地计划生育部门签订的不违反计划生育规定的协议；有特殊困难无力抚养子女的，还应当提交其所在单位或者村民委员会、居民委员会出具的送养人有特殊困难的证明。其中，因丧偶或者一方下落不明由单方送养的，还应当提交配偶死亡或者下落不明的证明；子女由三代以内同辈旁系血亲收养的，还应当提交公安机关出具的或者经过公证的与收养人有亲属关系的证明。

被收养人是残疾儿童的，并应当提交县级以上医疗机构出具的该儿童的残疾证明。

第七条　收养登记机关收到收养登记申请书及有关材料后，应当自次日起30日内进行审查。对符合收养法规定条件的，为当事人办理收养登记，发给收养登记证，收养关系自登记之日起成立；对不符合收养法规定条件的，不予登记，并对当事人说明理由。

收养查找不到生父母的弃婴、儿童的，收养登记机关应当在登记前公告查找其生父母；自公告之日起满60日，弃婴、儿童的生父母或者其他监护人未认领的，视为查找不到生父母的弃婴、儿童。公告期间不计算在登记办理期限内。

第八条　收养关系成立后，需要为被收养人办理户口登记或者迁移手续的，由收养人持收养登记证到户口登记机关按照国家有关规定办理。

第九条　收养关系当事人协议解除收养关系的，应当持居民户口簿、居民身份证、收养登记证和解除收养关系的书面协议，共同到被收养人常住户口所在地的收养登记机关办理解除收养关系登记。

第十条　收养登记机关收到解除收养关系登记申请书及有关材料后，应当自次日起30日内进行审查；对符合收养法规定的，为当事人办理解除收养关系的登记，收回收养登记证，发给解除收养关系证明。

第十一条　为收养关系当事人出具证明材料的组织，应当如实出具有关证明材料。出具虚假证明材料的，由收养登记机关没收虚假证明材料，并建议有关组织对直接责任人员给予批评教育，或者依法给予行政处分、纪律处分。

第十二条　收养关系当事人弄虚作假骗取收养登记的，收养关系无效，由收养登记机关撤销登记，收缴收养登记证。

第十三条　本办法规定的收养登记证、解除收养关系证明的式样，由国务院民政部门制订。

第十四条　华侨以及居住在香港、澳门、台湾地区的中国公民在内地收养子女的，申请办理收养登记的管辖以及所需要出具的证件和证明材料，按照国务院民政部门的有关规定执行。

第十五条　本办法自发布之日起施行。

附录 Ⅶ

中华人民共和国继承法

（1985 年 10 月 1 日起施行）

第一章 总则

第一条 根据《中华人民共和国宪法》规定，为保护公民的私有财产的继承权，制定本法。

第二条 继承从被继承人死亡时开始。

第三条 遗产是公民死亡时遗留的个人合法财产，包括：

（一）公民的收入；

（二）公民的房屋、储蓄和生活用品；

（三）公民的林木、牲畜和家禽；

（四）公民的文物、图书资料；

（五）法律允许公民所有的生产资料；

（六）公民的著作权、专利权中的财产权利；

（七）公民的其他合法财产。

第四条 个人承包应得的个人收益，依照本法规定继承。个人承包，依照法律允许由继承人继续承包的，按照承包合同办理。

第五条 继承开始后，按照法定继承办理；有遗嘱的，按照遗嘱继承或者遗赠办理；有遗赠扶养协议的，按照协议办理。

第六条 无行为能力人的继承权、受遗赠权，由他的法定代理人代为行使。限制行为能力人的继承权、受遗赠权，由他的法定代理人代为行使，或者征得法定代理人同意行使。

第七条 继承人有下列行为之一的，丧失继承权：

（一）故意杀害被继承人的；

（二）为争夺遗产而杀害其他继承人的；

（三）遗弃被继承人的，或者虐待被继承人情节严重的；

（四）伪造、篡改或者销毁遗嘱，情节严重的。

第八条 继承权纠纷提起诉讼的期限为二年，自继承人知道或者应当知道其权利被侵犯之日起计算。但是，自继承开始之日起超过二十年的，不得再提起诉讼。

第二章 法定继承

第九条 继承权男女平等。

第十条 遗产按照下列顺序继承：

第一顺序：配偶、子女、父母。

第二顺序：兄弟姐妹、祖父母、外祖父母。

继承开始，由第一顺序继承人继承，第二顺序继承人不继承。没有第一顺序继承人继承的,由第二顺序继承人继承。

本法所说的子女,包括婚生子女、非婚生子女、养子女和有扶养关系的继子女。

本法所说的父母,包括生父母、养父母和有扶养关系的继父母。

本法所说的兄弟姐妹,包括同父母的兄弟姐妹、同父异母或者同母异父的兄弟姐妹、养兄弟姐妹、有扶养关系的继兄弟姐妹。

第十一条 被继承人的子女先于被继承人死亡的,由被继承人的子女的晚辈直系血亲代位继承。代位继承人一般只能继承他的父亲或者母亲有权继承的遗产份额。

第十二条 丧偶儿媳对公、婆,丧偶女婿对岳父、岳母,尽了主要赡养义务的,作为第一顺序继人。

第十三条 同一顺序继承人继承遗产的份额,一般应当均等。

对生活有特殊困难的缺乏劳动能力的继承人,分配遗产时,应当予以照顾。

对被继承人尽了主要扶养义务或者与被继承人共同生活的继承人,分配遗产时,可以多分。

有扶养能力和有扶养条件的继承人,不尽扶养义务的,分配遗产时,应当不分或者少分。

继承人协商同意的,也可以不均等。

第十四条 对继承人以外的依靠被继承人扶养的缺乏劳动能力又没有生活来源的人,或者继承人以外的对被继承人扶养较多的人,可以分给他们适当的遗产。

第十五条 继承人应当本着互谅互让、和睦团结的精神,协商处理继承问题。

遗产分割的时间、办法和份额,由继承人协商确定。协商不成的,可以由人民调解委员会调解或者向人民法院提起诉讼。

第三章 遗嘱继承和遗赠

第十六条 公民可以依照本法规定立遗嘱处分个人财产,并可以指定遗嘱执行人。

公民可以立遗嘱将个人财产指定由法定继承人的一人或者数人继承。

公民可以立遗嘱将个人财产赠给国家、集体或者法定继承人以外的人。

第十七条 公证遗嘱由遗嘱人经公证机关办理。

自书遗嘱由遗嘱人亲笔书写,签名,注明年、月、日。

代书遗嘱应当有两个以上见证人在场见证,由其中一人代书,注明年、月、日,并由代书人、其他见证人和遗嘱人签名。

以录音形式立的遗嘱,应当有两个以上见证人在场见证。

遗嘱人在危急情况下,可以立口头遗嘱。口头遗嘱应当有两个以上见证人在场见证。危急情况解除,遗嘱人能够用书面或者录音形式立遗嘱的,所立的口头遗嘱无效。

第十八条 下列人员不能作为遗嘱见证人:

(一)无行为能力人、限制行为能力人;

(二)继承人、受遗赠人;

(三)与继承人、受遗赠人有利害关系的人。

第十九条 遗嘱应当对缺乏劳动能力又没有生活来源的继承人保留必要的遗产份额。

第二十条 遗嘱人可以撤销、变更自己所立的遗嘱。

立有数份遗嘱,内容相抵触的,以最后的遗嘱为准。

自书、代书、录音、口头遗嘱,不得撤销、变更公证遗嘱。

第二十一条 遗嘱继承或者遗赠附有义务的,继承人或者受遗赠人应当履行义务。没有正当理由不履行义务的,经有关单位或者个人请求,人民法院可以取消他接受遗产的权利。

第二十二条 无行为能力人或者限制行为能力人所立的遗嘱无效。

遗嘱必须表示遗嘱人的真实意思,受胁迫、欺骗所立的遗嘱无效。伪造的遗嘱无效。遗嘱被篡改的,篡改的内容无效。

第四章 遗产的处理

第二十三条 继承开始后,知道被继承人死亡的继承人应当及时通知其他继承人和遗嘱执行人。继承人中无人知道被继承人死亡或者知道被继承人死亡而不能通知的,由被继承人生前所在单位或者住所地的居民委员会、村民委员会负责通知。

第二十四条 存有遗产的人,应当妥善保管遗产,任何人不得侵吞或者争抢。

第二十五条 继承开始后,继承人放弃继承的,应当在遗产处理前,作出放弃继承的表示。没有表示的,视为接受继承。

受遗赠人应当在知道受遗赠后两个月内,作出接受或者放弃受遗赠的表示。到期没有表示的,视为放弃受遗赠。

第二十六条 夫妻在婚姻关系存续期间所得的共同所有的财产,除有约定的以外,如果分割遗产,应当先将共同所有的财产的一半分出为配偶所有,其余的为被继承人的遗产。

遗产在家庭共有财产之中的,遗产分割时,应当先分出他人的财产。

第二十七条 有下列情形之一的,遗产中的有关部分按照法定继承办理:

(一)遗嘱继承人放弃继承或者受遗赠人放弃受遗赠的;

(二)遗嘱继承人丧失继承权的;

(三)遗嘱继承人、受遗赠人先于遗嘱人死亡的;

(四)遗嘱无效部分所涉及的遗产;

(五)遗嘱未处分的遗产。

第二十八条 遗产分割时,应当保留胎儿的继承份额。胎儿出生时是死体的,保留的份额按照法定继承办理。

第二十九条 遗产分割应当有利于生产和生活需要,不损害遗产的效用。

不宜分割的遗产,可以采取折价、适当补偿或者共有等方法处理。

第三十条 夫妻一方死亡后,另一方再婚的,有权处分所继承的财产,任何人不得干涉。

第三十一条 公民可以与扶养人签订遗赠扶养协议。按照协议,扶养人承担该公民生养死葬的义务,享有受遗赠的权利。

公民可以与集体所有制组织签订遗赠扶养协议。按照协议,集体所有制组织承担该公民生养死葬的义务,享有受遗赠的权利。

第三十二条 无人继承又无人受遗赠的遗产,归国家所有;死者生前是集体所有制组织成员的,归所在集体所有制组织所有。

第三十三条 继承遗产应当清偿被继承人依法应当缴纳的税款和债务,缴纳税款和清偿债务以他的遗产实际价值为限。超过遗产实际价值部分,继承人自愿偿还的不在此限。

继承人放弃继承的,对被继承人依法应当缴纳的税款和债务可以不负偿还责任。

第三十四条　执行遗赠不得妨碍清偿遗赠人依法应当缴纳的税款和债务。

第五章　附则

第三十五条　民族自治地方的人民代表大会可以根据本法的原则,结合当地民族财产继承的具体情况,制定变通的或者补充的规定。自治区的规定,报全国人民代表大会常务委员会备案。自治州、自治县的规定,报省或者自治区的人民代表大会常务委员会批准后生效,并报全国人民代表大会常务委员会备案。

第三十六条　中国公民继承在中华人民共和国境外的遗产或者继承在中华人民共和国境内的外国人的遗产,动产适用被继承人住所地法律,不动产适用不动产所在地法律。

外国人继承在中华人民共和国境内的遗产或者继承在中华人民共和国境外的中国公民的遗产,动产适用被继承人住所地法律,不动产适用不动产所在地法律。

中华人民共和国与外国订有条约、协定的,按照条约、协定办理。

第三十七条　本法自 1985 年 10 月 1 日起施行。

附录 Ⅷ

最高人民法院关于贯彻执行《中华人民共和国继承法》若干问题的意见

颁布日期:1985 - 09 - 11

执行日期:1985 - 09 - 11

第六届全国人民代表大会第三次会议通过的《中华人民共和国继承法》,是我国公民处理继承问题的准则,是人民法院正确、及时审理继承案件的依据。人民法院贯彻执行继承法,要根据社会主义的法制原则,坚持继承权男女平等,贯彻互相扶助和权利义务相一致的精神,依法保护公民的私有财产的继承权。

为了正确贯彻执行继承法,我们根据继承法的有关规定和审判实践经验,对审理继承案件中具体适用继承法的一些问题,提出以下意见,供各级人民法院在审理继承案件时试行。

一、关于总则部分

1.继承从被继承人生理死亡或被宣告死亡时开始。

失踪人被宣告死亡的,以法院判决中确定的失踪人的死亡日期,为继承开始的时间。

2.相互有继承关系的几个人在同一事件中死亡,如不能确定死亡先后时间的,推定没有继承人的人先死亡。死亡人各自都有继承人的,如几个死亡人辈分不同,推定长辈先死亡;几个死亡人辈分相同,推定同时死亡,彼此不发生继承,由他们各自的继承人分别继承。

3.公民可继承的其他合法财产包括有价证券和履行标的为财物的债权等。

4.承包人死亡时尚未取得承包收益的,可把死者生前对承包所投入的资金和所付出的劳动及其增值和孳息,由发包单位或者接续承包合同的人合理折价、补偿,其价额作为遗产。

5.被继承人生前与他人订有遗赠扶养协议,同时又立有遗嘱的,继承开始后,如果遗赠扶养协议与遗嘱没有抵触,遗产分别按协议和遗嘱处理;如果有抵触,按协议处理,与协议抵触的遗嘱全部或部分无效。

6.遗嘱继承人依遗嘱取得遗产后,仍有权依继承法第十三条的规定取得遗嘱未处分的遗产。

7.不满六周岁的儿童、精神病患者,可以认定其为无行为能力人。

已满六周岁,不满十八周岁的未成年人,应当认定其为限制行为能力人。

8.法定代理人代理被代理人行使继承权、受遗赠权,不得损害被代理人的利益。法定代理人一般不能代理被代理人放弃继承权、受遗赠权。明显损害被代理人利益的,应认定其代理行为无效。

9.在遗产继承中,继承人之间因是否丧失继承权发生纠纷,诉讼到人民法院的,由人民法院根据继承法第七条的规定,判决确认其是否丧失继承权。

10.继承人虐待被继承人情节是否严重,可以从实施虐待行为的时间、手段、后果和社会影响等方面认定。

虐待被继承人情节严重的,不论是否追究刑事责任,均可确认其丧失继承权。

11. 继承人故意杀害被继承人的,不论是既遂还是未遂,均应确认其丧失继承权。

12. 继承人有继承法第七条第(一)项或第(二)项所列之行为,而被继承人以遗嘱将遗产指定由该继承人继承的,可确认遗嘱无效,并按继承法第七条的规定处理。

13. 继承人虐待被继承人情节严重的,或者遗弃被继承人的,如以后确有悔改表现,而且被虐待人、被遗弃人生前又表示宽恕,可不确认其丧失继承权。

14. 继承人伪造、篡改或者销毁遗嘱,侵害了缺乏劳动能力又无生活来源的继承人的利益,并造成其生活困难的,应认定其行为情节严重。

15. 在诉讼时效期间内,因不可抗拒的事由致继承人无法主张继承权利的,人民法院可按中止诉讼时效处理。

16. 继承人在知道自己的权利受到侵犯之日起的二年之内,其遗产继承权纠纷确在人民调解委员会进行调解期间,可按中止诉讼时效处理。

17. 继承人因遗产继承纠纷向人民法院提起诉讼,诉讼时效即为中断。

18. 自继承开始之日起的第十八年后至第二十年期间内,继承人才知道自己的权利被侵犯的,其提起诉讼的权利,应当在继承开始之日起的二十年之内行使,超过二十年的,不得再行提起诉讼。

二、关于法定继承部分

19. 被收养人对养父母尽了赡养义务,同时又对生父母扶养较多的,除可依继承法第十条的规定继承养父母的遗产外,还可依继承法第十四条的规定分得生父母的适当的遗产。

20. 在旧社会形成的一夫多妻家庭中,子女与生母以外的父亲的其他配偶之间形成扶养关系的,互有继承权。

21. 继子女继承了继父母遗产的,不影响其继承生父母的遗产。

继父母继承了继子女遗产的,不影响其继承生子女的遗产。

22. 收养他人为养孙子女,视为养父母与养子女的关系的,可互为第一顺序继承人。

23. 养子女与生子女之间、养子女与养子女之间,系养兄弟姐妹,可互为第二顺序继承人。

被收养人与其亲兄弟姐妹之间的权利义务关系,因收养关系的成立而消除,不能互为第二顺序继承人。

24. 继兄弟姐妹之间的继承权,因继兄弟姐妹之间的扶养关系而发生。没有扶养关系的,不能互为第二顺序继承人。

继兄弟姐妹之间相互继承了遗产的,不影响其继承亲兄弟姐妹的遗产。

25. 被继承人的孙子女、外孙子女、曾孙子女、外曾孙子女都可以代位继承,代位继承人不受辈数的限制。

26. 被继承人的养子女、已形成扶养关系的继子女的生子女可代位继承;被继承人亲生子女的养子女可代位继承;被继承人养子女的养子女可代位继承;与被继承人已形成扶养关系的继子女的养子女也可以代位继承。

27. 代位继承人缺乏劳动能力又没有生活来源,或者对被继承人尽过主要赡养义务的,分配遗产时,可以多分。

28. 继承人丧失继承权的,其晚辈直系血亲不得代位继承。如该代位继承人缺乏劳动能力又没有生活来源,或对被继承人尽赡养义务较多的,可适当分给遗产。

29. 丧偶儿媳对公婆、丧偶女婿对岳父、岳母,无论其是否再婚,依继承法第十二条规定作为第一顺序继承人时,不影响其子女代位继承。

30. 对被继承人生活提供了主要经济来源,或在劳务等方面给予了主要扶助的,应当认定其尽了主要赡养义务或主要扶养义务。

31. 依继承法第十四条规定可以分给适当遗产的人,分给他们遗产时,按具体情况可多于或少于继承人。

32. 依继承法第十四条规定可以分给适当遗产的人,在其依法取得被继承人遗产的权利受到侵犯时,本人有权以独立的诉讼主体的资格向人民法院提起诉讼。但在遗产分割时,明知而未提出请求的,一般不予受理;不知而未提出请求,在二年以内起诉的,应予受理。

33. 继承人有扶养能力和扶养条件,愿意尽扶养义务,但被继承人因有固定收入和劳动能力,明确表示不要求其扶养的,分配遗产时,一般不应因此而影响其继承份额。

34. 有扶养能力和扶养条件的继承人虽然与被继承人共同生活,但对需要扶养的被继承人不尽扶养义务,分配遗产时,可以少分或者不分。

三、关于遗嘱继承部分

35. 继承法实施前订立的,形式上稍有欠缺的遗嘱,如内容合法,又有充分证据证明确为遗嘱人真实意思表示的,可以认定遗嘱有效。

36. 继承人、受遗赠人的债权人、债务人,共同经营的合伙人,也应当视为与继承人、受遗赠人有利害关系,不能作为遗嘱的见证人。

37. 遗嘱人未保留缺乏劳动能力又没有生活来源的继承人的遗产份额,遗产处理时,应当为该继承人留下必要的遗产,所剩余的部分,才可参照遗嘱确定的分配原则处理。

继承人是否缺乏劳动能力又没有生活来源,应按遗嘱生效时该继承人的具体情况确定。

38. 遗嘱人以遗嘱处分了属于国家、集体或他人所有的财产,遗嘱的这部分,应认定无效。

39. 遗嘱人生前的行为与遗嘱的意思表示相反,而使遗嘱处分的财产在继承开始前灭失、部分灭失或所有权转移、部分转移的,遗嘱视为被撤销或部分被撤销。

40. 公民在遗书中涉及死后个人财产处分的内容,确为死者真实意思的表示,有本人签名并注明了年、月、日,又无相反证据的,可按自书遗嘱对待。

41. 遗嘱人立遗嘱时必须有行为能力。无行为能力人所立的遗嘱,即使其本人后来有了行为能力,仍属无效遗嘱。遗嘱人立遗嘱时有行为能力,后来丧失了行为能力,不影响遗嘱的效力。

42. 遗嘱人以不同形式立有数份内容相抵触的遗嘱,其中有公证遗嘱的,以最后所立公证遗嘱为准;没有公证遗嘱的,以最后所立的遗嘱为准。

43. 附义务的遗嘱继承或遗赠,如义务能够履行,而继承人、受遗赠人无正当理由不履行,经受益人或其他继承人请求,人民法院可以取消他接受附义务那部分遗产的权利,由提出请求的继承人或受益人负责按遗嘱人的意愿履行义务,接受遗产。

四、关于遗产的处理部分

44. 人民法院在审理继承案件时,如果知道有继承人而无法通知的,分割遗产时,要保留其应继承的遗产,并确定该遗产的保管人或保管单位。

45. 应当为胎儿保留的遗产份额没有保留的,应从继承人所继承的遗产中扣回。

为胎儿保留的遗产份额,如胎儿出生后死亡的,由其继承人继承;如胎儿出生时就是死体的,由被继承人的继承人继承。

46. 继承人因放弃继承权,致其不能履行法定义务的,放弃继承权的行为无效。

47. 继承人放弃继承应当以书面形式向其他继承人表示。用口头方式表示放弃继承,本人承认,或有其它充分证据证明的,也应当认定其有效。

48. 在诉讼中,继承人向人民法院以口头方式表示放弃继承的,要制作笔录,由放弃继承的人签名。

49. 继承人放弃继承的意思表示,应当在继承开始后、遗产分割前作出。遗产分割后表示放弃的不再是继承权,而是所有权。

50. 遗产处理前或在诉讼进行中,继承人对放弃继承翻悔的,由人民法院根据其提出的具体理由,决定是否承认。遗产处理后,继承人对放弃继承翻悔的,不予承认。

51. 放弃继承的效力,追溯到继承开始的时间。

52. 继承开始后,继承人没有表示放弃继承,并于遗产分割前死亡的,其继承遗产的权利转移给他的合法继承人。

53. 继承开始后,受遗赠人表示接受遗赠,并于遗产分割前死亡的,其接受遗赠的权利转移给他的继承人。

54. 由国家或集体组织供给生活费用的烈属和享受社会救济的城市居民,其遗产仍应准许合法继承人继承。

55. 集体组织对"五保户"实行"五保"时,双方有扶养协议的,按协议处理;没有扶养协议,死者有遗嘱继承人或法定继承人要求继承的,按遗嘱继承或法定继承处理,但集体组织有权要求扣回"五保"费用。

56. 扶养人或集体组织与公民订有遗赠扶养协议,扶养人或集体组织无正当理由不履行,致协议解除的,不能享有受遗赠的权利,其支付的供养费用一般不予补偿;遗赠人无正当理由不履行,致协议解除的,则应偿还扶养人或集体组织已支付的供养费用。

57. 遗产因无人继承收归国家或集体组织所有时,按继承法第十四条规定可以分给遗产的人提出取得遗产的要求,人民法院应视情况适当分给遗产。

58. 人民法院在分割遗产中的房屋、生产资料和特定职业所需要的财产时,应依据有利于发挥其使用效益和继承人的实际需要,兼顾各继承人的利益进行处理。

59. 人民法院对故意隐匿、侵吞或争抢遗产的继承人,可以酌情减少其应继承的遗产。

60. 继承诉讼开始后,如继承人、受遗赠人中有既不愿参加诉讼,又不表示放弃实体权利的,应追加为共同原告;已明确表示放弃继承的,不再列为当事人。

61. 继承人中有缺乏劳动能力又没有生活来源的人,即使遗产不足清偿债务,也应为其保留适当遗产,然后再按继承法第三十三条和民事诉讼法第一百八十条的规定清偿债务。

62. 遗产已被分割而未清偿债务时,如有法定继承又有遗嘱继承和遗赠的,首先由法定继承人用其所得遗产清偿债务;不足清偿时,剩余的债务由遗嘱继承人和受遗赠人按比例用所得遗产偿还;如果只有遗嘱继承和遗赠的,由遗嘱继承人和受遗赠人按比例用所得遗产偿还。

五、关于附则部分

63.涉外继承,遗产为动产的,适用被继承人住所地法律,即适用被继承人生前最后住所地国家的法律。

64.继承法施行前,人民法院已经审结的继承案件,继承法施行后,按审判监督程序提起再审的,适用审结时的有关政策、法律。

人民法院对继承法生效前已经受理、生效时尚未审结的继承案件,适用继承法。但不得再以超过诉讼时效为由驳回起诉。